금요일, 안개, 그리고 미스테리

이상우 외

KB089901

명지사

책 머리에

이상우

금요일, 안개, 그리고 미스테리를 내면서

여의도에는 황사바람이 자주 인다. 때로는 희부연 물안개가 덮여 윤중제가 보일듯 말듯 숨바꼭질을 할 때도 있다. 선착장 입구의 굽이를 돌면 돌연 시야가 탁 트이고 한강의 거대한 물길이 눈앞에 열린다. 마음이 한없이 넓은 어머니 같은 한강은 무수히 일고 지는 파도들을 그 넓은 가슴으로 감싸고 유유히 흘러간다.

우리들은 안개 속의 그 한강을 보면서 우리 시대의 문학을 생각했다. 잔잔한 파도는 무수히 일고 지지만 그 모양은 모두가 다르다. 작은 파도 하나도 자기대로의 최선이 있다.

우리들은 금요일마다 이 한강이 감싸주는 여의도에서 만나 서로 가슴을 열고 문학을 이야기했다. 소설을 연습했다.

우리들이 K.B.S문화센터 추리소설반에서 만난 것도 어느덧 2년이 가까웠다. 우리들은 2년 동안 금요일을 사랑했다. '금요일의 미스테리!' 우리들은 거기에 무엇인가가 있다는 것을 알았다.

그 동안에 다섯 명이나 여의도 상공을 날아올라 작가의 길로 화려한 출발을 했다.

금요문학회 동인들 중 열세 명의 작품을 여기 책으로 묶어 미스테리 독자들의 심판을 받으려고 한다. 이중에는 기성 작가로 활발히 활동하는 사람도 있고 아직 습작하는 사람도 있다. 우리끼리만 보기에는 아까운 작품들을 골라 세상에 내놓기로 했다.

이 앤솔로지를 내는 데 속세의 이해를 초월한 명지사 박명호 사장님에게 감사드린다.

1994년 겨울

이 상 우 (한국추리작가협회장)

금요일, 안개, 그리고 미스테리

차 례

● 이상우

광통교서 조선으로 가는 길

● 이상우
경남 산청 출생.
한국일보 편집위원,
스포츠서울 초대 편집국장,
서울신문 전무이사 등을 역임.
현재 한국추리작가협회 회장,
국제펜클럽 한국본부 이사,
중앙대대학원 강사 등을 맡고 있음.

주요작품
「악녀 두번 살다」, 「화조, 밤에 죽다」,
「안개도시」, 「악녀시대」,
「모두가 죽이고 싶던 여자」, 「컴퓨터 살인」,
「마지막 숙녀」, 「악녀와 함께 여행을」,
「북악에서 부는 바람」 등 중 · 단편 백여편.

광통교서 조선으로 가는 길

1

9월이라지만 찌는 듯한 무더위가 아직 아스팔트를 눅진하게 녹이며 노염을 뿜고 있었다. 네거리에 우뚝 선 조흥은행 건물 그늘 아래로 어깨가 축 늘어진 가지각색의 사람들이 연방 목에 흐르는 땀을 닦아내며 건널목을 지나간다. 수많은 발길이 무심히 지나치는 서울의 한복판, 광교 네거리 밑에서는 어둠에 묻힌 조선조(朝鮮朝)의 역사를 캐는 작업이 한창이었다.

그 아스팔트 밑에서 세상 사람들을 깜짝 놀라게 하는 대사건이 터져나올 줄이야 아무도 짐작하지 못했다.

김인세가 광교 지하 청계천의 문화재 발굴 작업에 참여하게 된 것은 어쩌면 당연한 일인지도 모른다. 김인세만큼 옛날 광통교에 대한 애착을 가진 사람도 드물 것이기 때문이다.

그는 조선조 건국 초기에 만들어진 이 광통교(廣通橋)가 청계천이 복개되기 전까지 서울의 남북을 잇는 돌다리 역할을 하다가 수십 년 동안 아스팔트 밑에 묻힌 채 어둠 속에서 사람들의 기억 저편으로 사라지고 있다는 것을 늘 안타깝게 생각해 왔던 것이다.

그 돌다리에 얽힌 태조 이성계와 그의 다섯째 아들 방원, 그리고 그의 왕후 현빈 강(康)씨 사이에 얽힌 피눈물나는 사연을 알게 된 김인세는 더욱 그 다리에 애착을 가지게 되었다.

명색이 한국사를 전공해서 나이 30에 박사학위까지 가지고 있는 김인세였으나 아직도 변변한 전문 강사 자리 하나 얻지 못하고 보따리 강사 노릇을 하고 있는 처지라 어찌 보면 분수에 맞지 않을 정도로 엉뚱한 짓을 많이 했었다.

전국에 있는 고적, 문화재를 찾아다니며 그 연유를 조사하던 그는 광통교에 이르자 마치 그 다리를 위해 살아온 사람처럼 집착하게 되었다.

그 다리에 사용된 석재들을 지상으로 끌어올려 복원시켜야 한다고 그는 생각했다. 그 일을 위해 관계 당국을 수없이 찾아다니고 진정서, 탄원서도 수없이 냈으나 아무도 관심을 가지고 거들떠보지도 않았다. 그러나 그는 포기하지 않고 '광통교 복원 연구소'까지 만들어 이 일에 열중했다.

마침내 그의 뜻을 알아주는 독지가를 만나 우선 광교 네거리 지하의 옛 청계천에 들어가 그 다리를 관측하는 일을 시작하게 되었다.

김인세가 처음 광통교에 관해 기막힌 사연을 들은 것을 장미영으로부터였다.

그는 전국의 문화 유적을 조사하러 다닐 때 상당한 시간을 장미영과 같이 다녔다. 장미영은 그의 대학원 선배였으나 나이는 김인세보다 한 살이 적었다.

두 사람은 닮은 데가 많았다. 문화재에 대한 맹목적인 탐구심이라든지, 현실 감각이 결여된 이상주의자라든지, 엉뚱한 일을 저지르고 즐거워하는 성격 같은 것이 그들을 오랫동안 같이 있게 만들었다. 그뿐 아니라 종내는 연인으로까지 만들고 말았다.

그날도 그들은 늘 지나다니며 무심히 보던 종로의 보신각을 관찰하기 위해 종루에 올라갔다. 그들은 거대한 종의 크기에 압도당했다. 표면의 무늬와 명문을 살피던 장미영이 신기하다는 듯이 말했다.

"인세씨, 일루 와봐요! 여기가 이렇게 움푹 파였어."

그녀는 종이 매달려 있는 밑바닥을 가리켰다. 종과 바닥 사이는 40센티쯤 틈이 있었다. 그 틈에 손을 넣어보던 장미영이 호기심에 가득 찬 얼굴로 말했다.

"어머, 이 안 바닥이 움푹 파였어요."

그녀는 종 밑으로 기어들어갔다.

"인세씨, 이리 들어와 봐요."

종 안으로 들어간 장미영의 말이 종에 공명을 일으키며 바닥에서 울려왔다. 김인세도 그녀를 따라 종 밑으로 기어들어갔다.

"야! 여긴 정말 딴 세상이구나!"

종을 칠 때 그 여음을 오래도록 남기기 위해 종루의 바닥에는 대체로 구멍을 뚫거나 파놓는 경우가 많은데 보신각 종은 몸체가 워낙 크기 때문에 파놓은 바닥도 엄청나게 컸다.

서너 사람이 드러누워도 될 정도로 파놓은 나무 바닥은 아늑한 딴 세상 같았다. 종의 직경이 2미터20여 센티나 되었으니 꽤 큰 방이 있는 셈이었다. 종과 바닥 사이로 햇빛이 들어와 극적인 조명 효과까지 내었다. 종로 거리와 광교 쪽에서 들리는 자동차의 소음도 여과되어 멀리서 들리는 배경음처럼 느껴졌다.

20톤이 넘는 둥그런 종으로 밀폐된 공간에 마주 앉은 두 사람은 표현하기 어려운 야릇한 심경으로 서로를 바라보았다. 서울 도심에서 대낮에 이렇게 완전한 낭만적인 공간이 있을 수 있다는 것이 신기했다. 물론 밖에서는 종 속에 누가 들어가 있는지 전혀 알 수 없었다.

"여기 신방 차렸으면 좋겠는데……."

김인세가 비스듬히 누워 도톰한 장미영의 입술을 쳐다보았다. 밑으로부터 조명을 받은 그녀는 평소보다 독특한 아름다움을 엿보이게 했다. 약간 가무잡잡한 얼굴 피부가 윤기를 발하는가 하면 다소 빈약하게 보이던 젖가슴이 윤곽을 분명히 나타내 육감적으로 보였다.

"이 보신각 종이 보물 2호라면 미영은 보물 1호쯤 돼야 어울리겠는 걸……."

김인세가 갑자기 허리를 일으켜 번개같이 장미영의 입술에 입을 맞추었다.

"아이, 여기서……."

기습을 당한 장미영은 그러나 피하지 않았다. 오히려 더 적극적으로 김인세의 목을 껴안았다. 두 사람은 서로의 육체를 확인이라도 하려는 듯 꼭 껴안고 바닥에 나뒹굴었다. 그들이 사랑을 나눈 것은 한두 번이 아니었지만 이런 기묘한 곳에서 타오른 것은 처음이었다. 육중한 구리의 날개를 편 보신각 종은 젊은 연인의 뜨거운 사랑을 감싼 채 침묵하고 있었다.

김인세의 손이 장미영의 가슴에서 아랫배로 가다가 마침내 스커트를 헤집고 들어갔다. 광교에서 종로로 달려오는 트럭의 엔진 소리가 숨가쁘게 들렸다. 종 속의 포효는 타종할 때만 있는 것은 아니었다.

대낮 기묘한 장소, 보물 2호의 품속에서 나눈 사랑이 끝나자 장미영이 먼저 입을 열었다.

"이 종이 보물 2호라면 저쪽 청계천 지하에 걸린 광통교는 보물 3호가 되고도 남는 사연이 있어요."

그녀는 격렬한 사랑 뒤에 오는 멋적은 분위기를 바꾸려는 듯 광통교 이야기를 꺼냈다.

"그거야 그냥 조선조 한양 최초의 석교 정도 의미밖에 더 있어?"

김인세가 동의하지 않았다.

"인세씨는 그 다리에 얽힌 이성계의 순애보적인 사랑이나, 방원의 피맺힌 증오를 모르기 때문에 하는 소리예요."

"그래? 그게 뭔데?"

김인세는 흐트러진 장미영의 머리를 쓰다듬어주며 물었다.

"광통교는 다리로서의 문화재적 가치보다는 그 배경이 더 흥미진진

하지요."

장미영의 이야기는 계속되었다.

광교, 즉 광통교는 조선이 개국되고 한양을 서울로 정했을 때 도성에서 가장 중요한 통로였다. 남대문을 지나 경복궁으로 오기 위해 청계천을 건널 때는 이 광통교를 거쳐야 했다. 그런데 이 다리는 토교로 만들어져 홍수만 나면 떠내려가기 일쑤였고 그때마다 한성은 강남 강북이 불통되는 사태를 겪어야 했다.

이 메인스트리트에 돌다리를 놓은 것은 조선조 3대왕인 방원, 즉 태종이었다.

그러나 이 다리는 순수한 토목 공사로 이루어진 것이 아니고 한 사나이의 불타는 복수심과 천추의 한이 서려 있다.

2

태조 이성계는 위화도의 회군으로 역성 혁명에 성공하여 왕위에 오르게 된다. 그리고 도읍을 한성으로 옮기고 정도전 등과 함께 경복궁을 짓는다. 그리고 경처(京妻), 즉 벼슬아치들의 현지 처인 강비(康妃)를 정식 왕후로 삼는다. 태조에게는 강비 외에 향처(鄕妻)인 한씨가 있었다. 방원을 비롯해 여섯 왕자를 생산한 한씨는 태조가 왕위에 오르기 이태 전에 이 세상을 떠난다.

태조는 강비를 끔찍히 총애해서 그녀의 막내아들인 방석(芳碩)을 세자로 삼는다. 강비에게는 방번(芳蕃)이라는 아들도 있었다. 이렇게 되자 세자의 배다른 형들인 한씨 소생 여섯 왕자가 가만 있을 리 없다. 그중에도 정몽주를 살해하면서까지 아버지의 역성혁명을 도운 방원이 더욱 견딜 수 없었다. 그는 강비와 그의 비호 세력인 당대의 실세 정도전(鄭道傳)에게 이를 갈고 있었다.

마침내 기회는 왔다. 왕비가 된 지 5년 만에 강비는 이 세상을 떠나고 만다. 태조는 강비의 죽음을 너무 슬퍼하여 정사도 식음도 폐지하다 시피 한다. 그리고 이듬해 정월 한양의 한복판인 취현방에 강비의 능을 쓰고 정릉이라고 이름 붙인다. 그 정릉은 덕수궁 서북방, 지금의 정동(貞洞)이다. 왕은 도성 안에 묘를 쓰면 안 된다는 금기도 어기고 여기에 웅대무비한 화려한 정릉을 만들고 군사 백 명이 호위케 한다. 그뿐 아니라 능을 지키는 흥천사라는 절을 170간이나 되는 어마어마한 규모로 짓는다. 왕은 아침 저녁 경복궁의 문루에 올라가 정릉을 바라보며 눈물을 흘린다. 그뿐 아니라 이틀이 멀다 하고 말을 타고 정릉에 나가 강비와 밀어를 나눈다.

왕이 실의의 나날을 보내는 틈을 타서 방원은 지지 세력을 규합한다. 마침내 한밤중에 쿠데타를 일으켜 정도전 일파를 참살하고 왕을 협박하다시피 하여 대권을 쥐게 된다.

천추의 한이었던 강비를 향한 방원의 복수가 시작된다. 세자 방석은 폐위되고 경복궁 영추문에서 살해된다. 세자의 형인 방번은 도망가다 양화진 나루에서 참살당한다.

그러나 방원의 복수는 여기서 끝나지 않고 강비의 영혼의 집인 정릉에게까지 이른다.

방원의 실세에 밀려난 태조는 통한의 나날을 보내다가 방원이 왕이 된 지 8년만에 이 세상을 하직하고 오매불망하던 사랑하는 왕후 강비 곁으로 간다.

방원에게 마지막 복수의 기회는 왔다. 그는 도성 안에 묘가 있어서는 안 된다는 명분을 내세워 마침내 정릉을 헐어 버린다. 강비 신덕왕후의 유해는 살한리(沙乙閑) 골짜기로 옮겨져 초라한 모습으로 남겨진다. 그곳이 지금의 정릉이다.

방원은 그것으로 끝내지 않았다. 정릉을 파묘하면서 남겨진 각종 석물들을 가져다가 광통교 다리를 만드는 석재로 쓴다. 때마침 홍수가 나 청계천이 넘치게 되고 흙과 나무로 만든 광통교가 유실되자 이 같은 일을 서슴없이 한다.

"신덕왕후는 비록 나의 어머니줄에 앉는 사람이지만 어릴 적부터 나를 기른 일 없다."

방원이 그녀에 대한 증오를 완만히 표현한 말이다.

그는 비록 계모이기는 하나 어머니인 신덕왕후의 능을 파헤치고 그 돌을 가져다가 다리를 만들어 뭇백성이 발부리에 밟히도록 한다.

이런 연유로 광통교는 유례가 없는 특수한 양식으로 만들어진 다리이다. 왕비능에 있던 사대석과 병풍석의 돌은 주로 교각과 교대(橋臺)로 사용되었다. 남쪽인 조흥은행 본점 쪽에 있는 교대는 병풍석 중 신장석이 사용되었기 때문에 그 정교한 조각은 드물게 보는 문화재급이다.

3

"이성계의 순애보도 감격스럽지만 방원의 집념이야말로 알아주어야겠는데……."

장미영으로부터 광통교의 내력을 듣고 난 김인세는 충격과 함께 새로운 결심을 하게 되었다. 그날부터 광통교에 관한 자료도 모으고 실지 답사도 했다.

깊이 파고 들어갈수록 재미있는 이야기들이 많이 나왔다. 태조가 정릉을 지을 때 사대석이나 병풍석, 상설(象設)석 등에 교묘히 보물을 감추어 두었을지 모른다는 야사도 캐내게 되었다. 만약 아무도 찾지 못하게 보물을 함께 묻어 두었다면 그것이 지금 광교 밑의 교각이나 교대 어느 곳에 묻혀 있을지도 모른다는 가설을 세우기도 했다.

그는 폭 15미터, 길이 13미터의 작지 않은 국보급 석교를 지상으로 끌어올려 복원해야 한다는 주장을 계속했다. 그의 끈질긴 주장이 일부 매스컴을 통해 보도되자 마침내 독지가가 나타났다.

"젊은 사람들이 참으로 놀라운 집념을 가지셨더군. 정말 감동했소. 마침 내가 큰 돈은 아니지만 좀 가진 게 있으니 두 젊은이의 일을 돕겠소."

인두산업의 김갑중 회장이라는 사람이 김인세를 찾아왔다. 돈 가진 사람답지 않게 여윈 체구에 날카로운 눈을 한 50대의 중년 신사였다.

"회장님, 정말 고맙습니다. 이 보람된 일은 꼭 성공할 것입니다."

김인세는 김회장 앞에서 정말 눈물까지 보일 뻔했다. 이 세상은 역시 이런 사람이 있는 한 살 만하다는 생각까지 했다.

김인세의 '광통교 복원 연구소'는 갑자기 활기를 띠기 시작했다. 김갑중 회장이 보내 준 사람들이 광통교 지상 복원을 위한 활동을 시작했다.

서울시 등 당국자를 찾아가 취지를 설명하고 설득 작업에 나서기도 했다.

몇 달 간 노력한 보람이 있어 마침내 공식적으로 지하에 들어가 조사해도 좋다는 허가를 얻어냈다. 그러나 지상으로 옮기는 허가는 받지 못했다.

"이 교대로 사용한 신장석 뒤에는 태조 이성계의 명문(銘文)이 새겨져 있을 가능성이 큽니다. 그뿐 아니라 이 두 번째 교각 받침돌 속에는 태조의 보물이 숨겨져 있을지도 모르지요."

김인세는 광통교의 옛날 사진을 보면서 김갑중 회장과 그의 회사에서 차출된 굴착기 기사 진복성씨 등에게 흥분된 목소리로 설명했다.

그들은 광교의 북측, 즉 종각 쪽 맨홀을 사용해서 드나들며 광통교를 일부 분해 조사할 수 있는 허가를 얻고 한 달 간의 조사에 들어갔다.

첫날 청계천으로 내려간 사람은 김인세, 장미영, 그리고 김회장과 진복성 등 네 사람이었다.

악취에 젖은 개천물이 교각 밑으로 흐르고 있었다. 칸델라 불빛 앞에 나타난 다리의 모습은 적어도 김인세에게는 감격적이었다.

"와! 광통교! 너였구나!"

"광통교에서 조선조로 가는 거야."

그는 몇 번이나 교각에 얼굴을 비비며 감격스러워했다. 그들은 교대로 쓰인 신장석을 확인했다. 두 손을 모으고 합장하고 있는 신장 주변을 구름과 당초문이 가득히 감싸고 있었다. 놀랍도록 정교하고 아름다운 조각이었다. 그 주변에도 정밀하게 조각된 능석(陵石)들이 즐비했다. 무늬가 거꾸로 박힌 것도 있고 조각을 내 처참하게 깨진 돌도 있었다. 얼마나 함부로 돌을 다루었나 하는 것을 잘 나타냈다.

"다리 이쪽은 어디쯤인가?"

남쪽 교대를 열심히 살피던 김갑중 회장이 물었다.

"그쪽은 조흥은행 쪽이고 이쪽은 영풍문고 쪽 같은데요."

온갖 오물이 다 묻어 더러워진 돌에 얼굴을 마구 비벼 엉망이 된 김인세는 그래도 절로 함박웃음이 나오는 모양이었다.

"바로 우리 위는 어디쯤인가?"

김갑중 회장이 다시 물었다.

"바로 위는 광교 한복판이지요. 방원이 정도전을 베기 위해 한밤중에 군사를 이끌고 쳐들어갈 때도 이 청계천을 건너갔고, 1961년 미명에 중앙청으로 들어간 쿠데타군도 이 다리 위로 지나갔지요. 그뿐인가요? 신군부가 대권을 쥐던 12월의 추운 겨울 밤에도 정치 장군들이 이 다리 위를 얼마나 지나다녔을까요?"

장미영이 갑자기 엉뚱한 이야기를 하자 한동안 다리 밑은 침묵으로 이어졌다.

"자, 대강 살펴보았으면 내일부터 김인세 소장의 소원을 풀기 위해 이 남쪽 신장석부터 드러내지."

김회장이 침묵을 깨고 결론을 내렸다.

그렇게 하여 이튿날부터 본격적인 작업이 시작되었다. 우선 조흥은행 쪽에 있는 가장 큰 신장석을 뜯어내는 일이었다. 암반 굴착기와 각종 드릴러, 산소 용접기 같은 장비가 동원되었다.

작업은 주로 김회장과 진복성씨가 지휘했다. 그들이 데려온 기술자들이 작업의 주도권을 쥐고 있었다.

그런데 일을 해가는 동안 김인세는 점점 이상한 것을 느꼈다. 김인세나 장미영의 의견 같은 것은 완전히 무시되고 그들 마음대로 작업을 했다. 중요한 조각들을 거칠게 다루어 부숴버리는 경우도 많았다. 그보다 석조물을 캐내는 작업이 아니라 어느 한쪽을 향해 터널을 뚫는 것 같은 수상한 일을 계속하는 것이었다.

며칠을 보고 있던 김인세가 마침내 김회장에게 이의를 제기했다.

"회장님, 지금 저 사람들이 무슨 일을 하는 것입니까?"

"무슨 일을 하다니, 이것이 자네들이 바라던 일이 아닌가?"

그는 김인세와 장미영을 번갈아보며 말했다.

"지금 신장석은 뜯어내지 않고 그 옆에 구멍만 파고 있는 것 아닙니까? 그리고 돌을 뜯어내는 데 산소 용접기나 강철 뚫는 드릴러가 필요합니까?"

"그건 쇠를 다루는 데만 쓰는 건 아니라네."

김갑중은 평소와는 달리 대단히 불쾌한 표정으로 말했다.

"그럼 저 해머 드릴이나 프리스마는 무엇에 씁니까?"

김인세가 다시 따졌다.

"당신은 기술자도 아니면서 따지긴 뭘 따져!"

이번에는 진복성이 험상스런 얼굴을 하면서 대꾸했다. 김인세는 무엇인가가 잘못되어 간다는 생각이 문득 들었으나 입을 다물었다.

4

지하의 광통교 탐색이 3일째 되는 날이었다. 김인세는 장미영에게 그곳에 오지 말도록 이야기했다. 그러나 그녀는 무슨 일이 일어나든 같이 있어야 한다는 주장을 내세우고 부득부득 따라 들어왔다.

김회장과 그 일행들은 이제 완전히 김인세는 제껴놓고 벽 뚫는 일을 본격적으로 하고 있었다.

"김회장님! 바른 대로 이야기하세요. 지금 무슨 짓을 하는 것입니까? 광통교 문화재 조사한다고 나를 앞세워 놓고 지금 엉뚱한 짓 하는 것 아닙니까?"

김인세가 단단히 각오하고 대들었다. 오늘은 담판을 내야겠다고 생각하고 큰 소리로 따졌다.

"흐흐흐…… 드디어 눈치를 챘구먼. 속쉬원히 이야기해 주지. 네 말이 맞았어. 문화재 조사는 무슨 개나발 같은 배부른 소리야. 이 벽만 뚫고 들어가면 현찰이 가득 쌓인 천국이 나오지. 흐흐흐."

"뭐라구요?"

드디어 김갑중 일행이 본색을 드러냈다.

"그럼 당신들은…… 옆에 있는 조흥은행 금고까지 지하로 뚫고 들어간단 말인가요? 셜록 홈즈 이야기에 나오는 '빨강 머리 연맹' 흉내를 낼 작정이군요? 하지만 그건 소설이에요."

장미영이 새파랗게 질렸다. 김인세가 장미영을 등뒤로 숨기며 돌변한 그들을 경계했다. 참으로 교묘하고 어처구니없는 일에 말려든 셈이었다.

"그러나 걱정 마. 너희들이 얌전히만 있으면 해치지는 않을 테니까."

진복성의 목소리가 지옥에서 들려오는 것 같았다.

"어림도 없는 짓이오. 우리가 당신들의 일을 보고만 있을 것 같아요? 경찰에 알리고 말걸."

김인세의 말소리가 떨려나왔다.

"절대로 그렇게는 못 할걸. 너희들은 벌써 오래 전부터 우리들의 감시망에 걸려 있었으니까."

정말 그랬던 것 같았다. 이들과 작업을 시작한 뒤 혼자 집에 간 일이 없었다. 같이 어울려 다녔었다. 그것이 감시였던 모양이다.

그들은 이제 터놓고 은행 금고털이 모이를 계속했다.

"이제 다 되었습니다. 오늘 밤에 금고실 바닥을 뚫고 올라갈 수 있습니다. 그 조치는 다 되었겠지요?"

진복성이 다른 기술자(?)를 보고 말했다.

"금고실 안에는 진동 감지기가 있어서 프리스마나 핸드 드릴 머신을 대면 금방 경보기가 울려요."

일행 중 한 사람이 말했다.

"걱정 마. 그 정도 처치를 해놓지 않았을 것 같아?"

김갑중이 김인세를 홀긋홀긋 보며 말을 계속했다.

"금고실의 경보 장치는 두 가지이지. 진동 감지 장치하고 열감지 장치. 사람은 물론 새앙쥐 한 마리만 금고실에 나타나도 체온을 감지하고 경보기가 울리지. 그러나 이 완벽한 보온복을 입으면 체온이 절대로 밖으로 노출되지 않는단 말이야. 진동 감지 장치를 죽이는 일은 밖에 있는 우리 조직이 해줄 거야. 경보기는 자체 경비망에 알릴 뿐 아니라 사설 경비회사, 경찰청 상황실 등에도 울리게 되어 있어 골치 아프다구."

그는 침을 텍텍 뱉고는 상자 속에서 소방수들이 입는 방화복 같은 것을 꺼냈다. 그가 다시 말을 이었다.

"금고실은 사방이 모두 철판으로 돼 있지. 그 철판을 뚫고 들어가면 1호, 2호 등 여러 개의 대형 금고가 있어. 그러나 그걸 여는 건 식은 죽 먹기야. 내 평생 사업이 그거 여는 거였지. 은행 본점엔 대개 금고실이 둘 있지. 하나는 본점 금고, 또 하나는 영업부 금고⋯⋯. 돈이 많이 들어 있는 곳은 영업부 금고거든⋯⋯."

그는 다시 침을 뱉으며 일을 계속했다. 김인세는 그들이 일하는 틈을 타서 맨홀 입구 쪽으로 슬슬 다가갔다.

그러나 소용없는 짓이었다.

"혼자는 아무 데도 갈 수 없을걸. 가만 있자, 이제 조금만 있으면 일이 끝날 테니…… 진복성, 네가 애들을 거기 좀 데려가 있거라. 뱁새, 덩달이도 같이 가!"

그렇게 해서 김인세와 장미영은 감시를 받으며 맨홀 앞으로 갔다. 진복성이 허리춤에서 날이 시퍼런 칼을 꺼내 김인세의 턱을 겨누었다. 김인세는 등골에 식은땀이 흘렀다.

"이걸 쓰지 않도록 해줘!"

5

김인세와 장미영은 세 사람의 감시를 받으며 맨홀을 통해 아스팔트 위로 나왔다. 자동차의 분주한 헤드라이트가 대낮처럼 밝았다. 밤이 늦었는데도 거리는 북적거렸다. 바쁘게 지나가는 횡단보도의 얼굴들은 이 두 남녀가 지금 어떤 곤경에 처해 있는지 알 턱이 없었다.

진복성이 김인세 옆에 바싹 붙어 서고 두 사나이는 앞뒤에 서서 걸었다. 진복성은 호주머니에 손을 넣고 걸었는데 그 속에는 조금 전에 보여준 섬쩍한 칼이 들어 있는 게 분명했다.

그들은 광교에서 종각 쪽으로 걸었다. 종로 3가 뒷골목의 그 여관으로 가려는 것이 틀림없다. 김인세는 곁눈질로 그들의 감시 태도를 살폈다. 여차하면 도망칠 생각이었다. 보신각 종각 앞에 이르자 김인세는 번개 같은 생각이 머리를 스쳤다.

"미영씨, 보신각 종 지름이 얼마나 되더라……."

김인세는 그녀가 이 말뜻을 알아차리기를 간절히 바랬다.

장미영이 김인세를 돌아보며 말했다.

"벌써 잊었어요? 난 알고 있는데……."

김인세는 장미영이 그의 뜻을 알아차렸다고 생각했다. 그들이 종각 앞에 이르렀을 때였다.

"아니, 저게 뭐야!"

김인세가 갑자기 진복성의 어깨를 치며 소리를 질렀다. 깜짝 놀란 진복성과 두 사나이가 두리번거렸다. 그 틈을 타서 김인세는 종각 뒤 골목으로 힘껏 달렸다. 잠시 어리둥절하던 감시원들이 곧 뒤따라 왔다. 김인세는 종각을 지나 골목을 한 바퀴 돈 뒤 광교를 거쳐 다시 종각으로 돌아왔다. 장미영에게 도망갈 시간을 주기 위해서였다. 그 동안 사나이들이 필사적으로 김인세를 뒤따랐다.

김인세는 재빨리 종루로 올라갔다. 그리고 바닥에 납작하게 붙어 거미처럼 종 밑으로 기어들어갔다.

"인세씨?"

거기에는 먼저 와 있던 장미영이 나직이 말했다. 김인세는 너무나 반가워 그녀를 얼싸안고 엎드리며 숨을 죽였다.

"분명히 이쪽으로 온 것 같은데……."

밖에서 진복성의 목소리가 들렸다. 그들은 종루에까지 올라오기는 했으나 김인세와 장미영을 발견하지는 못했다.

두 사람은 숨을 죽인 채 꼭 껴안고 있었다. 심장이 두근거리는 소리를 서로 들을 수 있었다.

"미영아, 사랑해!"

김인세가 장미영의 귓전에 대고 속삭였다. 이런 위급한 상황에 그에게서 사랑한다는 말을 듣기는 처음이었다. 그들은 누가 먼저 원했다고 할 것 없이 몸을 섞은 일은 여러 번 있었으나 어쩐지 쑥스러워 그런 말은 한 번도 한 일이 없었다.

"쉿!"

그녀는 자기의 입술로 김인세의 입을 막아버렸다. 그들은 그 특별하고 안전한 국보 2호의 보금자리에서 근 한 시간을 숨어 있었다. 진복성

등이 그들을 포기하고 딴 곳으로 간 것 같았다.

"빨리 나가요. 은행에 가서 알려야 돼!"

김인세가 장미영의 손을 잡고 종 밑을 기어나오며 말했다. 그들이 종루에서 조심스럽게 내려섰을 때 거리는 여전히 분주했다. 진복성 일행의 그림자는 보이지 않았다. 두 사람은 광교 네거리로 뛰어갔다. 마침 푸른 신호가 열려 있는 횡단보도를 건너 은행 정문으로 황급히 들어섰다. 그들은 열려 있는 은행 문을 들어서다가 걸음을 멈추었다.

거기에는 경광등을 번쩍이는 경찰 순찰차가 빽빽이 들어차 있었다. 연방 플래시가 터뜨려지고 시끄러웠다.

"무슨 일이에요?"

장미영이 경비하고 있는 정복 경찰관을 보고 물었다.

"은행 금고를 털려던 바보 같은 도둑놈들을 잡았답니다."

6

그 뒤 참고인으로 수사기관에 불려간 김인세는 진술을 마친 뒤 궁금하던 것을 물어보았다.

"그들이 왜 잡혔습니까? 진동감지 장치도 돌파하고 열감지기도 속인다고 했는데……."

수사관이 빙그레 웃으며 말했다.

"은행이 셜록 홈즈 시대처럼 그렇게 허술한 곳이 아닙니다. 그런 경보 장치 외에도 적외선 경보 장치 같은 초현대적인 경보기가 더 있지요. 그러나 그들이 더 어리석었던 것은 금고에 돈이 얼마 없었다는 것을 모르고 한 짓이란 겁니다. 은행 금고의 현찰은 마감 뒤에 대체로 한국은행으로 옮기기 때문에 정작 금고에는……."

김인세와 장미영은 고개를 끄덕이며 나왔다. 경찰서에서 나와 광교로 다시 온 그들은 조흥은행 앞에 있는 4분의 1로 축소된 모형 광통교

를 물끄러미 보았다. 광통교와 함께 근 1백 년 동안 청계천의 영욕을
지켜온 이웃이 큰 봉변을 당할 뻔했다는 생각이 들었다.

"우리, 그 보금자리에 가서 사랑을 확인해 볼까?"

김인세가 장미영과 보신각을 번갈아 쳐다보며 웃었다. 9월의 하늘
색이 코발트보다 더 진했다.

● 김경수

허리케인 칵테일

•김경수
충북 중원 출생.
금요문학동인.

허리케인 칵테일

1

배경감의 안경이 불안스레 걸려 있던 코끝을 떠나 머리 위로 올라갔다.

'따따따따…….'

'두두두두…….'

장대비가 쏟아졌다.

밤새 안녕이 옛말이라더니 지금의 배경감이 그랬다. 40분 전 경찰서를 떠날 때까지만 해도 무덥고 쾌청한 날씨가 충주 시내를 다 빠져나오기도 전에 월악산 봉우리로부터 먹구름이 일었다. 그 먹구름은 충주호에 드리워진 산자락들을 감추고 모든 그림자를 먹어치운 후 대신 비를 토해냈다. 거센 빗줄기는 한치 앞을 분간하기 어렵게 했지만 관내 모든 도로를 잘 아는 배경감은 속력을 조금 늦추었을 뿐이었다. 하지만 국도를 벗어나 왕복 일차선의 비포장 도로로 진입하면서 사정은 달라졌다. 태풍을 동반했던 장마가 도로 군데군데를 파헤쳐 놓았기 때문이었다. 그래도 배경감의 성질을 잘 아는 그의 자동차는 고르지 못한 자세지만 앞으로 가주었다. 도랑을 만나기 전까지.

말이 도랑이지 시뻘건 흙탕물은 제법 급류를 이루고 있었다.

배경감의 낡은 프라이드는 더 이상 발이 못 되었다. 사건 현장인 빛내 마을까지는 약 1킬로 정도 더 가야 했다.

"남편이 죽은 거 같애요. 죽었나봐요. 죽었어요."

수화기 저편의 여자 목소리는 떨기는 했지만 분명히 표준말이었다.

속수무책으로 서 있는 배경감의 자동차 카세트에선 남편의 죽음을 신고한 여자의 테이프가 떨어지는 부위마다 운율을 달리하는 빗소리와 함께 계속되고 있었다. 배경감의 안경은 아직 그대로였고 부드럽게 감은 그의 눈이 양미간을 시작으로 꿈틀댔다.

"반장님요, 차 좀 바꾸세유. 죄송혀서 같이 댕길 수가 읎잖유우."

신참 시절 키 185, 몸무게 90킬로가 넘는 거구를 작은 배경감의 차에 구겨 넣느라 애쓰던 신형사가 올 늦은 봄 코뿔소가 종횡무진 누비는 자신의 몸집 같은 차를 사면서 투덜대던 말이 배경감의 귓전을 어지럽혔다.

'이번 사건만 잘 해결되면 바꾸지.'

배경감은 혼자 다짐하며 카세트를 끄고 테이프를 꺼냈다. 비닐 봉지를 두 개 꺼내 테이프를 여러번 감싸 잠바 안주머니에 넣고는 허리까지 내려가 있던 지퍼를 목밑까지 끌어올렸다. 자동차 키를 뽑고 안경이 제자리를 찾자 독한 술을 한 잔 마신 것 같은 가벼운 흥분이 온몸으로 전해져 왔다.

"현장은 잘 보존했겠지?"

이제 빗줄기는 가늘어졌지만 이미 흠뻑 젖어 그 자신이 비가 되어 버린 배경감이 먼저 도착한 신형사에게 언제나처럼 똑같은 질문을 했다.

"물론입니다. 파리 새끼 한 마리 내보내지 않았습니다아."

수건을 내미는 신형사 역시 늘 같은 대답을 했다. 한 가지, 어깨를 으쓱하는 동작을 잊었다. 사건의 심각성을 말보다 몸으로 먼저 얘기하는 신형사 자신도 모르는 버릇이었다. 관내 지서에서 달려온 두 명의 경찰과 감식반원이 둘 사이에서 엉거주춤 인사를 건넸다. 배경감의 꼴이 말이 아니었지만 그들도 웃을 만한 기분이 아니었다. 배경감은 목례를 하고 반백의 머리에서 흐르는 빗물을 대충 닦으며 주위를 둘러보았다.

뒷산의 울창한 수목을 배경으로 하늘색 기와지붕, 붉은 벽돌로 지은 2층집은 물기 때문에 더욱 산뜻했다. 이름하여 별장, 수억원대를 넘나든다나.

남한강을 향한 대형 유리창들은 모두 굳게 닫혀 있는 걸로 보아 신형사의 실수가 걱정되었다.

"침실입니다, 반장님."

현관문 앞에 서 있는 배경감의 뒤에서 신형사가 나지막하게 말했다. 배경감은 대답 대신 자신의 옷매무새를 내려다보았다. 젖어서 쭈글쭈글해도 단정했다.

배경감은 조심스레 문을 밀쳤다. 피비린내가 급류처럼 배경감의 얼굴로 달려들었다. 이미 말라 거뭇해진 피는 침실 쪽에서부터 작은 도랑을 이루어 유럽풍의 벽란로 앞에서 멈추었다. 정사각형의 대리석 타일은 흰색에 가까운 아이보리색이라 그것은 더욱 선명했다.

"창문 열어."

배경감이 소리치고는 단숨에 침실로 향했다.

"세상에!"

배경감은 자신도 모르게 눈을 질끈 감으며 신음처럼 다음 말을 삼켰다. 강력계 형사 20여 년 동안 수많은 사건과 접했지만 이런 광경은 처음이었다.

우아한 고전풍의 더블 침대 위엔 실오라기 하나 걸치지 않은 거구의 사내가 몸을 최대한 오그린 채 거실을 향해 모로 누워 있었다. 그 모습은 어머니 뱃속의 태아를 연상케 했다. 손목에서 방바닥으로 이어진 피는 흡사 탯줄 같았다.

'울컥' 배경감의 가슴속 어디선가 뜨거운 것이 치밀었다. 23년 전의 일이 생생하게 살아나는 느낌이었다. 그때 그의 아내는 임신 7개월이 었었다.

그가 근무를 마치고 귀가했을 때 집안은 엉망으로 흐트러졌고 아내 가 보이지 않았다. 아내는 옷장 속에서 실신한 상태로 발견되었다. 그 의 유일한 아들이 될 뻔한 태아는 사산되었다. 그때 그는 보았었다. 탯 줄이 기다랗게 달려 있던, 잔뜩 구부린 모습을. 아내 역시 1년을 못 넘 기고 아들을 따라 갔다.

배경감은 갑자기 어지럼증을 느꼈다.

"반장님, 괜찮으십니까?"

배경감의 심정을 알 길 없는 신형사가 손수건으로 코와 입을 막고 어눌하게 물었다. 배경감은 침대 위의 사내에게 분노와 연민을 함께 느 꼈다.

"반장님."

배경감은 눈을 떴다. 사내 앞에 서 있는 신형사가 제게 맡기세요 하 는 얼굴로 배경감을 쳐다보았다. 아니야. 배경감은 팔까지 휘두르며 강 한 부정을 했다. 몇 초 동안의 흔들림을 보상하기라도 하듯 배경감의 눈빛은 예리하게 방안 구석구석을 들추고 다녔다.

피비린내는 거실보다 더 역겨웠다. 역겨운 냄새는 태아를 감싸는 양 수처럼 온 방안을 스멸댔다. 사내의 눈은 감겨져 있었고 비교적 편안해 보였다.

천장과 벽, 방바닥의 피만 아니라면 그저 어리광을 피우는 덩치 큰 개구장이 같았다. 침대와 같은 제품의 화장대, 그 위의 즐비한 화장품 들. 방에 비해 조금은 커 보이는 에어컨이 전부였지만 배경감은 역겨운 냄새가 무감각해져 신형사의 손수건이 주머로 들어갈 때까지 그곳에 있었다.

배경감. 그는 동료 경찰 누구에게나 자상한 맏형이었고 아버지였다. 그러나 일에 대한 집념만은 달랐다. 어느 영화의 제목처럼 죽기 아니면

까무러치기로 달려들어 반드시 해결하는, 타의가 인정하는 타고난 경찰이었다. 그러기에 투덜거리면서도 그를 자신의 목표로 삼는 신형사였지만 그 무서운 집착력이 아내와 아기의 비극적인 죽음으로 인한 것임을 전혀 몰랐다. 그만큼 자신에 관한 한 배경감은 철저했다.

"장세연. 38세. 여자들에게 가장 인기 있는 변호사.
텔레비전에 자주 나와 탤런트 변호사란 별명도 갖고 있음.
가족은 부인 민강자. 35세. 자녀 없음.
주소. 서울 성동구 광장동 우영아파트 103호 1805호. 이상입니다."
사내의 죽음이 엉뚱해서인지 아니면 그가 신형사의 말처럼 세간에 알려진 인물이어서인지 신형사의 말투는 정중함과 비아냥이 함께 묻어 나왔다.
"부인은 아직인감?"
배경감은 잠바를 벗어 정원에 널부러져 있는 자연석 바위에 걸치며 부드러운 목소리로 물었다. 부인 민강자는 제 정신이 아니었다. 기절했다 깨어나고 헛소리를 하다 다시 쓰러져 검시관의 도움을 받고 있는 중이었다. 그 동안 신형사는 장세연의 자살을 설득력 있게 주장했고 방금 서울 동부경찰서에서 걸려온 전화로 신형사의 주장은 사실처럼 느껴지게 했다. 인기 많은 남자, 게다가 상대가 여자일 경우 탈이 날 확률은 그렇지 않은 사람에 비하여 훨씬 많을 것이기 때문에 신형사의 주장에도 일리는 있지만 배경감은 동의하지 않았다. 아니, 그저 잠자코 있었다. 신형사는 긍정도 부정도 하지 않는 배경감의 신중한 성격 때문에 매번 속상하고 화도 났지만 그 또한 딱 부러진 성격이어서 감정이 오래 가지 않았다. 신형사는 배경감이 고개를 들기도 전에 여러 겹의 볏집으로 지붕을 얹은 원두막처럼 생긴 정자로 성큼성큼 가고 있었다.
'탤런트 변호사라……'
배경감은 사건의 명쾌한 종결보다 앞설 언론이 걱정되었다. 자신도

한때 일간지 신문사 기자였기에 피할 생각은 없지만 일단은 조용하고
싶었다.

일어나는 배경감의 시야에 멀리 남한강이 들어왔다. 엄청난 양의 검
붉은 물이 도도하게 흐르고 있었다. 나이 탓일까? 그렇게도 싫어하던
강물이 오늘은 그저 무심히 보였다. 아기를 지키지 못한 죄책감으로 시
름거리던 아내가 끝내 강에 몸을 던진 후 배경감은 아내를 받아준 강
물을 증오했었다. 거기 강이 있었음이 세상 탓인양 세상의 모든 것들을
증오했었다.

눈이 침침해 왔다. 까맣고 야윈 볼 위로 뜨거운 것이 흘렀다. 배경감
은 안경을 벗어 닦기 시작했다. 천천히, 때론 빠르게……

안경을 다시 썼지만 시야는 아직도 희뿌옇기만 했다. 강산이 두 번
바뀌는 세월이 흘렀어도 아내만 생각하면 늘 가슴이 아려왔다. 그리고
아무도 모르는 그 사건은 배경감을 냉혈한으로 만들어 왔다.

민강자.

160이 약간 넘을 듯한 키에 알맞게 통통한 몸매.

특별한 곳이라고는 별로 없는 그저 이 땅 어디서나 만날 수 있는 도
회지의 세련된 여자였다. 얼굴에 비해 조금 작은 눈은 아직도 흔들리고
있었다.

"침실에 있는 사람이 남편 장세연씨 맞습니까?"

민강자는 고개를 약간 끄덕였다. 그리고 그녀는 고개를 떨구었다.

"어젯밤 여기 계셨습니까?"

평소에는 충청도 사투리를 쓰는 배경감이 서울 말씨로 물었다.

"네."

"함께 있었으면서 남편이 죽는 걸 몰랐단 말입니까?"

신형사가 끼어들었다.

"몰랐어요."

"함께 계셨던 게 아닙니까?"

"어제 그러니까…… 한 다섯시쯤 과수원에 갔었습니다. 오늘 서울 갈 때 가져가려구요. 그인…… 복숭아를 무척 좋아……."

민강자는 여전히 고개를 떨군 채 끝말을 잊지 못했다. 곧 이어 그녀의 통통하고 흰 손 위로 눈물이 방울방울 떨어졌다.

배경감은 그녀의 슬픔을 이해했다. 마구잡이로 통곡하는 것보다 참으려 애쓰는 그 모습이 몇배 더 슬퍼 보였다. 그녀의 머리며 옷은 아직도 젖어 있어 더욱 가슴 아프게 했지만 배경감의 얼굴엔 감정이 섞여 있지 않았다.

"돌아오신 시간은 언젭니까?"

"아마 여덟시경일 겁니다."

"여덟시경이라면 시계를 보신 것은 아니군요?"

"병만씨가 그랬어요. 벌써 여덟시가 다 됐다고."

"병만씨요? 병만씨가 누굽니까?"

신형사가 말 속에 뼈를 담은 투로 배경감보다 먼저 물었다.

민강자는 대답 대신 상처가 여러 군데 있는 왼손을 오른손으로 꽉 잡았다. 그녀는 기분 나빠하고 있었다. 고개를 숙인 상태여서 얼굴 표정은 볼 수 없었지만 손등의 핏줄이 붉거져 왔다. 정자의 처마 끝에서 간간이 물방울이 떨어졌다. 그렇게 몇 방울이 떨어진 후 민강자는 눈을 들어 서 있는 신형사를 바라보았다.

"과수원지기겸 여기 관리인입니다. 등성이 넘어 살아요."

행동과 달리 말소리는 아까와 변함이 없었다.

"사망 시간이 어젯저녁 7시에서 8시 사이니까 부인께서 들어오시기 직전이란 얘긴데, 발견 즉시 신고하지 않고 아침에 신고하신 이유라도?"

"아침에 알았으니까요. 전 2층에 있었습니다."

신형사가 무슨 소린지 모르겠다는 표정으로 어깨를 으쓱하며 배경감을 보았다.

"장세연씨의 사망 원인이 뭐라고 생각하십니까?"

민강자가 시선을 배경감에게로 옮겼다. 아직 물기 있는 눈이지만 눈빛만은 당돌했다.

"남편에게 손님이 있었어요."

그녀는 눈빛만큼 차갑게 다음 말을 이어 갔다.

"손님이라기엔 좀 그렇군요. 그 여잔 얼마 전부터 여기서 살고 있었으니까요."

"이런 젠장! 그 얘길 지금 하면 어떡합니까? 그 여자, 어디 있습니까?"

"아까 말씀드린 걸로 기억하는데요?"

"뭐요?"

신형사의 얼굴이 하얘졌다.

"그럼 아까 횡설수설할 때 찾던 여자 말입니까?"

"장세희, 남편의 동생이죠. 호적상이지만."

"반장님."

신형사가 서양 사람들처럼 긴 양팔을 벌려 몸으로 변명했다.

"미안합니다. 워낙 경황이 없다 보니."

배경감이 신형사를 두둔했다.

"제 귀가 잘못된 게 아니라면 그 여잔 어제 늦게까지 있었어요. 깔깔거리는 소릴 들었으니까요."

"호적상 남매라고 하셨는데 무슨 뜻입니까?"

"남편의 할아버지께서 그 여자의 행랑채에 살았었다더군요. 남편의 나이 열두 살 때 아버지와 어머니가 무고한 혐의로 시달리다 자살을 했답니다. 단 하나의 혈육인 할아버지마저 홧병으로 돌아가시자 그 여자의 집에서 그일 거두었다 하던가요? 그런 사입니다."

"왜 여기 와 있습니까?"

민강자는 잠깐 침묵했다.

"찾으면 직접 물어보세요."

"여길 떠났다면 어디로 갔을까요?"

"그 여잔 갈 곳도 없어요. 근처 어딘가 숨어 있겠죠."

그렇게 말하고 입술을 오므리는 그녀는 방금 남편의 죽음을 목격한 여자가 아니었다. 냉랭하고 담담했다.

"신형사아."

배경감의 부름에 신형사가 탐탁지 않다는 얼굴을 했다.

"긴 막대기 하나씩 갖구 가아. 그리구 말여……."

"찾거들랑 절대 손대지 말아유. 그랬다간 그냥 꺅."

손으로 자기 목을 탁 치는 흉내를 내며 지서에서 온 경찰들에게 배경감의 말을 동시에 전하던 신형사가 휘청였다. 그의 커다란 몸집은 느린 동작의 화면처럼 몇 번인가 휘청이다 야생 들꽃으로 이루어진 정원 한구석으로 고꾸라졌다.

그 모습을 보고 민강자가 풋 했다.

"조심해요. 그 여잔 자기 남편도 죽였어요."

풀숲에서 내친 김에 누워 있던 신형사가 그 소리에 벌떡 일어났다.

장세희.

그녀는 민강자의 말대로 집에서 멀지 않은 곳에 있었다.

사람의 손길이 오랜 세월 잊혀진 덕분에 들녘이나 산은 제 모습을 잃어 함부로 다닐 수 없을 만큼 풀이 무성했다. 그중 칡덩굴은 가히 폭팔적이어서 나무들의 천적이라 해도 무색하지 않았다. 그녀를 발견한 곳은 그들이 수색을 포기하고 돌아오던 야산 기슭이었다. 예전에 밭이었을 법한 그곳은 갈퀴덩굴 천국이었다. 그 덩굴 속에서 그녀는 신음하고 있었다. 그 소리가 사람의 소리인 걸 확인하느라 약간의 시간이 소요됐다. 신형사가 막대기로 이제는 무시무시한 흉물처럼 보이는 덩굴을 후려치는 동안 한 명의 경찰이 별장으로 내달았다. 그녀가 있는 곳은 참으로 은밀했다. 야외용 돗자리 하나 깔 정도의 공간엔 마굿간처럼 볏짚이 깔려 있었다. 신형사가 들어온 맞은편으로 어린아이가 드나들 만한 구멍이 있었다. 신음 소리는 그곳에서 들렸다.

"윽."

신형사가 그녀를 발견하고 지른 소리였다.

그녀는 덫에 걸린 한 마리 짐승이었다. 그녀의 작고 깡마른 몸은 온통 까매서 아프리카 밀림 속의 원주민을 만난 듯한 착각을 일으키게 했다. 소매 없는 보라색 원피스는 여기저기 마구 찢어져서 속살을 거침없이 내보이고 있었다.

속살이 보이지 않는 곳엔 갈퀴덩굴이 그물처럼 옭아매었다.

신형사의 머리카락이 쭈뼛이 섰다.

뒤쫓아 들어온 지서 경찰도 질겁을 했다.

이런 게 천벌인가 할 정도로 그녀는 처참한 몰골이었다.

"장세희씨?"

볏집 위로 옮겨진 그녀가 사람들의 웅성거림을 알아들었는지 눈을 떴다 감았다 하자 배경감이 조심스레 불렀다.

"장세희씨, 내 말 들립니까?"

그녀가 천천히 눈을 떴다고 생각하는 순간 그녀의 커다란 눈동자는 더욱 커져 화등잔만해졌다. 그녀의 시선은 배경감의 뒤에 머물렀다. 배경감도 반사적으로 뒤를 돌아보았다. 배경감의 바로 뒤엔 정복의 지서 경찰이 서 있었다.

배경감이 고개를 다시 돌려 그녀 쪽으로 향할 때였다. 그녀의 두 발이 배경감의 면상으로 날아들었다. 불편한 자세로 엉거주춤 앉아 있던 배경감은 그대로 벌렁 뒤로 자빠졌다. 동시에 그녀가 일어났다. 실로 순식간의 일이었다.

"잡아."

"나쁜 년. 감옥에서 평생 썩을 걸 빛보게 해주니까 은혜를 원수로 갚니? 니 남편 독살한 걸로 모자라서 또 죽여? 이 사람 백정 같은 년, 어디 너도 한 번 죽어 봐라, 이년아."

장세희를 보자마자 민강자는 있는 힘을 다해 따귀를 올려부치며 미친 듯이 욕설을 퍼부었다. 풀잎에 베인 상처에선 아직도 피가 흐르는 세희는 그저 말없이 민강자의 짓거리를 보고 있었다. 세희의 작은 몸은 민강자가 흔들고 밀치는 대로 왔다갔다 했다. 아기를 낳아본 적이 없어 봉긋하고 탐스런 젖무덤이 찢어진 원피스 사이로 함께 출렁거렸다.

신형사가 민강자를 세희의 몸에서 떼어냈다. 떨어지면서도 민강자의 몸은 분노로 후들거렸고 입에서는 사람 백정 같은 년이란 소리를 질러댔다.

어째서 같은 여자에게 저토록 모진 말을 듣고도 아무 말 안 하는 것일까?

민강자의 말대로 장세희는 자기의 남편을 죽였고 장세연이 그녀를 변호해서 풀려나게 했다? 그랬는데 그녀는 장세연도 죽였다? 그들은 남매지간인데? 물론 민강자의 말대로 호적상이라지만. 하긴 요즘은 자신을 낳고 길러준 부모까지 살해하는 세상이니 더 이상 할 말이 없지. 배경감은 상반된 두 여자의 모습을 지켜보며 사건이 치정으로 끝날 것임을 예감했다.

사랑이란 미명 하에 저질러지는 수많은 사건을 볼 때마다 배경감은 매번 그네들의 무책임한 인스턴트식 해결 방법에 분노를 느꼈었다.

신형사가 어떻게 할까요 하는 얼굴로 배경감을 쳐다보았다.

배경감은 민강자에게로 다가갔다.

"부인, 하나만 묻겠습니다. 장세연씨가 스스로 목숨을 끊었다는 생각은 안 해 보셨습니까?"

"물론 안 했죠."

민강자의 대답은 짧고 간결했다.

그녀는 신형사에게 붙들려 있으면서도 눈동자는 세희를 향해 시퍼런 독기를 뿜어내고 있었다. 어지간해서는 자신의 마음을 들키지 않는 배경감도 다음 질문이 떠오르지 않을 만큼 그녀의 말은 많은 것을 함축하고 있었다.

"그렇다면 장세희씨가 남편을 죽일 거라는 걸 알고 계셨단 말입니까?"

"늘 예감했다면요?"

"이거 보세요, 민강자씨. 투시경이라도 갖고 계시단 말입니까? 내가 보기에도 남편께선 자살하신 거 같다구요. 아니, 분명히 자살입니다. 그러니까 괜히 엄한 사람 잡지 마시오."

신형사가 배경감의 말에 전적으로 동의한다는 사족을 붙여 가며 민강자를 나무랬다. 민강자가 신형사의 손을 확 뿌리쳤다. 그 바람에 신형사는 뒤로 몇 발자국 물러났다.

"이것 보세요, 형사님들. 대체 여기 왜 오셨습니까? 저 안에 있는 사람 내 남편이구, 이제 막 인정받기 시작한 장래가 촉망되는 변호사라구요. 자살을 해요? 왜요? 나 모르는 걸 당신들이 압니까? 남편은 누구보다도 열심히 살려고 애쓰던 대한민국의 보통 사람이었다구요, 저 여잘 다시 만나기 전까지는. 저 여자가 나타나면서 남편이 흔들렸던 것은 사실이에요. 하지만 그건 일종의 동정심 바로 그거였어요. 그인 나밖에 몰랐어요. 우린 아이가 없어도 문제가 없는 그런 부부였다구요. 그인 괴로워했어요. 내가 남편을 대신해서 저 여자에게 떠나 달라고 애원했었어요. 그런데 저 저년은 정신병 환자입네 하고 남편에게 갖은 교태를 부리며 보호받기를 원했어……."

민강자는 감정이 복받쳐 말을 잊지 못했다. 하지만 곧 그녀는 감정을 추스렸다. 그리고 천천히 장세희에게로 갔다.

"이 여자, 작고 깡마르고 조그마한 손을 가진 이 여자, 남자들의 보호 본능을 수없이 자극하는 이 여자가 자기 남편을 죽였다고 믿어집니까? 저기 안에 있는 남자도 똑같은 모습으로 누워 있는데, 내가 어떻게 해야 되는 겁니까?"

그녀는 세희의 턱을 치켜올려 눈 속을 들여다보며 또박또박 말을 끊어가며 이어 갔다. 세희는 전혀 반항을 하지 않았다. 다만 그 큰 눈에 물이 고이고 주르르 흘러내리기만 할 뿐이었다.

"당신의 이름은?"

"장 세 희."

"장세연씨와는 어떤 사입니까?"

배경감의 물음에 그녀의 몸이 경련을 일으키듯 움찔했다.

별장을 쳐다보는 그녀의 눈엔 금세 넘쳐날 만큼의 물이 고였다. 배경감은 장세연이란 이름만으로도 눈물이 넘쳐나는 이 여자가 살인을 했다고는 믿고 싶지 않았다.

"남편을 죽였다는 게 사실입니까?"

그녀는 멀건히 배경감을 쳐다보았다. 아직도 눈물이 그렁했다.

"네."

"장세연씨도 당신이 죽였습니까?"

그녀는 두 손으로 얼굴을 가렸다.

"장세희씨, 대답해요. 당신이 죽였어요?"

신형사가 그녀의 손을 강제로 잡아떼어내 자신의 손 안에 가두며 벼락치는 소리로 재촉했다.

"네."

"이런, 빌어먹을 놈의 세상!"

신형사가 분통이 터진다는 표정으로 그녀의 두 손을 동댕이치고 일어났다.

"왜, 무엇 때문에 멀쩡한 사람을 저 지경으로 만든 거요?"

"……."

세희는 대답을 안 했다. 민강자가 내 말이 맞죠 하는 얼굴로 배경감과 신형사를 바라보았다.

"빼앗기기 싫어. 오빠 내 거야."

탁하고 갈라진 목소리는 목젖에 달라붙어 섬찟함을 동반했다.

"이거 여자랑 사랑이란 걸 해야 됩니까 말아야 됩니까? 반장님 혼자
사시는 거 증말 잘하시는 겁니다. 백 번 잘하신 일이라구유. 어이 무
셔."

언젠 혼자 사는 게 청승맞다고 궁시렁대던 신형사가 장세희의 남편
살해 사건을 보고하기 전에 어린애처럼 어이 무셔를 몇 번인가 더 뇌
까렸다.

신형사의 전화에 의하면 민강자의 말은 틀린 곳이 없었다. 장세희는
당시에 남편 박영호를 수면제가 든 술을 먹여 재운 후 면도칼로 손목
의 동맥을 끊어 살해했었다. 박영호는 늘 술에 취해 가재 도구를 부숴
댔고 아내인 장세희를 두들겨팼다. 보다 못한 이웃들이 파출소에 신고
를 하고 즉심에 회부되기도 했지만 고쳐지키는커녕 갈수록 더 심해졌
다고 했다. 그러나 술이 들어가지 않은 맨 정신의 박영호는 법 없이도
살 만한 착한 인물이었다고 했다. 이웃들의 동정어린 증언과 무엇보다
도 장세연의 눈물겨운 변호 덕분에 그녀는 구속 60여일 만에 다시 세
상으로 나왔다. 정신과 치료를 요한다는 꼬리표를 달고.

부검 결과도 역시 장세희의 범행을 뒷받침하는 데 한 몫을 했다.

장세연의 위에서는 다량의 알콜과 수면제가 검출되었다. 그것이 치
사량은 아니었지만 자신을 방어하기에는 절대 역부족이라고 할 만큼
그의 위에는 다른 음식이 들어 있지 않았다. 현장에서 찾지 못했던 면
도칼은 그녀가 숨어 있던 갈퀴덩굴 속에서 찾아내었다. 면도칼을 쥐고
그곳까지 달려갔었는지 그녀의 오른손 바닥에는 깊게 패인 상처가 있
었다. 면도칼의 날은 만지기만 해도 상처를 냈다. 공들여 누군가가 날
을 세운 흔적이 육안으로도 보였다.

어제 보여준 그녀의 즉각적인 행동이며 신새벽을 도와 서울 동부경찰서로 달려갔던 신형사의 격앙된 목소리까지 장세희, 그녀는 일을 저지를 수 있는 여자였다.

그녀는 지금 배경감이 바라다보이는 경찰서 유치장에 있다.

증거도 완벽했다.

하지만 배경감은 개운하지가 않았다. 지금의 장세희는 벙어리가 아닌가 할 정도로 한마디도 안 했다. 철저한 묵비권 행사였다. 아니, 말을 잊었다고 하는 것이 옳을지도 몰랐다. 그녀는 식사도 거부한 채 초점 없는 시선으로 허공만 바라보고 있었다.

따르르릉 따르르릉.

요즘 세상만큼이나 성질 급한 전화기가 요란하게 울었다.

"형사 2계 배정숩니다."

승진에 전혀 관심이 없는 배경감은 자신을 소개할 때 이름 석 자만 말했다.

때론 상대방에서 황망해하는 경우가 종종 있어도 배경감은 그 습관을 바꾸려 하지 않았다.

"저, 여기 도립정신병원 이도형입니다. 배경감님 계십니까?"

장세희 담당 의사였다. 배경감이 찾아갔을 때 그는 이틀 전부터 출장 중이었다.

"접니다."

"아니, 배경감님 안 계십니까? 여기 공줍니다. 여보세요?"

남의 말을 새겨듣지 않는 사람이군, 정신과 의사라면서. 배경감은 갑자기 시장끼를 느꼈다. 설명은 딱 질색인데 저쪽에서 계속 여보세요 해댔다.

"장세희씨 담당 의사 이도형씨? 제가 바로 배정숩니다."

"아, 그러세요. 감이 좋지 않아서…… 절 찾으셨다고 하던데, 장세희씨한테 무슨 일이 생겼습니까?"

"장세연씨 살인범으로 여기 있습니다."

"뭐라구요? 누굴 죽였다구요? 다시 한 번 말씀하세요. 감이 멀어서 원."

"장세연씨라고 했습니다. 세미나는 언제 끝납니까?"

"정말 세연이가 죽었단 말입니까? 지금 곧 그리로 가겠습니다. 계실 거죠?"

해놓곤 일방적으로 전화를 끊었다. 수화기를 멍하니 들고 있던 배경 감이 유치장 쪽으로 시선을 돌렸다. 장세희는 여전히 말 잘 듣는 강아 지처럼 그대로였다. 어떤 모습이 진짜 그녀인가? 수화기를 제자리에 놓고 깊숙이 앉으려던 배경감이 뒷덜미를 움켜쥐며 다시 일어났다. 쐐 기에 쏘인 듯한 통증이었다. 소름이 쫙 돋았다. 얼른 잠바를 벗어 바닥 에 던졌다. 그리고는 화장지를 뜯어 녹색의 체액을 흘리고 짜부러졌을 쐐기란 놈을 찾았다. 잠바를 뒤적이던 배경감의 입가에 미소가 번졌다. 거기엔 쐐기란 놈 대신 갈퀴덩굴 씨앗이 몇 개 뭉쳐져 있었다. 그것들 을 떼어내려던 배경감의 손이 멈췄다.

갈퀴덩굴.

씨앗. 동물의 털이나 사람의 옷에 붙어 먼 곳까지 퍼지는 잔털이 많 은 열매. 민강자만 빼고 거기 있던 모든 사람들 옷이며 머리카락에 붙 어 있었지. 장세연의 침대에서 떼어낸 것도 있었지만 별로 중요하게 생 각하지 않았었다. 그것들은 너무 흔했기에, 너무나 흔했기에.

2

"믿을 수가 없습니다. 이건 뭔가 잘못된 겁니다."

사건의 전말을 다 듣고 난 후 이도형이 독백처럼 말했다. 뚱뚱하지 도 않은 체격에서 연신 땀을 흘리고 있었다.

"못 믿겠으면 본인한테 직접 물어보세유."

신형사가 애첩처럼 끼고 사는 선풍기를 이도형에게 방향 전환시키며 퉁명스레 말을 받았다. 냄새를 맡고 몰려온 기자들을 피해 배경감이 뒷문으로 나간 후 배경감의 엄명에 따라 사건을 함구하느라 한바탕 곤욕을 치른 신형사는 지쳐 있기도 했지만 그것보다는 이미 끝난 사건이라고 생각하는 지금 새롭게 등장하여 허니, 해서, 하였다 라며 분분한 의견을 내세울 그가 못마땅했다.

꼬박 서른 시간을 눈 한 번 붙여보지 않았기 때문에 이젠 그만 자고 싶었다.

곧 들어온다는 배경감의 전화만 아니라면 상대가 누구이든 머리가 책상에 닿았을 신형사였다.

"장세희씨를 만났으면 합니다."

신형사가 큰 입이 찢어져라 하품을 연신 해대자 이도형이 일어나며 유치장을 바라보았다.

"잠깐만 기다리셔유. 반장님 곧 오실 거구만유."

하품 때문에 눈가에 고인 눈물을 쓰윽 닦으며 손으로 앉으라는 신호를 보내던 신형사가 벌떡 일어났다. 몇 시간을 자세 한 번 바꾸지 않던 장세희가 옆으로 쓰러졌기 때문이었다. 신형사의 큰 덩치가 비호처럼 달려갔다. 덩달아 이도형도 달려갔다. 허둥대며 문을 여는 신형사보다 이도형이 먼저 안으로 들어갔다. 그는 세희를 가슴으로 끌어안았다.

"장세희씨, 장세희씨, 정신 차려요. 세희야, 세희야 임마, 정신 차려."

이도형을 나꿔채려던 신형사가 멈칫했다. 축 늘어진 세희를 흔드는 이도형의 말투가 이상해서였다.

의사가 다녀갔다.

신경쇠약에다 탈수증까지 겹쳤다고 했다.

"당신은 누굽니까?"

신형사 스스로도 참으로 우매한 질문을 했다고 생각했다. 대답을 잊은 이도형은 포도당병에서 떨어지는 방울만 뚫어져라 보고 있었다.

성질 급한 신형사는 다람쥐 쳇바퀴 돌 듯 좁은 유치장 안을 돌아다녔다.

우격다짐으로 하면아 이도형 정도는 거뜬하게 끌고 나갈 수 있지만 그의 진지한 눈빛이 신형사의 혈기를 막고 있었다. 대답조차 잊고 간호에 열중하는 그를 보며, 곧 돌아온다던 시간을 한 시간씩이나 늦는 배경감에게 원망을 퍼부었다. 다시 한 바퀴를 돌고 한 차례 중얼거리던 신형사가 자신도 모르게 얼른 입을 막았다. 기가 막혀 할 말을 잃은 배경감이 문 앞에서 자신을 보고 있었다. 평소에 온순하던 그의 눈빛이 매서운 광채를 발하고 있었다.

"당장 나오지 못혀."

쩌렁쩌렁 울리는 배경감의 목소리는 서 안의 모든 사람들을 깜짝 놀라게 했다. 신형사가 이도형을 잡아 쏜살같이 밖으로 나왔다. 사태를 짐작한 사람들이 와 하고 웃었다. 신형사는 쥐구멍이라도 있으면 숨고 싶었다.

"죄송합니다, 반장님."

전 역시 형사 체질이 아닙니다. 시중잡배나 될 걸 그랬습니다. 혼날 때면 곧잘 써 먹던 말들이 목구멍에 걸려 나오지 않았다. 그저 쩔쩔매며 불호령을 기다렸다.

"신형사님 잘못이 아닙니다. 이도형입니다."

이도형이 아직도 문 앞에 서 있는 배경감에게로 가서 손을 내밀었다. 배경감은 손을 내밀지 않았다.

"먼 길 오시느라 고생하셨습니다. 앉으시지요."

배경감의 말씨는 대단히 사무적이었다. 몹시 화가 났다는 증거였다. 신형사가 얼른 자신의 의자를 배경감 의자 옆에 갖다 놓았다. 배경감은 신형사를 거들떠보지도 않고 유치장으로 향했다.

"방금 전에 쓰러졌었습니다. 신경쇠약에 탈수증이 겹쳤답니다."

"구급차 불러."

"예?"

신형사가 어리둥절해서 배경감을 쳐다보았다.

"자네도 같이 가. 실수하지 말고."

이도형.

서른여섯 살의 여자에게 임마라고 할 수 있는 남자.

배경감은 자리에 앉아 신형사가 빠르게 일러준 말을 생각했다.

"우리 셋은 불알 친굽니다."

이도형은 정신과 의사답게 배경감의 정곡을 찔렀다.

배경감이 고개를 끄덕이고는 의자를 돌려 이도형을 보았다.

보통의 키와 알맞은 체격. 쌍겹눈이 인상적인 미남형의 얼굴.

"세연이는 전문가였지만 난 돌팔입니다. 거의 다 나았다고 생각했는데……. 결국 세연이는 제가 죽인 꼴이 되었군요. 세연이가 정말 죽었다면 말입니다."

배경감은 서랍을 열어 장세연의 사진을 꺼내 내밀었다. 두 번 다시 보고 싶지 않았지만 이 남자에겐 확인이 필요했다.

"오, 이럴 수가!"

이도형은 햄릿 같은 말을 했다. 사진을 집어던지고 머리를 양손으로 감쌌다.

그는 장세연의 죽음이 자신의 일인양 무척이나 괴로워했다. 하지만 이도형의 그런 모습이 배경감에게는 과잉 반응처럼 느껴졌다. 장세희 때문이야. 그녀는 하루 만에 배경감에게 불신을 안겨줬다. 약 30여초를 이도형은 그러고 있었다.

그 짧은 시간이 배경감은 무척 지루했다.

"담배 피워도 되겠습니까?"

고개를 든 그의 얼굴은 거짓말처럼 평온했다. 헝클어진 머리카락을 쓸어넘기며 배경감을 바라보는 그의 눈에는 이슬 방울조차 없었다.

배경감이 자신의 담배를 권했다. 이도형은 가볍게 사양하고 자신의 양복 안주머니에서 금색으로 된 담뱃갑을 꺼내 조심스럽게 열고 시가를 꺼냈다. 그가 배경감에게 한 개비를 내밀었지만 배경감 역시 가볍게 사양하고 자신의 담배 88 한 개를 입으로 꺼내 불을 붙였다.

이로써 장군 멍군이군, 친구. 이 쩜통 더위에 쫙 뽑은 양복하구. 신형사가 있었으면 필경 그랬을 것이다. 배경감은 신형사를 빌어 물찬 제비 같은 이도형을 잠깐이나마 경멸했다.

"장세희씨한테 특별한 질환이라도 있는 겁니까?"

"세흰 불쌍한 여잡니다. 이제 그녀를 변호해 줄 사람도 없으니. 경감님, 지루하시겠지만 제 얘길 들어주시겠습니까?"

"물론입니다."

이도형은 서둘러 담배를 껐다.

"우리 셋은 지금 세연이의 별장이 있는 빛내 마을에서 어린 시절을 보냈습니다. 세연이와 나는 세희가 여자가 될 거라는 생각을 해본 적이 없을 정도로 그 또래 사내아이들 행동을 많이 했습니다. 게다가 세흰 언제나 꼬맹이여서 다른 발육도 남보다 늦었거든요. 아, 그리고 가끔, 아주 가끔 세희는 우리들의 비밀 집(마을에서 멀리 떨어진 곳에 그들만의 장소를 만들어 두었다고 했다.)에서 엄마가 되기도 했었지요. 그건 어머니가 안 계신 나를 위한 배려였습니다. 작은 품이었지만 난 필사적이었다고 해도 과언이 아닙니다."

이도형이 짧게 한숨을 쉬었다.

무엇 때문에 이 남자는 자신의 일을 나에게 고백하는가? 배경감은 약간의 혼란이 왔지만 내색을 안 했다.

"내가 차츰 세희가 그리워질 때쯤 세연이에게 엄청난 일이 일어났습니다. 어머니와 아버지가 자살을 하시고 곧 이어 할아버지까지 돌아가신 겁니다. 얼마 후 세연이는 행랑채에서 안채로 입적되었습니다. 세희네 집에선 세연이한테 끔찍이도 잘해 주었습니다. 그중 세희의 어머니는 정말 대단했습니다. 나두 고아가 되어 세희네 집 머슴이 되어도 좋다는 생각까지 했으니까요. 세연이와 세희는 늘 함께였습니다. 그러나 표면상으로는 어디까지나 사이 좋은 오누이였지요. 나 역시 표면상으로 그들과 친구였습니다. 난 늘 세연이를 따라다니기 바빴습니다. 그는 다방면으로 수재였고 사랑도 먼저였습니다. 세연이가 서울로 유학을 떠나면서 둘의 사랑은 애절했고 나 역시 또 그들만큼 애절했지만 난 우정도 사랑도 깰 용기가 없어 어정쩡한 상태로 그들 곁에 머물렀습니다. 그런 대로 평온했지요. 세희 어머니가 신부에게 고해하듯 임종 직전 충격적인 말을 했습니다. 세희에겐 남자 형제가 없었습니다. 밤낮 없이 갑수(세연이의 원래 이름이라 했다.)를 들먹이며 손자 타령하는 시어머니와 남편의 바람끼를 참다 못한 세희의 어머니가 엉뚱하게 갑수의 부모를 모함했고 그들을 죽음으로까지 몰고 갔다고 했습니다. 참으로 어처구니없는 발상이었지요. 세희 어머니는 용서를 빈다는 말과 함께 숨을 거두었습니다. 세연이는 집을 버렸고 누구도 못 말리는 폐인이 되어 갔지요. 얼마 후 세연이는 군에 지원을 했고 세희에게는 한마디 말도 없이 입대를 했습니다. 오래지 않아 세희네 집은 천벌인가 싶은 괴질로 식구 모두가 죽고 그 큰 집에 세희 혼자 남았습니다. 얼마간의 세월이 흐른 뒤 내가 세희를 찾아갔을 때, 그녀는 이미 다른 사람의 아내가 되어 서울로 떠난 뒤였지요."

여기서 이도형은 잠깐 얘기를 중단했다.

배경감이 물을 내밀자 그는 기다렸다는 듯이 벌컥벌컥 마셨다. 남의 얘긴데도 배경감은 가슴이 답답했다. 세희가 장세연을 죽인 이유가 될 만한 문제들이 이도형을 통해 배경감의 머리 속을 어지럽혔다.

컵을 내려놓으면서 그는 배경감에게 고맙다는 인사를 했다.

이 와중에도 그는 깍듯이 예의를 차렸다.

"세연이와 나는 그가 변호사로 명함을 찍고 내가 정신과 의사로 명함을 찍게 되면서 다시 만났습니다. 장세연이란 이름을 버리지 않은 게 신기했지만 묻고 싶지 않았습니다. 우린 공통의 궁금증을 갖고 있었지만 누구도 먼저 그 얘길 꺼내지 못했습니다. 세연이는 이미 결혼을 했고 나 또한 늦게나마 데이트란 걸 하는 중이었으니까요. 우린 빛내 마을에 관한 한 묵계처럼 얘기를 하지 않았습니다. 그러던 어느 날, 신문에 난 세희를 보았습니다. 남편을 죽인 여자로 말입니다. 그 남편이란 사람은 세희의 모든 것을 알고 있는 이웃 마을에 살던 작자였습니다. 평소에 얌전하기로 소문난 그 자의 엄청난 이중성이 세희를 끊임없이 괴롭혔다는 사실을 알고 세연이에게 부탁을 했습니다. 세연이는 한동안 망설였습니다. 세희의 변호를 하는 것은 자신의 과거를 만인 앞에 폭로해야 하는 일이었기에 당연했죠. 결국, 세연이는 모든 것을 세상에 내놓으며 세희를 변호했습니다. 매스컴은 앞다투어 세연이의 용기를 찬양하기 시작했습니다. 많은 여자들이 세연이에게 갈채를 보냈지요. 다만 한 사람, 아내에게만은 예외였습니다. 세연이가 세상에 알려지면 알려질수록 그의 아내는 힘들어 했습니다. ……세희의 공식 병명은 심신허약, 대인공포증, 또하나 경계선 성격 장애."

이도형은 빈 컵을 들었다 놓으며 침묵으로 얘기가 끝났음을 알렸다. 배경감은 안경을 벗어 머리 위로 올렸다. 그리고는 피로한 눈을 위해 눈언저리를 지긋이 눌렀다.

"경계선 성격 장애란 무슨 뜻입니까?"

"성격이 잘 조절되지 않는 증세, 일테면 컨트롤되지 않는 겁니다. 감당하기 힘든 충격을 받았거나 할 때 일어날 수 있는 장애입니다. 어머니에게서 받은 충격과 그 충격을 끊임없이 들추어냈던 남편이 원인이라고 생각합니다."

"그렇다면."

"제 소신이 세희를 별장에 있게 했습니다. 이렇게 될 줄은 정말 몰랐습니다. ……모든 게 제 잘못입니다."

배경감이 안경을 다시 내려썼다. 약간의 지압으로 그의 눈은 벌써 생기를 되찾아 유리알 저편에서 번쩍였다.

"경감님, 한 가지 부탁이 있습니다. 세희를 제게 맡겨 주십시오. 필요하시다면 증언도 하겠습니다."

무엇이 이 남자를 이렇듯 용기 있게 만드는가? 사랑? 사랑. 배경감에게는 참으로 아련한 먼 단어였다.

"결혼하셨습니까?"

"다행히 아직 안 했습니다. 예정두 없구요."

이도형은 그 말을 하면서 보일듯 말듯 웃었다. 그가 처음으로 표정을 보였다. 그의 얼굴이 몹시 바라던 것을 마침내 얻은 소년의 표정과 같다면 내가 과민한 걸까? 배경감은 스스로에게 물었다.

이도형이 또 하나의 시가를 꺼내 입에 물었다. 배경감이 성냥불을 그어댔다. 성냥알 몇 개를 부러뜨린 후에 불이 켜졌다. 불을 붙이려고 얼굴을 숙이는 이도형은 불빛을 받아 부끄럼타는 소년처럼 상기되어 불그레했다.

"혹시 연극하십니까?"

배경감은 조금 전에 이도형에게 품었던 경멸감을 의식하며 다소 엉뚱한 질문을 했다.

"그런 셈이죠. 언제 한 번 보십시오."

"장세희씨도 사이코드라마를 했습니까?"

"아니오, 아직은."

신형사는 애꿎은 자기 손바닥을 제 주먹으로 쳐대며 심통을 부리고 있었다. 장세희도 이젠 원기를 되찾았는데 송치하지 않는 이유를 따지고 싶지만 배경감은 코빼기도 보여주지 않기 때문이었다. 새 차의 스피드감도 익혔겠다 성격도 다혈질인 그를 병실 문이나 지키게 하는 건 일종의 체벌이라고 신형사는 꿍꿍거렸다. 그 시간 배경감은 그의 궁금증을 풀어주기 위해 엄청나게 혹사시킨 프라이드의 엔진도 식힐겸 지서에 두고 등성이를 넘어와 갈퀴덩굴 숲에 있었다. 아래가 한눈에 보였다. 민강자가 별장에서 나와 경찰에 몇 마디 건네고 자신의 차를 탔다. 차가 멀어지는 걸 확인하고 배경감은 내려왔다.

현장은 잘 보존되었다. 역겨운 냄새도 많이 가셔 있었다. 배경감은 밖으로 나와 민강자가 머무는 2층으로 갔다. 2층으로 통하는 문은 오래 전부터 잠겨 있었다. 2층은 침실이 두 개, 작은 거실, 화장실 겸 목욕탕이 전부였다.

거실에선 정원이 훤하게 보였다. 배경감은 민강자의 침실로 들어갔다. 변호사 사모님답게 모든 것이 고급임을 한눈에 알아보게 했다. 배경감은 준비해 간 장갑을 끼고 옷장을 조심스레 열었다. 배경감이 민강자를 의심한 것은 작은 갈퀴덩굴 씨앗에서 시작됐다. 용의자 두 여자 중 장세희는 모든 증거가 완벽했다. 일부러 만든 것처럼. 민강자 그녀는 반대로 깨끗했다. 깨끗한 것이 문제가 되는 것은 아니지만 너무나 선명해서 배경감은 육감을 따라 이곳까지 들어왔다.

"우리 사모님 불쌍혀서 워쩐대유. 변호사님을 끔찍이도 사랑혀셨는디. 저 별장만혀두 그래유. 재작년 변호사님 생일 선물로 지어 주셨다믄유. 머리 검은 짐승 거두지 말라는 옛말두 있구만. 에이."

과수원지기 병만의 처 영순은 말끝을 팽하고 코를 푸는 걸로 대신했었다.

배경감은 등성이를 넘어올 때 일부러 그들 눈에 띄도록 했다. 아무 말 안 하는 병만과는 달리 그의 처는 별장 사건을 가지고 열심히 왈가왈부했었다. 덕분에 배경감은 묻지 않고도 알고 싶었던 것을 알게 되었다.

어제 민강자가 입었었다던 연한 감색의 투피스를 꺼낸 배경감은 조심스레 살폈다. 하지만 배경감이 찾는 녹색의 열매는 보이지 않았다. 이번에는 옷을 뒤집어서 살폈다. 있다. 겉과 속치마 사이에 두 개가 나란히 붙어 있었다. 배경감은 그것들을 떼어 비닐 봉지에 넣었다. 또 하나가 있었지만 그냥 두었다.

배경감이 신형사 앞에 나타나기는 그로부터 다섯 시간이나 지난 오후 3시였다.

그렇게 벼르던 신형사도 지쳤는지 아무 말 안 했다.

"신형사, 차 좀 가져와."

"반장님이 은제 내 차 타셨남유?"

"손님 태우고 갈라니까 그러잖여."

"손님요? 그게 누군감유?"

"장세희."

"종착역이 워딘가유?"

"별장."

신형사의 눈이 커졌다. 그 눈이 뭡니까 했다. 배경감은 신형사의 어깨를 탁 쳐주는 걸로 대답을 하고 안으로 들어갔다. 둘만의 은어였다.

만 하루 만에 보는 세희는 제법 건강해 보였다. 배경감이 들어가자 세희는 일어나 앉았다. 왼손으로 머리카락을 손질하는 폼은 정상적인 여자와 하나도 다를 게 없었다.

"날 알아보겠습니까?"

그녀가 고개를 끄덕였다.

배경감이 그녀 앞으로 의자를 끌어다 앉는 동안 그녀는 자신의 오른손을 환자복 사이로 숨겼다.

"얘기하기 어렵다는 거 압니다. 하지만 장세희씨 증언이 대단히 중요합니다. 무슨 말인지 아시겠지요?"

"네."

그녀가 대답을 했다. 아니, 네 했다고 느꼈는지도 몰랐다. 어쨌든 그녀의 입술이 움직였다.

"그날 밤 어떤 일이 있었는지 말씀해 주세요."

그날 밤이란 소리에도 세희의 얼굴은 일그러졌다. 배경감이 일부러 장세연이란 말을 뺐다. 자극을 최소한 줄여 보자는 의도였다. 세희의 얼굴이 점점 고통스럽게 일그러지며 고개를 가로 저었다.

"난…… 몰라요. 무슨…… 무슨 일이 있었는지. 너무 추워서 눈을 떴어요. 난…… 내 방에서 잤는데 오빠가 옆에 있었어요. 오빠도 웅크렸길래 추워서 그런 줄 알고 이불을 덮어주려고 했는데……."

그녀가 갑자기 온몸을 떨며 울었다. 배경감의 두 손이 어쩔 줄 몰라 들쑥날쑥했다. 어떻게든 해보라고 머리 속에서 명령을 내리지만 배경감의 굳어버린 육체는 그저 부동자세였다.

"눈을 떴다고 생각했는데 몸이 말을 안 들었어요. 그때…… 천장에서 그 여자의 얼굴이 나를 노려보았어요. 말을 해야 했는데…… 말이 나오지 않았어요. 그 여자가 나를 일으켜 물을 먹였어요. 난 보았어요. 그건 분명 피, 피였어요. 피였다구요."

그녀의 커다란 눈동자가 바삐 구르기 시작했다.

"그 여자가 누굽니까? 민강자를 말하는 겁니까?"

배경감이 몰아세우듯 빠르고 낮게 물었다.

"그래요. 맞아요. 그 여잔 올케였어요."

"왜 진작 얘기 안 했지요?"

"아무도 나를 믿지 않을 테니까요."

아무도 나를 믿지 않으니까, 아무도 나를 믿지 않으니까……. 그녀의 목소리는 점점 기어들어갔다. 몇 번을 더 웅얼거리던 그녀가 갑자기 침대 아래로 내려섰다. 그 바람에 링겔병과 그것을 걸었던 받침대가 휘청거렸다. 배경감이 링겔병을 얼른 내려 한 손으로 높이 들고 병실을 왔다갔다 하는 그녀늘 쫓아다녔다.

"산에는 어떻게 갔지요?"

지금의 그녀는 배경감의 말을 못 알아들었다. 그냥 일정한 보폭으로 바삐 걷기만 할 뿐이었다.

"난 안 그랬어요. 난…… 절대루 안 그랬어요. 칼이 그냥 내 손에 있었다구요. 그게 내 손을 아프게 했어요. 아파요. 많이 아파요."

지금 배경감은 이도형이 말한 경계선 성격 장애를 몸으로 체험하고 있었다.

3

"우리는 흙에서 왔던 이 육신을 다시 흙으로 돌아가도록 땅에 묻습니다. 그러나 죽은 이들 가운데서 첫째로 부활하신 그리스도님께서 우리의 비천한 육신을 변화시키시어 당신의 빛나는 육신과 흡사하게 만드실 것이므로 장세연 이냐시오 교우를 그리스도님께 맡겨 드립시다. 그리스도님께서 친히 당신 평화 속에 받아들이셨다가 부활시켜 주실 것입니다. 아멘."

하관 기도를 하는 신부의 음성이 38도에 육박하는 폭염 때문에 많이 지쳐 있었다. 검은 예복을 준비하지 못한 배경감과 신형사는 그들 뒤에 서 있었다.

장세연이 카톨릭 신자였다는 건 배경감으로선 뜻밖이었다.

"남편은 군에 있을 때 영세를 받았다고 했습니다. 전 신자는 아니지만 아무래도 이렇게 하는 것이……."

민강자는 울먹였다. 꼭 쥐고 있던 하얀 손수건으로 눈 밑을 닦았다. 검은 상복과 하얀 손수건은 극한 대조를 이루며 그녀를 완벽한 미망인으로 만들었다.

배경감은 뒤통수를 얻어맞은 기분이었다. 시신을 내어준 지 불과 몇 시간만에 그녀는 마치 기다리고 있었다는 듯이 일사천리로 장례식을 마쳤다. 배경감이 시신을 내어준 의도는 이것이 아니었는데. 어안이벙 벙한 건 이도형과 병만, 그의 처 영순도 마찬가지였다. 그러나 아무도 이의를 제기하지 않았다. 그녀 민강자가 유일한 상주였고 장세연의 죽음 자체가 자연사가 아니었으므로.

별장으로 돌아오는 동안 25인승 승합차 안의 여섯 사람은 한결같이 꿀 먹은 벙어리였다.

"아직 볼 일이 남았나요?"

승합차가 국도에서 비포장 도로로 접어들자 민강자가 심각한 얼굴의 신형사에게 물었다.

"장세희씨가 거기 있잖유."

심하게 흔들리는 차체의 움직임 따라 신형사의 몸이 건들거려 보기에 따라서는 대단히 기분 나빠 보였지만 민강자는 기분 나빠하지 않았다.

"아!"

민강자는 아주 짧게 자신을 나무라는 투로 가슴을 쳤다. 그녀는 여유 있었다. 그렇게 보였다. 이도형은 창 밖만 바라본 채 고개조차 돌리지 않았다.

배경감이 이도형을 별장으로 부른 건 모두 함께 있는 곳에서 확인하고 싶은 게 있었기 때문이었다. 하지만 결과는 그들 모두를 장례식에 초대한 꼴이 되었다.

별장에 도착했을 때는 노을이 강물에 제 그림자를 길게 풀어놓았었다.

경찰과 함께 정자에 앉아 있던 세희가 일어났다. 배경감이 그리로 몇 발자국 걸어갔을 때였다.

"경감님."

배경감이 멈춰섰다.

"안녕히 가세요."

민강자가 배경감의 등에다 작별 인사를 하고 현관께로 또박또박 걸어갔다.

황급히 돌아서는 배경감과 신형사의 눈빛이 마주쳤다.

"민강자씨, 당신을 장세연씨 살인범으로 체포합니다."

민강자가 홱 돌아섰다. 그녀의 눈이 무섭게 번득였다. 그 순간 찢어지게 울어대던 매미도 소리를 멈췄다. 모든 것이 정지 상태인양 숨을 죽이게 했다.

신형사는 이 정적을 깨고 온 산들이 울리도록 터져나올 민강자의 웃음을 기다렸다.

"농담이 지나치군요."

그녀의 입술을 통해 밖으로 나온 말은 너무도 조용했다.

"신형사."

배경감이 날카롭게 소리쳤다. 신형사가 민강자의 손을 나꿔채는 것과 동시에 그녀도 소리쳤다.

"와이라캐요."

"증거를 대세요."

민강자는 또다시 예전의 그녀로 돌아와 있었다.

한순간에 바뀌어진 상황에 어리둥절하는 이도형은 장세희를 자신의 팔로 감싸안은 채 토끼 눈이 되어 있었다.

민강자는 이도형의 팔에 안겨 있는 세희를 싸늘하게 노려보곤 다시 배경감을 바라보았다.

배경감은 녹음기를 꺼내 테이프를 넣었다.

"남편이 죽은 거 같애요. 죽었나봐요. 죽었어요."

"와이라캐요."

배경감이 녹음기를 끄고 민강자를 보았다.

"첫번째 증겁니다. 두 사람은 동일인이고 그 사람은 당신입니다."

"그래서요?"

"당신은 경북 상주에서 출생, 고등학교까지 거기서 졸업했습니다. 아무리 말씨를 바꾼다 해도 타고난 본성까지 바꾸기는 대단히 어렵습니다. 남편의 죽음을 처음 목격한 상태였다면 당신은 틀림없이 고향 사투리를 썼을 겁니다."

"그럴 수도 있겠군요."

그녀는 표정 하나 바뀌지 않고 긍정했다.

"두 번째, 당신의 두 번째 실수이기도 합니다. 당신은 오랜 시간 왼손 쓰는 걸 익혔습니다. 장세희가 왼손잡이기 때문이죠. 이 사건에서 왼손인가 오른손인가 하는 것이 문제가 되는 것은 아니지만 어쨌든 당신은 닮으려고 애썼지요. 이 문젠 확인이 필요하다면 관리인을 불러도 좋습니다."

"됐어요."

"좋습니다. 남편의 동맥을 끊을 때까지 당신은 완벽했어요. 당신의 일을 다 마치기도 전에 장세희가 깨어나려 했습니다. 당신은 장세희에게도 충분한 양의 수면제를 먹였다고 생각했지만 장세희는 이미 수면제에 단련돼서 웬만한 양 가지고는 효과가 충분하지 못했습니다. 당신은 급한 김에 물을 먹이는 척하며 또다시 수면제를 먹여 잠들게 했습니다. 동이 틀 무렵 당신은 잠에 빠진 장세희를 등에 업고 갈퀴덩굴 밭으로 데려가 아무렇게나 떨어뜨렸습니다. 다시 집으로 돌아온 당신은 샤워를 하고 옷을 갈아입었습니다. 그리고 눈에 보이는 갈퀴덩굴 열매는 모두 떼어냈지요. 그날 내린 장대비는 당신에게 행운이었습니다."

배경감이 잠깐 숨을 돌리는 사이 민강자가 엷은 미소를 지었다.

"아, 면도칼 얘기를 잊었군요. 당신은 면도칼의 모든 지문을 닦고 장세희의 손에 쥐어줄 때 연습처럼 안 됐습니다. 왼손이 아닌 오른손에 쥐어주고 힘껏 그 손을 눌러 상처가 나게 했습니다. 실수한 걸 알았지만 어쩔 수 없어 그대로 둔 겁니다."

"상황만 즐비하네요. 알맹이는 어디 있죠?"

"당신의 왼손. 최근에 생긴 상처가 많다는 건 뭘 의미합니까?"

배경감의 말에 무심코 왼손을 폈던 민강자가 얼른 쥐었다. 그녀의 얼굴이 조금씩 어두워지는 것을 배경감은 놓치지 않았다.

"세 번째, 당신의 알리바이. 과수원에서 돌아온 시간은 8시 15분경. 그때 이미 두 사람은 잠들어 있었습니다. 어떻게 했는지는 당신이 잘 아니까 생략하겠습니다."

"우린 이별을 아쉬워하며 간단히 한 잔씩 했어요. 남편과 저 여자가 좋아하는 허리케인 칵테일. 얘기 되나요?"

민강자의 비아냥거림에 신형사가 주먹을 불끈 쥐고 일어났다. 배경감이 손으로 앉으라고 했다.

"물론 그 두 사람은 당신의 제의를 거절하지 않았습니다. 어쨌든 두 사람은 당신한텐 죄인이니까요. 그들은 죄인입니다. 당신의 생애에 상처를 입히고 난도질을 한 것이 비록 타의에 의한 것이라 해도 말입니다."

배경감의 말은 힘이 있고 엄숙했다. 어쩌면 그는 지금 자신한테 말하고 있는지도 몰랐다. 배경감의 가슴에 비가 내리고 있었다. 민강자를 빌어 자신의 아픔을 토해내고 있었다.

장세희가 흐느꼈다.

침묵은 길었다.

"그래요. 당신 정말 괜찮은 경찰이군요. 내가 죽였어요. 난 수십번 수백번 저들을 처벌하는 상상을 했어요. 여러번의 연습 끝에 마침내 성공했다구요."

"반장님, 이도형씨께서 보충 설명이 필요한 눈칩니다."

민강자를 태우고 달리는 경찰차를 따라가며 신형사가 이도형을 팔왔다.

"흠."

배경감은 한꺼번에 몰려드는 피로감으로 머리를 의자에 기댄 채 헛기침을 했다.

"제가 해보겠습니다. 괜찮으시다면."

이도형이 나섰다.

"좋습니다."

신형사도 인심 썼다.

"민강자는 과수원으로 가기 전 두 사람에게 수면제가 든 술을 먹였다. 그리고 부리나케 돌아오자마자 일을 꾸몄다. 에, 또……."

"민강자는 에어컨을 최대한 가동시켜 사망 시간을 한 시간여 앞당기는 치밀함을 보였다."

"아, 맞아. 그 방엔 에어컨이 있었지, 역시."

이도형이 신형사를 보고 대단하다는 듯이 고개를 끄덕였다.

신형사가 백미러로 뒤를 힐끗 보았다. 거기 장세희의 얼굴이 있었다. 웃고 있다고 생각했지만 어쩐지 차갑게 느껴졌다. 신형사는 몸을 떨었다.

"에어컨을 너무 강하게 틀었나?"

4

한 달 후.

갈퀴덩굴은 더 이상 증거가 될 수 없었다. 그것들은 너무 말라 부서질 뿐이었다. 그 작은 열매로 살인 사건을 증거하기에는 사실 빈약했다.

또 한 번 매스컴에서는 장세연의 일로 떠들썩했다. 이번엔 그의 처 민강자가 초점이었다. 물적 증거가 없이 심증만 있는 상황에서 얼마든지 무죄를 주장할 수 있는데도 그녀는 단 한 번도 그런 시도를 하지 않았으며 변호사의 선임도 거절하였다고 했었다. 현장 검증을 할 때도 그녀는 보는 이가 혀를 내두를 정도로 완벽하게 했었다.

지금은 밤 8시. 어둠이 짙게 내리는 시간이다.

도립정신병원 옆 이도형의 아파트.

그 거실에는 이제 막 샤워를 끝낸 이도형이 가운만 걸친 채 휘파람 소리가 경쾌하게 들리는 주방을 바라보았다.

햇빛에 그을려 까맣던 피부가 많이 하얘져 딴 사람 같은 장세희 그녀가 거기 있었다. 그녀는 이제야말로 온전한 그의 파랑새였다. 이도형은 주방 찬장에서 까치발을 하고 술병을 쥔 그녀를 뒤에서 번쩍 안았다. 그보다 조금 먼저 샤워를 마친 그녀의 몸에서는 장미향이 났다. 이도형의 입술이 장미향을 맡느라 정신없었다. 그녀가 자지러지게 웃었다.

"자, 착하지, 우리 아기. 조금만 기다려요."

부드럽고 약간은 위엄이 풍기는 목소리로 그녀가 말했다.

"얼음을 가득 넣어주세요, 세희 엄마."

거실로 향하는 이도형은 코맹맹이 소리와 함께 유년의 나이로 돌아갔다.

"오케이."

그녀는 익숙한 솜씨로 허리케인 칵테일을 만들었다.

위스키, 진 민트, 레몬 쥬스, 그리고 얼음. 얼음? 얼음은 조금 있다가 넣고. 초록색의 허리케인 칵테일.

역시 비슷한 색상의 가루로 된 수면제 듬뿍.

그것들을 잘 저은 그녀는 얼음을 가득 넣었다. 그녀는 만족한 미소를 지으며 거실로 향했다. 술잔이 찰랑거려 넘치자 얼른 혀로 핥았다. 이도형의 눈은 텔레비전을 향해 있었다. 그녀가 눈을 흘기며 한 손을 쭉 뻗자 텔레비전은 소리를 잃어버렸다. 그녀는 이도형의 목 뒤로 돌아가 술잔을 내밀었다. 이도형은 술잔을 받아 조금씩 마시기 시작했다. 그녀는 두 손을 모두 사용해 이도형의 온 몸을 애무했다. 그의 짧은 신음 소리와 함께 가운이 바닥으로 미끄러졌다. 그가 남은 술을 단숨에 털어넣었을 때 텔레비전 속의 민강자가 이도형을 쳐다보았다.

그녀가 울먹이며 무슨 말인가 했지만 이도형은 그녀의 입술을 읽을 수가 없었다.

세희의 빠른 손놀림에 맞춰 그의 모든 촉각들은 맹렬한 기세로 한 곳을 향해 달려가고 있었기 때문이었다.

"난 그일 죽이지 않았어요. 꿈을 꾸듯 그렇게 상상만 했어요. 그날도 깊은 잠에서 깨어나 보니 내가 늘 상상하던 대로 남편이 죽어 있었어요."

민강자는 그렇게 자신의 무죄를 호소하고 있었지만 이도형의 눈에는 다만 그녀가 붕어처럼 뻐끔거린다고 생각하고 있었다.

• 김연식

마른꽃

● 김연식
서울 출생.
경기대 국문학과 졸업.
동대학 교직학과 근무.
금요문학동인.

마른꽃

나는 정성스럽게 귀비의 손톱을 다듬었다. 귀비의 갸름하고 긴 손에 익숙한 나는 별로 어렵지 않게 다루어 왔던 기억을 더듬으며 뻣뻣하지만 아직 죽었다고 하기엔 온기가 남아 있는 손을 어루만졌다. 손톱 정리는 이내 끝이 났다. 내가 도구를 발께로 들고 갔을 때 난 그만 입 사이로 피식하는 웃음을 흘리고 말았다.

"그랬었군, 역시. 발 모양이 형편없었어."

끝내 발톱 다듬기를 반대했었던 귀비의 앙칼스런 큰 눈을 상기하며 울컥 그때의 기분 나쁜 기억이 되살아났다. 발은 갸름한 손과는 대조적으로 뭉툭하고 둔했다. 바닥은 누렇게 못이 박힌 자국이 나를 놀라게 했다. 나는 잠시 멍한 자세로 허리를 꼿꼿이 세우고는 이상한 자세로 엉덩이를 흔드는 듯하면서 약간 팔자 걸음을 걷는 그녀의 모습을 떠올렸다. 남자들은 그런 그녀를 보고 얼마나 한숨을 내쉬었던가. 그들이 몸살나게 그리워하는 이 여자의 발을 보여주었어야 했는데…… 오만하고 도도하던 그 몸을 받치고 있던 발바닥이 이렇게 형편없었다니. 나는 잠시 경멸스런 눈으로 발바닥을 바라보다 발톱 청소를 하기 시작했다. 그것도 오래 걸리지 않았다.

이번엔 머리 손질을 할 차례였다. 문득 나는 현깃증을 느꼈다. 손등으로 이마를 훔치자 식은땀이 잔뜩 묻어나왔다. 매니큐어 냄새가 비릿하니 구역질이 났다. 시간은 많이 지나 있지 않았다. 그런데도 두서너 시간은 좋이 걸린 듯 몸이 무거웠다. 나는 천천히 일어나 화장실로 갔다. 늘 익숙해 있던 내 집임에도 낯설게 느껴졌다. 물을 틀자 쏴아 하며 물줄기가 쏟아져나왔다. 나는 입을 헹구었다. 하지만 그러는 동안에도 결코 눈을 들어 거울을 보지 않았다.

자기의 얼굴이 얼마만큼 추악해졌는지 확인하고 싶지 않았기 때문이었다. 엄마의 모습이 눈앞에 아른거렸다. 온 방안에 가득 진동하는 썩는 냄새. 엄마의 다리에서 나는 썩는 냄새는 늘 구토질을 유발시켰었다. 가엾은 엄마.

'엄마, 난 결코 엄마와 같이 당하진 않아요. 물러서지 않는다구요. 엄마처럼 자기 남편을 빼앗기고 목숨마저도 그렇게 팽개쳐 버리지 않는다구요. 난 절대 그럴 수 없어요.'

나는 정성스럽게 10여년 간 닦아온 미용 기술을 귀비에게 쏟아부었다. 이제 평상시보다 더 아름다워진 귀비가 눈앞에 있었다. 하지만 더 이상 아무도 그녀를 아름답게 보진 않을 거야. 적어도 유부씨는. 그런 생각을 하자 난 마침내 만족의 미소를 지었다.

방문을 조용히 닫고 걸레로 손길이 닿았던 수도꼭지를 닦고 있을 때 귀에 익은 발자국 소리가 아파트 계단을 오르고 있었다. 다섯 계단을 한번에 뛰어서 3층을 순식간에 오르는 남자는 유부씨밖에 없었다. 그 남자는…… 나의 유일한 사람이었다. 세상에 오직 홀로 남겨진 채 오랜 세월을 외롭게 지냈던 나에게 유일한 남자였다. 그랬었는데…….

익숙한 솜씨로 자물쇠가 돌아가더니 한 사내가 불쑥 들어섰다. 사내의 눈이 내게 향했을 때 놀란 표정이라니. 한때는 일생에서 단 하나 사랑했었던 남자였는데. 불쌍한 인간. 당신도 곧 귀비의 뒤를 잇게 될 거야.

"아니……? 어쩐…… 일이야?"

그는 말을 더듬거렸다. 당연한 것이, 오늘 난 이곳에 있지 않을 사람이었기 때문이었다. 난 미용경연대회에 참석키 위해 S호텔에 있어야 했던 것이다.

난 그의 모습에서 잠시 아버지를 보았다. 그도 이내 아버지처럼 뻔뻔스러워져서 엄마가 보는 앞에서 버젓이 자기의 여자를 끌어들이듯이 나 외에 다른 여자를 안은 것이다. 그것도 날 업신여기는 귀비를.

차츰 아버지의 사랑을 독식하던 여자는 마침내 아버지를 꼬득여 나와 엄마를 단칸 셋방으로 내쫓지 않았던가. 이제 조만간 또다시 그런 신세로 두 사람으로부터 떨려나게 될 뻔했다. 유부씨는 기회만 닿으면 내게 헤어지자는 말을 하고픈 얼굴로 담배를 빨곤 하지 않았던가. 난 그들에게 기회를 주고 싶지 않았다.

그러자 그는 노골적으로 내게 푸념을 늘어놓기 시작했다. 그와 내가 처음 동거하기로 결정한 날, 난 얼마나 행복했었던가. 기쁨에 겨워 울었었다. 그는 나의 눈물을 혀로 핥았다. 이제부터 너의 눈물은 내 것이야 하면서. 그 말에 난 더욱 크게 울었었고 우리는 얼마 간 행복하게 지냈다.

나의 아파트에 세를 살던 귀비는 늘 우리 주위를 맴돌았다. 그녀의 직업은 술집 종업원이었다. 유부씨가 오기 전까지만 해도 술이 잔뜩 취해 가지고는 남자들을 데리고 와 자곤 했었다.

작지만 나의 아파트를 장만했을 때 검소한 나는 방 하나를 그냥 놀린다는 것이 아까웠다. 혼자보다는 나와 같은 또래의 여자에게 세를 주면 여러 가지로 좋겠다 싶어 미용실 손님이었던 귀비를 받아들였다. 같이 사는 동안 난 귀비에게서 여러 가지 귀찮은 면을 발견했다. 전혀 치울 줄 모르고 거만한 데다 미용실에 근무한다고 날 깔보았다. 담배 냄새에 절은 옷들은 잘 세탁하질 않아 텁텁한 냄새가 났고, 보다 못해 내 세탁기에 그녀의 옷을 세탁해 주면 마를 때까지 걷을 줄 몰랐다. 샤워를 하고는 비누를 아무렇게나 바닥에 버려논다든가 다 차려논 식탁에 앉아 밥을 먹고 설겆이는 당연히 내게 미루었다.

처음부터 그녀의 방만한 생활은 걸름 없이 지속됐다. 새벽에 문이 열림과 동시에 거의 동물적인 냄새를 피우며 두 마리 짐승은 귀비의 방으로 들어가 밤새도록 야릇한 소리로 내 잠을 설치게 했었다. 다음날 조금쯤 계면쩍어한다든가 미안해하는 기색도 없이 담배를 꼰아물고 팬티 바람으로 담뱃재를 날리며 왔다갔다하는 그녀를 참을 수 없어 자제를 요구하면, 그녀는 귀찮은 듯 알았다고 하고는 결코 담배를 비벼 끄는 일이 없었다.

다른 건 다 그만두고라도 내가 정성껏 거실 구석에 장식해 둔 마른 꽃만은 건드리지 않았으면 하는 내 바램은 아랑곳없이, 귀비는 습관적으로 마른꽃잎을 따서는 손가락으로 부숴 버리곤 했다. 창가론 햇살이 가득 비쳐들어 그녀의 긴 머리카락과 맨살결에 부딪혀 아름답게 빛이 나건만 그녀의 사악한 마음을 닮은 손가락은 모양 좋게 정리되어 있는 마른꽃들을 무너뜨리고 가루로 만들었다.

난 내 몸이 그녀의 손에서 부서지고 있는 아찔한 상상을 하곤 했었는데, 그것이 현실로 나타날 줄은 몰랐다. 내게도 남자가 생겼던 것이다.

유부씨와의 동거 의사를 밝히고 양해를 구하자 그녀는 흔쾌히 승낙했다. 그러면서 '너두 별수없잖아?'하는 얼굴로 나를 바라보았다. 헌데 유부씨가 이 집에 들어오고부터 귀비의 생활 태도가 달라졌다. 외박을 할지언정 전혀 다른 남자를 데리고 오지 않는다는 사실이었다. 난 오히려 그녀가 그래 주길 바랬었는데.

차츰 미안한 마음이 생기고 일부러 같이 식사를 하재거나 차를 마셨다. 그럴 때면 뒷정리를 내게 미룬 채 둘이 거실에 앉아 재미있는 이야기로 시간 가는 줄 몰랐다. 가끔 나는 그들의 말에 동조를 하거나 웃어주면서 끼어들려고 했었다. 그럴 때면 그녀는 거만한 눈초리로 나를 쳐다보고는 나의 말을 가로막고 전혀 다른 이야기를 하곤 했었다.

내가 둘의 사이를 의심한 것은 우리의 동거가 석 달도 되지 않아서였다. 난 그런 쪽으론 아주 민감했다. 아버지와 어머니에게 있었던 일들로 인하여 더욱 그랬는지도 몰랐다. 내 예상은 빗나가지 않아 점심 때 잠시 들른 집에서 둘의 정사를 목격한 것이다. 물론 두 사람은 내가 왔었다는 사실을 몰랐다. 난 열려진 문틈으로 정신없이 헉헉대던 그들을 보고 말았다.

아버지는 어머니를 작은 방에 내몰고는 안방에 그 여자를 들어앉혔었다. 어머니를 시장에 보내고 여자와 아버지는 대낮에 일을 벌이고 있었다. 난 처음부터 끝까지 둘의 짓거리를 보았다. 내 가슴속에 뜨거운 피가 끓었고 손엔 시퍼런 칼이 쥐어져 있었다. 내 상상의 세계에서 이미 둘은 피를 흘린 채 이불 속에 널브러져 있었다. 잊어도 될 기억은 더욱 또렷이 머릿속에 남아 그림처럼 눈을 감은 내 앞에 펼쳐지고 있었다. 왜 내게 이런 일이 반복되어져야 하는가.

그때 아파트를 나오면서 난 내내 내 가슴에 칼을 꽂았다. 죽고 싶었다. 내가 죽어버리면 다 끝나는 거야. 그렇게 생각했었다. 엄마가 왜 병원에 가질 않고 당뇨병을 견뎠으며 끝내 다리로부터 시작된 병균이 차츰 몸으로 퍼져 갈 때마저 문 밖에 한 발짝도 내딛지 않았었는지 조금은 이해가 갈 것 같았다. 나의 애원도 소용없이 엄마는 폐에까지 병균이 침투해 결국 죽고 말았다. 얼마나 오랜 세월이었던가. 그 아픔의 시간을 참고 견디며 오직 죽음 연습을 했던 엄마.

수없이 가슴에 꽂던 칼을 어느 순간 빼든 나는 엄마처럼 포기하진 않겠다고 결심했다. 귀비와 같은 류의 여자에게 본보기를 보여줘야 해. 얼굴이 조금 반반하고 키가 조금 늘씬하고 허리가 조금 잘록하다고 자기보다 조금 못난 여자들에게 거만을 떠는 여자. 남의 남자여도 상관없이 내 것으로 만들 수 있다는 허영에 들뜬 여자. 그런 여자들에게 나는……

다만 5cm가 작을 뿐인데, 다만 몇 미리가 낮을 뿐인데, 다만 몇 인치 차이일 뿐인데, 다만…… 이 다만 작은 수치에 얽매이는 적지 않은 남자들에게 난 몇 가지 알려야 할 의무에 사로잡히기 시작했다. 그건 큰 일은 아니었다. 너무나도 간단해서 헛, 하고 웃음이 날 뻔한 일이었다. 지금 난 그 반을 수면제로 해치웠다. 이제 나머지 반은?

유부씨는 어정쩡하게 서 있다 신발을 벗고 들어섰다. 센서로 작동되는 현관불이 그가 거실로 들어서자 소등되었다. 그는 무언가를 찾는 사람처럼 두리번거렸다. '귀비 찾니?' 노골적으로 물어보려다 난 가만히 그를 주시했다. 그는 내 눈이 그의 행동을 따라가자 처음에는 긴장하는 듯하다 차츰 짜증스럽게 움직였다. 거실 소파에 몸을 털썩 앉혔다간 벌떡 일어나 전축을 틀기 위해 리모콘을 찾는 척했다. 그는 전축에 판을 걸면서 유리문을 꽝 하고 닫았다.

"난 지쳤어. 왜 그러구 있는 거야. 왜 그런 눈으로 보는 거냐구. 에잇."

그는 날 결코 쳐다보는 법 없이 입을 앙다물면서 양미간을 찌푸렸다. 그가 할 수 있는 최대의 경멸의 표시였다.

나는 울컥 목언저리에 시큼한 것이 치밀어오르는 걸 느꼈다. 불과 여섯 달 전만 해도 그는 미용실 앞에서 진을 치고 나를 기다리지 않았던가. 난 남자란 걸 믿지 않았기에 숫처녀로 늙어 죽으려고 결심했었다. 내 인생에 결코 남자를 집어놓는 실수를 범하지 않으려 스물아홉 해를 남자 얼굴 한 번 제대로 바라보지 않고 살았었다. 헌데 미용 관계 판촉사원이었던 그는 날 함락시켰다. 그에게 마음을 허락한 것은 따스한 그의 눈 때문이었다. 그리고 높이 쌓아올린 내 성에 대한 공격 때문이었다. 내 성은 높은 만큼 쉽게 무너졌다. 성 안에는 늘 텅 빈 공허와 외로움만 있었으므로. 외로움은 보이지 않게 백기를 들었는지도 몰랐다.

강하게 거부한 만큼 빠르게 그를 받아들인 나는 쉽게 그를 집안으로 끌어들였다. 아니, 그가 나로 하여금 끌어들이게 만들었다. 나는 나의

동정심을 자극함과 동시에 집을 가지고 있으면서도 고생하는 애인을
곁돌게 만들거냐는 회유를 했었다. 그는 판촉사원인 만큼 마음을 사로
잡는 일을 잘했던 것이다. 후에 알았지만 그는 이미 내가 지닌 재산 정
도를 파악하고 있었다.

"쥬스 한 잔 줘요?"

그가 외출하고 돌아오면 늘 쥬스를 마신다는 걸 아는 난 냉장고에
넣어둔 딱 한 잔 분량의 쥬스를 따라 그에게 내밀었다. 이미 수면제가
잔뜩 녹아 있을 쥬스의 색깔과 냄새는 염려할 정돈 아니었는지 유부씨
는 쌍꺼풀진 눈으로 홀깃 나를 쳐다보고는 쥬스잔을 받아들었다. 아!
그에게 어떻게 하면 더 이상 나는 너 같은 머저리에게 맹종하지 않는
다는 걸 알려줄 수 있을까. 당신이 알고 있는 현주가 더 이상 아니라는
사실을. 난 약간 기다리기로 했다. 불과 몇 분이 지나면 그는 모든 걸
알게 될 거야.

"소죽은 귀신이 붙었어? 왜 말을 안 해?"

또다시 뱉어내듯 말을 하면서 그는 목젖이 보이도록 머리를 젖히며
쥬스를 마셨다.

나는 부엌 식탁 의자에서 일어났다. 이제 때가 된 것이다.

"난 반가워할 줄 알았어요."

"쳇, 새삼스럽게. 반갑기야 하지만 낼이 대회 아냐? 이 중요한 때에
집에 있으니 놀랄 수밖에. 푹 쉬어야지. 실수하면 어쩌려구."

그는 특유의 미소를 지어 보였다. 짐짓 정말로 걱정이라도 되는 듯
이 저음으로 말을 하면서. 난 그의 속셈을 빤히 들여다보고 있었다. 지
금은 내게 거칠게 대해 봤자 이득될 것이 없다는 판단이 선 것일 테지.
그래야 안심하고 내가 돌아갈 테고. 훗 훗.

"어, 근데 언제 온 거야? 집안이 조용하네?"

그는 아까부터 궁금한 얘기를 은근슬쩍 가리면서 물어왔다. 아마도
제일 궁금했을 질문일 테지. 내가 벨을 눌렀을 때 '자기야?'하면서 활

짝 문을 열다 일그러진 귀비의 얼굴을 떠올렸다. 둘은 내가 없는 동안 맘껏 즐기자고 약속했겠지. 그리고 날 속인 것에 대해 승리감을 느끼면서 이 밤을 지냈을 것이다.

나의 대답이 없자 그는 약간 불안한 듯 다시 물어왔다.

"옆방 아가씬 일 나갔나봐?"

"응? 아뇨. 오늘 연습 대상이 되어 주겠다고 자청하길래…… 지금 피곤하다고 잠들었어요. 이번 작품 한 번 보실래요?"

"그래? 그러지 뭐."

그는 못 이기는 척 사실을 확인하고픈 사람처럼 쉽게 방으로 따라 들어왔다. 그가 그녀에게로 서서히 다가가자 무언가 이상한 것을 느끼기 시작했는지 큰 눈을 귀비에게서 떼고는 나를 쳐다보았다. 순간 모든 것을 깨달았겠지만 그는 감기는 눈을 견디지 못하고 쓰러지고 말았다.

픽.

둔탁한 소리로 그가 엎어졌을 때 나는 눈을 감았다. 눈물이 두 볼을 타고 흘러내렸다. 잠시 주위의 모든 것이 빙글거리며 도는 것 같았다. 아! 정신을 차려야 해, 정신을…….

'모든 게 잘 됐어. 잘 된 거야. 그렇죠, 엄마?'

난 눈물로 범벅이 된 정신을 다잡으려 애쓰며 빠르게 움직였다. 컵과 쥬스병에 묻은 나의 지문을 지우고 유부씨의 지문을 찍었다. 귀비의 컵 옆에 그것들을 나란히 놓고 창문을 닫았다. 그리고 냉동실에서 미리 준비한 드라이아이스를 방안에 가져다 놓았다. 드라이아이스는 틈틈이 모아둔 것으로 두 사람을 영원히 깨어나지 않는 다리로 건너게 할 것이다. 왜냐하면 드라이아이스가 기화하면서 발생하는 탄산가스는 아직 남아 있을지도 모르는 숨결을 차단해 줄 테니까. 또 하나, 드라이아이스는 녹으면서 전혀 어떤 물질도 남기지 않으면서 두 사람의 몸을 천천히 변해 가게 할 것이다. 이것은 내 알리바이를 증명해 주는 데 큰 역할을 하겠지.

난 대학을 다닌 적은 없지만 화학과 학생인 한 손님으로부터 우연치 않게 듣게 된 재미있는 이야기를 현실에 적용하게 될 거라곤 생각하지 않았었다.

유복한 가정에서 태어나 아무 걱정 없이 자란 그 아가씨가 지금의 나를 보면 어떤 표정을 지을까? 갑자기 알람 소리가 삐삐삐 울려나왔다. 나는 심장이 쿵 떨어질 정도로 놀랐다. 내 손목시계에서 나는 소리였는데도 말이다. 시간이 얼마 남지 않았다. 서둘러야 할 시간이다. 나는 마지막으로 호주머니에서 종이 한 장을 꺼내 그들 머리 위에 놓고 서둘러 아파트를 빠져나왔다. 호텔에서 이곳까지 지하철로 10분 걸렸다. 도보로는 40분 걸릴 것이다. 택시나 기타 버스를 타는 것은 위험하다. 나는 드라이아이스로 세 시간 정도의 시간밖에 벌어놓고 있지 않았다. 남은 시간은 20분. 나는 마침내 마지막 지하철을 선택했다.

밤 늦은 시각이라 호텔 앞을 어정거리거나 프론트 앞을 지나치는 사람은 많지 않았다. 그럼에도 별 특징 없이 생긴 나는 어물쩍 커피숍으로 가는 척하면서 엘리베이터에 올랐다. 다행히 엘리베어터 안에는 아무도 없었다. 모든 것이 순조로웠다. 더구나 낮부터 배탈이 심해 구토질을 했으므로 원장 이하 동료들은 내가 룸에서 쉬고 있는 줄 알고 있을 것이다. 그들은 지금 지하 나이트에서 오래간만의 회포를 풀고 있다. 계획에 없던 위장 장해로 그들과 같이 한 자리를 쉽게 벗어날 수 있었다. 모든 것이 제대로 되었다. 복도를 지나 문에 이르렀을 때는 안도의 한숨을 내쉬었다. 이제 프론트에 여전히 내가 방에 있음을 알리고 겉옷을 벗어놓고 다시 나이트 클럽에 내려가면 된다. 바바리 주머니에 넣어둔 제법 묵직한 열쇠로 호텔방에 들어섰다.

어두움. 불을 켜지 않은 채 챙겨 갔던 도구들을 꺼냈다. 도구래야 늘 핀과 빗, 손톱 청소 세트, 가위만으로 머리를 만지는 나는 마지막 매니큐어가 손에 잡히지 않자 쭈볏 머리카락이 곤두설 만큼 놀랐다. 안주머니에도 바깥 주머니에도 그 어느 곳에서도 매니큐어는 만져지지 않았다. 갑자기 모든 것이 눈앞에 펼쳐진 암흑처럼 어두워졌다. 때르릉. 느닷없이 벨이 울렸다.

"여보세요."

마음을 숨기지 못하고 목소리는 겨우 입을 비집고 나온다.

"아직두 많이 아프니? 니가 없으니까 좀 그렇다. 기분 같애선 끼구 싶지 않은데."

"그럼 제가 미안해서 안 돼요. 저 하나 때문에 다른 사람에게 피핼 줄 수 있나요. 많이 좋아졌어요."

내 손은 여전히 주머니를 뒤지고 있었다.

"낼 아침이면 괜찮겠지?"

"그럼요."

"목소린 여전한데? 어이구, 철없는 것들. 사람 아픈 건 안중에두 없구. 지금 신나서 야단들이다. 너두 쟤네들 노는 걸 봐야 되는데. 그래, 어떻든 푹 쉬고 낼 보자, 응?"

수화기를 내려놓자 손바닥에 가득 고인 땀이 느껴졌다. 어디서 실수를 한 것일까? 마지막으로 방문을 닫기 전 방안을 둘러봤을 때도 쥬스병과 잔 외에는 아무것도 없었지 않았던가. 마땅히 길바닥에 떨어졌다면 소리가 났을 텐데…….

혹시…… 귀비의 몸 아래 깔린 것이 아닐까 하는 막연한 생각이 들자 숨이 멎을 것 같았다. 매니큐어는 가지고 돌아올 것이기에 지문을 지우지 않았던 것이다.

너무 짙어 거리감을 느꼈던 붉은 매니큐어는 내 것이면서도 늘 귀비의 손톱에 발려졌었다. 야하고 멋을 내기 좋아하는 그녀에게 주는 나의 마지막 선물이었는데. 내 약한 동정심이 결국 모든 일을 수포로 돌아가게 만드는 것이 아닌가 하는 불안이 목까지 차올랐다. 욱.

그런 생각 때문인지 편치 않던 위는 다시 죽밖에 삼키지 않은 목언

저리로 신물을 끌어올렸다. 화장실로 달려가 있는 대로 다 토해낸 나는
고통으로 눈을 질끈 감았다. 은빛 손잡이의 빨간 매니큐어 병이 커다랗
게 다가오고 있었다. 난 그대로 쓰러지고 말았다.

　무언가 시끄럽고 기분 나쁜 웅성거림에 눈을 떴을 때 나를 내려다보
고 있는 일그러진 여러 얼굴들과 맞닥뜨렸다. 낯익은 그들은 모두 걱정
스런 표정이었다가 어색하게 웃었다. 몸을 일으키려 하자 원장이 부축
하였다. 주위를 둘러보니 화장실 문 밖으로 몇이 더 안을 기웃거리고
있었다. 옷과 변기 주변에 토사물이 묻어 있는 것 외는 별다른 일은 없
는 듯했다.
　"괜히 놀래켰네요. 별일 아녜요. 토하다가 그만……."
　일어나려 하자 갑자기 옆머리가 시큰거렸다. 넘어지면서 어딘가에
부딪힌 모양이었다. 손으로 만져보자 적지 않은 피가 벌써 응고되어 있
었다.
　"다행이다. 피가 박으로 나왔으면 됐어. 지지배, 넌 이게 탈이야. 이
렇게 되면 더 미안해지잖아. 니 고집 누가 말리니."
　원장은 부축해 의무실로 이끄는 와중에도 늘 하던 잔소리를 늘어놓
았다. 내가 독립해 개점하지 않는 것과 이런 저런 웬만한 일들을 전혀
내비치지 않는 우매한 내 성격을 나무라면서.
　원장의 말이 귓가에 머물러 윙윙거릴 뿐 내 귀에는 전혀 들어오지
않았다. 나는 귀와 눈과 마음 문을 닫고 가만히 내 안에 들어앉아 생각
에 잠긴 자신을 보고 있을 뿐이었다.

　대회엔 참석지 못했다. 원장의 강경한 만류가 원인이었고 머리에 붕
대를 감은 채 참가한다는 것은 오히려 마이너스였으므로 나는 수긍하
지 않을 수 없었다.
　그래도 끝까지 고집을 부리지 않는 이유가 또 있었다. 머릿속에 꽉

차오르는 매니큐어의 생각과 현장을 다시 확인하고픈 생각, 돌아오자마자 프론트에 전화하지 못했던 것들이 끈끈하게 불안 심리를 끌어내었다.

마침내 원장의 차에 실려 집에 도착했을 때 아파트에 사는 주민들이 우리 동을 둘러서서 웅성대고 있었다.

"무슨 일이야?"

원장이 눈이 둥그래져서 비키지 않는 사람을 향해 클랙션을 누르자 경비원이 달려왔다. 그는 나임을 확인하고 달려온 것 같았다.

"사고가 생겼습니다. 얼른 올라가 보세요."

나는 서둘러 우리집으로 들어섰다. 경찰과 흰 가운을 입은 사람들이 왔다갔다 하고 있었다.

"무슨 일들이에요! 내 집에서?"

나도 깜짝 놀랄 만큼 큰 소리가 목에서 터져나왔다.

"진정하세요. 우유부라는 남자와 조귀비란 여자가 수면제를 먹고 자살했습니다. 여기 유서가 있군요."

"네? 뭐라구요?"

난 잠시 몸을 비틀거리며 쓰러지는 척하자 경찰과 원장이 나를 붙잡았다.

"믿을 수 없어요. 믿을 수……."

내 눈에 눈물이 흐르고 있었다. 원장이 등을 토닥여 주며 한구석에 나를 앉히고는 둘의 사인을 물어댔다. 경찰은 그런 원장을 정신없어했고 그러는 사이 나는 방안으로 들어갔다.

"아무것도 만지면 안 됩니다."

젊은 경찰이 나를 주시했다. 나는 고개를 끄덕여 주고 방안을 둘러보았다. 내 눈이 화장대 앞에 머물렀을 때 가슴 속으로부터 쿵 하는 소리가 들려오는 듯했다. 안방 화장대 옆에 늘 장식되어 온 마른꽃 옆으로 얌전하게 매니큐어가 놓여 있는 것이었다. 난 보이지 않는 손으로 가슴을 쓸어내렸다. 난 습관적으로 매니큐어를 있던 자리에 두고 나온 것이었다. 아무도 그것에 관심을 기울이는 것 같지 않았다. 안도의 얕은 한숨을 쉬고 있는데 낯모를 목소리가 들렸다.

"몇 가지 물어볼 게 있는데요."

이마가 벗겨진 자그맣고 다부진 남자가 꺼칠한 얼굴로 다가왔다. 그의 손에는 붓과 하얀 가루가 든 비닐 봉지가 들려 있었다. 조금 전까지도 여기저기 그것들을 칠하고 다닌 모양인지 소매 언저리에 지저분하게 가루가 흘려 있었다. 난 그것이 무엇을 하는 물건인지 잘 알고 있다.

"매니큐어를 보고 계신 것 같군요."

그러면서 그걸 집어들어 나의 코앞에 갖다 대었다.

"여자의 발목 밑에 있더군요. 꽤나 멋을 좋아한 모양입니다. 죽을 때까지도 바른 걸 보니. 근데 왜 화장대 위에 올려 놓았냐 하면, 먼지가 쌓여 있는데 매니큐어 자리만 동그랗게 비어 있더군요. 맞춰 보았더니 맞아요. 이 방의 주인되시죠? 사진이 걸려 있군요."

"네."

"이 사람들관 어떤 관계였습니까?"

형사의 첫 질문은 내가 예상했던 것에 빗나가 있지 않았다. 난 그가 원하는 대답을 해주었다.

그는 고개를 끄덕이면서 여러 가지 많은 가능성들을 떠올리고 있는 것 같았다. 모든 것이 어서 빨리 끝나 주었으면. 내 집에 있는 이방인들이 어서 사라져 주었으면…… 이런 생각에 호응이나 하듯 몇 가지 질문에 더 응하고 있을 때 원장이 나서서 형사를 가로막았다.

"죄송합니다. 얜 지금 환자예요. 줄곧 아파서 미용 콘테스트에 참가두 못 했다구요. 애 얼굴 보면 모르시겠어요?"

형사는 내 안색을 보곤 궁정하는 눈치였다. 원장이 미는 대로 거실 소파에 가 앉자 두 사람의 시체가 실려 나갔고, 하나 둘 경찰도 사라졌다.

"글쎄, 문이 조금 열러 있었다는구나. 옆집 여자가 쓰레기 버리러 나왔다가…… 세상에, 동반 자살이라니! 유서까지 써놓구. 글쎄, 타이핑해서 얌전하게 놨다지 않니. 넌 두 사람 사이 눈치도 못 챘었니? 어쩜, 믿을 사람 하나두 없구나. 유부씨 그렇게 안 봤는데. 쯧쯧."

"……."

"이제 어쩔래? 나랑 우리 집에 가자."

"아니오."

아니에요…….

통페어글라스 바깥쪽으로 강한 바람과 함께 빗줄기가 부딪혀 흘러내리고 있었다. 어느 새 창 밖의 풍경은 녹음이 짙어 있었다. 6월이 가고 있었던 것이다.

지난해 11월의 사건 이후 많은 시간이 지나 있었다. 겨울 내내 목둘레가 때로 절은 남방을 입고 있던 강형사와 여러 번의 대면이 있었다. 그는 끈질기게 내 주위를 배회했었다. 끝없이 파고드는 그의 질문에 지치고 지쳐 난 모든 것을 말해 버릴 뻔한 적이 한두 번이 아니었다. 하지만 그래선 안 되겠다고 스스로 다짐한 것은 내 행위가 그에게 있어서 단지 살인이라는 무덤덤한 글자로 인식될 것이 분명하기 때문이었다. 내 행위는 그렇게 값싼 것이 아니다. 그와 같은 사람에게 다른 모든 살인자들과 동등한 입장으로 취급되는 것은 용납할 수 없었다.

처음에 형사는 매니큐어를 바른 사람의 지문은 없고 내 지문만 있는 것에 집요하게 매달렸었다. 다행히 내가 몰랐던 사실이지만 귀비는 자기가 매니큐어를 바를 때는 손잡이에 휴지를 두르고 쓴다는 사실을 미용실에 있는 아이가 형사에게 알려줌으로써 지문 문제는 해결이 되었다. 그 외에도 그녀와 유부씨의 사망 시간과 머리 문제, 손톱을 다듬었던 도구들의 부재 등을 놓고 또 얼마나 시달렸던가.

내 알리바이는 원장이 증명해 주었다. 마침 호텔에 도착했을 때 걸려온 원장의 전화로 확실히 증명이 된 셈이었다.

오싹하니 한기가 느껴졌다. 베란다에 너무 오래 나와 섰었다. 조금 열어놓았던 샷시 문틈으로 제법 많은 양의 비가 바닥을 적시고 있었다. 걸레를 가지고 돌아서려 할 때 홈오토의 방문 스위치에 불이 들어오면서 익숙한 음악이 흘러나왔다. 누굴까?

"또다시 실례합니다."

지난번보다 머리가 더 벗겨진 형사가 온통 비를 묻히고 들어섰다.

"저, 아무거나 아, 마침 됐네요. 그것 좀 빌려 주시겠습니까?"

그는 양말을 벗어던지고 구멍난 구두에 대해 한참을 툴툴대더니 걸레로 발바닥의 물기를 말끔히 닦아내었다. 아직 무엇이 또 남아 있나요? 왜 오신 겁니까? 이런 질문을 혼자 던져보며 나는, 자신의 박봉을 탓하며 신세타령을 하는 그의 말은 귀담아듣지 않고 소파에 앉아 마른 꽃을 바라보고 있었다. 비오는 날 그것은 더욱 파리하고 생명을 잃은 무덤의 을씨년스러움 그것이었다.

"제가 오늘 온 것은……."

식탁 의자에 앉아서 자기를 돌아보길 기다리던 형사는 끝내 한 곳을 응시한 채 자기의 존재를 의식치 않으려는 내 시선을 자기에게 고정시키게 했다. 문득 난 그날의 유부씨를 생각했다. 귀찮은 존재의 출현에 대한 불쾌한 감정을 얼굴에 가득 담고 식탁 의자에서 나는 싫은 여자의 음성을 듣고는 소리나는 곳을 바라보았을 때의 기분. 나도 그가 그랬듯이 형사를 그런 자세에서 바라보고 있다는 생각을 하자 기분이 묘해졌다.

"제가 오늘 온 것은, 이번 사건이 미결로 마감되었다는 걸 알려드리고 싶어섭니다. 그 동안 자살이 아니라고 주장한 건 저 하나뿐이었고 모두들 바쁘다는 이유로 손을 놓고 있었던 사건이었죠."

"그렇게 됐군요."

"헌데 저로선……."

형사는 손수건으로 이마의 땀을 자꾸 닦아내고 있었다. 실내는 덥지도 않은데 그는 체질을 이기지 못하고 쩔쩔매고 있는 것이다. 그러고 보니 셔츠와 바지도 비 때문만이 아닌 듯했다.

"헌데 저로선 이 사건에 대한 미련이 남아 있습니다. 자살이 아니라는 사실은 강현주씨 자신이 더 잘 아실 겁니다. 이건 분명한…… 전 강현주씨의 알리바이를 깰 만한 확실한 증인이나 증거를 찾지 못했습니다. 심증만 있을 뿐이죠. 11월이면 춥다고 할 수 없는 날씬데 군이 자살하려는 사람들이 왜 문을 꼭 닫고 죽었을까요? 그리구 다음 날 계약을 앞둔 사람이 죽는다는 건 이상한 일 아닙니까?"

"그런가요?"

"또 있습니다. 쥬스병과 컵 말입니다."

"……."

"네?"

"그래서요."

"보통 사람들이 컵을 잡을 때 엄지손가락과 나머지 네 손가락과의 사이를 어느 정도 벌리고 마시는데 어떻게 된 게 다섯 개의 지문이 나란히 찍혀 있단 말입니다. 기가 막힌 노릇 아닙니까?"

아! 저 남자는 지금 무슨 짓을 하고 있는 것일까. 또다시 식은땀이 흐르고 있었다.

"하지만 그것 또한 심증만 갈 뿐. 그래서 말인데, 전 저의 수사 능력에 오점이 많다는 걸 알게 되었습니다. 그리고 직업 의식에 대한 자신감을 얻어야 하는 시점에 있기도 하구요."

"……."

"자, 의심이 되시면 제 몸을 뒤져 보십시오. 녹음기나 기타 다른 물건은 전혀 없습니다. 오늘 점심값하구 토큰 몇 개만 있을 뿐입니다."

"……."

"당신이 그랬죠? 그날 분명 강현주씨 당신이었죠? 당신은 약혼자를 빼앗기지 않았습니까?"

아! 젊지만 이마가 많이 벗겨진 가난한 형사의 무장하지 않은 차림으로의 공격을 막아낼 힘이 사라지고 있었다. 그는 총을 내게 주고 팔을 든 채 쏘지 말라고 애원하는 인질 같았다. 내게서 자백을 바라고 있는 것이다, 그는.

"난 아니에요."

그는 일어섰다. 신발장 위에 올려놓은 자신의 양말을 집어들고 채 마르지 않은 구두에 맨발을 밀어넣고 있었다.

"잠깐만요."

나는 서랍장 한쪽 구석에 잘 개켜져 있는 유부씨의 양말을 그에게 내밀었다.

"괜찮으시다면 신으세요."

"고맙습니다. 헌데 제법 배가 부르셨군요. 언젭니까?"

"다음달 초가 예정일이에요."

"그러시군요. 무사히 출산하시길 빌겠습니다."

"저……."

키 작은 형사가 손잡이를 잡다 얼른 돌아보았다. 그는 내 입술에서 흘러나올 말을 기대하는 모양이었다.

"죄송해요."

내 말뜻을 이해해서일까. 형사는 미소를 지었다. 그에게서 처음 느껴지는 여유로움이었다. 그는 고개를 끄덕이더니 빗속을 향해 걸어나갔다. 그가 돌아가고 난 현관에 우두커니 한참을 서 있었다. 이제 정말 모든 것이 끝난 것일까, 정말로……? 다리가 저려왔다. 최근에 자주 느끼는 일이다. 아이의 무게로 다리가 늘 힘겨워했다. 뱃속의 아이가 꿈틀 움직인다. 나는 산같이 솟아오른 배를 어루만졌다. 앞으로 아이와 난 많은 일들을 헤쳐나가야 한다. 그리고 사진 한 장 남아 있지 않은 아버지에 대한 무명담도 생각해 두어야지. 이제 곧 세상에 태어날 아이. 누구의 모습을 닮아 있을까. 나는 거실로 돌아와 나도 모르는 사이 손가락으로 부숴버린 적지 않은 마른꽃들을 내려다보았다.

아이를 위해서도 마른꽃은 더 이상 없는 것이 나을 듯했다. 내일은 살아 있는 꽃을 가져다 놓아야지.

• 김차애

열대어를 사랑한 남자

● 김차애
부산 출생.
한양대 간호학과 졸업.
추리작가.

열대어를 사랑한 남자

모든 것을 집어삼킨 어둠 속에서 눈을 떴다. 순간 나는 끝을 알 수 없는 깊은 우물에 누워 있다는 착각에 사로잡혔다. 천장이 바늘 구멍만 하게 보였다.

두려움이 등줄기를 타고 내 목덜미를 파고들었다. 이 두려움은 처음 느낀 것도 아니었고 그것을 벗어나는 방법도 난 이미 알고 있었다. 하지만 이런 상황에 부딪칠 때마다 두려움은 처음과 같이 내게 느껴졌고 그것을 극복하는 일 또한 처음처럼 힘들었다. 난 힘겹게 고개를 돌려 아내의 모습을 찾았고, 길게 탐스러운 머리결을 내 얼굴에 대었다. 익숙한 아카시아향이 코를 통해 내 대뇌를 자극하자, 비로소 난 의식과 무의식의 혼돈 속에서 빠져나올 수 있었다. 눈을 뜬 후에도 무의식을 헤매는 이 오래된 습관이 아내의 향기를 맡음으로써 해결됨을 알게 된 것은 내게 더욱 아내의 존재를 절실하게 했다.

아내는 장미빛 입술을 약간 벌리고 자고 있었다. 행복한 꿈을 꾸는 듯했다. 입을 벌리고 자는 잠버릇 때문에 아내의 입술은 늘 건조했고, 그래서 아내는 자기 전에 분홍빛 립글로스 바르는 일을 잊지 않았다. 분홍빛 립글로스는 아내의 입술을 윤기나게 하여 아내를 더욱 고혹적으로 보이게 했다. 충동적으로 난 아내에게 입을 맞췄다. 달콤한 살구향이 입안에 퍼져왔다.

완벽한 아름다움. 내게 있어 아내는 늘 최상이었다. 그녀 스스로가 불만스러워하는, 조금은 뭉툭한 콧망울까지도 내겐 신선한 매력이었다. 아내는 내가 어머니 이외에 사랑한 유일한 사람이었다. 난 잠자는 아내를 좀더 힘껏 껴안고 그녀의 살냄새를 흠뻑 들이마셨다. 태양빛이 창가에 부서져, 그 조각들이 우리의 침실을 밝게 비추기 시작할 때까지.

우리의 아침은 여느 때와 다름없이 시작되었다. 아내는 내 출근 준비를 서두르고 있었다. 난 보통 때처럼 양복을 입고 아내가 골라 놓은 붉은빛 넥타이를 맸다. 그런 다음 식탁에 앉기 전 늘 하던 것처럼 먹이를 들고 어항으로 다가갔다. 아파트 크기에 비해 지나치게 크다고 항상 아내가 불평해 오는 어항이었다. 작은 수족관이라고 불러도 좋을 만큼 거실 한 면을 다 차지하고 있는 그 어항은 내가 유일하게 아내의 의견을 묵살하고 강행한 장치였다. 유리벽 너머에 존재하는 유려한 움직임의 세계. 그곳은 지금 내가 지배할 수 있는 유일한 세계였다. 그들에게 있어 난 절대 권력을 행사하는 신의 존재와 같은 것이었다. 신의 존재를 인식하지 못하는 불쌍한 백성들이 식사가 내려지기를 기다리며 초조하게 헤엄치고 있었다. 그들은 나 없이는 하루를 살아가기 힘든 내 백성들이다. 난 그들에게 먹이를 줄 때나 물을 갈아줄 때나 자신이 그들의 절대자임을 느낀다. 내가 힘을 가지고 있다는 느낌은 늘 나를 행복하게 했다. 한 가지 아쉬운 것은 그들이 이 절대자의 존재를 인식하지 못하는 미물이라는 것이지만, 어쩔 수 없는 일이다. 난 수면에 먹이를 뿌렸다. 그들이 부산하게 움직이기 시작했다. 아름다운 옷을 입은 열대어들이 현란하게 움직이며 그들의 세계를 수놓고 있다. 그 모습은 문득문득 고운 깨끼 한복을 차려 입은 내 어머니의 모습을 떠올리게 했다. 사슴의 눈처럼 항상 젖어 있던 까만 눈동자와 숱 많은 머리, 머리결에서 풍겨오던 어머니의 달콤한 냄새. ……갑자기 그 향기는 현실

이 되어 내게 느껴졌다. 나는 깜짝 놀라 뒤를 돌아다보았다. 아내가 식
사를 재촉하는 눈빛으로 서 있었다.

난 식탁에 앉았다. 식욕은 없었지만 수저를 들었다.

"물가가 너무 올라 시장에 가기가 두려워요. 내년엔 아파트 전세값
도 올려줘야 할 텐데 저금은 없고."

"……."

빈약한 반찬에 대한 변명으로 시작된 아내의 넋두리는 좀처럼 끝날
것 같지 않았다. 난 밥을 물에 말아 마시기 시작했다. 금세 한 그릇을
비웠다.

"참, 며칠 있으면 당신 생일인데. 당신, 필요한 것 없어요?"

갑자기 목소리를 바꿔 다정하게 아내가 말했다. 난 말없이 아내의
질문을 묵살하고 자리에서 일어났다.

"오늘 회식 있어. 늦을 테니까 기다리지 말고 저녁 먹어."

던지듯 한마디를 내뱉곤 현관을 나섰다. 우리들 사이는 점점 일상적
인 대화만 이루어지고 있었다. 그 범위를 벗어나게 되면 잠재해 있던
큰 불행이 나를 덮칠지도 모른다는 불안감이 나를 지배하고 있었기 때
문이었다. 5층에서 1층까지의 계단이 지루하게 느껴졌다. 내 발자국
소리가 나를 불안하게 했다. 나는 걸음을 빨리 하기 시작했고, 드디어
아파트를 벗어날 수 있었다. 하지만 갈 곳이 없었다. 아내는 아직 모르
고 있지만 난 회사를 그만두었다. 더 이상 다닐 필요가 없었기 때문이
다. 나라는 사람의 가치를 모르는 작자들을 위해 더 이상 바보짓을 하
기 싫었고, 아내를 위해서라는 명목도 이젠 그 가치가 없어졌기 때문이
었다. 하지만 오늘은 아내의 외출 시간까지 시간을 보내야 했다. 난 아
파트 단지를 벗어나 걸어가기 시작했다. 11월의 싸늘한 바람이 내 가
슴을 파고 들어왔다.

난 빨리 결혼이 하고 싶었다. 아버지로부터 벗어나 자유로운 **삶을**

살고 싶었기 때문이다. 하지만 작은 키와 왜소한 몸집으로는 여자들에게 결코 이상적인 신랑감이 되지 못했다. 일류 대학을 나와 대기업에 다닌다는 사실도 내 외모의 부족함을 메워주지는 못했다. 난 그녀들에게 내 미래에 대한 가능성에 대해 설득했으나, 그녀들은 눈에 보이는 것만을 믿는 무신론자들이었다. 간혹 내게 호감을 보이는 여성들이 없지는 않았으나 내 기대에 미치지 못하는 평범한 여자들뿐이었다. 난 내 성공을 확신하고 있었기에, 내 부와 명성을 함께 나눌 수 있는 여성에 대한 뚜렷한 이미지를 갖고 있었다. 그것은 결코 포기할 수 없는 오랜 꿈이었다. 미인에 대한 나의 동경은 사춘기 때부터 시작되었다. 난 아름다운 배우들의 사진을 스크랩해서 한 사람 한 사람에게 점수를 매겨가며 심미안을 키워 왔었다. 하지만 가장 높은 점수를 얻는 배우의 타입은 항상 일정했었고, 그 타입이 다름아닌 내 어머니와 유사하다는 것을 스스로 깨닫게 된 것은 그리 오래 걸리지 않았다. 어머니는 아름다웠었다. 난 나의 아내도 어머니처럼 아름다운 여성이어야 한다고 믿었다. 그렇다. 아내는 내 힘과 능력을 나타내 줄 만큼의 충분한 미모를 갖춰야 한다. 그러나 이런 기대감으로 맞선을 볼 때마다 느껴지는 것은 쓸쓸함뿐이었다. 평범한 여자들에게조차 호감을 일으키지 못하는 내 외모의 재확인일 뿐이었고, 난 그녀들의 어처구니없는 콧대에 분노마저 느끼곤 했다. 난 초조해지기 시작했다.

그때였다, 아내가 내 앞에 나타난 것은. 그녀를 처음 본 순간부터 나에게는 강렬한 확신 같은 것이 있었다. 많은 맞선을 통해 내가 원하는 것을 확실하게 인식하고 있던 내게 그녀는 완벽함에 가까웠다. 무엇보다도 내 마음을 끈 것은 큰 키에 어울리는 숱 많은 긴 머리와 애완견의 눈망울을 닮은 순진한 눈동자였다.

그녀는 내 행복에 꼭 필요한 존재였다. 난 그녀의 마음을 얻기 위해 최선의 노력을 기울였다. 의외로 아내는 나를 계속 만나 주었다. 엄한 가정 교육을 받고 자란 그녀는 나이보다 순진했으며, 까만 눈동자를 빛

내며 내 이야기를 들어줄 때의 모습은 나에게 짜릿한 행복감을 느끼게
했다. 그러나 무엇보다도 좋았던 것은 그녀와 거리를 걸을 때의 사람들
의 반응이었다. 사람들은 내 곁의 그녀를 본 후엔 내게서 보이지 않는
힘을 찾으려는 듯, 입고 있는 옷이나 구두, 피우는 담배에까지 호기심
을 숨기지 않았다. 난 그들의 그런 눈길이 좋았다. 어렸을 때부터 꿈꿔
온 특별한 존재가 된 듯한 느낌, 나 자신만이 믿고 있던 나의 특별함을
다른 사람들도 인정하기 시작한다고 느꼈다. 그녀는 내 특별함의 시작
이었다.

그녀가 나와의 계속적인 만남을 망설이기 시작했다. 나의 왜소한 몸
집과 빛나는 눈동자에서 나폴레옹의 위대함을 읽어내려던 그녀에게 회
의가 왔던 것이다. 그녀를 포기할 수는 없었다.

난 그녀의 순진함을 이용하여 그녀를 강제로 가졌다. 그리고 흐느끼
는 그녀를 위로했다. 내가 얼마나 그녀를 사랑하고 있으며, 상상할 수
있는 최상의 부유함으로 그녀의 미래를 행복하게 만들어 주겠다는 약
속을 했다. 그때의 나에겐 자신이 있었다.

미인은 누구나 빛나는 왕관을 꿈꾼다. 현실이 그렇지 못할 때는 그
갈망이 한층 강해지는 법이다. 그녀도 예외는 아니었다. 그래서 나는
그녀와 아름다운 꽃길을 걸어갈 수 있었다.

커다란 스크린 가득 여자가 우는 모습이 보인다. 눈물 한두 방울로
자신의 슬픔을 표현하는 여자는 아름답다. 그러나 얼굴을 찌그러뜨리
고 통곡하는 여자의 모습은 강한 혐오감만을 느끼게 할 뿐이다. 그것은
내 기억 한편을 차지하고 있는 어머니의 모습을 떠올리게 한다.

어머니는 통곡을 잘했다. 학교에서 돌아와 초인종을 누르면 어머니
는 어김없이 술에 취해 충혈된 눈으로 나를 껴안고 통곡했다.

"불쌍한 자식, 공부 열심히 해서 꼭 훌륭한 사람이 되거라. 그래서
이 억울함을 풀어다우."

항상 같은 레파토리였기 때문에 나에겐 별다른 느낌이 없었다. 푸념이 길어지는 날은 아버지가 다녀가셨다는 것도 알게 되었다. 난 어머니의 통곡이 아니었다면 아버지가 좀더 자주 우리를 찾았을지 모른다고 생각했다.

어머니의 통곡은 국민학교 3학년 때부터 더 이상 들을 수 없게 되었다. 숨겨진 여자의 고독을 이겨내지 못한 어머니가 만취한 상태에서 수면제로 죽음을 선택했기 때문이었다. 나를 버린 어머니는 짙은 분홍색 저고리에 푸른 바다 빛깔의 한복을 곱게 차려 입고 잠자듯 그렇게 누워 있었다. 그 모습은 내게 언젠가 어머니를 따라 은행에 갔을 때 **보았**던 아름다운 열대어를 생각나게 했다.

아버지에겐 더 이상의 아들이 필요없었다. 이미 3명의 아들이 그 여자와의 사이에 있었기 때문이었다. 난 그들에게 혹 같은 존재였다. 어머니의 우주로서 절대적인 사랑을 받던 내게 있어 이러한 변화는 견디기 어려운 시련이었다.

이때부터 난 기관지천식이라는 병을 앓기 시작했다. 언젠가 의대에 다니는 친구에게 들은 얘기로는, 천식이라는 병은 관심을 요구하는 내면의 욕망이 신체적 질병으로 표현된 것이라고 했다. 난 그것을 부정할 생각은 없다. 하지만 이러한 내 무의식적인 시도도 아무 효과를 거두진 못했다. 나의 잦은 입원은 오히려 그들로부터 날 더욱 멀어지게 했을 뿐이었다. 아무도 찾아오지 않는 병실에서의 긴 밤을 내 혈관 속으로 떨어지는 수액의 방울 수를 세며 보내야 했던 그때의 기억은 지금도 날 공포스럽게 한다. 난 물에 뜬 기름처럼 그렇게 그들 주위를 맴도는 삶을 살기 시작했다.

그런 상황에서도 내가 공부에 흥미를 잃지 않았던 것은 어머니의 믿음이 내 잠재의식 속에 자리잡고 있었기 때문이었다. 어머니는 내가 특별하고도 귀한 존재라는 것을 믿고 계셨고, 그 마음은 내 성적표로 인해 확신으로 바뀌었다. 나 또한 성적표를 볼 때만이 내가 다른 이들보다 우수하다는 느낌을 가질 수 있었으므로, 그 뿌듯함을 위해 누구보다도 열심히 공부했다.

우수한 성적이 더 이상 내 존재의 특별함을 나타내 주지 못한 것은 대학에 들어가서부터였다. 아버지의 아들들 중 아무도 들어가지 못했던 인류 대학을 들어갔을 때 난 오랫만에 상쾌한 행복감을 맛보았다. 그러나 그뿐이었다. 그 학교에서 나는 더 이상 두드러지지 못했다. 아무리 많은 밤을 새워 공부를 해도 내 성적은 중간을 약간 웃돌 뿐이었다. 초조했다. 그리고 이 초조감은 취직을 한 후로 점점 심해지기 시작했다. 난 대기업이 움직이는 데 필요한 한 개의 나사나 못일 뿐이었다. 아무도 나를 다른 사람들보다 특별한 재능을 가진 사람으로 인정해 주지 않았고, 나 자신마저도 내 특별함이 의심되기 시작했다. 이때부터였다, 내가 열대어를 키우기 시작한 것은. 그들에게 있어서 나라는 존재의 절대성은 의심할 여지조차 없는 것이었으므로 난 완벽한 만족감을 맛볼 수 있었다. 그러나 이 세상에 대한 야망을 완전히 버린 것은 아니었다. 난 성적이 아닌 또 다른 측정 기구가 필요하다는 것을 깨달았다. 모든 사람들이 납득할 수 있는 확실한 증거, 그것은 부유함과 아름다운 아내였다. 그래서 아내와 결혼했을 때, 난 회사를 그만두는 걸 주저하지 않았다. 아버지가 내 몫으로 주신 돈으로 사업을 할 생각이었다. 난 거부가 될 꿈을 꾸었다. 그것만이 내가 가야 할 유일한 길이라고 믿어졌다.

영화가 끝나고 불이 들어왔다. 난 시계를 보았다. 12시 15분. 적당한 시간이었다. 영화관을 나와 집으로 돌아가는 버스를 탔다. 아내는 1시 30분에 집을 나설 것이다. 몇 번이나 확인했기 때문에 틀릴 리가 없었다. 아파트 입구에서 멀찍이 떨어져 아내를 기다렸다. 찬 바람에 콧속이 아려왔다. 갑자기 한 번도 피워 본 적이 없었던 담배가 피우고 싶어졌다. 이때 아내의 모습이 아파트 입구에 보였다. 붉은 바바리코트를 입은 그녀의 날씬한 **모습에 눈이** 시려왔다. 그녀는 바쁜 걸음으로 아파트 단지를 빠져나가기 시작했다. 난 그녀를 뒤따르기 시작했다.

아내의 외출을 알게 된 것은 한 달 전쯤이었다. 막연한 불안이 현실로 다가왔던 그날은 내게 있어 악몽이었다. 난 매일 한 번씩 불규칙하게 아내에게 전화를 걸고 있었다. 그것은 사업에 실패하고 이름 없는 중소기업에 들어간 이후로 해오던 습관이었다. 근무 중 갑자기 치밀어오르는 불안은 내 힘으로 억제할 수 없는 불가항력적인 것이었다. 그럴 때마다 난 집으로 전화를 걸었고, 아내의 목소리를 듣고서야 불안감이 사라지곤 했었다. 아내가 날 떠날지도 모른다는 내 불안감은 전혀 근거가 없는 것은 아니었다. 아내는 아름다울 뿐만 아니라 모두에게 호감을 주는 쾌활한 성격이었고, 아내를 아는 사람들은 모두 그녀를 좋아했다. 심지어 내 친구들조차도 내게 전화를 했을 때 아내가 받으면 그녀와의 통화를 즐기는 것이었다. 이런 아내의 성격이 처음엔 나도 자랑스러웠으나, 사업에 실패하고 별볼일 없어진 지금의 나에겐 큰 부담으로 느껴졌다. 아내는 마음만 먹으면 어느 누구의 사랑도 받을 수 있는 괜찮은 여자였고, 난 인생의 패배자였다. 이런 생각들이 나의 불안을 점점 걷잡을 수 없는 큰 불길로 만들어 갔다. 그러나 아내는 내 이런 불안을 전혀 눈치채지 못했다. 그것이 내겐 정말 다행스러웠다.

그러던 어느 날이었다. 신호음만 울릴 뿐 아무도 받지 않는 전화를 들고 2분이나 기다렸으나 아내는 결국 받지 않았다. 아내의 외출이 꽤 길다는 것도 금방 알게 되었다. 30분 간격으로 계속 전화를 했으나 아내가 전화를 받은 시각은 6시가 조금 지났을 때였다. 5시간의 외출. 꽤 긴 시간이다. 이것은 무엇을 의미하는가? 난 떠오르는 불길한 생각을 잠재우려 했으나 성공하지 못했다. 더욱이 이 외출이 정기적인 것임을 알게 된 후엔 내 불길한 생각에 확신이 들어 난 아무것도 할 수 없게 되고 회사에서도 더욱 무능한 사람이 되어 갔다. 이제 아내의 부재를 확인하는 일만이 내게 가장 중요한 일이 되었다.

내 운은 아름다운 아내를 얻는 것으로 다했던 것 같다. 더 이상의 행

운은 찾아오지 않았다. 그토록 큰 꿈을 안고 시작했던 사업이 하루 아침에 망해 버렸을 때의 상실감은 견디기 어려운 것이었다. 그러나 내게는 아름다운 아내가 있었고, 그녀는 절망에 싸인 나를 따뜻하게 위로해 주었다. 아내는 정말로 나를 사랑하는 것이다! 난 용기를 얻었다. 그리고 생활하기 위해, 아내를 위해 취직을 했다. 실패의 허탈함을 잊으려고 무척 노력했고, 그 기간은 1년 정도 걸렸다. 그 동안 아내는 내게 정말 큰 힘이 되어 주었다. 이제 누구도 날 인정해 주지 않았지만 내겐 아내가 있어 견딜 수 있었다.

하지만 아내에게 아무것도 해주지 못하는 나 자신이 견딜 수 없이 싫어질 때도 있었다. 이젠 더 이상 값비싼 옷도 멋진 해외 여행도 약속할 수가 없었다. 그런 내게 별다른 내색도 하지 않고 잘해 주는 아내가 고맙기도 했고 의아스럽기도 했다.

그런 아내였는데, 요즘 들어 아내가 조금씩 변하기 시작한 것이다. 나에게 푸념이 조금씩 늘어가고, 생활고에 짜증이 늘어 잔소리가 많아지기 시작했다. 이런 소시민의 생활에 이제 싫증이 난 것이다. 아내의 이런 변화는 아내의 외출과 함께 내 가슴속에 제어할 수 없는 의심을 심기 시작했다.

아내는 화요일과 금요일에 어김없이 외출을 했다. 시간도 항상 일정했다. 내가 저녁식사 때 넌지시 떠보았으나 아내는 외출한 일을 사실대로 말하지 않고, 간단히 탄로날 그런 거짓말로 나를 기만했다. 난 아내몰래 그녀의 소지품을 뒤지기 시작했다. 그러던 어느 날, 난 드디어 내가 두려워하던 증거를 발견했다. 아내의 핸드백 밑바닥에서 미림 호텔이라 인쇄된 구겨진 냅킨 한 장을 발견했던 것이다. 내 의심은 눈덩이처럼 불어나 이제 나 자신도 감당하기 어려운 불안감으로 엄습했다. 더 이상 회사 일을 볼 수가 없었다. 자리에 앉아서도 아내의 환상이 나를 괴롭혔다. 아내의 순결한 살갗에 나 이외의 남자가 손댄다는 것은 상상만으로도 날 공포스럽게 했다. 아내 없이 살아간다는 것은 무의미했다.

이제 아내의 불륜은 기정사실처럼 내게 느껴졌고, 눈으로 확인하지 않고는 믿을 수 없다고 생각했다. 그래서 회사를 그만두었다. 미래도 없고 의욕도 없었다.

　난 아내의 모습을 놓치지 않으려고 애를 쓰며 버스에서 내렸다. 금요일 오후의 버스 안은 생각보다 혼잡했다. 난 길게 숨을 내쉬었다. 아내는 아무런 망설임 없는 익숙한 동작으로 횡단보도를 건넜다. 길 건너편에는 언젠가 우리가 저녁식사를 했었던 미림 호텔이 그 위용을 자랑하고 있었다. 호텔의 외양은 잎이 떨어지기 시작하는 가로수와 어우러져 한 폭의 그림처럼 아름다웠다. 빌딩의 한쪽에 핀란드 요리 특별 부페의 플래카드와 의류 바자회의 플래카드가 그 완벽함에 흠집을 내고 있음을 안타깝게 느껴졌다. 갑자기 아내가 손을 들어 누군가를 아는 체했다. 화사한 웃음으로 뛰어간 아내 앞의 남자는 내가 상상한 그대로의 남자였다. 큰 키에 남자다운 용모가 멀리서도 알 수 있을 만큼의 매력적인 사내였다. 그는 풍요에 익숙해진 자만이 가질 수 있는 여유로움까지 몸에 배어 있었다. 막연한 불안이 현실이 되어 다가왔을 때, 내 머리 속에선 아무 생각도 나지 않았다. 역시 아내에겐 남자가 있었던 것이다.

　그들은 늘 그래 왔던 것 같은 익숙한 동작으로 호텔 문을 들어섰고 난 더 이상 따라가 추악한 현실을 볼 용기가 없었다. 등을 돌려 그들에게서 떠나올 때 난 내 자신이 한없이 작아지는 걸 느꼈다. 아내에 대한 미움은 없었다. 그녀는 누구나 그랬을 당연한 선택을 한 것이다. 아내는 아직 젊었고 우리에겐 아이가 없었으므로 별 희망 없는 나에게 일생을 맡긴다는 것이 무리인지도 모른다. 하지만 나는? 과연 아내 없이 살아갈 수 있을 것인가. 자신이 없었다. 나 자신에게 끊임없이 질문을 던지며 그 해답을 찾지도 못한 채 거리를 헤매는 이 불행한 남자가 나라는 사실이 견딜 수 없는 현실로 다가왔다. 갑자기 열대어가 보고 싶었다. 난 아파트로 발길을 돌렸다.

저녁 7시. 이미 캄캄해져 버린 거실에서는 시곗바늘 소리만이 살아 있었다. 아내는 아직 돌아오지 않았다. 아마도 내가 회식으로 늦을 것으로 알고 그 남자와 좀더 긴 시간을 보낼 수 있음에 행복해하고 있으리라. 생각해 보면 그들의 관계는 아내의 외출이 시작된 한 달 전부터였는지 모른다. 우연히 만나서 서로 눈길을 교환하고 손을 잡고…… 그들은 성인이었으므로 살을 섞기까지는 그다지 오랜 시간이 필요치 않았으리라. 아내도 처음엔 나에 대해 죄책감을 느꼈겠지. 그러나 한 번 타오르기 시작한 정염은 그녀의 수치심마저도 태워 버렸으리라. 그래서였는가. 난 요즈음 아내가 내 사랑의 행위를 어쩔 수 없이 수동적으로 받아들이고 있었다는 느낌을 기억해냈다. 버림받았다는 비참함이 내 전신을 감쌌다. 그럼에도 불구하고 난 아내에게 어떤 증오심도 느낄 수 없었다. 단지 그녀를 이대로 빼앗길 수 없다는 외침만이 가슴 밑바닥에서 맴돌 뿐이었다.

딸깍, 현관문이 열리는 소리가 들렸다. 아내가 돌아온 것이다. 난 시계를 쳐다보았다. 7시 45분. 불이 켜졌다. 갑자기 쏟아진 불빛에 눈이 부셔 잠시 눈을 감았다. 다시 눈을 떴을 때 아내의 놀란 얼굴이 시야에 들어왔다.

"당신, 오늘 회식이랬잖아요?"

"몸이 안 좋아서 그냥 왔어."

"미리 전활 하셨으면 일찍 왔을 텐데."

바바리코트를 벗어 걸며 아내는 태연하게 말했다. 난 어디 갔다 왔냐는 말을 묻지 않았다. 아내도 말해 주지 않았다. 아내의 거짓말이 두려웠던 나는 아내의 침묵에 오히려 안도했다. 아내는 조금 피곤한 얼굴로 저녁 준비를 시작했다. 식탁을 차리는 손놀림조차 아내는 우아했다. 갑자기 눈물이 나왔다. 난 당황했다. 순간적으로 눈물을 닦고 아내를 보았다. 아내는 아무것도 눈치채지 못한 채 식탁에 앉아 나를 재촉했다. 난 아내에게 다가갔다. 우리는 보통 때와 다름없는 행복한 저녁을 들기 시작했다. 적어도 겉으로는 그랬다.

그날 밤, 나는 아내의 육체를 지칠 줄 모르고 탐했다. 전쟁터로 나가는 병사의 절망감이 나를 감쌌고, 그 절망감이 나를 더욱 공격적으로 만들었다. 아내의 신음 소리는 나에게 채찍질이 되어 더욱 열정적으로 아내를 사랑하게 했다. 하지만 정열의 시간은 짧았다. 뜨거웠던 만큼의 허탈감이 나를 엄습했다. 난 옆에 누운 아내를 응시했다. 행복한 잠에 곯아떨어진 아내의 아름다운 얼굴을 바라보다 난 미친 듯이 아내의 몸 구석구석에 입술을 비비기 시작했다.

어두운 거실 바닥에 주저앉아 내 눈앞에 놓인 작은 세계를 올려다보며 나는 상념에 빠져들었다. 작은 불빛 네 개만이 어항 속을 밝혀줄 뿐인 고요한 밤이다. 어항 속은 완벽한 평화였다. 자신들의 신이 겪는 고통 따위는 아랑곳하지 않은 채, 여전히 평화로운 그들의 세계에 문득 분노가 치밀었다. 어항 유리에 반사되어 떠오른 내 창백한 얼굴의 일그러짐이 눈에 들어왔다. 그러자 분노는 배가 되고 난 더 이상 참을 수 없어 자리에서 일어났다. 손을 넣어 그들의 세계를 마구 휘젓고 몇 마리를 손에 움켜쥐었다. 내 손 안에서 그들의 팔딱거림이 느껴졌다. 그들의 모든 것이 나에게 달려 있는 것이다. 이들은 그것을 느껴야만 한다. 난 잔인한 미소를 띠며 그들을 힘껏 내팽겨쳤다. 새로운 세상으로 내팽겨쳐진 그들은 당황함에 자신들의 몸을 맹렬히 움직이기 시작했다. 그러나 곧 자신들이 살 수 없는 세계임을 깨닫고 체념한 듯 움직임을 멈추었다.

아내는 언제쯤 이별을 얘기할 것인가. 어쩌면 아무 말 없이 사라질는지도 모른다. 어머니가 내게서 떠났듯이. 갑자기 어머니를 넣은 관이 깊은 땅 속에 묻힐 때의 절망스러웠던 기억이 떠올랐다. 예고 없이 찾아오는 이별은 정말 견디기 어려운 것이다. 두 번 다시 겪고 싶지 않은 고통이다. 나는 아내를 잃고 싶지 않다. 잃고 싶지 않다…… 끊임없이 내 입술에서 흘러나오는 중얼거림이 어두운 거실을 가득 채우기 시작했다.

오늘 아내는 유난히 행복해 보였다. 침대에 누운 나를 내려다보고 있는 아내의 모습은 쏟아진 햇살을 등지고 선 천사의 모습이었다. 눈이 부셨다. 아내는 오늘 일찍 퇴근할 것을 원했다. 둘만의 오붓한 저녁을 위해 붉은 와인 한 병을 사오라고 했다. 나는 흔쾌히 대답했다. 아무것도 모르는 사람처럼 웃으며 현관 문을 나설 때, 등뒤 아내의 시선을 따갑게 느꼈다.

역시 오늘이었구나. 난 갑자기 침이 마르는 것을 느꼈다. 아내는 마지막 이별을 멋지게 하기 위해 무드 있는 저녁식사를 준비하려는 것이다. 토요일 저녁의 마지막 식사. 무드를 좋아하는 아내다운 선택이다. 마치 영화 속의 한 장면처럼, 아내가 이별의 대사를 하고 난 그녀를 마지막 키스로 보낸다…… 이것이 아내의 각본일 것이다. 갑자기 오한이 났다.

나는 마음을 가라앉히고 내 계획을 실천하기 시작했다. 서둘러야 한다. 생각보다 빠른 아내의 결정으로 내 계획도 신속해야 했다. 내 걸음이 빨라지기 시작했다.

저녁 5시인데도 주위는 꽤 어두워져 단지 내의 나트륨등이 하나 둘씩 켜지기 시작했다. 토요일 저녁, 붉은 와인을 들고 아파트 단지를 들어서는 내 모습은 누구에게나 행복하게 보여질 것이다. 하지만 누군가 내 머리속을 들여다본다면 나에게 동정을 금할 수 없으리라. 생일을 하루 앞두고 아내에게서 이별 선언을 들어야 하는, 세상에서 가장 불행한 사나이…….

5층의 아파트로 올라가는 계단이 오늘 따라 길게 느껴졌다. 그녀와의 마지막 밤임을 생각하자 시간이 아까왔다. 난 계단을 뛰기 시작했다. 헐떡이며 초인종을 누르자 문이 열렸다. 아내가 화사한 미소를 띠고 내 앞에 서 있었다. 그녀는 까만 비로드에 진홍빛 비즈가 군데군데 수놓여진 아름다운 원피스를 입고 있었다. 순간 아내는 '가이양 에스트라'라는 열대어를 연상시켰다. 그것은 '현란한 별'이라는 그 이름처럼, 비로드와도 같은 까만 피부에 진홍빛 무늬가 보석처럼 현란한 아름다운 열대어였다. 한 마리에 십만원 정도 하는 비싼 열대어로, 갖고 싶었지만 사기를 망설여 온 열대어였다. 지금의 우리에겐 그런 사치가 용납되지 않았기 때문이다. 그래서 난 한 사람 정도는 너끈히 누워도 될 만한 큰 어항에 엔젤피쉬나 키씽 그라미 같은 작은 고기로 만족할 수밖에 없었다. 아내 뒤를 따라 들어가며 난 아내의 움직임마저도 물 속을 우아하게 돌아다니는 '가이양 에스트라'와 흡사하다고 생각했다.

우리의 거실은 두 개의 촛불에 의해 어둠 위로 떠 있었다. 주위의 더러움은 모두 어둠에 가려지고, 식탁 위의 풍요함만이 눈앞에 있었다. 22평의 허름한 아파트의 좁은 거실을 이렇게 곱게 장식한 아내가 경이로웠다. 식탁은 이미 준비가 다 되어 있었다. 난 가져온 붉은 와인으로 아내의 잔을 천천히 채웠다. 그런 다음 내 잔도 가득 채우기 시작했다. 우리는 건배를 했다.

"오늘 낮에 석유통 세 개가 배달되었어요. 당신이 주문한 것이라더군요. 그래서 받아두긴 했는데."

"맞어, 내가 주문한 거야."

"우린 석유가 필요없는데. 그 안에 뭐가 들었나요?"

"응, 어항에 사용할 거야."

무드 있는 저녁식사의 대화는 아니었다. 아내도 그것을 느꼈는지 더이상 말을 하지 않았다. 난 좀더 특별하고 아내를 감동시킬 만한 화제는 없을까 생각했다. 아내의 본론은 되도록 나중으로 미루고 싶었다. 아니, 가능하다면 듣고 싶지 않았다.

"당신은 여전히 아름다워."

아내가 쑥스러운 듯 눈을 흘기며 미소지었다.

"내 무능함이 미안할 뿐이야."

난 일부러 고개를 떨구고 힘없이 말했다. 아내가 내 손을 잡았다.

"그런 말씀 마세요. 전 이대로도 충분히 좋아요."

더 이상 무엇을 기다리고 있단 말인가. 내가 불쌍하게 느껴져 망설이고 있는 것인가. 그렇다면 아내여, 영원히 침묵해 다오. 난 기도하는 심정으로 식사를 마쳤다. 아내는 계속 이야기를 하느라 식사는 반 정도밖에 하지 못했다. 아파트 내에서 있었다던 사소한 이야기들이었다. 저 이야기가 끝나면 시작하겠지. 난 목이 조여 오는 것 같은 답답함에 여러 번 잔 기침을 했다. 천식의 증상이 다시 시작되는 것 같았다.

아내가 일어나 화장실로 들어갔다. 기회다. 난 아내의 와인잔에 준비해 둔 수면제를 탔다. 하얀 가루는 금세 포도주에 녹아 그 흔적도 찾을 수 없게 되었다. 이것으로 아내를 곁에 두기 위한 일단계가 시작된 것이다. 아내가 돌아와 앉았다. 아내는 미소를 지으며 앞에 놓인 와인잔을 들었다. 와인을 넘기는 아내의 목선이 오늘 따라 유난히 눈부셨다.

우리는 레코드를 켜고 춤을 추었다. 아내와 나는 키가 맞지 않기 때문에 우리의 블루스는 우스꽝스럽게 보였다. 그래서 난 사람들 있는 데에선 절대 아내와 춤을 추지 않았다. 하지만 무드를 즐기는 아내를 위해서 둘만의 블루스는 가끔 추었다. 아내의 눈이 풀리기 시작했다. 약효가 나타난 것이다. 난 아내에게 잘 것을 권하며 그녀를 침대에 눕혔다. 아내는 곧 잠이 들었다.

아내를 죽일 것을 결심했을 때, 난 어떤 방법을 쓸까 하고 망설였었다. 절대로 아내에게 고통을 주고 싶진 않았다. 고통에 일그러진 아내의 얼굴을 보는 것이란 내게 참을 수 없는 시련이기 때문이었다. 그때 생각난 것이 아미노필린이었다. 내가 천식이 심해져 병원에 입원할 때마다 병원에서 내게 주사해 주는 약이었다. 500cc.의 링겔병에 10cc.의

아미노필린을 섞어 아주 조심스럽게 12시간 동안 정맥주사를 하는, 치료약인 동시에 잘못 쓰면 죽을 수도 있는 약이었다. 고통도 별로 없을 것 같았다. 그래, 그것으로 하자. 난 그것을 약국에서 쉽게 구할 수 있었다. 극약이 아니었으므로 누구나 살 수 있는 약이었다. 좁고 긴 유리병에 담긴 투명한 액체. 이것이 아내를 평화롭게 잠들게 할 것이다. 아내는 이제 더 이상 내 곁을 떠나려고 하지 않을 것이다. 이제부터 그녀의 육체는 완벽하게 내 지배하에 놓이게 될 것이므로.

난 30㏄주사기 가득 그 액체를 채웠다. 수없이 맞아본 경험이 있었으나 아내에게 정맥주사하는 것은 약간 두려웠다. 용기를 내자. 다행히 아내는 날씬했으므로 정맥을 찾기란 아주 쉬웠다. 파란 현관에 주사기를 꽂았다. 피가 주사기 속으로 약간 역류했다. 성공이다! 난 안도의 숨을 내쉬며 천천히 잠자는 아내의 몸 속으로 약을 주입하기 시작했다.

일은 너무나 간단하고 쉽게 끝났다. 너무 간단해서 잠시 멍청해질 정도였다. 나는 곧 다음 일을 시작했다.

어항 속의 열대어들이 여유로와 보였다. 그러나 그들의 운명도 오늘로 끝인 것이다. 난 아무도 가지지 못한 크고 아름다운 열대어를 가질 것이다. 지금까지 그들을 소중히 생각해 온 나 자신이 갑자기 우습게 느껴졌다. 난 그들을 망으로 전부 꺼냈다. 그리고 준비해 둔 작은 포르말린통에 집어넣었다. 별다른 반항도 없이 그들의 움직임은 곧 멈췄다. 그런 다음 나는 어항 속의 물을 전부 빼내기 시작했다. 그것은 시간이 꽤 걸리는 작업이었다. 물을 다 빼낸 후 어항 속의 잡동사니들을 깨끗이 치우기 시작했다. 오랫만에 땀을 흘리며 일을 했다. 이제 어항은 더욱 깨끗하고 투명해졌다. 만족감이 나를 감쌌다. 난 깨끗한 어항 안에 배달되어 온 포르말린 세 통을 전부 쏟아넣었다. 출렁이던 물결이 곧 잠잠해졌다.

포르말린을 구하는 것도 어렵지 않았다. 아직 내가 사업에 망하지 않았을 때, 난 꽤 값비싼 열대어를 갖고 있었다. 그때는 아직 기르는 게 익숙치 못해 여러 마리의 열대어를 부주의로 죽였었다. 그러나 난 그들을 쓰레기통에 집어넣기는 싫었다. 그래서 생물학을 전공하는 친구에게 부탁해 포르말린을 조금씩 얻었다. 그래서 죽은 열대어를 포르말린에 담가 보관해 왔고, 잦은 부탁에 귀찮았던 친구는 내게 직접 구입할 수 있는 연락처를 가르쳐 주었던 것이다.

준비는 끝났다. 남은 것은 실행뿐. 난 아내를 안아들었다. 생각보다 아내는 무거웠다. 힘겹게 아내를 안고 어항으로 다가가 조심스럽게 내려놓았다. 포르말린통 속에서 아내의 모습이 살아 있는 것처럼 흔들거렸다.

이제 아내는 아름다운 열대어가 되었다. 아내의 살내음을 맡을 수 없음이 아쉽기는 하지만 어쩔 수 없는 일이다. 내 곁을 떠나려 하지만 않았다면 우리는 행복할 수 있었는데…… 하지만 지금도 그리 나쁜 편은 아니다. 아내는 이렇게 내 앞에 있고 내가 죽을 때까지 영원히 젊은 모습으로 내 보살핌을 받을 테니까. 어항 속의 아내는 양수에 떠 있는 태아처럼 신비롭다. 나는 아내를 사랑한다. 그리고 영원히 사랑할 것이다.

아침이 밝는구나…… 난 아내 앞에 앉아 생각했다. 몇 시간이 지났을까. 밤새도록 아내의 모습을 지켜보며 아무 생각 없이 앉아 있었으나 전혀 지루하지 않았다. 아름다운 모습 그대로 아내는 내 곁에 있었다. 만족감이 내 몸을 감쌌다. 거실의 벽시계가 10시를 알렸다. 갑작스런 초인종 소리에 난 자리에서 일어났다. 누굴까? 귀찮긴 하지만 나가보지 않을 수 없다. 난 거울을 보고 대충 머리를 추스렸다. 현관까지의 거리가 멀게 느껴졌다. 숨이 찼다. 난 심호흡을 한 후 문을 열었다. 밖에는 젊은 청년이 서 있었다. 들고 있는 상자가 꽤 무거워 보였다.

"심부름 센터에서 배달 왔는데요. 깨지기 쉬운 물건이라 힘들었어요."

수고비를 바라는 듯한 표정을 묵살하고 물건을 받고는 문을 닫았다.

꾸러미는 꽤 무거웠다. 누가 보냈을까. 이음새 사이로 편지가 보였다.
나는 그것을 꺼내 펼쳤다. 낯익은 아내의 글씨체가 눈에 들어왔다.

「생일 축하해요. 한 달 간 의류 바자회에서 파트 타임으로 일했어요.
제가 번 돈으로 당신이 갖고 싶어하는 걸 사 드리고 싶었습니다.

　　　　　　　　　　　　　　　　사랑하는 아내로부터」

꾸러미 속에는 '가이양 에스트라' 한 쌍이 좁은 어항 속을 헤엄치고
있었다.

나는 갑자기 아주 심한 갈증을 느끼기 시작했다.

• 김한나

봉숭아 꽃물

• 김한나
전북 오수 출생.
강남대 신학과 졸업.
추리작가.

봉숭아 꽃물

5월의 금강 휴게소는 피서객으로 혼잡하였다. 수많은 차량들 사이로 차해림은 선글라스를 머리 위에서 내려쓰며 그랜저를 찾고 있었다.

빨대가 꽂힌 음료수를 가지고 오다가 마사장은 그만 발을 헛디뎌 계단에 쏟아버렸다. 당황해하면서 얼른 빈 용기들을 휴지통에 넣고 캔커피를 세 개 사들고 그랜저가 있는 곳으로 걸어갔다.

차 안에는 이미 해림이와 이기사가 무언가 이야기를 하면서 환히 웃고 있었다. 마사장이 다가오자 그들은 동시에 입을 다물었다.

"이것들이 내가 없을 때 무슨 말을 한 거야?"

그녀의 얼굴이 굳어지자, 이기사가 재빨리 나와서 문을 열어주었다. 마사장이 안으로 들어가며 해림에게 하나 내밀었다.

"무척 덥죠? 늦었네요."

"응, 줄이 얼마나 길든지…… 요즘엔 어딜 가도 기다리는 시간이 더 많아서…… 자, 이기사도 받아."

"감사합니다."

이기사가 몸을 뒤로 돌려서 받았다. 황상무의 차가 있던 자리에 다른 차가 주차해 있었다. 해림이하고 눈이 마주쳤다.

"먼저 떠났어요. 차가 막히면 더 고생이라고 하면서요. 아저씨, 우리도 떠나죠."

해림이가 말하자, 차는 이내 서서히 움직이면서 혼잡한 휴게소를 빠져나갔다.

커피를 다 마신 해림이가 뒤에 있는 셀로판 종이에 묶인 국화 다발을 손에 들었다. 하얀 국화 다발 아래는 검은 리본이 매어 있었다. 그 리본을 만지작거리며 그녀는 시선을 창 밖으로 던졌다.

놀랍게도 거기에는 사열받는 병정들처럼 벼들이 서서 바람에 이리저리 녹색의 파도되어 휩쓸리고 있었다.

멀리 보이는 하늘은 구름 한 점 없는 비취빛이었다. 그 녹색의 바다 위로 아이들이 잠자리채를 들고 헤엄치듯이 뛰어가고 있었다.

한경감이 사고 현장에 도착하였을 때에는 이미 시계는 10시를 가리키고 있었다.

과수원집 탱자나무 울타리 너머로 동네 아낙네들이 집안을 기웃거리며 수군거리고 있었다.

생전에 풍만한 몸매를 자랑이나 하듯이 깊게 파인 나이트 가운을 입고서 마사장은 열 손가락에 봉숭아 꽃물을 들인 채 죽어 있었다. 유난히 흰 살결이어서 꽃물은 더욱 돋보였다.

한경감은 가족 모두를 아무데도 가지 못하게 하고 먼저 마사장의 방 안을 살펴보았다.

여행용 가방 안에는 서너 가지의 옷들이 들어 있었다. 가방 안쪽으로 지퍼가 달려 있어서 거기를 열어보았다. 뜯지 않은 주사기와 유리병 하나가 나왔다.

머리를 갸우뚱하며 비닐 봉투에 담았다.

화장대 위에는 주인을 잃은 줄도 모르고 프랑서제 화장품들이 그녀의 손길을 기다리는 듯 잘 정돈되어 있었다.

한경감이 그중에 어울리지 않는 약병 하나를 집어들었다.

방을 다시 둘러봐도 더 이상 별다른 것을 발견할 수 없었다.

마당에서 겁에 질린 목소리로 두런두런 이야기하는 소리가 들렸다. 한경감이 밖으로 나오면서 모인 사람들을 휙 둘러보았다.

그와 시선이 마주치자 모두들 입을 다물었고 약속이나 하듯이 다른 곳으로 시선을 돌렸다.

집 주위를 조사하던 박형사가 비닐 봉투에 서너 개의 담배꽁초를 수거해 가지고 들어섰다. 한경감과 박형사가 마당 한쪽으로 가서 귓속말로 뭔가를 주고받았다.

박형사는 황상무의 방안으로 들어가서 조사하기 시작하였다. 부부의 옷과 철진이의 옷이 든 가방과 작은 손지갑, 철진이의 방학책과 동화책, 일기장이 들어 있었다.

한경감이 해림이의 방을 조사하였다. 여행용 가방 안에는 그녀의 옷과 원서가 있었고 노트와 필통이 있었다. 필통을 열어보니 뾰족하게 깎은 연필과 카터 칼이 들어 있었다. 요즘엔 거의 샤프를 쓰는데…… 한경감은 필통을 닫고 그녀의 방을 나왔다.

아저씨의 방과 헛간에서도 이렇다 할 다른 것들을 찾을 수 없었다.

밖에서 차가 멈추는 소리가 들리며 이기사가 불쑥 들어섰다. 해변가요제를 구경 간다고 어젯밤에 나갔던 그가 지금 돌아왔다. 마당에 들어온 이기사는 모두 넋이 빠진 얼굴들이어서 깜짝 놀랐다.

"무슨 일이죠? 오늘 채석강으로 놀러 간다면서 준비도 안 한 모양이군요?"

그의 물음에 아줌마가 퉁명스럽게 쏘아부쳤다.

"시방 사람이 죽어뿌렀는디……."

"이모님이 돌아가셨네, 어젯밤에……."

황상무가 고개를 떨구며 말하였다.

그는 마루에 힘없이 주저앉아 있는 해림을 보았다. 그녀도 반쯤은 정신이 나간 얼굴로 멍하니 마당 한 곳을 바라보고 있었다.

한경감이 모두 모이게 하였다.

"오늘 아침에 시체를 처음 본 사람이 누굽니까?"

그는 지독히 낮은 허스키였고 얼굴은 햇볕에 탄 구리빛이 감돌았다. 그의 귀 아래로 작은 점 하나가 붙어 있었다.

철진 엄마가 머뭇거리다가 입을 열었다.

"내가 처음 봤어요. 여느 때 같으면 진작 일어나셨을 텐데 문앞에서 아무리 불러봐도 대답이 없길래 그만……."

"박형사, 앰뷸런스 부르지. 아무래도 사체 부검을 해얄 것 같아."

잠시 기다리라는 손짓을 하고 박형사에게 지시하자, 박형사는 전화를 본서로 하였다.

"여긴 그저께 늦게 도착하신 걸로 압니다만."

수첩에 메모를 하며 묻자 황상무가 대답하였다.

고속도로가 막혀서 예상보다 늦게 왔으며 그날은 씻고 자기가 바빴다고 말하였다. 고개를 끄덕이며 적어 내려갔다.

밖에는 앰뷸런스가 도착하여 서너 사람이 함께 시체를 옮겨 실었다. 보호자로 황상무가 동승하였고 부검의가 있는 도내 병원으로 향하였다.

"이건 단순한 사망이 아니라는 게 제 소견입니다. 마사장에게서 주사기도 나왔고 수면제도 나왔어요. 황상무는 나중에 조사하기로 하고 여기 계신 분들만이라도 정직하게 말씀해 주셔야겠습니다."

한경감이 주위를 천천히 둘러보았다. 그의 눈빛이 예사롭지 않음을 모두가 알 수 있었다. 철진 엄마가 말하기 시작했다.

"어제 아침엔 철진이가 맨 처음 일어났죠. 어른들은 모두 힘들어 하는데 일어나서 떠들어대는 거예요. 모두 모두 잠꾸러기라고 놀려대면서요."

한경감이 철진이를 바라보자 얼른 엄마 뒤로 몸을 숨겼다.

"괜찮아."

한경감이 철진이의 손을 잡아끌며 다정하게 말하였다.

"아저씨도 너 같은 아들이 있단다. 열두 살이야."

철진이가 손을 빼며 엄마의 손을 꼬옥 잡았다. 그리고 빤히 한경감의 얼굴을 올려다보았다.

"고모, 일어나요. 나팔꽃이 따따따 나팔 불었어요."

해림의 방 앞에서 철진이가 햇님이 방긋 웃는 이른 아침에…… 하면서 큰 소리로 노래를 불렀다.

"알았어요, 알았어."

해림이가 방문을 열고 바라보았다. 늦게 도착하여 보이지 않던 마당에는 채송화도 맨드라미도 봉숭아도 저마다의 자태를 뽐내고 있었다.

"어머, 철진인 잠꾸러기가 아니네!"

해림이가 철진의 볼을 살짝 꼬집으며 말했다. 배시시 웃으며 해림이의 손을 잡았다.

"오늘은 어딜 갈 거야, 고모?"

"글쎄…… 시골에 와서 곤충 채집한다고 했잖아? 왕잠자리 잡으려면 저수지로 나가얄 거야, 오후에."

"고모, 나랑 약속해. 싸인두 하고."

철진이가 손가락을 걸고 싸인까지 받자 해림이는 귀여워서 뽀뽀를 해주었다. 아줌마가 평상 위에다 아침상을 차리고 있었다. 해림이가 살금살금 다가가서 아줌마를 뒤에서 끌어안았다. 깜짝 놀라서 뒤돌아보다가 아줌마는 그만 웃어버렸다.

"아적도 아긴개비네이. 미국에서 헌다는 공분 멀었당가?"

"이제 짐 싸들고 올 건데요. 나랑 살아요."

해림이는 아줌마를 안았던 팔을 풀며 다분히 어리광이 섞인 목소리로 말하였다.

"아이고, 난 안 갈라요. 서울이 뭐가 좋다고…… 난 여그서 영감이랑 죽을 때꺼정 살자고 혔당께. 그런디 무신 일로 여글 왔당가이."

갑자기 목소리를 낮추며 아줌마가 물어오자 덩달아 해림이의 목소리도 낮아졌다.

"아버지 산소에 가자던걸요, 왜요?"

"작년 추석에는 교통이 불편허다고 오지 않았다니께이."

아줌마는 그러면서 이상하다는 얼굴로 부엌으로 들어가 버렸다.

열린 대문으로 아저씨가 약통을 짊어지고 들어섰다. 해림이를 보고 고개를 끄덕이는 게 인사였다. 언제든 그냥 말없이 고개만 끄덕이는 아저씨를 해림이는 무척 좋아하였다. 해림이가 밝은 목소리로 인사를 하였다.

"일찍부터 일하셨어요, 아저씨?"

"논에 약 좀 쳤구만이…… 약을 치믄 잉역 몸에는 안 좋다고 허든디 안 치곤 어디 배길 수가 있어야제이. 그란디 벌써 일어났당가이, 피곤헐 틴디."

약통을 광에다 넣고 아저씨는 우물 가로 갔다. 해림이도 뒤따라 가서 두레박으로 물을 길어올려 대야에 가득 부었다.

"먼저 씻으세요."

하며 아저씨가 씻는 것을 보았다. 구리빛 팔뚝을 보며 어릴 적에 아저씨의 지게 위에 올라가서 진달래를 한 아름 안겨주던 것을 기억해냈다.

그때엔 죽음이 뭔지도 모를 나이였었는데…… 지금은 내가 너무 커버린 거야. 그녀는 마음속으로 되뇌었다.

아저씨가 다 씻고 나서야 해림이도 얼굴을 씻었다. 차가운 물이 정신을 번쩍 나게 만들었다.

모두들 모여서 맛있는 아침식사를 하는데 마사장이 입을 열었다.

"해림아, 먼저 산소엘 다녀와야겠구나. 요즘 너무 더워서 말야."

"그러죠. 아저씨도 같이 가실 거죠?"

"그랍시다. 풀이 커버렸을 테니께. 요즘은 퇴비덜도 안 하니께 제세상 만난드끼 무성허당께."

"고모, 나두 갈 거야."

"그러럼."

숭늉으로 입가심을 한 뒤에 아저씨는 광으로 들어가더니 낫을 들고 나와서 숫돌에 정성들여 갈았다.

옷을 갈아입고 가족들은 산소를 향하여 산을 올랐다. 아저씨는 맨 앞장서서 낫을 휘두르며 올라갔고, 뒤이어서 해림이가 검은 상복에 국화 다발을 안고 말없이 걸어가고 있었다. 그 뒤를 마사장이 이마의 땀을 훔치면서 걸어가고 있었다.

황상무가 더우시죠? 하면서 마사장이 든 파라솔을 대신 들고 곁에 서서 걸었다.

철진이랑 아카시아잎을 가지고 가위 바위 보를 하면서 철진 엄마는 마냥 즐거워하였다.

포르르, 산새들이 잎새를 흔들어놓고는 산 너머로 날아가고 있었다. 하늘 위로 하얀 뭉게구름이 그림을 그리고 있었다.

해림의 생모와 합장을 하여서 주위의 여느 묘보다 훨씬 커 보였다.

해림은 들고 온 국화 다발을 놓고 절을 하였다. 그리고 다른 가족들도 절을 하였다.

무덤 가로 심어진 백일홍이 분홍빛 꽃을 피웠고 적당히 그늘을 만들어주었다. 해림은 그늘에 앉아서 바라다보이는 저수지를 내려다보았다. 한가로이 앉아서 세월을 낚는 강태공들이 보였다.

어디선가 매미 한 마리가 울기 시작하자 무슨 신호라도 되는지 여기 저기서 일제히 울어대는 바람에 오전의 고요를 깨뜨리고 있었다.

마사장이 황상무에게 그만 내려가자고 말하였다. 해림은 아버지의 무덤을 떠나면서 한번 더 뒤돌아보았다.

길 양쪽으로 이미 시들어버린 달맞이꽃이 잎을 오므리고 있었다.

"그것이 어제 일의 전부는 아닐 테죠?"

한경감이 날카롭게 어서 그 다음 이야기를 하라는 투로 물었다. 그 때 이기사가 말하였다.

"마사장님과 난 읍내로 들어갔습니다."

"읍내엔 무슨 일로 갔습니까?"

이기사를 보는 한경감의 눈빛이 무슨 단서라도 찾으려는 듯이 빤짝 빛났다. 그가 정색을 하면서 대답하였다.

"마사장이 누군가를 만나야 한다면서요. 난 차 안에서 기다렸고 혼 자서 들어갔습니다."

"어딜 갔다는 겁니까?"

"목원 다방이라고 정류장 건너편에 있던데요."

한경감이 메모를 하였고 철진 엄마가 다시 이야기를 끌어갔다.

"해림 아가씨랑 우리들은 과수원의 원두막 위에서 아줌마가 가져온 수박이며 참외를 먹으면서 한낮의 더위를 식혔지요. 오후엔 철진이 가 해림 아가씨보고 잠자리 잡으러 가자면서 저수지로 나갔구요."

마루에 무너지듯이 앉아 있는 해림이를 유심히 본 것은 그때였다. 한경감은 아줌마에게 기대어 있는 해림에게서 눈길을 떼지 못하였다.

"해림씨라고 하셨죠? 마사장관 모녀 사이라지만 실은 계모라고 들었 습니다만……."

"네."

분명하게 그녀가 대답하였다. 그게 이 사건과 무슨 상관이 있냐는 투였다.

"그래, 잠자린 많이 잡았냐?"

"아뇨, 겨우 두 마리였어요. 보여드릴게요 고추잠자리였어요."

철진이가 어깨를 으쓱해 보이고는 울타리 곁으로 달려가더니 곤충 채집통을 들고 왔다. 한경감에게 들어보였는데 날개짓에 지쳤는지 찢 겨져 있었다.

한경감이 이기사에게 다시 물었다.

"마사장이 다방에서 나온 것은 얼마 후였습니까?"

"한두 시간 후였죠."

"집으로 곧장 돌아왔지요?"

대답을 못 하고 우물쭈물거리자, 한경감이 다시 채근하였다.

"다 저녁 때에야 오던디요이."

해림이를 안고 있던 아줌마가 혼자말처럼 중얼거렸다. 일제히 시선
은 이기사에게 가서 꽂혔다.

"그건……."

"이기사, 당신은 나하고 서까지 가야겠소. 그리고 다른 분들은 저 방
엔 들어가심 안 됩니다, 절대로."

마사장이 죽었던 방 앞에는 출입 금지라고 팻말이 붙어 있었다.

어느 누구도 시선을 그곳으로 돌리지 않았다.

"그 외에 다른 일은 없었습니까?"

"네, 우린 그저 철진이랑 놀면서……."

철진 엄마의 손톱이 빨갛게 물들어 있었다. 한경감은 다른 여자들의
손톱을 보았다. 모두 약속이라도 한 것처럼 물들어 있었다.

"봉숭아 꽃물은 언제 들인 겁니까? 무척 곱군요."

"어젯밤에요."

한경감이 다리가 아픈지 마루에 걸터앉았다. 철진 엄마가 다시 어제
의 이야기를 하였다.

"아저씨는 중복이라고 닭을 몇 마리 잡아서 불을 지폈지요. 나는 아
줌마랑 마늘을 까면서 이런저런 이야기를 했구요. 해가 기우는지 분
꽃이 다투어 피어났지요."

해림이가 낮잠에서 깨어나 분꽃 두 개를 따서 귀걸이를 만들어 찰랑
거리며 다가왔다.

"아가씨, 참 예뻐요. 어떻게 하는 거죠?"

철진 엄마의 물음에 해림이가 분꽃 귀걸이를 만들어 달아주었다.

"서울에만 살았는데 고몬 아는 게 많아요."

"방학 때 내려오면 아줌마가 해줬거든요. 언닌 모르죠? 순서울 토박이라서."

"이번에 함께 오길 잘했어요. 분꽃 귀걸이두 알구요."

저수지에서 왕잠자리를 잡으려 나갔던 철진이가 황상무랑 함께 들어왔다.

"엄마, 나 왕잠자리 잡았다."

철진이가 채집통을 엄마 가까이에 들어 보였다. 정말 예쁘고 큰 잠자리 한 마리가 날개짓을 하였다.

"예쁜 날개가 찢어지기 전에 주사를 놓아야지, 어서."

철진이가 채집통을 들고 쪼르르 방안으로 들어갔다. 철진 엄마가 흐뭇한 웃음을 지었다.

"고모, 철진이 숙제에 봉숭아 꽃물 들이기가 있는데 오늘 어때요?"

"좋아요. 그런데 요즘엔 별 이상한 숙제도 있네요."

두 사람은 봉숭아꽃이며 잎을 따서 장독대 위에 널어놓고 마주 보며 웃었다.

저녁식사로 삼계탕을 먹으며 모두 유쾌한 시간을 보냈다.

아저씨가 모깃불을 놓아서 매캐한 연기가 마당 가득 깔렸다. 아줌마는 우물 안에 채워둔 수박을 가져와서 쟁반에 커다랗게 썰어놓았다. 싱싱한 맛이 일품이었다.

마사장이 억지로 트림을 끌끌 하였다. 철진 엄마가 왜 속이 거북하냐고 물었다.

"삼계탕에 체했나봐. 속이 편칠 않아."

"어떡하죠? 참, 손가락을 따면 되잖아요?"

"그래, 내가 그 생각을 왜 못 했지? 아줌마, 바늘 좀 가져와요."

아줌마가 방으로 들어가서 바늘을 가져오자 콧김을 쐬고 엄지 위를 따는 데 자꾸만 실수를 하였다.

마사장이 이마를 찌푸리자 철진 엄마가 어쩔 줄 몰랐다. 아줌마가 바늘을 건네받아서 익숙한 솜씨로 따자 이내 피가 솟아나왔다.

"잘하지도 못하면서 아프게만 해."

"그러게요. 남들이 하는 건 쉽게만 보이던데…… 쉬운 게 아니네요."

어느 새 아저씬 방으로 들어가서 잠이 들었는지 코고는 소리가 마당까지 들렸다.

"아저씬 잘도 자네요. 난 오늘 시끄러워서 못 자겠네. 개구리들은 왜 이리 시끄럽게 울지?"

여기저기서 개구리의 울음이 조용한 마을을 흔들어놓을 듯이 시끄러웠다. 하늘에는 별들이 총총 빛나고 은하수가 흐르고 있었다.

"철진 엄마가 내 화장대 위에서 수면제 몇 알 내와."

"언니, 나두 줘요. 미국에서 온 지 얼마 되지 않아서 영 잠이 들기가 힘들거든요."

"그러죠."

철진 엄마가 방으로 들어가서 수면제를 꺼내 왔다. 철진이가 해림에게 물었다.

"고모, 꽃물은요?"

"맞아. 아까 곱게 찧어놨는데……."

"철진아, 할머니도 들일랜다. 열 손가락 전부다."

"그렇게 많이요?"

철진이가 커다란 목소리로 물었다.

"그래, 모두 다."

철진 엄마가 약을 가져왔다. 약을 먹기 전에 모두 손가락에 서로 꽃물을 감싸주었고, 마사장과 해림이는 약을 먹었다.

울타리 비켜서 하얀 박꽃이 별들과 눈을 맞추고 있었다. 깊어 가는 여름 밤에 어느 고샅길에서 누렁이가 짖는 소리가 들려왔다.

"앤 다 큰 놈이 무슨 오줌이니?"

철진 엄마가 새벽을 깨뜨리는 목소리로 철진이의 엉덩이를 때리며 말하였다.

"어젯밤에 수박 먹었잖아?"

"이놈이 되레 큰 소리야. 팬티 갈아입어."

철진 엄마가 팬티를 꺼내기 위해 가방을 열려고 했지만 손가락이 불편하여서 먼저 꽃물을 풀었다. 빨갛게 물든 손톱을 보며 만족한 웃음을 지었다. 철진이의 새끼손가락도 풀어주었다. 신기한 듯이 철진이가 바라보았다.

팬티를 갈아입은 철진이가 할머니께 보여드린다며 방문을 열고 나서자 그녀도 따라 나섰다.

"할머니, 할머니, 내 손가락 좀 봐요. 어서 나와보세요."

철진이가 불러도 아무 대답이 없었다. 문을 여는 기척이 없자 철진 엄마가 문을 열고 들어가 보니 이미 싸늘한 시체가 되어 있었다는 것이었다.

"수면제 과다 복용인지도 모르죠. 또 드셨는지도 모르니까요."

그제야 마사장의 죽음이 실감이 나는지 울먹거렸다.

한경감이 톡톡 자신의 이마를 손가락으로 쳤다. 아마 그의 버릇인가 보다.

마사장은 아직도 젊었고 자신의 죽음을 앞두고 태평스레 꽃물이나 들일 여자로는 보이지 않았다.

누굴까? 그래, 범인은 이 가족들 중에 있어. 아까부터 이기사는 연신 줄담배만 피우고 있었다. 어젯밤에 여기에 있지 않았다던 그가 아닌가? 저놈에게서 냄새가 나는데?

"이기사, 잠깐 나와 동행해야겠소."

"내가요? 내가 왜요?"

그가 펄쩍 뛰며 당황해하는 모습에서 한경감은 더욱 심증을 굳혔다.

벌써 해는 서산으로 길게 노을을 드리우고 하얀 구름을 치자빛으로 물들게 하였다.

다음날 출근한 홍검사는 신문을 보고 마사장이 살해된 것을 알았다. 그리고 용의선상에 황상무와 이기사, 그리고 차해림이 떠오른다는 간략한 기사를 보았다.

그 순간에 그의 얼굴이 변하였다.

"해림씨를? 뭔가 잘못 짚었어."

휴가서를 내고 군산으로 가는 비행기를 알아보는 데 그리 긴 시간이 필요하지 않았다. 군산에는 오전과 오후 두 차례 운행하기 때문에 광주로 가면 어떻겠냐고 물었다.

"좋습니다. 광주로 하죠."

수화기를 내려놓고 다시 다이얼을 눌렀다. 긴 신호음이 끝나자 부재중임을 알리는 메모가 흘러나왔다.

"접니다. 시골에 급한 일이 생겨서요. 아버님도 안 계신데 저까지 집을 비우게 돼서 죄송합니다. 다시 전화드릴게요."

메모를 한 뒤에 시계를 보며 그는 급히 밖으로 나갔다.

취조실에서는 한경감과 이기사가 마주 앉아서 이야기를 하고 있었다.

어제 오면서 이기사가 타고 온 차의 본네트를 만져보니 바닷가가 아닌 더 먼 곳을 다녀왔음을 알 수 있었다.

"자네, 순순히 털어봐. 왜 마사장을 죽였어?"

"난 정말 모르는 일이라니까요. 분명 그 밤에 내가 다른 곳에 있었다는 건 이미 알고 있는 사실이잖습니까?"

"물론 그건 사실이지. 하지만 생각해 보게. 이 시골은 너무 좁아서 차 하나만 있으면 뭐든 조작할 수 있네. 안 그런가?"

한경감이 이기사의 말에 동조를 하면서도 집요하게 물고 늘어지는 데에는 이유가 있었다. 수거한 유리병의 물질이 청산가리였음을 이미 통보받았기 때문이었다.

마사장의 가방에서 나온 청산가리는 무얼 의미하는 것인가? 그녀는 누군가를 죽이려고 이곳에 온 것이었다.

"청산가리는 어디서 구했어?"

"내가 구해 줬습니다."

"마사장은 누굴 죽이려고 이곳에 온 건데…… 어제 어딜 갔다 왔는지만 어서 대라구. 해변 가요제에는 사람이 많이 왔나?"

"다 그렇죠 뭐."

"어제 사회를 누가 봤어?"

"조영남씬가? 멀리서 봐서 잘 모르겠던데요. 아무렴 누가 보면 어때요?"

"이기사, 조영남은 오지도 않았네. 어딜 간 거야? 이거 신사적으로 하니깐 일이 안 되네."

한경감이 이기사를 뚫어져라 쳐다보았다. 그의 눈빛에서 널 그냥 두지 않겠다는 것을 이기사는 알 수 있었다.

"서울에서 약혼녀가 내려와서요. 여관에 있었습니다."

이기사가 체념을 한 듯 말하기 시작하였고, 한경감은 메모를 하며 그를 바라보았다.

"진작 불 거지 시간만 끌어. 여관 이름이 뭐야?"

"서림 여관."

한경감이 다이얼을 누르고 말하였다.

"나 서의 한경감인데 그저께 숙박부에…… 이창수라고 있어?"

잠시 수화기를 막고 그를 보는 눈빛에서 아무래도 저 놈이 수상한데 배짱 한 번 좋다 라는 것을 읽을 수 있었다.

"있다구? 알았네. 수고하게."

한경감은 수화기를 내려놓으며 똑바로 마주 보았다.

"약혼녀가 잠든 사이에 해치운 거지? 지금 부검 중이야. 사인이 곧 밝혀질 거라구. 어시 대라니까?"

"생사람 잡지 말아요. 비록 전과잡니다만 살인을 저지를 놈은 아닙니다."

"그건 자네 말이고…… 어쩐다?"

한경감이 자리에서 일어나 서성거리기 시작하였고, 이기사가 담배를 피워물었다.

저 놈이 생각할 여유가 필요했던 걸까? 이제 곧 불겠구만…… 한경 감이 곁눈질로 그를 보며 속으로 웃었다.

그는 담배를 다 피우고 재떨이에 비벼 끄며 생각을 굳힌 듯 말문을 열었다.

"요즘 황상무하고 사이가 좋지 않던데……."

"조카 사이라고 했잖아? 이거 누굴 놀리는 거야 뭐야?"

한경감이 소리를 꽥 지르자, 이기사도 덩달아 큰 소리로 말하였다.

"조카 사이라고 꼭 좋다는 법이 없잖아요? 그리고 그가 공금을 유용한 사실을 알았는데도 잘했다고 등 두드려 줄 위인인가요? 마사장이 어떤 사람인데……."

이기사가 투덜거리며 다시는 입을 열지 않겠다는 얼굴이었다.

한경감이 아차! 하는 얼굴로 의자를 끌어당겨 앉았다.

"그게 사실인가?"

그의 말투가 어느 새 은근해졌다.

"며칠 전 퇴근길에 마사장이 혼자 중얼거렸어요…… 그건 회사 내의 공공연한 비밀이었는데 이제야 안 모양이더라구요. 몹시 언짢은 얼굴이었죠."

"그렇다면…… 자기가 해고당할 수도 있다는 가정 아래서……? 그건 그렇고, 해림이라는 딸하곤 어떻던가?"

"모릅니다. 그 회사에 채용된 지 겨우 6개월이고 또 해림씰 만난 건 불과 사흘 전인걸요. 하지만 계모와의 관계는 뭐 그렇고 그런 사이 아닙니까?"

다시 문을 두드리는 소리가 나더니 김형사가 들어와 한경감에게 손님이 찾아왔다고 전했다.

"알았어. 자네는 이 사건이 끝날 때까지 여기에 있어야겠네. 자, 그럼……."

"내가 죽이지도 않았는데 무슨 권리루요? 이건 잘못입니다."

"시간은 남았잖아?"

눈짓을 하니 김형사가 이기사의 팔을 끼며 먼저 나갔다. 한경감은 수첩을 접으며 뒤따라 나갔다.

"내가 한경감입니다만…… 누구신지요?"

손을 내밀어 악수를 청하면서 홍검사가 대답한다.

"홍민우 검삽니다. 서울에서 조간을 보고 달려왔습니다."

홍검사가 그에게 명함을 건네주며 대답하였다.

"아직 점심 전이라면 함께 할까요? 내가 아직 점심 전이라서요."

"나가시죠."

한경감이 말을 하면서 앞장섰지만 그의 얼굴이 그리 유쾌하지 않음을 홍검사는 느낄 수 있었다.

한경감은 웬 홍검사라는 사람이 이 사건에 나타난 걸까? 하지만 그에게서 풍기는 인상에서 그가 강직하고 젊은 것임을 알 수 있었다.

음식점 문을 열고 들어서자마자 한경감은 시원한 물을 청하였다. 홍검사도 말없이 찬물을 들이켰다.

"여긴 왜 오신 겁니까?"

"아버님께서 그 회사 고문으로 계신데…… 마침 매형이 외국에서 개
인전을 열고 있어서 그곳에 계십니다. 내가 와 봐얄 것 같아서요."

"그러셨군요."

한경감은 그제야 이해가 간다는 얼굴로 그를 바라보았다.

아주머니가 음식을 놓고 안으로 들어갔다. 음식을 먹으며 어제 사건
이 일어나서 현재까지의 일을 소상하게 이야기하였고, 그는 진지하게
듣고 있었다.

"분명 타살로 보고 계시는군요, 한경감께서는……."

"그렇습니다. 연락이 왔는데 수면제는 사인의 직접적인 원인은 아니
랍니다. 지금 부검 중인데 곧 밝혀지겠죠."

"해림씬 곧 회살 맡게 되지요. 한 가지 내가 이상하게 생각하는 것
은 평소에 친절하게 대하지도 않던 마사장이 왜 해림씰 이곳까지 데
려왔나 하는 점입니다."

"두 사람 사이가 원만하지 못했습니까?"

"마사장은 자기 자신밖에 모르는 위인입니다. 아버님과 차회장님은
각별한 사이라서 난 해림씰 그 누구보다 잘 압니다. 해림씨가 여섯
살 나던 해 마사장은 앓고 있는 해림의 생모가 있는데도 불구하고
그 안방을 차지해 버렸지요. 원래 술집에서 차회장과 만난 사이였는
데…… 아무튼 심약한 생모는 소나무에 목매 자살을 했다고 들었습
니다."

수저를 놓으면서 그는 진지한 얼굴로 해림이의 가정 이야기를 하나
도 숨김 없이 한경감에게 털어놓았다.

"그 후에 할머니의 손에서 자라났고 대학 생활은 기숙사에서 했습니
다. 난 아버지의 심부름으로 차회장님을 집무실에서 만나 뵈었는데,
마침 거기에 그녀가 와 있었습니다. 우리가 처음 만난 거지요. 첫 인
상은 그늘지고 말이 없었다는 것뿐이었죠."

"……."

"그 후로 여러 번 만났지만 언제나 말없이 내 이야기만 듣는 편이었지요."

"해림씨를 좋아하시는군요, 여기까지 단걸음에 오신 걸 보니……?"

"내가 일방적으로 좋아합니다. 그녀는 마음의 문을 꼭꼭 닫아놓고 내가 들어설 틈도 보이지 않거든요. 누군가에게 사랑을 받는다는 것에 두려움이 있나 봅니다."

"만나 보셨습니까?"

"아직…… 여기부터 왔습니다."

"이기사는 완강히 살인 혐의를 부인합니다. 황상문 지금 전주에서 부검하는 데 입회하고 있고요. 이젠 해림씨 차례군요. 과수원에 같이 가시죠."

"그럽시다."

홍검사가 먼저 일어나서 지불하고 둘이는 음식점을 나섰다.

한경감이 운전을 하고 과수원을 향하여 달려갔다. 달리는 창 밖으로 가로수들이 손짓을 하며 지나갔고 하늘의 구름도 덩달아 달려갔다.

과수원에 도착하자마자 홍검사는 해림을 찾았다. 그녀는 갑자기 나타난 그를 보면서 오랜 만에 웃어 보였다.

"얼굴이 많이 상했어. 힘들었지?"

아무 말 없이 홍검사를 바라보는 그녀에게 한경감이 다가갔다.

"해림씬 마사장의 죽음에 대하여 어떻게 생각하시죠?"

"……."

해림이는 눈을 내리깔고 한동안 생각에 잠기더니 한경감을 똑바로 마주 보면서 대답하였다.

"원하는 대답이 뭐죠?"

그녀의 역습에 뭐 슬프다든가, 의문의 죽음에 누군가에게 의혹이 가지 않느냐는 말을 하였다.

"난 아무런 감정도 느끼지 않아요. 왜냐구 하겠지만 마사장은 **아버**

지의 아내였지 결코 내 어머니는 아니었으니까요."

말하는 그녀의 얼굴이 냉정함을 되찾고 있었다.

"홍검사께 들어서입니다만……."

"난 이만 드릴 말이 없어서요. 실례합니다."

해림은 보일듯 말듯 고개를 숙이고 이내 사랑채의 방으로 들어가 버렸다. 그녀의 뒷모습에서 홍검사는 말할 수 없는 연민을 느꼈다.

홍검사는 집을 나서서 과수원을 향하여 혼자 걸어가며 짙푸른 나뭇잎 사이로 하늘을 올려다보았다. 한가롭게 구름이 떠 가고 어디선가 매미가 자지러지게 울어댔다.

"평화롭죠?"

어느 새 따라왔는지 한경감이 뒤에서 물었다. 뒤돌아보며 홍검사가 고개를 끄덕였다.

"이곳에선 살인 사건이란 게…… 정말 어울리지 않습니다."

"그렇군요. 누군가에 의해서 저질러졌다고 생각이 듭니까?"

"며칠 전에 황상무와 해림씨가 말다툼을 했답니다. 회사 공금 유용 사실을 알게 되었나 봅니다. 해림씨 때문에 일이 꼬일 것 같다고 철진 엄마에게 털어놓았다던데요."

"그럼 죽어야 할 사람은 해림씨가 아닙니까, 한경감의 말이 사실이라면요? 마사장과 황상무가 짜고서 해림씰 죽이려고 시골에 왔다는 거 아닙니까?"

"그렇죠. 그런데 엉뚱하게 해림씨 대신에 마사장이 죽은 거죠. 홍검사는 누구에게 더 의심이 갑니까?"

홍검사는 한참을 생각에 잠기더니 천천히 대답하였다.

"그야…… 이기사죠."

"그렇죠? 그런데 단서를 잡을 만한 게 전혀 없으니…… 아직 황상무에 대해선 수사도 못 했습니다. 부검 결과가 나와야 텐데."

둘이는 과수원을 걸으면서 여러 가지 이야기를 나눴다. 가지에 매달린 사과들이 푸른빛으로 햇빛에 제 몸을 드러내며 반들거렸다.

철진이가 뛰어오면서 한경감을 부르며 수화기를 건네주었다.

"한경감입니다. 뭐야? 다시 말해 봐. 청산가리가 아니라구? 정말 귀신이 곡할 노릇이군. 분명 유리병엔 청산가리였잖냐구? 웬 파라치온이야? 자네 지금 뭘 보고 있나? 보고서를 보고 있다구? 수사가 원점으로 돌아가잖냐 말이야. 알았네. 본서로 보고서 가지고 급히 오라고. 거기 황상무도 동행해서 말야."

수화기를 철진에게 건네며 한경감은 알 수 없다는 얼굴이 되었고, 홍검사에게 본서로 들어가 봐야겠다며 총총히 떠나갔다.

저녁 해가 긴 노을을 만들어 소나무 가지 위로 뻗쳐 있었다. 솔밭 사이로 어느 정도의 거리를 두고 해림과 홍검사가 걷고 있었다.

말없이 걷는 그녀의 옆모습을 보며 홍검사는 낮은 목소리로 불렀다.

"해림이……."

그를 바라보는 해림의 눈빛에 두려움이 차 있었다.

"내가 있으니 걱정 마. 아직도 내 가까이 오지 못하는군."

부드러운 그의 목소리에 해림은 그만 목이 메었다.

"난요, 잘 알잖아요, 외로움에 길들어 있는 거…… 어느 땐 누군가가 곁에 있어 주었으면…… 그래요, 말없이 지켜만 봐줬으면……."

해림은 말끝을 잇지 못하고 울음을 터뜨리며 소나무에 기댔다. 그가 뒤에서 끌어안았다.

그녀의 어깨가 들썩이기 시작하더니 이내 큰 소리가 나오는 것을 막으려고 손수건으로 자신의 입을 틀어막았다.

홍검사는 해림을 돌려서 안아주며, 그래 실컷 울어 하는 듯 그녀의 등을 토닥거려 주었다. 그녀가 울음을 그친 건 해가 마지막 빛을 거둬가고 있을 때였다.

"황상무, 우리 솔직해집시다. 마사장을 당신이 죽인 거 다 알아요.

공금 유용 사실이 들통이 나니까 해치운 것 아닙니까?"

한경감의 취조에 그만 황상무는 기가 막히다는 얼굴이 되었다.

"내가 죽였다는 증거가 없잖아요. 이거 참…… 사람 죽이네. 유용한 그깟 돈은 메꿔주면 그만이지. 그 때문에 이몰 살해합니까? 어리석게도 나를 스카웃해서 키워 주려는 이몰 살해하느냐구요? 내 참, 더러워서…… 일이 꼬이려니까."

황상무가 옆에 있는 담배를 피워물더니 깊이 들이마시고 뱉었다.

"그럼 마사장이 왜 살해당할 수밖에 없었냐 이 말입니다. 뭔가 일을 벌이려는 건 알고 있었겠죠?"

한경감의 은근한 말투에 그는 그만 고개를 숙였다.

"해림씰 해치우기로 한 것 아닙니까? 그 회살 송두리째 가로챌 계획이었다고 왜 솔직히 털어놓지 못합니까?"

한경감의 정곡을 찌르는 말에 그는 그만 얼굴이 납빛이 되더니 더이상 말문을 열지 않았다. 시간만 흐르고 있었다. 황상무를 내보내고 다시 이기사를 들여보내라고 하였다. 그가 일어나서 큰 기지개를 하는 동안에 이기사가 들어왔다. 그와 마주 앉으며 한경감이 담배를 권하였다.

"이기사, 파라치온은 어디서 구했어?"

"파라치온이라뇨? 그건 시골에선 어디나 굴러다니는 거 아닙니까? 갑자기 그건 왜 튀어나옵니까? 청산가리라면서요."

"능청떨기는…… 자네가 농약으로 살해했잖아?"

한경감의 넘겨짚기에도 그는 펄쩍 뛰며 끝까지 잡아떼었다.

"아니면 해림씨에게 정볼 제공한 거야? 마사장이 제의한 댓가보다 더 많은 액수를 요구했겠지, 물론……."

"……."

이기사가 그만 입을 다물고 담배를 한 개비 꺼내자 한경감이 얼른 불을 붙여주었다. 어서 털어놓으라는 눈빛과 함께 서로 눈싸움을 하며 바라보았다.

그가 깊숙이 담배연기를 빨아내며 말문을 열었다. 옆에는 소형 녹음기가 돌아가고 있었다.

"난 약혼녀가 있어요, 유순이라는……. 마사장 때문에 우리들의 사이가 서서히 벌어졌지요. 휴가를 같이 온 걸 안 그녀는 파혼 선언을 하러 여길 왔어요. 나도 그날 밤에 이야기만 듣질 않았어도 유순일 차버렸을 겁니다. 난 환상에 빠져 있었어요. 마사장의 노리개가 아닌 것을 원했으니까."

그리고 입을 다물더니 한참이나 말을 하지 못하였다. 한경감은 조바심이 났지만 마냥 기다리고 있었다.

"마사장은 나와 놀아났지만 한편으로 지독히 짠 여자였죠. 한 예를 들자면 이렇습니다. 급한 일이 있어서 차선 변경을 요구하지요. 그때 벌금을 물게 되어도 내 월급에서 제하는 여자였는데, 그 요구를 자신이 했음에도 불구하고 말입니다."

이기사가 다시 담배를 깊이 빨고 다시 뱉었다.

"그날도 내게 은밀히 한 가지 제안을 해왔습니다. 청산가릴 구해 주면 내게 한 몫을 쥐어준다고 했습니다."

"그 대상이 해림씨라고 믿나?"

"그렇습니다."

"일이 이상하잖아? 해림씨가 죽어 있어야 되는데 말짱하고 대신에 마사장이 죽어 있으니……. 자넨 알아. 해림씨에게 전해 주었겠지. 어서 털어놔."

"과수원에 도착한 날 한밤중이었습니다. 난 갈증을 느끼곤 방에서 나와 우물가에서 두레박에 가득 물을 퍼올려 벌컥벌컥 들이키니 정신이 번쩍 들더라구요. 밤공기가 어찌나 상쾌하던지 과수원으로 발걸음을 옮겼지요. 어디선가 낮게 두런거리는 소리가 났지요. 난 몸을 낮게 하고 걸어갔습니다. 마치 포복하는 병사처럼 말입니다. 원두막 위에선 마사장과 황상무가 일을 꾸미고 있었죠."

여기서 말을 끊고는 담배를 비벼끄는 그의 손이 가늘게 떨림을 한경감은 놓치지 않았다. 이기사가 목이 타는지 냉수를 찾자, 그가 나가서 한 컵 가득 물을 가져왔다. 물을 다 마시더니 그는 체념한 듯 털어놓았다.

"철진 애비야, 글쎄 금강 휴게소에서 음료수에 청산가릴 묻혔는데 그만 계단을 내려오다가 다 떨어뜨렸지 뭐니? 일이 안 되려니까 말야. 지금쯤 죽었을 텐데……. 그리고 이기사 말야, 이제 그만 없애얄까봐. 내가 미쳤지. 그놈에게 또 돈까지 뚝 떼어준다고 했는데, 해림일 죽이려는 걸 안단 말야. 넌 어떻게 생각하니?"

"해림이가 죽는 건 그리 문제가 안 된다고 봅니다. 그러나 이기산 약혼녀가 있구 또 보통이 아니던데요. 캐낼 겁니다."

"바닷가잖아? 익사했다며 화장시켜 버리면 되지 뭐."

"우리가 송두리째 회살 갖게 되는 거군요, 이모."

"그럼, 언제부터 꿈꾸어 왔던 건데……. 그걸 고 계집애에게 주니? 내일 밤에 해치워야지."

"그럭허죠."

두 사람의 낮은 웃음 소리에 이기사는 그만 숨이 멎는 기분이었다. 그들이 집안으로 사라진 뒤에도 그는 그 자리를 뜰 수 없었다.

"내 머리속에서 번개처럼 스치는 게 있었지요. 해림씨가 죽게 내버려 둬서는 안 된다는 거였지요. 공항에서 날 처음 만나서 가방을 옮기려 할 때에도 고맙다며 상냥하게 말해 줬지요. 과일을 먹을 때도 먼저 포크로 찍어 줬구요. 한마디로 되어 먹은 여자였는데, 글쎄 못돼도 한참 못된 마사장의 밥으로 두기엔 안됐다는 생각이 내 머릴 꽉 채우더라구요. 그래서 난 일을 터뜨리기로 작정했습니다."

"언제 그녀에게 알렸지?"

"방으로 돌아와서 난 간단한 쪽지를 적었습니다. 해림씨 방안으로 밀어넣었죠."

말을 끝낸 이기사가 한경감과 눈이 마주치자 멋쩍게 웃었다. 메모를 하던 그가 다시 물었다.

"그런데 그날 밤에 해변가요제엔 안 가고 어딜 간 게야?"

"여관에서 유순이와 같이 있으면서도 영 마음이 놓이질 않는 겁니다. 떠나야 하는 해림씬 웬일인지 과수원을 떠나지 않았고 태평스레 봉숭아 꽃물을 들인다고 하더군요."

"본네튼 왜 그렇게 뜨거웠어?"

"김제까지 태워다 주었죠. 버스보다 기차 여행을 즐기는 유순이거든요."

"또 다른 할 말은 없는 거야?"

"여기까지 오면서 한 번 말다툼이 있었습니다, 마사장과 해림씨가."

"무슨 일로?"

"회사 일 때문이었습니다. 해림씬 황상무를 끌어들인 것에 불만이었나 봐요."

이기사가 은근한 말투로 말하였다.

"이번에 영구 귀국할 거니?"

"네."

"박사 코스는 어떡하구?"

"그만둬야죠. 아빠가 돌아가신 후 회사가 누구 손에 들어갈지 모르는 판국에 박산 무슨 얼어죽을 박사예요?"

해림의 가사돋힌 반격에 마사장의 얼굴이 금세 붉으락푸르락하였다.

"말에 뼈가 있구나. 누구 손에 들어갈지 모른다니?"

"몰라서 물으세요? 황상문 요새 카지노에 불법 출입한다구요. 왜 그 사람이 우리 회사에 필요한 거죠? 황상무가 곁에 있어야만 모든 걸 쥘 수 있다고 믿으신 거죠? 아빠의 유언장은 뭐 한낱 휴지라고 생각하셨을 테구요."

이기사는 두 사람의 대화를 들으면서 백미러로 힐끔거렸다.

그렇게 착하게만 뵈던 해림이의 얼굴이 벌개져 있었다. 둘이 마주 보는 시선이 팽팽함을 느꼈다. 불꽃이 튀다가 이래서는 안 되겠다는 투로 마사장의 말이 부드러워졌다.

"황상문 네 친척이야. 널 도울 수 있다고 생각했어."

"친척이라구요? 피도 한 방울 섞이지 않은 친척도 있나요?"

차가운 해림이의 반문에 마사장의 얼굴은 곤혹스런 표정이 되었고, 그리고는 이내 차 안은 무거운 침묵만이 흘렀다.

벌써 취조실 안이 어두워졌다. 이기사를 다시 돌려보내고 한경감은 박형사와 함께 차를 몰아 사체가 있는 병원으로 달려갔다.

모두 퇴근하였기 때문에 조사를 할 수 없었다. 그들은 병원 복도에서 새우잠을 자야만 하였다.

다음날 오전에 두 사람은 사체를 오른쪽과 왼쪽으로 나눠서 면밀하게 조사하기 시작하였다. 열두시가 지나고 세시가 지나도 그들은 아무것도 찾을 수 없었다.

한경감의 뱃속에서는 꼬르륵거리는 소리가 났다. 박형사가 더 이상은 못 참겠다는 듯이 투덜거렸다.

"뭣 좀 먹고 합시다. 이 짓도 다 먹고 살려고 하는 것 아닙니까?"

하면서 뒤도 돌아보지 않고 문을 열고 나갔다. 한경감이 손을 씻고 있는 박형사 곁에 와서 그의 등을 두드려 주면서 웃었다.

"아니, 이 판국에 웃음이 나옵니까, 선배님?"

"나가세. 요앞에 설렁탕집이 있던데 얼른 한 그릇 때우고 와서 일하지."

두 사람은 병원 문을 나서서 가까이에 있는 설렁탕집으로 들어갔다. 아줌마가 설렁탕 두 그릇을 놓고 돌아서자마자 박형사는 같이 먹자

는 말도 없이 깍두기 집어넣고 맛있게 먹는다. 한경감도 웃으며 수저를
집어들었다.

"우리가 이잡듯이 샅샅이 돌려 가면서 뒤져도 왜 단서가 될 만한 게
없죠?"

어느 새 한 그릇을 비우고 또 시키면서 박형사가 그제야 말문을 열
었다. 정말 알 수 없다는 얼굴이었다.

"그러게나 말이야. 청산가리라면 벌써 끝냈을 텐데……."

"이기사가 허위 자백한 거 아닙니까? 살해할 목적으로 약혼녀가 잠
든 사이에 왔다가 되돌아가다니, 앞뒤가 맞지를 않잖아요? 전과자던
데……."

설렁탕에 깍두기를 집어넣으며 박형사가 말하였다.

"이 사람아, 깍두기 그만 넣어. 보지도 않으면 어떡허나?"

그제야 그릇을 내려다보니 설렁탕 그릇에 깍두기가 더 많아 보였다.

"그리고 마사장이 자기를 해치울 계획을 다 듣고도 그냥 가다니, 좀
이해가 되질 않습니다."

"글쎄…… 위분비물에서 그 성분이 없잖아. 혈액에서만 나온 거래서
말야."

"그러니 귀신이 곡할 노릇이지요."

"다 먹었지? 이젠 단서를 찾을 때까지 나올 생각은 말자구. 자, 나가
지."

담배에 불을 붙이면서 두 사람은 음식점을 나섰다.

해림이가 산으로 올라가더라는 아줌마의 말을 듣고 홍검사는 솔밭
을 지나서 산으로 올라갔다.

차회장의 무덤 앞에 동그마니 앉아 있는 그녀를 멀리서 보며 홍검사
는 갑자기 눈시울이 젖어옴을 어쩔 수 없었다.

그는 자신이 진정으로 해림을 사랑한다는 걸 확신하였다. 가까이에

서 본 해림은 눈물을 흘리며 소리 죽여 울고 있었다. 그녀가 인기척을 느끼고 손수건으로 눈물을 훔쳐냈다.

홍검사와 눈이 마주치자 해림이는 돌아앉으며 먼데 하늘을 바라보았다. 그도 곁에 앉아서 그녀의 시선이 간 곳을 응시하였다.

해림이가 무덤 가에 있는 풀을 뜯었다. 풀에 베어서 손바닥에 피가 묻어나왔다. 그가 그녀의 피묻은 손을 꼬옥 잡아주었다.

"저 구름처럼 하늘로 흐르고 싶어요. 아빠에게로 엄마에게로……."

"뭘 두려워해? 마사장의 죽음과 관련된 거야?"

"……."

홍검사에게 잡힌 손을 조용히 물리치며 해림은 손수건 귀퉁이를 찢어져라 잡아당기고 있었다. 홍검사는 둔탁한 망치로 머리를 세차게 얻어맞은 기분이었다.

그래, 뭔가 숨기고 있어. 가엾게도 내게 손을 내밀어 구원을 요청하지도 못하고…….

그는 더 이상 그녀에게 말을 할 수 없었다.

어둠이 밀려왔다. 내려다보이는 마을이 묻혀져 가고 있었다. 여기저기 달맞이꽃이 노란 잎을 피우기 시작하였다.

"민우씨……."

해림이의 목소리가 떨려나왔다. 그를 바라보다가 해림이는 다시 하늘로 시선을 옮겼다. 별이 총총 빛나기 시작하였다. 어디선가 풀벌레의 울음 소리가 들려왔다.

"저기 저 별들을 보아요. 나도 죽으면 별이 될까요?"

"……."

"오래 된 일이죠. 이 산 어느 소나무에서 엄마가 내려지던 그 아침을 난 잊지 못해요. 겨우 여섯 살 난 여자아이에게 죽음이란 게 뭔지 모르는 나이였지요. 축 늘어진 엄마를 보면서 달려가던 날 꽉 붙잡는 손이 있었어요. 아줌마가 치마폭에 내 얼굴을 감싸주고는 껴안고 이 산을 내려왔어요. 난 엄마에게 가겠다고 아줌마의 등을 두드렸지요. 마사장이 죽이진 않았지만 엄만 마사장 때문에 죽었다는 걸 난 커서야 알 수 있었어요. 내게서 아빠를 빼앗은 사람도 마사장이었구요."

홍검사는 그녀를 바라보았다. 달빛 아래 해림의 옆모습이 깎아놓은 석고상처럼 느껴졌다.

"난 이제 민우씰 떠나야 해요."

그녀가 또렷한 목소리로 말하였다.

"왜?"

"……."

해림은 대답이 없었다. 홍검사는 천천히 일어서는 그녀에게 손을 내밀어 다시 앉혔다. 그리고는 와락 그녀를 껴안고 긴 입맞춤을 하였다. 그녀가 울고 있음을 알 수 있었다.

"난 해림을 떠나 보내지 않아. 그리고 결코 나도 떠나지 않아."

그는 그녀의 눈물을 두 손으로 닦아주며 정확하게 말하였다. 해림이 그의 눈빛을 피해서 다른 곳을 보았다.

"자, 내 손을 잡아요. 구름 사이로 달이 숨었어."

홍검사는 그녀의 손을 잡고 산길을 내려왔다. 신작로 위를 한 대의 버스가 꽁무니에 희미한 불빛을 매단 채 달려가고 있었다.

죽은 마사장의 흰 살결에서 조그만 흠집도 찾아낼 수 없었다. 두 사람의 와이셔츠가 다 젖어버렸다.

한경감은 선명하게 꽃물을 들인 손가락들을 유심히 살펴보기 시작하였다.

손톱뿐만이 아니라 그 근처가 빨갛게 물들어 있었다. 하필이면 죽는 날 밤에 꽃물이람? 그가 속으로 투덜거리며 엄지 밑을 눌러보았다. 느낌이 이상하였다. 다시 눌러보니 약간 벌어지는 게 아닌가? 주머니 속에서 작은 플래시를 꺼내 비춰 보니 바로 거기에 핏자국이 있었다.

"박형사, 이리 와, 빨리."

한경감의 들뜬 목소리에 다른 쪽을 살피던 그가 급히 다가왔다.

"선배님, 이건 핏자국이 아닙니까?"

"맞지? 파라치온은 여길 통해서 몸 속으로 들어간 거야. 그렇다면 자넨 누구라고 짚겠나? 이기사? 황상무? 모두 아닐세. 해림씨야. 자신을 죽이려 한 마사장을 먼저 처치한 거야. 일종의 정당방위라고 해두지. 우리, 잠시 생각을 정리해 보세."

한경감은 시체를 들여보내고 병원 복도의 의자에 기댔다. 박형사도 지쳐서 쓰러지듯 걸터앉았다. 담배를 나눠 피우면서 머리를 식히고 있었다.

"영구 귀국이 기정 사실화되자 마사장은 해림씰 해치우기로 작정했지. 이기사에게 청산가릴 구해 주면 목돈을 주겠다고 부탁했어. 이기사는 그걸 구해다 주었지. 과수원에서 그들의 음모를 알고 사전에 해림씨에게 털어논 거야. 바로 그 다음날 밤에 그녀는 당하게 되어 있었지. 아마 해림씬 하루 종일 먼저 죽여야 하는 방법을 생각했을 거야. 틀림없이…… 단 한번에 죽일 것을 생각했겠지. 손쉽게 널려 있는 파라치온을 구했지. 꽃물 속에 그걸 주입시켜서 혈관을 통하여 몸 속으로 들어간 거야. 자…… 그럼 우린 뭘 찾아야 하지? 칼이야. 맞아. 해림씨의 필통 속에 군청색의 카터칼이 있었어. 어서 가자구."

한경감은 박형사의 손을 붙잡고 바람처럼 달려나가 차의 열쇠를 꽂고는 전주 시내를 빠져나갔다.

과수원으로 오는 길에 학교 앞 문방구에 들러 한경감은 해림이가 산 칼과 같은 것을 샀다.

그는 해림의 얼굴을 떠올리며, 아마 나도 그런 상황이라면 죽여야 했을 거라고 혼잣말로 중얼거렸다.

"뭘 하시려는 겁니까?"

박형사가 궁금한 얼굴로 물었지만 그는 그냥 웃기만 하였다. 그는 차를 세워두고 박형사에게 기다리도록 해 하며 대문을 들어섰다.

아줌마가 우물 곁에서 채소를 씻다가 반갑잖은 얼굴로 퉁명스럽게 물었다.

"웬일로 또 왔당가라?"

"오늘 일이 끝날 것 같습니다. 해림씨 어딨죠?"

"홍검사님허고 과수원으로 가든디요이. 아가씨가 뭘 잘못했어라우?"

"해림씨 방에서 조사할 게 있어서요."

한경감은 그 말을 마치고 해림의 방으로 들어갔다. 잘 정돈된 앉은 뱅이 책상 위에 필통과 책이 놓여 있었다. 필통을 열어보니 칼은 그대로 있었다. 그는 반가운 얼굴로 집어들고 밖으로 나와 마루에 걸터앉았다.

과수원에서 해림은 한경감이 다시 집으로 들어가는 것을 볼 수 있었다.

그녀는 이제야 홍검사에게 모든 것을 털어놓을 때라고 생각하였다. 곁에서 나란히 걷던 그에게 손을 내밀다가 그녀는 쓰러져 버렸다.

"왜 그래? 어디 아퍼?"

그의 팔에 안겨서 해림은 하늘을 볼 수 있었다. 눈이 부셨다. 감은 눈가로 눈물이 주르륵 흘러내렸다.

"민우씨, 내가 죽였어요……."

"……."

그 뜻밖의 말에도 아무런 미동 없이 그는 더욱 끌어안았다. 여전히 넘쳐흐르는 눈물을 닦아주면서 그가 단호하게 말하였다.

"널 포기하지 않아. 널 사랑해."

"……."

해림은 말없이 도리질만 하였다.

"검사복을 벗겠어. 해림에겐 내가 절실하게 필요한 때가 온 거야."

"⋯⋯."

해림이는 말없이 그를 바라보았다. 그녀의 눈을 들여다보던 그가 진심임을 알았기 때문이었다.

사과나무 위에서 한 마리의 매미가 울자 어디선가 모두 따라서 울어댔다.

철진 엄마와 아줌마가 한경감하고 꽃물을 들인 날 밤 이야기를 하고 있었다.

"마사장의 꽃물을 철진 엄마가 묶었단 말이지요?"

"네, 뭐가 잘못 되었나요?"

긴장하는 철진 엄마의 목소리가 떨렸다.

"아닙니다. 거기까진 아무런 잘못이 없었지요. 다만 모두 잠이 든 후에 누군가가 꽃물에 파라치온을 섞은 것을 주입시킨 거죠."

그 말에 놀라서 그들은 서로 얼굴을 마주 보았다.

"마사장의 꽃물을 풀어준 사람은 누굽니까?"

"나지라. 죽은 사람의 손가락에 주렁주렁 매달린 게 요상했당께요이."

"해림씨가 풀어주라던가요?"

"아니지라우. 아가씬 수면제를 먹고선 내가 흔들어 깨울 때꺼정 자드랑께."

아줌마가 정색을 하고 말하자, 철진 엄마가 고개를 끄덕였다.

"그래요? 풀었던 것들은 어디다 버렸지요?"

"워디다가라. 고것이⋯⋯ 아매 모굿불 속으로 던졌것지라."

그게 무슨 소용 있냐는 아줌마의 목소리였다.

한경감이 해림의 칼과 새로 산 칼을 비교하여 보았다. 둘 다 산 지 얼마 되지 않았는데 해림의 칼 사선이 짧았다. 새 것은 열두 개의 사선이 있었고 해림의 것은 아홉 개였다.

맞아. 피가 묻어서 잘라내 버린 거야.

한경감은 두 개의 칼을 들고 과수원으로 향하였다.

저만큼 홍검사에게 기대어 해림이가 걸어오고 있었다. 한경감을 본 순간 해림의 얼굴이 두려움에 가득 찼다. 두 사람은 한경감이 다가오기를 기다리고 있었다.

"해림씨, 이 칼 아시죠?"

그녀가 말없이 고개를 끄덕이자 한경감은 다른 손에 새로 산 칼도 올려놓았다. 그리고 그녀의 얼굴을 뚫어져라 바라보자, 그녀는 고개를 푹 숙였다.

"왜 세 개의 사선이 없어졌는지는 해림씨 자신이 더 잘 알 거요. 마 사장의 살인범으로 당신을 체포합니다."

한경감이 해림의 손을 잡아서 수갑을 채우자, 그녀가 울부짖었다.

"난 죽기 싫었다구요."

그것은 절규며 한마디의 처절한 외침이었다. 홍검사가 해림일 끌어 안았다.

멀리서 철진이가 이 광경을 보다가 집으로 뛰어갔고, 이어서 아줌마 가 맨발로 뛰어왔다. 철진 엄마도 그 뒤를 이어서 달려왔다.

해림이 앞에 서며 아줌마가 한경감에게 부르짖었다.

"아가씨가 그러진 않았을 거구만요이. 아매 귀신이 씌웠것지라. 개 미 한 마리도 못 죽이는디…….."

그녀가 곁에 서 있는 한경감의 두 손을 잡고는 늘어졌다.

"옛말에도 있잖능가라. 쥐도 고양이한테 몰리면 물어뜯는다고라. 그 랬을 거구만요이. 우리 아가씬요이 필씨 그랬을 것이요이. 워쩐디야 이? 이 일을 워쩐당가요이?"

아줌마는 체면불구하고 퍼질러 앉아서 울기 시작하였다. 철진이도 철진 엄마도 둘이 부둥켜안고 해림일 보았다.

한경감이 해림의 등을 밀자 그녀는 천천히 발걸음을 옮겼다. 홍검사 도 그녀와 같이 걸어갔다.

 마당을 가로질러서 대문을 나서자 박형사가 차에 시동을 걸었다. 뒷문을 열고 한경감이 해림을 보자, 홍검사가 그녀의 손을 꼭 잡아쥐며 걱정 말라는 눈빛을 보냈다. 해림이가 차에 오르자 한경감도 따라 올랐다. 차는 서서히 움직였다. 좌석 뒤로 그녀가 몸을 돌리자, 홍검사가 차를 쫓아오면서 외쳤다.

 "곧 뒤쫓아갈게."

 길가로 노란 달맞이꽃들이 잎을 오므린 채로 먼지를 일으키며 가는 차에 흔들거렸다.

 해림이의 눈앞이 뿌옇게 흐려지면서 길가에 서서 바라보는 홍검사의 모습도 한 점 작은 점으로 사라지고 있었다.

• 김혜린

이웃집 남자

• 김혜린
서울 출생.
MBC 〈베스트 극장〉 공모 당선.
방송극 : 「칼울음 소리」, 「빨간 아오자이」,
　　　　「또 다른 아침」 외 다수.
추리소설 : 「꽃무늬 옷을 입을 여자」,
　　　　　「이웃집 남자」 외.

이웃집 남자

1

오후부터 내리던 비는 어둠이 내리며 점점 굵어졌다. 서늘한 겨울비는 가슴 깊숙이 적셔 왔다. 아직 이른 시간이어서인지 아파트 주차장에는 빈 자리가 많았다. 와이퍼를 끄고 열쇠를 뽑은 후 우두커니 차 안에 앉아 있었다. 나트륨등의 노란 불빛이 뿌려지는 빗방울을 황금빛으로 만들었다. 빗방울이 구르는 본넷 위로는 모락거리며 김이 올라오고 있다. 피곤한 하루였다.

'저녁은 먹지 말고 자야지……'

요 며칠 간은 일에 미친 사람같이 나를 몰아갔다. 그리고 유일한 탈출구로 잠에 빠졌다.

차에서 내려 천천히 아파트 현관으로 향했다. 머리를 적시는 빗방울이 그런 대로 상쾌하다고 생각하며 걷는데 누군가가 뒤에서 불쑥 우산을 내밀었다. 휙 돌리는 내 얼굴 위로 우산 끝에 맺힌 빗방울이 떨어져와 선뜻함을 느꼈다. 등뒤에는 자그마한 키의 남자가 서 있었다.

"15층 1호죠?"

무슨 말인가 싶어 쳐다만 보고 있는 나에게 그가 한 발 다가와 섰다. 우산 아래 남자의 얼굴이 가까이 다가왔다. 짙은 눈썹에 각이 진 턱을 가진 남자는 처음 보는 낯선 얼굴이었다.

"이 아파트 15층에 사시죠?"

"……그런데요?"

나의 경계심을 풀려는 듯 남자는 빙긋 웃어 보였다.

"어제 전화로 메모를 남긴 사람입니다. 연락을 부탁드렸는데……."

"아아……."

그제야 나는 남자가 나를 기다린 이유를 알 것 같았다.

"애길 했으면 하는데요?"

어둠 속에서 남자는 나를 보고 있다. 망설이다가 나는 그에게 제의했다.

"올라가시죠?"

잠바 차림의 그는 집안에 들어왔는데도 윗옷을 벗지 않았다. 따끈한 유자차를 만들어 그와 마주 앉았다. 그는 꽤 오래 밖에서 기다렸던지 후루룩대며 뜨거운 차를 단숨에 마셨다. 나는 찻잔을 손 안에 놓고 온기를 느끼고 있었다. 그의 다음 동작을 기다리며.

잠바 안주머니를 부산히 뒤지던 그가 낡은 수첩을 꺼내 들었다. 적을 것을 찾는지 주머니 이곳저곳을 더듬었다. 나는 탁자 위에 있는 볼펜을 집어 그에게 내밀었다.

"……습관이 돼놔서요."

수줍은 듯 볼펜을 받으며 그가 말했다. 그는 단단한 외모와는 달리 무척 수줍어했다.

"이거, 늦게 죄송합니다. 어제까지 15층에 사는 다른 분들은 모두 방문했는데 이 집만 못 만나 봬서."

자신을 빤히 보고 있는 내 시선이 거북했던지 무릎 위 수첩에다 시선을 못박은 그가 빠른 발음으로 말했다.

"사고가 나던 날 밤, 그러니까 3일 전 말입니다. 사고 추정 시간인 밤 12시 전쯤 혹 옆집에서 나는 소리를 못 들으셨는죠?"

"소리라뇨?"

"예를 들면, 말소리라든가 아니면 TV나 음악 소리, 또……?"

또 뭐냐는 듯 다음 말을 기다리며 나는 그를 보았다.

"아니면 저 무슨 의문나는 일이라도……?"

이미 아무런 의문도 기대하지 않은 듯 그의 말꼬리는 흐려 있었다.

"전 자고 있었어요. 사고가 난 것도 앰뷸런스 차 소리 때문에 알았구요."

"아…… 예, 그럼 혹 첫 사고인, 그러니까 13일 전날 밤엔요?"

"첫 사고요? 아, 옆집 여자가 그렇게 된 거요?"

나는 들고 있던 유자차 한 모금을 마신 후 그에게 말했다.

"사고 전날은 아니었구요, 그 며칠 전이던가 부부가 싸우는 거 같더군요. 아파트에 살면 혼히들 듣는 소리고, 또 그건 개인의 사생활이라……."

나의 말에 고개를 끄덕이던 그는 그 얘기라면 이미 딴 집에서도 들었다고 했다. 그는 내 대답을 이미 예상했다는 듯 대수롭지 않은 질문 몇 가지를 한 후, 이렇게 오래된 아파트의 엘리베이터는 주민의 안전을 위해 보수보다도 차라리 새 것으로 바꿔야 한다고 덧붙였다. 아무것도 적지 않은 수첩을 주머니에 도로 집어넣던 그는 부부의 금슬이 좋았었나 보다며 빙긋 웃었다.

내가 그가 빨리 가기를 원했듯이 그도 이곳을 빨리 나가고 싶은 눈치였다. 무엇보다 그를 불편하게 했던 것은 여자 혼자 사는 집에 밤에 들어와 있다는 거겠지.

"혹시 생각나는 일이 있으면 언제든 이곳으로 연락 바랍니다."

그는 명함 한 장을 테이블 위에 놓고 황망히 돌아서 나갔다.

"안녕히 가세요."

짧게 인사를 마치고 나는 현관문을 닫았다.

나는 천천히 테이블로 걸어와 그가 남기고 간 명함을 집어 들었다.

'성북 경찰서 형사계 임준길.'

그는 형사였다.

열흘 간격을 두고 같은 엘리베이터 사고로 죽은 옆집 부부의 얘기를 물어보러 내게 왔던 거다. 그들은 젊은 부부였는데 열흘 전 여자가 15 층에서 떨어진 엘리베이터 속에 죽어 있었고, 열흘 후 남편도 바로 그 엘리베이터 사고로 죽게 됐다.

첫번째 사고는 엘리베이터 안의 전기가 갑자기 나간 상태에서 당기고 있던 마모된 와이어줄이 미끄러지며 그 충격으로 여자가 죽은 것이었고, 두 번째 사고는 남자가 15층에서 문을 열었을 때 7층에 머물러 있는 엘리베이터 위로 떨어져 죽은 사고였다. 같은 엘리베이터에서 그 것도 부부가 열흘 사이에 잇달아 죽었다는 것은 기이한 일이었다. 문제가 된 것은 두 번째 사고인데, 그 남자가 모르고 뛰어내리다 변을 당했는지 아니면 사랑하는 아내의 죽음이 너무 괴롭던 차에 아내가 죽은 그 엘리베이터가 7층에 머물러 있는 것을 알면서도 15층에서 뛰어내려 자살을 한 것인지, 그것이 형사인 그가 알고자 하는 내용이었다.

경찰에서는 이 연속된 불행한 사건을 일단은 사고사로 생각하는 듯했다. 그러나 모든 변사사건이 그렇듯이 이 사건도 타살의 가능성을 완전히 배제하지는 않는 것 같았다. 살인사건이라면 누구나 무엇 때문에 저질렀을까가 촛점이 되는 것은 당연하다.

또 이 사고는 우선 낡은 엘리베이터의 기계적인 문제였지만 아파트에 사는 남편을 가진 주부들은 몇천만원씩 하는 새로운 엘리베이터를 사야 한다는 결론과 함께 그 남자가 아내를 그리워하다 죽은 열부인가 아니면 실수였는가도 주요 관심사였다. 그녀들은 모든 남편이 자신들이 먼저 죽으면 '접시꽃 당신' 같은 시를 써주기를 바라는 듯했다.

어떻든 나는 그 문제에 별로 관심이 없다. 나에게는 시를 써 줄 남편도 없었으므로. 많은 여자들의 입을 통해 그의 죽음은 '아내를 따라 간 남자'로 만들어지고 있었다. 아니라고 변명하고 싶어도 '죽은 자는 말

이 없으니까!'

2

내가 그를 처음 의식한 건——아니, 느꼈다고 해야 옳을 것이다——
늦은 밤 같이 탄 좁은 엘리베이터 안에서였다. 닫혀지는 문 사이로 뛰
어드는 나를 본 그는 얼른 엘리베이터 문을 열어주었다.

"감사합니다."

나의 의례적인 인사에 그는 언뜻 웃어 보였다. 늦은 밤, 두 남녀가
탄 좁은 공간은 어색한 긴장감이 감돌았다. 15층의 버튼은 이미 불이
들어와 있었다. 그와 나는 같은 층에 사는 이웃이었다.

우리들은 폐쇄된 사각 공간 속에 놓여 있었고 낡은 엘리베이터는 삐
걱거리는 소리를 내며 천천히 올라가고 있었다.

얼마를 지났을까, 등뒤에 서 있는 그에게서 들리는 숨결 같은 신음
한마디.

"레몬향이군!"

직감적으로 나는 그가 내 머리에서 나는 샴푸향을 맡고 있다는 걸
알았다. 여자의 머리결에 배어 있는 냄새를 맡는 남자! 목언저리가 금
방 뻣뻣해져 옴을 느끼며 나의 온 몸은 긴장되어 왔다. 허나 그다지 불
쾌하지 않았다. 왜냐하면 그건 끈끈한 시선이 아닌 그저 '언어'였을 뿐
이니까. 그리고 몇 번 스친 얼굴이지만 그는 지나치리만큼 담백한 분위
기의 남자로 내게 기억되어져 있었다.

15층이 이렇게 길고 오래 올라가야 한다는 것을 그날 나는 처음 느
꼈다. 영원히 문이 안 열리면 어쩔까 하는 어리석은 불안도 잠시, 숫자
판의 불이 15자를 가리킴과 동시에 엘리베이터 문이 열렸다.

총총히 앞장서 걷는 나를 의식했는지 그는 천천히 뒤따라 오고 있었
다. 문앞에 선 나는 백에서 급히 열쇠를 꺼내다 떨어뜨렸다.

쨍——.

복도 타일 바닥에 떨어지는 열쇠의 금속성은 깊은 밤 내 마음을 더욱 졸이게 했다. 다가오는 그의 발자국 소리를 들으며 황급히 문을 열고 현관 안으로 나를 밀쳐넣었다.

'후유——.'

무엇인가 나를 휘감았던 더운 바람에서 겨우 탈출한 느낌을 갖고 신발을 벗으려는데 옆집 차임벨이 울렸다. 안에서는 대답이 없는 듯했다. 나는 현관에 기대어 서서 옆집에서 나는 소리를 듣고 있었다.

찰카닥.

인기척 없이 열려지는 옆집 현관문 소리를 들으며 그가 열쇠를 갖고 다닌다는 걸 알았다. 집안에는 문을 열어줄 아내가 있는데도 열쇠를 지니고 다니는 남자. 왠지 모를 서늘함을 느끼며 나는 천천히 윗옷을 벗어내렸다.

며칠째 계속된 피로감을 씻어내리듯 샤워기의 물을 틀고 목욕을 하는데 또 다른 소리가 들렸다. 옆집에서 들려오는 물소리. 벽 하나를 두고 그와 나는 알몸인 채 샤워를 하고 있는 것이다. 벽 저쪽의 그도 나를 상상하리라는 생각이 미치자 허둥대며 욕실을 나왔다. 갑자기 시장끼가 느껴졌다. 저녁을 안 먹었다는 생각이 났다. 따끈히 데워진 우유한 잔을 들고 식탁에 앉았다.

'만약, 밤 늦은 이 시간 아파트의 단면을 층별로 볼 수 있다면 어떨까?'

아파트가 갖고 있는 특성을 생각하며 난 짧은 상상을 해 보았다.

내 나이 서른셋. 거기다가 1년 간의 결혼 생활 경험이 있는 이혼녀인 내가 수줍은 소녀같이 그런 한마디에 당황하다니…… 아직도 내게 여성이기를 원하는 무언가가 남아 있단 말인가? 조금 전의 허둥대던 나의 모습을 떠올리자 풀썩 마른 웃음이 나왔다.

이혼한 지 3년째, 주변에 남자들이 없었던 것도 아니지만 난 남자가 그립지 않았다. 가끔은 그런 나의 거부감이 영원할까봐 걱정되기도 했지만 그냥 이대로 혼자가 좋았다. 자신의 의사와 관계 없이 번번이 육체까지 구속되는 결혼 생활이 내겐 무엇보다도 괴로웠다. 어느 의미에서 그건 '합법적인 강간'이었다. 그리고 나는 탈출한 것이다. 남편의 새로운 여자 덕분에……

남편에게 새로운 여자가 있다는 걸 알았을 때 난 전혀 화가 나지 않았다. 항상 탈출을 꿈꿔 왔던 나의 머리는 '이 이유로 우린 헤어질 수 있구나' 하는 생각부터 했다. 어쩌면 불쌍한 것은 이혼녀라고 불려지는 내가 아니라 남편이었는지도 모른다.

어쨌든 나는 남편을 불행에서 놔줬고, 그는 최소한 나와 살 때보다도 행복해하며 그 여자와 살고 있으리라 믿는다.

잠시 스쳐가는 옛남편의 생각까지 하며 나는 잠자리에 들었다. 지친 탓인지 몸은 나른한데도 잠은 오지 않았다. 어두운 공간 속 침대 옆에서 내 머리의 냄새를 맡고 있는 한 남자의 숨결이 느껴지는 것 같았다. 그 숨결 같은 은밀한 신음 한마디.

"레몬향이군!"

3

"그 성능은 믿을 게 못 돼!"

"왜요?"

의아해 물어보는 최대리에게 박과장은 나를 의식하는 듯 나직한 목소리로 속삭였다.

"새더라구! 그래서 마누라가 병원 신셀……."

"새요! 아니, 어떻게 했길래?"

놀라 튀어나온 최대리의 큰 소리가 세 명이 있는 방안을 울렸다. 세

명이래야 대화를 하고 있는 그들을 빼놓으면 여자는 나뿐이었지만. 나는 홀깃 박과장의 얼굴을 보았다.

불평 섞인 말과는 달리 과시하는 그의 야릇한 표정을 보고 나는 그들이 무슨 얘기를 하는지 알았다.

'실크 콘돔.'

우리가 지난달 새로운 상표를 붙여 시판하기 시작한 상품이었다. 그 상품 겉표지의 '실크처럼 부드러움'이란 글귀는 내가 쓴 것이다. 과연 그것이 실크처럼 부드러운지는 사용해 보지 않아 모르지만 느껴야 할 여자들에게 최소한 생고무 같은 이질감보다는 시각적인 활자로라도 '부드러움'을 주고 싶었다.

"불량품이었군요."

움츠린 듯한 얼굴로 최대리가 웅얼거렸다.

"아하, 이 친구! 그게 아니라, 성능이……!"

알고도 모른 척하고 싶은 건 나도 최대리와 마찬가지였다. 물론 그는 우울한 반발에서였지만. 직장 생활 8년, 같이 일하는 남자들이 무수히 뱉어내는 '언어의 성폭력'에 아무것도 안 들은 척 무심한 얼굴로 앉아 있어야 함을 나는 오래 전부터 알고 있었다. 아는 척했다간 더 더러운 기분을 갖게 되니까. 그들은 때와 장소를 안 가리고 여자와의 사랑을 배설같이 입으로 뱉어내곤 했었다. 내겐 그런 그들이 소중한 부분을 가슴속 깊이 간직할 줄 모르는 저능아로 보였다.

박과장이 씽긋 웃으며 나를 쳐다보았다. 난 아무것도 모른다는 순진한 눈빛을 하고 끓고 있는 커피포트 쪽으로 갔다. 방에 있는 두 남자의 시선이 내가 걸을 때마다 만드는 치마 뒤의 히프 곡선을 보고 있다는 걸 느꼈다.

여자는 남자들에게 자기가 고른 옷을 입히고 싶어하고, 남자들은 입고 있는 여자의 옷을 번번이 벗긴다.

'저 여잔 잠자리에서 어떨까?'

'저 납작한 가슴은 누우면 만질 것도 없을걸?'

나의 뒷모습을 보고 그들은 이런 생각을 하겠지.

'거지 같은 자식들! 그저 시도 때도 없이 머리 속에 한단 생각하군!'

목구멍 위까지 치밀어오른 올각질을 밀어넣듯 뜨거운 커피 한 모금을 꿀꺽 삼켰다.

"가구는 여자예요."

"잠자리가 편해야 사랑받는 거라구."

"그이에게 보이고 싶은 나만의 비밀."

"상큼해요, 한 번 맛보세요……."

늦은 밤 텔레비전이 뱉어내는 광고는 야릇한 것을 상상하게 했다. 그것은 단세포적인 선전 문구였다. 말초 신경을 자극하는 상품화된 여자들.

'등신들, 저런 말을 하며 웃고 싶을까?'

그런 문구를 써넣은 카피라이터를 욕하지 않고 백치같이 웃고 있는 모델들을 욕했다. 그리고 혼자 피식 웃었다.

'아마도 이것은 내 열등의식이겠지…….'

노랗고 까칠한 피부와 깡마른 가슴, 도무지 볼륨이라고는 없는 납작한 히프, 여성적이거나 섹시하다는 말을 단 한 번도 들어보고 자라지 못한 열등의식이 내게 있기 때문이리라. '여성적'이란 말을 듣고 싶다는 바램을 완전히 상실한 것은 언제부터였을까?

엄마가 돌아가신 지 얼마 안 되어서였다. 아침에 일어나 화장실로 가던 나는 뽀얀 햇살이 들어오는 대청마루에서 아버지의 방문을 열고 나오는 낯선 여자와 마주쳤다.

헐렁한 아버지의 하늘색 파자마를 입은 그녀가 처음엔 누구인지 정말 몰랐다.

"잘 잤어요?"

그녀는 아주 오래 전부터 나와 익숙한 사이같이 부드럽게 인사를 했다. 당황한 쪽은 오히려 나였다. 내가 딴 집에 들어와 몰래 잠을 잔 게 아닌가 하는 생각이 퍼뜩 들었다.

나는 그 여자를 찬찬히 보았다. 막 잠에서 깬 듯한 그녀의 얼굴은 투명한 살구빛이었다. 하얀 손으로 쓸어올리는 어깨까지 늘어진 그녀의 머리결은 아침 햇살에 빛나 아름다웠다.

헐렁한 남자 파자마의 윗도리를 불룩하게 만든 팽팽한 앞가슴은 보기만 해도 말랑한 촉감을 느끼게 했다. 살며시 손으로 만져 보고픈 여자였다. 뒤에 나오는 남자가 내 아버지가 아니었다면 아마 난 첫눈에 그녀에게 반했을 거다.

벌겋게 당황한 아버지의 기름진 얼굴. 어쩔 줄 몰라 분주히 움직여야만 했던 아버지의 눈동자. 집에 딸이 있는데도 여자를 끌어들일 수 있는 나의 아버지.

'아, 아버지도 남자였구나! 아름다운 여자 앞에서 급히 벗어던지고 싶은 남자였구나!'

난 아버지를 욕하지 않았다. 애증의 찌꺼기라도 남기지 않으려고. 더구나 그 여자는 더욱 미워할 수 없었다. 늙은 아버지에게는 안타깝도록 젊고 아름다운 여자였다. 더러운 짓을 해도 예쁜 여자는 아름다웠다.

나는 서울로 올라와 기숙사가 있는 대학에 갔다. 그들과 같은 집안에서 숨쉬지 않는다면 그것으로 나는 족했다.

4

이상한 일이다. '레몬향' 이후 나는 그를 의식하기 시작했다. 마치 치마 끝을 살랑이며 혼들어주고 있는 게 바람임을 알 듯이.

그의 아내를 복도나 슈퍼에서 만날 때에는 내가 먼저 웃었다. 그녀

의 얼굴이 둥글고 귀엽다는 것과 쓰고 있는 연보라빛 안경테가 잘 어
울린다는 것도 알았다.

그에게서는 외로운 냄새가 났다. 난 외로운 사람들의 냄새를 잘 맡
는다. 그의 냄새는 고향집 마당에 여름 밤 피워둔 모기향같이 스물대며
나의 온 몸에 스며들어왔다.

나는 그를 남자로 보았다. 오랫만에, 아니 어쩌면 내게는 처음으로
보여진 남자였는지 모른다. 더구나 가장 만족스러운 건 그를 사랑하면
서도 난 관습이나 어떤 편견으로부터 안전할 수 있다는 것이었다.

나의 머리속에서의 그는 절대로 나를 다른 여자와 비교하지 않았다.
언어나 행동에서나 그는 가장 소중한 여자로 나를 대해 주었다. 그에게
만큼은 내가 성적으로 매력적인 여자라는 것에 자신감을 가질 수 있었
다. 나의 우월감은 점점 커지고 있었다.

내게서 나는 레몬향을 맡기 원하는 그에게 나는 야금야금 나를 만질
수 있도록 허락했다. 어깨 위로 흐르는 머리결, 눈, 코, 입술, 그리고 유
난히 긴 나의 목까지만!

비오는 어느 일요일 오후였다. 반복되는 CD에서는 가브리엘 포레의
느른한 선율인 '꿈을 꾸고 난 후'가 흐르고 있었다. 침대에 엎드려 책
을 보고 있는데 차임벨 울리는 소리가 났다. 문을 열자 놀랍게도 그의
아내가 김이 나는 접시를 들고 서 있었다.

"들어가도 돼요?"

대답을 채 듣기도 전에 그녀는 나의 집 현관 안으로 들어섰다.

"심심해 감자전 부쳤어요. 혼자 먹자니 아가씨 생각이 나서……."

같은 구조라 익숙히 주방으로 들어온 그녀는 김이 나는 접시를 식탁
에 놓고 앉으며 말했다.

"고마워요."

말은 그렇게 해도 갑자기 들어선 불청객이 싫었던 내 얼굴은 웃지

않았다.

"어머, 혼자서 쉬는 데 방해 했나봐?"

금방 알아챈 그녀가 미안해 떠들었다. 그러나 그녀는 식탁에서 일어나지 않았다.

그녀에게 차를 내놓았다. 그녀는 말끝마다 나를 아가씨라 불렀는데 구태여 아니라고 나도 말하지 않았다. 올드 미스인 내가 옆집에 살고 있다는 것을 오래 전부터 알고 있었지만 찾아와보지 않아 미안하다느니, 왜 아직도 결혼하지 않느냐느니, 아니 어쩌면 혼자 사는 내가 부럽다느니…….

그녀는 두 조각의 감자전보다 어마어마하게 많은 말을 식탁 위에 쏟아놓았다. 거의 한 시간을 혼자 떠들고 갔다. 머리 속을 긁어맨 낚시바늘 같은 말을 남긴 채.

"우리 남편은 주일마다 1년째 등산을 하는데, 이거 어디서 돌 지난 아들이 나타날까 걱정되는 거 있죠?"

비오는 날도 가냐고 물었더니 그렇다는 거였다. 좀전까지 나의 안락한 마음을 그녀의 이 말 한마디가 다 흔들어놓고 말았다.

남편이 없는 일요일이 심심해 음식을 만들어 온 옆집 여자의 마음을 이해해야 할까? 아니면, 외로운 눈빛으로 비가 오는 날에도 산을 찾아야 하는 그의 외로움을 이해해야 할까?

잠시 생각에 빠진 나는 간단한 결론을 내릴 수 있었다. 처음 온 집에서 지나가는 말이었지만 남편의 흐트러진 모습을 상상하게 하는 그녀의 경박하고 체신 없는 태도와 지나친 수다가 명쾌히 답을 가지게 해줬다.

'저런 여자와 살아야 하는 그는 외롭겠지. 그래서 산을 찾았을 거다. 그런데 그의 아내란 여자는 친하지도 않은 이웃집에 와서 저런 소리를 떠들다니!'

아, 세상은 얼마나 공평한가! 그의 아내가 조금만이라도 괜찮은 여자였다면, 비록 상상 속이지만 그가 내게 준 사랑과 우월감은 어쩌면 아무런 의미도 없는 물거품이었을 텐데……. 내가 불행한 만큼 그도 불행하다는 사실이 그와 나를 더욱 동질화시킬 수 있게 해줬다.

불쌍한 남자!

스탠드 불을 껐다. 어두운 나의 침실로 그는 또 찾아왔다. 그의 부드러운 손끝이 나의 목덜미를 쓰다듬었다.

나는 언젠가 아버지의 여자가 입던 색과 같은 헐렁한 하늘색 잠옷의 앞단추를 끌렀다. 이번에는 그에게 나를 좀더 깊이 만질 수 있도록 해줘야지.

그의 떨리는 손끝이 나의 앞가슴을 파고들었다. 납작하기만 하던 나의 가슴은 봉긋이 부풀어올랐다. 토해내듯 숨을 내쉬며 나는 등을 좀더 올려 그에게 밀착시켰다. 마치 팽팽하게 잡아당겨지는 활같이. 그는 부드러운 손끝으로 나의 잠옷을 벗겨 내려갔다. 떨리는 손이었다.

익숙치 않은 그의 손놀림이 나는 좋았다. 그의 손끝이 스칠 때마다 나는 숨막히게 전율했다. 따스한 그의 체온이 내 온 몸에 스며들고 있었다. 천천히 그가 나에게 실려옴을 느꼈다.

깊숙한 곳까지 그를 느끼고 있었다.

"레몬향이군!"

가슴을 포갠 채 나의 머리에 얼굴을 묻고 그가 말했다. 나는 문득 그의 얼굴이 보고 싶어졌다. 나를 품에 안고 좋아할 그의 얼굴이.

스탠드 불을 켰다. 침대에 그는 없었다. 헐렁한 잠옷을 벗고 있는 깡마른 나의 알몸만 있었을 뿐이었다. 사라진 그의 온기가 싸늘함만을 남겼다.

벗겨진 이불을 잡아올렸다. 장미빛 스탠드 불빛 아래 멍하니 누워 있는 나의 눈가가 젖어 왔다. 어둠 속에서 그에게 모든 것을 허락했던 것이다. 수치심은 없었다. 하지만 자꾸 눈물이 흘렀다.

얼마를 잤을까?

"놔아——!"

찢어지는 여자의 비명 소리가 나를 깨웠다.

'꿈이었나?'

눈을 뜨고 어둠 속에 한참을 앉아 있었다.

"이거 놔아! 죽어버릴 테야——!"

다시 들리는 여자의 비명 소리. 그것은 옆집 여자의 울부짖음이었다. 그녀는 나의 문밖에서 흐느끼고 있었다.

확!

나는 현관문을 박차고 나갔다.

15층 복도 난간에서 떨어져 내리려는 그녀의 허리를 필사적으로 그가 잡고 있었다.

"왜 이래요!"

순식간에 달려나간 나는 소리치며 그녀를 끌어내렸다. 그녀에게서는 술냄새가 났다.

그와 나는 그녀를 아파트 안으로 끌고 들어갔다. 내가 달려와 끌어내리는 게 의외였는지 여지껏 포악스레 버티던 그녀는 순순히 끌려 들어왔다.

그녀는 자신을 팽개치듯 소파 위로 몸을 던졌다.

"치사한 자식! 맞다구, 딴 여자가 있었어……!"

그녀는 얼굴을 소파에 파묻으며 마른 입술로 내뱉었다. 더 이상 그녀는 아무 말도 안 했다. 나는 돌아서 있는 그를 조심스레 보았다. 그녀가 잡아뜯었는지 셔츠와 어깨와 등판이 찢어져 있었다. 찢어진 셔츠 사이로 축 처진 그의 어깨가 보였다.

주변을 둘러보았다. 집안이 엉망이었다. 깨진 유리잔의 조각들이 사방에 널려 있었다.

'아, 이 지경을 당해야 하다니!'

일렁이는 눈물 때문이었는지 불빛을 받은 유리 조각들이 반짝이며 흔들리고 있었다. 나는 더 이상 그곳에 있을 수가 없었다. 팽그르르 몸을 돌려 현관으로 향했다.

"더러운 자아식!"

그녀의 외마디 소리와 함께 유리병이 깨지는 소리가 났다.

"윽——!"

내가 돌아섬과 동시에 그는 외마디 소리를 내고 주저앉았다.

나는 꼬꾸라지듯 그에게로 달려갔다. 그의 벗은 발 아래 깨진 맥주병이 산산이 흩어져 있었다. 그의 하얀 발에서 솟구치는 선홍빛 피가 카페트를 적셨다.

"아아——!"

혀끝이 말려 들어가는 충격을 느끼며 나는 더 이상 아무 말도 못 했다.

재빠르게 주위를 둘러본 나는 크리넥스통을 집었다. 휴지를 계속 뽑아내 피가 흐르는 그의 발을 덮었다.

"……괜찮습니다."

가까이 와 있는 나를 향해 그가 나직이 말했다. 그는 휴지 한 장을 집어 내게 내밀었다.

"닦으시죠. 손에 피가 묻었어요."

그의 피가 떨리는 내 손끝에서 흘러내리고 있었다.

집어주는 휴지를 받아 나는 손에 묻은 선홍빛 피를 닦았다. 묻어 있는 그의 피가 따뜻한 것 같았다. 서늘한 그의 눈빛이 내 손끝을 스쳤다.

나는 그를 마주 볼 수 없어 상처난 발을 보았다. 피 묻은 그의 아킬레스근의 팽팽함이 내게 다가왔다.

나는 그의 집에서 나왔다. 내 뒤를 따라 나온 그는 고개를 숙이고 아무 말도 못 했다.

복도에 우두커니 서 있는 그를 남겨둔 채 나는 현관문을 천천히 닫았다.

다시 그녀의 흐느끼는 울음 소리가 들려왔다. 나의 가슴 밑바닥에서는 그녀를 향한 분노가 지글거리고 있었다.

5

"왜, 어디가 아파요?"

전화로 들리는 박과장의 목소리는 사뭇 걱정이 섞여 있었다.

"죄송해요. 몸살인가 봐요."

"거, 혼자 살아서 그래. 우리가 퇴근 후 위문 공연 갈까?"

몸이 아파 결근을 해야 되겠다는 전화에다 대고 박과장은 '혼자 살아서'를 강조했다. 거기다 혼자 사는 여자집에 위문 공연 올 건수까지 생각해냈다.

'어쩌면 남자들은 이리도 머리가 잘 돌아갈까?'

씁쓸해져 나는 전화를 끊었다. 하루 종일 아무것도 할 수 없었다.

침울한 적막을 깨고 차임벨이 울렸다. 나가 보니 눈이 퉁퉁 부은 옆집 여자였다. 차갑게 굳어 있는 나를 보고 그녀는 어색하게 웃었다.

"소리가 나길래 있는 줄 알았어요. 미안해요. 어젯밤엔 내가 좀……."

나는 아무런 위로도 할 수 없었다. 정작 위로받고 싶은 건 나였다.

"저…… 부탁이?"

그녀가 손에 있는 열쇠를 내밀어 보이며 말했다.

"친정에 좀 가 있으려구요. 그이 오면 이걸 좀……."

나는 문득 생각이 났다. 그가 열쇠를 갖고 다닌다는 것이.

"열쇨 갖고 다니시던데?"

"……네에?"

그녀의 예민한 안테나가 나의 표정을 훑었다.

"……보통들 그렇지 않나요?"

당황하며 나는 얼버무렸다.

"갖고 다니긴 하는데 혹시나 회사에 두고 오면 곤란할까 봐서."

끔찍이도 세심한 배려였다.

"전해 드리죠."

나는 짧게 대답하고 열쇠를 받았다.

그녀는 자기가 친정에 간다는 말을 여러 번 했다. 아마 그가 물어보면 애기해 주길 원하는 눈치였다.

내가 사랑하기 시작한 남자를 마음껏 휘둘러 놓고 자기가 가는 곳을 내게 분명히 알린 채 우리집 전화를 물은 후 그녀는 떠났다.

몇 시간을 소파에 쪼그리고 앉은 채로 나는 어두워지는 창 밖을 바라보았다.

찢어진 셔츠에 보이던 축 처진 그의 어깨와 서늘한 눈빛이 어둠 속에서 다가왔다. 가슴 밑바닥을 스쳐가는 바람 소리가 들렸다.

때르르릉.

요란히 울리는 전화벨 소리가 나를 현실로 끌어들였다.

"우리 그이 아직 안 왔나 봐요? 집에 전화해두 안 받네."

조급한 옆집 여자의 목소리였다.

벽에 걸린 시계를 올려다보니 11시 30분이 넘어 있었다.

내게 전화를 건 그녀의 목적은 그가 들어왔는데도 화가 나 전화를 안 받는지가 궁금하다는 거다. 나더러 베란다에 나가 자신의 집에 불이 켜 있는지 확인해 주길 원했다.

나는 그녀가 시키는 대로 베란다로 나갔다. 그의 집에는 불이 꺼져 있었다. 나는 그녀에게 본 대로 전했다. 그녀는 그가 들어오는 것 같으면 열쇠를 전해 주든지 아니면 자기 집에 전화를 해 자신이 친정에 갔다고 말해 달라고 했다. 처음부터 그녀는 자신의 소재를 나를 통해 그에게 전하려 했었나 보다.

교활한 여자!

남자의 감정을 시험해 보려고 여자들은 얄팍한 수를 쓰겠지. 그리고 번번이 습관 같은 확인을 하겠지. 이미 사랑이 아니라면, 그런 확인 따위가 얼마나 부질없는 짓인 줄도 모르고 여자들은 자기 최면을 거는 것이다.

나는 사랑이 아니었기에 남편으로부터 탈출을 원했고, 또 그렇게 했다. 그런 부분에서만큼은 최소한 내 감정에 정직했었다.

허나 이 옆집 여자는 얼마나 가증스럽단 말인가. 불러주는 옆집 전화번호를 적은 후 더 이상 아무 말도 안 하고 수화기를 놓았다.

남편을 외롭게 만드는 이유가 자신에게 있다는 것도 모르고, 거기다 자신에게 쏟는 애정을 확인하고자 딴 여자가 있다고 덮어씌우다니.

과연 그 여자는 무엇을 원했던가? 아니라는 확인을 찾으려고 했을까? 아니면 있다는 확신을 얻고자 했을까?

나에게조차 부끄러워할 줄 모르는 그녀의 뻔뻔함이 나를 질리게 했다. 그런 그녀의 뒤틀린 감정에 휘감기며 지칠 그가 더욱 안쓰러웠다.

땡동.

이런 생각을 하고 있는데 옆집에서 들리는 차임벨 소리가 났다.

나는 열쇠를 쥐고 후다닥 뛰어나갔다. 어두운 복도에는 술에 취한 그가 자신의 현관문에 머리를 기대고 서 있었다.

"저…… 이거."

불쑥 내민 손끝에 들려 있는 열쇠를 그가 흘깃 보았다.

"저한테 맡기구 갔어요."

떨리는 목소리로 내가 말했다.

"아, 그래요? 감사합니다."

말은 그렇게 해도 그는 열쇠를 받지 않았다. 나는 다가가 문을 열고 그에게 열쇠를 쥐어 주었다. 차마 나를 바로 보지도 못하고 미안하다는 말을 몇 번이나 하곤 상처난 다리를 절며 그가 들어갔다. 그녀가 친정에 갔다는 말을 할까 하다가 그만뒀다. 그가 내게 묻지 않았다는 핑계를 대고 싶었다.

천천히 닫혀지는 문을 보며 나는 우두커니 복도에 서 있었다. 차가운 밤공기가 등줄기를 타고 내렸다.

벽 하나를 두고 그가 내 곁에 누워 있다는 생각이 들었다. 아파트 구조상 그러리라.

혼자 있는 그.

그것도 술에 취해 옷을 입은 채로 침대에 쓰러져 있겠지. 그의 곁에 눕고 싶었다. 그래서 그를 만져보고 싶었다. 지친 그를 나의 가슴에 꼬옥 안아주고 싶었다. 나의 따스한 체온이 그에게 행복을 준다면 엉킨 실 같은 그녀의 덫에서 빠져나올 수 있을 텐데.

벽에 손을 대 보았다. 혹시 그가 벽 저쪽에서 손을 뻗쳐 온다면 내민 내 손끝에 닿아 온기를 느끼게 해주고 싶었다. 그를 쓰다듬듯 내 방 벽을 살며시 어루만졌다. 그러나 벽지를 타고 오는 콘크리트의 싸늘함만이 내 손끝에 전해져 왔다.

6

나는 어제의 결근을 의식하며 아침부터 부지런히 서둘렀다. 아침 커피를 마시면서도 옆집에 혼자 있을 그가 자꾸 신경이 쓰여졌다.

'어떻게 할까……?'

남편을 집에 두고 출근하는 아내같이 마음이 스산해져 옴을 느끼며 나는 그의 집 앞에 서 있었다. 안에서는 아무런 소리도 들리지 않았다. 손목시계를 봤다. 8시가 넘고 있었다.

이러다간 늦겠다는 생각을 하며 빠른 걸음으로 엘리베이터로 향하던 나는 우뚝 멈춰 서고 말았다.

"오늘 일찍 들어오는 거죠?"

속삭이는 여자의 목소리가 들려왔다. 그 목소리는 옆집 여자의 목소리인 듯했다. 나는 살며시 비상계단에 몸을 붙이고 엘리베이터 쪽을 봤다.

그 앞에는 놀랍게도 밤 사이에 돌아온 그녀가 그의 옷매무새를 만지며 서 있었다. 그것은 '당당함'이었다. 언젠가 오래 전, 아버지의 여자가 내게 보여준 충만된 당당함. 어둡고 깊은 늪 속으로 팽개쳐지는 나를 다시 보는 것 같았다.

삐걱거리며 엘리베이터가 올라와 문이 열렸다. 그는 그녀의 이마에 가볍게 키스하고 그 안으로 사라졌다. 닫히는 문을 향해 손을 흔들며 엷은 홍조를 띤 그녀가 웃어 보였다.

나는 온 몸에서 피가 빠져나가 하얘지고 있는 나의 얼굴을 보일까봐 서둘러 집으로 들어왔다. 뻐근한 아픔이 가슴을 옭죄어 왔다.

어젯밤 내가 모르는 사이 그녀는 돌아와 다시 그에게 덫을 놓은 것이다. 교활한 그녀의 웃음 소리가 아직도 내게 들리는 것 같았다. 그녀는 그날 밤 난간에서 떨어졌어야만 했다.

그녀가 자신의 집으로 들어가는 소리를 듣고서야 나는 다시 나갔다.

'아, 내겐 사랑은 지옥이었다!'

"괜찮아요, 몸살이라더니?"

출근을 한 후 말없이 앉아 있는 나를 보며 최대리가 물었다.

"좀…… 어지러워요."

"그럼 들어가 쉬어요."

최대리는 걱정스런 얼굴로 내게 말했다.

"그래요, 비누 광고문 넘기구 들어가요. 안색이 영 안 좋아."

하던 일을 멈추고 박과장이 말했다.

'비누 광고문?'

퍼뜩 놀란 나는 백을 뒤졌다. 며칠을 그 비누를 사용하며 느낀 점을 적어둔 노트가 거기에 없었다. 출근할 때 손에 들려 있었는데…….

아마 오늘 아침 집에 다시 들어갔을 때 두고 왔나 보다.

"잠깐만요. 곧 갖고 올게요."

"아냐, 오늘은 그냥 들어가고 내일 나올 때 갖고 오면 돼요."

박과장은 평소의 그답지 않게 너그럽게 말했다.

"아네요, 지금은 차 막히지 않아 10분이면 갔다 올 수 있어요."

말리는 그들을 뒤로 한 채 나는 부리나케 집으로 행했다.

"거기 누구 있어요? 나 좀 도와줘요?"

집에 들어가 노트를 들고 다시 회사로 나가려는데 닫혀진 엘리베이터 문을 주먹으로 두드리는 다급한 여자의 목소리가 그 안에서 들려왔다.

나는 그 목소리가 아침에 듣던 그녀의 목소리임을 금방 알았다.

"왜 그래요?"

"모르겠어요. 갑자기 정전이 되더니 내려가지 않아요."

잔뜩 겁에 질린 그녀가 말했다.

"거기에 있는 비상 버튼을 눌러 봐요."

"비상 버튼? 어딨죠? 어두워서 아무것도 안 보여요."

"우측 위에 있던 거 같은데……."

나도 확실한 자신은 없었다.

"아, 모르겠어요! 무서워서 아무것도 못 누르겠어. 어머, 흔들려요, 엘리베이터가!"

"그럼 가만히 있어요. 내가 내려가 경비실에 알릴 테니."

다급해져 옴을 느끼며 내가 말했다.

"그래 줘요, 제발!"

공포에 질려 울고 있는 듯 그녀의 말소리는 흐느끼고 있었다.

나는 그녀를 15층에 매달린 채 있는 엘리베이터 안에 남겨두고 비상 계단을 내려오고 있었다. 급하게 내려가던 나의 발소리가 어느 순간부터인가 비상계단을 천천히 울리고 있었다.

좀더 조용히, 좀더 천천히…… 나는 발소리를 죽이며 천천히 걸어 내려갔다.

나는 빛살같이 지나가는 생각 하나를 놓치고 싶지 않았다.

'모른 체하고 싶다!'

점심 시간이었다.

빈 경비실에는 내가 들어올 때와 마찬가지로 '식사중'이라는 팻말이 아직도 꽂혀 있었다. 우리 아파트 경비 아저씨들은 지하 보일러실에 같이 모여 점심을 해 먹곤 했다.

1층 엘리베이터 앞에는 올라가려고 기다리는 사람도 없었다. 결국 15층 비상 계단으로부터 이곳에 오기까지 나는 아무도 안 만났다.

나는 아무 일도 없는 듯한 무표정한 얼굴로 현관을 빠져나가 나의 차에 올랐다. 누군가가 나를 보고 있지 않는가 하고 주변까지 살피는 여유를 보이며.

그러나 자동차 키를 꽂는 내 손은 떨리고 있었다. 엘리베이터에 갇혀 있는 그녀의 울음 소리가 차 안까지 들리는 듯했다. 떨쳐버리듯 나는 액셀러레이터를 힘껏 밟았다.

그녀의 장례식이 치러진 지 1주일이 지났다.

그 동안 나는 그를 한 번도 보지 못했다. 마주치지 않으려고 피해 다녔었다. 결코 그건 그녀에 대한 죄의식에서가 아니다. 난 그것을 그녀의 몫이라 생각했으니까. 다만 그를 피했던 것은 더 이상 제어 못 하고 밖으로 빠져나오려는 그에 대한 나의 사랑이 두려웠던 거다. 그러나 너무도 그가 그리웠다.

어둠이 내린 단지 내의 가로등은 비에 젖고 있었다. 오래도록 창가에 기대 서서 내리는 비를 바라보고 있었다.

그가 들어왔는지 그의 집에서 음악 소리가 들렸다. 울컥, 심한 갈증이 가슴 밑바닥부터 올라왔다.

'그를 만나야 한다! 오늘은 꼭 그를 봐야겠다!'

나는 충동적으로 욕실로 뛰어갔다. 젖은 머리에 듬뿍 레몬 샴푸를 뿌렸다.

레몬향을 내며 탐스런 거품이 일었다. 마치 구름같이 부풀고 있는 그를 향한 그리움같이.

그의 집 문앞에 서서 나는 몇 번을 망설였다.

용기를 내서 차임벨에 손이 닿으려고 했을 때 복도 끝에서부터 여자의 하이힐 소리가 들려왔다. 같은 층에 사는 다른 여자인가 보다. 말 많은 상황인데 난 몸을 피해야 했다.

다시 현관 안에 들어와 밖의 사정을 귀 기울이던 나는 여자의 하이힐 소리가 그의 집앞에서 멈추는 것을 알았다.

이 시간에 혼자가 된 그에게 찾아온 여자. 그것은 무슨 의미를 갖게 하는가?

나의 머리는 뜨겁게 혼란스러웠다.

"늦었죠? 많이 기다렸어요?"

문을 연 그에게 여자는 말했다. 그의 아내 말이 맞았다. 그에게는 이미 여자가 있었던 거다. 나는 그것도 모르고 아내의 덫에 걸려 찢겨지고 있는 불쌍한 남자로 그를 보다니…….

엄마가 돌아가신 지 얼마 되지도 않아 여자를 끌고 들어왔던 나의 아버지가 그랬듯이 그도 그런 남자였을 뿐인데, 그런 남자에게 영혼까지 울리는 소중한 내 사랑을 주다니…….

터져나오려는 오열을 두 손으로 막은 채 나는 그대로 벽을 타고 주저앉고 말았다.

꽝!

닫혀지는 문소리와 함께 영원히 온 적막.

그의 집 문이 닫혀짐과 동시에 그를 향한 나의 사랑도 닫혀져 옴을 느꼈다.

두어 시간 뒤, 그녀는 하이힐 소리를 내며 그의 집에서 나갔다. 살그머니 문을 열고 나는 따라 나갔다. 엘리베이터 앞에 그녀는 없었다. 내려가는 화살표와 함께 숫자판이 바뀌고 있었다.

연보라빛 안경테를 낀 아내를 저버리고, 더욱 내 절실한 사랑을 쳐다볼 수도 없을 만큼 그를 사로잡은 여자가 누구인가 보고 싶었다.

나는 버튼을 눌렀다. 엘리베이터는 다시 올라오고 있었다.

15층에 선 엘리베이터의 문이 열렸다. 그 안으로 들어가려는데 이상하게 어둡다는 생각이 들었다.

퍼뜩 고개를 들어보니 문만 열려 있었지 그 안은 무섭도록 컴컴한 빈 공간이었다. 내려다보니 저 밑 7층쯤에 서 있는 엘리베이터의 윗 천장이 보였다. 조용히 버튼을 다시 눌렀다. 스르르 문이 닫겨왔다. 빛살같이 지나가는 또 다른 생각 하나!

"옆집인데요, 아래에 있는 놀이터로 좀 나와 주시겠어요? 드릴 말씀이……."

나의 흐느끼는 목소리에 놀랐는지 그는 알았다는 말을 여러 번 하며 전화를 끊었다.

떨리는 손으로 수화기를 내려놓은 나의 다른 손에는 그의 집 전화번호가 적힌 종이가 들려 있었다. 죽은 그의 아내가 얼마 전 친정에 가서 전화로 불러준 것이다.

그가 급히 나가는 소리를 들으며 천천히 그의 뒤를 따라 나갔다. 마치 벽에 어리는 그의 그림자같이 그의 뒤를 따랐다.

잠시 후 들리는 외마디 비명 소리!

비상구 계단에 쪼그리고 앉은 나는 그의 마지막 소리를 들으며 온몸으로 울고 있었다. 나의 사랑은 그렇게 끝났다. 비명 소리와 함께 저 어두운 가슴 밑바닥으로 다시 추락하며.

현관문을 열고 복도로 나갔다. 내려주던 비는 어느 새 눈으로 바뀌어 있다. 싸늘한 한기를 느끼며 나는 '이웃집'을 보았다. 주인들 둘이나 잃은 그의 집에는 어두움만이 있다.

나는 문득 긴장해 꼭 쥐고 있는 내 손을 보았다. 주먹 쥔 손을 서서히 펼쳤다. 거기에는 흥건히 땀에 젖은 명함 한 장이 쥐어져 있다.

'성북 경찰서 형사계 임준길.'

나는 망설이다 그 명함을 찢었다. 찢어진 명함 조각이 날리는 눈가루와 함께 어둠 속에 흩어져 사라졌다.

어쩌면 그건 피할 수 없는 그의 몫이었는지도 모르지…….

그의 아내가 해야 할 일을 내가 한 것이다.

그것은 나의 머리 속에 완전범죄로 남은 '살인의 유혹'이었다.

● 류성희

하여가 사건

● 류성희
전남 광주 출생.
전남대 독문학과 졸업.
세계연예영화신문 수필·꽁트 연재.
금요문학동인.

하여가 사건

1

"여보, 전화예요."

늦은 점심을 비빔밥으로 대충 때운 한정길이 꿈인지 생시인지 비몽사몽간에 빠져 있을 때, 아내가 수화기를 불쑥 내밀었다. 누구냐는 눈짓에 수화기를 건네고 돌아서는 아내의 눈빛이 곱지만 않은 것이 아마 또 반갑지 않은 전화인 모양이다.

"네, 전화 바꿨습니다."

"나야, 김형사."

"왜, 또?"

한정길의 무뚝뚝한 대답에 컴퓨터 게임에 열중해 있던 아들 녀석이 힐끗 쳐다보는 표정에 불안이 스친다.

"한형사가 나중에 알고 자기만 쏙 뺐다고 투정댈 것 같아서 말야."

김형사도 모처럼 한가한 일요일에 전화한 것이 미안한 모양이다.

"괜찮아, 말해 봐."

"하여가 사건 말야, 재수사 요청이 들어왔어."

"하여가 사건? 그거 자살로 막내린 거 아냐?"

"그랬지. 그런데 사망자의 부인이 타살이라는 확실한 증거를 가지고 있다는 거야."

"어떤 증거?"

"나도 아직 몰라. 그 부인은 우리가 직접 집으로 와 주었으면 하는데, 어때 지금?"

재수사 요청이라면 사건을 처음부터 다시 반복 조사해야 된다는 것인데도 김형사의 말끝에는 어딘가 신바람이 묻어 있다.

"꼭 지금 가야 되는 거야?"

아들 녀석이 게임기를 두드려대는 소리가 점점 거칠어졌다. 그래, 오늘처럼 약속을 어긴 것이 어디 한두 번이었던가. 녀석은 이미 아빠와 공룡 보러 가기로 한 약속을 포기했나보다고 생각되자, 한정길은 잠시 아들에 대한 측은함이 일었다. 하지만 아들과 공룡을 보러 간다 해도 자신의 마음은 이미 딴 데 가 있을 거라는 것은 누구보다도 자신이 잘 알고 있었다.

"어디로 가면 돼?"

자신보다 먼저 포기하는 아내와 아들에게 미안했지만 한정길은 아들에게 공룡이 나오는 게임기를 사다 주겠다고 어른 다음 김형사와의 약속 장소로 향했다.

일명 〈하여가 사건〉.

사건은 사건이랄 것도 없었다. 알렉산드리아 호텔 지배인으로부터 '사람이 죽었다'는 신고를 받은 것이 지난주 15일, 일요일이었다. 출동해 보니 30대 후반으로 보이는 남자가 침대 위에 반듯이 누워 죽어 있었는데 첫눈에도 자살로 보였다. 특이한 점이 있다면 권총 자살로 자신의 관자놀이를 향해 쏜 듯했다. 강력계 형사 생활 십수년 동안 수없이 많은 죽음을 보아 왔지만 말로만 듣던 권총 자살을 한형사로서도 처음 대하는 것이었다.

하얀 와이셔츠에 줄무늬 넥타이를 단정히 매고 눈을 감은 채 죽어 있는 남자의 왼손엔 권총이 쥐어 있고 권총에는 소음 제거 장치가 부착되어 있었다. 사이드 테이블 위에는 사망자가 마시다 남긴 듯한 양주 병과 술잔 하나, 반 잔 정도 물이 남은 물컵, 제일약국이란 이름이 찍힌 약봉지와 흰 봉투가 놓여 있었다. 봉투에는 전화번호가 하나 적혀 있었다.

연락을 받고 달려온 아내라는 여자를 보자 사망자는 어찌 됐든 용기 있는 자가 틀림없다고 한형사는 생각했다. 그 여자는 그만큼 예뻤다. 잘 정돈된 이목구비와 늘씬한 몸매, 거기다 왠지 차가운 느낌의 아름다움이 한 마리 꽃뱀을 보는 듯했다. 더구나 사망자가 남편임을 확인하고 부들부들 떨며 창백해지는 모습이란. 저렇듯 미인인 아내를 두고 죽을 수밖에 없는 이유는 무엇이었을까? 한형사는 자살 이유가 궁금해졌다.

유서는 아내에게 썼다.

〈증권투자의 실패에 따른 엄청난 손해와 나를 믿고 돈을 맡긴 고객과의 신뢰도에 더 이상 대처할 수 없어서 이 방법을 택할 수밖에 없었소. 당신에게 미안하오.

1월 13일 금요일.〉

그의 죽음만큼이나 짧고 간결한 내용의 유서를 읽는 여자의 눈에서 눈물이 한 방울 톡 흘렀다. 그것은 새벽의 이슬같이 안타깝기조차 했다. 사체를 부검해야 된다는 말에 놀라 동그랗게 눈을 뜨고 자신을 빤히 쳐다보는 그 여자의 아름다움에 '절차상 필요해서요.'라는 말을 다하게 되더라고 김형사도 나중에 말했었다.

유서는 컴퓨터로 쓰여져 있었다. 권총 자살만도 보기 드문데 컴퓨터로 쓰여진 유서라? 그것은 천상병 시인이 타자기로 시를 쓰는 것만큼이나 이상할 것 같다고 생각한 한형사는 이런 생각을 하는 자신을 김형사가 알면 또 인간 시대 났다고 핀잔 주겠지. 그럴 때의 김형사의 과장된 모습이 생각난 한형사는 장소에 어울리지 않게 웃음이 픽 나왔었다.

172

사망자의 이름은 서태지. 나이 35세. 직업은 증권회사 차장. 사망 시간은 토요일인 14일 21시에서 23시 사이. 사인은 총알이 뇌를 관통해 즉사. 그리고 수면제와 미량의 알코올이 체내에 남아 있음이 밝혀졌다.

죽기로 결심한 사람이 술을 마시고 용기를 낸다는 것은 어찌 보면 당연한 일이겠지만 수면제라니. 그의 미모의 아내는 남편이 지독한 독감에 걸려 단골 약국인 제일약국에서 자신이 약을 직접 지어다 주었고, 남편은 약 먹는 시간을 한 번도 깜박 잊고 지난 적이 없는 사람이라고 했다. 약을 제조해 준 제일약국측에 확인해 본 결과 감기약에 미량의 수면제를 넣은 것은 사실이었다. 그렇다 하더라도 곧 자살할 사람이 감기약을 먹다니? 아무래도 한형사는 이상했지만 이승에서의 마지막 말을 컴퓨터로 쓰는 사람이니 그럴 수도 있겠다 싶었다.

수사는 '자살 사건'으로 종결되었다. 자신의 유서에서도 밝혔듯이 증권회사 차장인 사망자에게 투자가들이 많은 돈을 위탁했는데 증시를 못 읽은 그는 투자가들에게 엄청난 손해만 입히고 만 것이 사실이었고, 무엇보다도 권총이 들려 있던 왼손의 피부와 왼쪽 옷소매 등에서 총을 발사할 때 나오는 화약 가루가 다량 검출된 것이다.

수사는 종결되었고 죽은 자는 이미 가루가 되어 바람에 날려가 버렸건만 정작 곤욕을 치른 것은 그 뒤의 일이었다. 시경 내에서 〈하여가 사건〉이라면 지금도 직원들이 고개를 절레절레 혼들게 만든 것은 사망자의 이름이 많고 많은 이름 중에 하필이면 서태지였으니. 어떻게 해서인지 서태지의 자살을 확인했다는 시경의 공식 발표가 있었다는 헛소문은 요즈음 인기 절정의 가수인 〈서태지와 아이들〉의 서태지가 자살했다는 소문으로 와전되어 버렸다.

그리하여 그게 사실이냐는 전화가 하루에도 수십통씩 전화통에 불이 날 정도로 시경으로 날아들었고, 그 전화를 받느라 한 사흘 동안 업무가 마비되다시피 하였다.

견디다견디다 못한 시경의 요청으로 예의 그 유명 가수가 TV와 신문에 모습을 나타내며 죽은 사람은 자신과 동명이인이었다는 것을 해명하고 나서도 한동안 계속되는 전화 공세에 시달렸기 때문이다. 그리하여 그런 전화를 받은 직원들이 전화가 올 때마다 '어찌 하오리까'라는 표정과 함께 그 가수의 히트곡을 절묘하게 혼합하여 이른바 〈하여가 사건〉이라고 명명하게 이른 것이다.

2

김형사가 대로 변에 서 있으라고 하기에 택시 타고 오나보다 했던 한형사는 보라색의 티코가 옆에 멈춰서며 빵 하는 클랙션 소리와 함께 김형사가 타라는 신호를 보내자 어리둥절했다.

"언제 차 뽑았어?"

"한형사가 차 뽑으면 나도 차 뽑지."

"실없긴."

"실은 동생차 끌고 나온 이유가 있지. 하여가의 집이 어딘 줄 알아?"

김형사는 서태지라는 이름 때문에 단단히 혼이 났는지 아예 하여가로 부르기로 한 모양이다.

"이런 차를 끌고 가기에는 좀 뭐한 동네이지."

"사람도 참, 근데 그 부인이 어떻게 김형사를 알고 전화했어?"

"내게 전화한 게 아니고 내가 받았을 뿐이지."

"오늘?"

굳이 일요일인 오늘 재수사 요청 같은 전화를 한다는 것이 한형사는 좀 이상했다.

"그래, 오늘 당직이었거든. 전화를 받고 궁금해서 견딜 수가 있어야지. 아아, 오해하지 마. 내가 궁금해한 것은 찾았다는 증거품이 아니라, 저…… 그 여자야, 그 여자. 하하하……."

김형사와 실컷 웃고 나니 한형사도 내내 눈에 밟히던 아들과 아내의
모습에서 어느 정도 벗어난 듯한 느낌이 들었다.

하여가의 집이 있는 동네에 들어서니 무당벌레 등딱지만한 차라도
타고 오고 싶어하는 김형사의 호기도 무리는 아니다 싶었다. 이런 정도
의 집을 판다면 증권에서 잃은 돈은 대충 갚을 수 있을 텐데 사람 속은
참 모를 일이라고 한형사는 생각했다.

"이렇게 와 주셔서 감사합니다. 서태지씨의 아내 되는 최도희입니
다."

저 여자가 남편의 죽음 앞에서 눈물을 흘리던 여자였던가? 미망인답
게 장식 없는 검은 옷을 입고 있었지만 그녀에게 있어 검은색은 상복
이 아니라 극도의 화려함을 감춘 섹시함으로 보였다.

"남편이 자살한 게 아니라고 하셨는데, 무엇을 근거로 그런 말씀을
하셨습니까?"

"남편에게는 여자가 있었어요."

"여자요?"

되묻는 김형사도 그렇고 한형사도 그 죽은 사람에게 여자가 있었다
는 사실보다도 이렇게 아름답고 섹시한 아내를 두고 웬 여자? 하는 마
음이 솔직히 더 강했다.

"네, 아내인 제가 아닌 남편의 여자 말예요."

"남편이 죽기 전에는 여자가 있었다는 걸 몰랐습니까?"

"몰랐습니다. 남편은 결혼 이후 외박은 물론 여자에게서 전화 한 통
걸려온 적이 없었으니까요."

"그러면 이제 와서 어떻게 알게 되었다는 겁니까?"

"아내로서의 느낌이라고 할까요."

한형사도 김형사도 맥이 탁 풀렸다. 물론 죽은 남편에게 여자가 있
었다는 말을 하며 눈물을 글썽이는 아내를 이해할 수는 있다. 이렇게

좋은 집과 안락한 생활, 자신의 미모, 보나마나 뒤에는 막대한 재산가의 친정이나 시댁이 있을 테고. 남부러울 것 없는 상태에서 갑자기 일어난 남편의 죽음을 받아들이기에는 견디기 힘들었을 테지. 과부가 되었다는 사실도 힘들겠지만 자살한 남편을 두고 주위에서는 얼마나 많은 소문이 난무하겠는가. 그렇다 하더라도 단지 여자가 있었다는 느낌만으로 이곳까지 형사들을 부르고, 그런 전화 한 통화에 앞뒤 사정 물어보지 않고 쪼르륵 달려온 자신들의 몰골이라니.

"뚜렷한 증거도 없이 남편의 죽음이 못 믿어워 확인이나 하려는 사람처럼 쳐다보시는군요."

김형사와 마찬가지로 한형사도 자신들의 마음을 들킨 것 같아 뜨끔했다.

"절 따라와 보세요. 보여드릴 것이 있어요."

그들은 최도회를 따라 2층의 한 방으로 갔다.

"남편은 이곳을 드림랜드라고 불렀죠."

드림랜드, 과연 꿈의 동산이었다. 몇 백권인지도 모르는 수많은 책들이 먼지 하나 없는 서가에 육중히 꽂혀 있었고, 방 주인이 상당한 클래식 매니아임을 말해 주는 듯 한쪽 벽면 전체가 음반과 CD로 가득 차 있었다. 사슴을 비롯한 동물의 머리가 박제되어 걸려 있는 벽면에는 할로겐 조명이 자연스럽게 내리쬐고 그 밑에는 장총 두 자루가 X자 모양으로 걸려 있었다. 뿐만 아니라 코너에는 홈바까지 완비되어 손만 뻗으면 모든 것이 완벽하게 갖춰진, 누구나 꿈꾸어볼 만한 방이었다.

"서태지씨의 취미는 사냥이었습니까?"

개인이 권총을 소지하는 것은 법적으로 금지되어 있기 때문에 서태지가 사용했던 권총이 문제가 되었지만 총의 출처는 끝내 알아낼 수 없었다. 아마 거금을 주고 밀매했을 것이다.

"사냥이 취미였던 사람은 남편이 아니라 저의 아빠였어요."

"그러면 저것들은?"

"저 박제들 말씀인가요? 아빠의 유품이죠."

"서태지씨는 저 총들을 사용할 줄 몰랐습니까?"

"특별히 배우지 않아도 누구나 기본 상식이 있는 거 아녜요? 더구나 남자들은 군대에서 총 다루는 법을 배우지 않나요?"

"그렇다면 부인께서는 남편이 이렇게 집에 총을 두고 굳이 권총을 구해 자살한 이유가 왜라고 생각하십니까?"

"형사님께서는 저의 남편이 이렇게 조용한 집을 두고 굳이 호텔에서 죽은 이유는 왜라고 생각하세요?"

최도희의 반문에 김형사가 한형사에게 한 방 먹었지? 하는 표정을 지어 보였다.

"남편이 죽은 후 이 방을 정리하다가 이것을 발견했어요."

최도희가 들어 보이는 것은 디스켓 정리함이었다. 디스켓은 얼핏 보기에도 백여 개가 넘었고, 색깔별로 가지런히 정리되어 있는 것이 사망자는 상당히 깔끔한 성격의 소유자였던 듯싶다.

"디스켓을 보면 다른 것에는 모두 암호가 적혀 있는데 암호가 적혀 있지 않은 것이 있을 거예요."

디스켓의 메모판에는 '소공자'라는 암호가 적혀 있는데 과연 회색 디스켓 두 장에는 빈 공간이었다. 한형사는 그중 하나를 집어들어 컴퓨터 앞으로 갔다. 기종은 가장 최근에 나온 486XT, 음 이온을 발산한다는 컴퓨터였다.

한형사는 디스켓을 넣었다. 부팅 후 불러오기를 실행하자 '암호를 입력하세요'라는 문구가 빨리 암호를 입력하라는 듯 깜박거렸다. 화면을 잠시 바라보던 한형사는 키를 눌렀다.

소공자.

열려라 참깨처럼 주문이 들어맞자 비밀의 문이 열리듯 화면이 푸른 잔디처럼 환하게 밝아졌다.

"아니, 자네……."

김형사는 눈을 동그랗게 뜨고 컴퓨터와 한형사를 번갈아보며 쳐다보았다.

"사람들은 다른 곳에 보란 듯이 적혀 있는 암호가 적혀 있지 않은 디스켓의 암호일 리 없다고 생각하지. 혹시 자네같이 머리가 조금 돌아가는 사람이라면 소공녀라고 치겠지만."

"맞아요. 저도 처음엔 소공녀라고 생각했답니다. 그러나 곧 이어 저 역시 형사님과 똑같은 방법으로 암호를 풀 수 있었지요."

최도희가 고른 치아를 보이며 한형사를 향해 하얗게 웃자, 김형사는 어디 두고 보자는 눈짓을 보냈다.

화면에는 〈PC통신문학 모임 '해커'〉라는 글이 박혀 있었다.

"남편이 PC통신문학 동호인이었나 본데 부인께선 모르고 있었습니까?"

"이것을 보기 전에는 몰랐어요. 알고 난 후 그 동안 전화 요금이 터무니없이 많이 나온 이유를 알았으니까요. 솔직히 말씀드리면 전 남편이 이 방에서 무엇을 하는지 관심도 없었구요. 그건 그렇고, 자, 이 화면을 한 번 봐 주세요."

최도희가 키를 누르자 화면이 바뀌었다.

목사님 기도드려 주십시오. 저는 이제 한국으로 갑니다.

다시는 돌아올 수 없는 길이지만 저는 이제 떠나야만 합니다.

⋮

동포들의 고난과는 바꿀 수 없는 것들입니다.

〈무궁화꽃이 피었습니다〉 중에서

추신 : 이 소설을 모든 해커들께 꼭 읽어보도록 권해 드리고 싶습니다. 추후 좋은 의견 나누길 바라며……

화곡동에서 신옥.

주로 이런 글들이었다. 제법 긴 콩트가 있는 반면 낙서 이상이 아닌
글도 보였다. 최도희의 남편, 즉 서태지는 통신된 모든 내용을 날짜 별
로 구분하여 저장시켜 두었다.

"처음엔 저도 내용들이 별게 아니어서 대수롭지 않게 생각했어요.
단지 남편이 어떤 내용을 보냈는지 알고 싶어서 읽어보았지요. 사실
전 남편이 그렇게 죽은 이유가 믿어지지 않았거든요. 그러나 한참
읽다 보니 뭔가 짚이는 것이 있었어요."

최도희가 말하는 동안에도 화면은 위로 마치 엘리베이터를 타듯 한
층한층 올라갔다.

"아, 여기 있네요. 남편이 보낸 글이에요."

　　정말이지 죽음이란 너무나 어처구니없는 그 무엇이었다.
　　마르크, 그는 죽을 수 없었다.
　　⋮
　　살갗이 일그러지는 것을 느꼈다.
　　　　　　〈길모퉁이의 카페〉
　　　　　　　　소공자

한형사가 생각했던 대로 서태지의 **ID**는 소공자였다.

"암호가 숨겨져 있는 것 같지 않아요?"

암호라니? 남편의 글나부랑이를 누구에겐가 보내는 메시지로 받아
들이는 아내. 더구나 상대는 여자일 거라고 결론을 내리고 말이다. 충
격이 컸다는 것은 이해하지만 별다른 이상을 발견할 수 없는 글에서
암호 운운하자 한형사는 짜증스러워지기 시작했다. 김형사도 그런지
하품을 어금니로 물고 있었다.

"제가 성급했군요. 잠깐만 기다려 주세요. 다른 것을 찾아 보여드릴
게요."

한형사와 김형사는 눈이 마주치자 동시에 눈을 찡긋했다.

"형사님, 여길 보세요."

여자는 길고 하얀 손가락으로 화면을 가리켰다.

나는 바다
당신은 배

남편은 배, 여자는 항구도 아니고, 이게 뭐야? 화면이 한층 올라갔다.

나는 어느 시골의 간이역
당신은 그곳을 그냥 지나치는 기차

이번엔 나는 비행장 당신은 비행기라는 말이 나오겠군. 한형사는 볼수록 한심했다. 여자의 손동작에 의해 화면은 다시 한층 위로 올라갔다.

소공녀

한형사는 소공녀라는 이름을 보자 눈이 번쩍 띄었다. 김형사도 언제 졸았냐는 듯 정신이 와락 드는 모양이다.

"이것이 시작이에요. 소공자라는 닉네임을 보고 물론 누군가 장난으로 소공녀란 이름으로 대응할 수 있겠지요. 그러나 전 그렇게 보지 않아요. 소공자와 소공녀라는 이름으로 보낸 글에는 항상 장소가 드러나지 않게 들어가 있어요. 일단 보셨으니까 나머지는 프린트해서 보여드릴게요."

최도희는 프린트를 시작했다. 따르락따르락 소리와 함께 글자들이

인쇄된 종이들이 가래떡처럼 저절로 뽑아져나오고 있었다.

"남편 못지않게 컴퓨터를 잘 다루시나보죠?"

컴퓨터 문맹인 김형사가 자못 부러운 눈치다.

"그저 워드프로세서 정도예요. 초보 운전 단계라 할 수 있겠죠."

"그런데 남편은 이 컴퓨터를 사용했나요?"

한형사는 처음 이 방에 들어왔을 때 모든 것이 최신식이고 최첨단인 것에 비해 손때가 닿을 대로 닳아 누렇게 변색된 286AT컴퓨터가 영 눈에 거슬려 물어보았다.

"아니에요. 남편은 저 오래된 컴퓨터만을 사용했어요. 남편은 고생 고생해서 모은 돈으로 저것을 샀을 때가 가장 기뻤다고 하더군요. 그래서 그런지 많은 애착을 가지고 오로지 저 오래된 것만을 고집했 어요."

"그렇다면 남편은 이 486XT는 전혀 사용을 안 했습니까?"

"물론 회사에서야 사용했겠죠. 그러니까 이 디스켓들이 있겠지요. 하지만 집에서는 전혀. 제가 새 컴퓨터를 사자고 하니까 그럴 필요 가 없다고까지 할 정도였으니까요."

"부인께서도 저것을 사용할 줄 아십니까?"

"사용할 줄 알았다면 새 것을 살 이유가 없었겠지요. 편한 걸 두고 디스켓을 넣다가 뺐다가 불편한 걸 사용할 이유가 있어요? 자, 다 되었어요. 직접 확인해 보시죠."

　　나 하늘로 돌아가리라
　　새벽빛 와 닿으면 스러지는
　　⋮
　　가서, 아름다웠다고 말하리라
　　　　〈귀천〉
　　　　　　소공자

그 사기컵은 내해곡과 흡사하다. 내가 그 컵을 손으로
……그러나 내 팔은 여전히 그 사기컵을 사수한다.
〈오감도〉
소공자

"제가 왜 의심하는지 아시겠지요?"
그렇다. 〈길모퉁이의 카페〉니 〈귀천〉, 〈오감도〉 등은 글의 제목인 동
시에 꽤 이름난 카페의 이름이기도 하다. 다른 동호인들은 단순히 보아
넘기겠지만 의미를 두고 보면 약속 장소가 될 수도 있다.
"물론 이곳에서 만날 수도 있겠지요. 그러나 이것만으로 봐서는 소
공녀가 여자라는 증거가 없고 더군다나 애인이라는 증거는 더더욱
없는 거 아닙니까?"
한형사는 뭔가 있을 것 같다는 낌새를 받으면서도 묻지 않을 수 없
었다.
"그렇게 말한다면 소공녀가 남자라는 증거도 없지요. 애인이 아니라
는 증거는 더더욱 없구요…… 미안합니다. 그러나 이것만은 조사해
주실 수 있겠죠?"
최도희는 마지막장을 보여주었다.

나는 말한다. 나의 죄는 이 나라를……
소가 겨울 동안 쓸쓸해 할까봐 외양간의 벽에다
풍경화를 그리는 덴마크의 농부를 이 땅에서도
만들어 보자고 노력한 죄밖에는 없다고.
〈소설 알렉산드리아〉
소공자

182

보낸 날짜를 보니 1994. 1. 14. 토요일. 그날은 서태지가 사망한 날짜이며, 최도희의 주장이 맞다면 〈소설 알렉산드리아〉라는 글의 제목은 즉 남자가 죽은 장소인 알렉산드리아 호텔이 될 수 있는 것이다. 그렇다면 그곳에서 여자를 만났다는 말인가?

"남편이 여자에게 살해당했다고 주장하는 내가 반쯤 미친 여자로 보이겠지요. 형사님들이 결론을 내렸듯이 모든 정황이 자살로 보였으니까요. 그러나 전 확신해요. 자살하기 전에 감기약 먹는 사람 봤어요? 유서를 자필이 아닌 컴퓨터로 쓰는 사람도 있나요? 그건 투신 자살자가 신발을 벗어놓지 않고 투신했다는 것만큼이나 자살자의 미묘한 심리에 어긋나는 거 아닐까요? 무엇보다도 남편이 죽은 그날 그 장소에서 여자와 약속이 있었다는 것을 그냥 넘어갈 수 없었어요. 물론 여자가 있다고 해도 여자가 그곳에 왔었다는 증거도 없고. 아니, 지금으로선 여자가 소공녀라는 인물이 있는지 없는지도 모르는 상태이니…… 이러면 어떨까요? 제가 소공녀라는 인물을 찾아내고 그가 여자이며 또 남편과 모종의 관계가 있었다는 사실을 알아낸다면, 저의 말들이 억측이 아니라는 것을 믿고 수사해 주시겠어요?"

"하지만 소공녀라는 필명 하나로 사람을 어떻게 찾는단 말입니까?"

그것도 못 알아차리다니, 한형사는 김형사를 눈으로 나무랐다.

"바로 그 이름에 답이 있었지요. 동의하신다면 저와 함께 가주시겠어요?"

한형사는 사건도 사건이지만 PC통신을 이용한 암호의 전달이 흥미로웠던지라 최도희와 함께 그랜저에 올랐다. 김형사는 툴툴거리면서도 동생의 차를 타고 뒤따라 왔다.

"남편이 죽던 날 밤, 부인은 어디에 있었습니까?"

한형사는 아무리 일 때문이라지만 최도희와 단둘이 차를 타자 겸연쩍어 물었다.

"알렉산드리아 호텔에 있었어요."

"네? 그곳에 있었다구요?"

"네, 그날 그곳 부페에서 대학 동창 모임이 있었어요. 그러니까 제가 한참 식사를 할 때 남편은 객실에서…… 지금 생각해도 우연치고는 너무나 이상해요."

"그럼 남편은 부인의 모임이 그곳에 있었다는 것 알고 있었을까요?"

"몰랐을 겁니다. 원래는 그곳이 모임 장소가 아니었거든요. 남편이 알았다면 그곳으로 약속 장소를 정할 리가 없었겠지요."

최도희가 안내한 곳은 검은 모자를 쓴 남자가 쓸쓸히 걸어가는 벽화가 그려진 〈이방인〉이라는 카페였다.

"저는 소공녀를 몰라요. 하지만 상대방은 저를 알지도 모르죠. 그 여자는 이곳에 들어와 제가 있으면 그냥 갈 것이 틀림없어요. 그 여자는 두려울 거예요. 죽은 사람이 자신을 불러냈으니까요. 하지만 혹시나 하는 마음으로 이곳에 나타날 거예요. 약속 시간은 9시예요. 여자의 신분이 밝혀지면 내일 정식으로 재수사 신청을 하겠어요. 그럼 이만."

"어때, 냄새나?"

최도희가 나가자마자 묻는 것이, 김형사도 어지간히 복잡한 모양이다.

"이거 우리가 삼각 관계에 말려든 거 아냐? 그것도 죽은 자식 뭐 만지기로 이미 죽어버린 남자를 두고 말야."

한형사는 묵묵부답 술만 마셨다.

"그나저나 그 여우 같은 여자는 소공녀가 이곳에 나타날 것을 어떻게 알았지?"

"PC통신이야. 까뮈의 이방인 한 귀절을 보냈겠지. ID는 소공자로 하고."

한형사는 최도희가 이미 만든 각본에 자신이 이끌려온 것만 같아 기분이 쓸쓸했다.

"제기랄, 뭐가 뭔지 도통 모르겠네. 죽은 놈은 죽어서까지 그 이름으로 말썽을 부리더니, 이제 그 마누라까지 뒷북을 쳐대고 난리를 쳐대니. 그건 그렇다 치고, 그 소공자인가 소공녀인가 하는 여잔 옆에 앉아 있다 해도 무슨 수로 알아본단 말이여?"

그러나 한형사도 김형사도 들어서는 여자를 보는 순간 '저 여자다!' 하는 생각이 들었다. 똑같았다. 죽은 자의 아내와 너무나 닮았다. 안 그래도 오늘 하루 뒤죽박죽 정리가 안 된 터에 아내와 애인이 똑같이 생겼다니. 한형사는 머리속에 모래가 가득 차 있는 듯 무거웠다. 김형사가 먼저 정신을 차렸는지 공중전화 부스로 갔다. 곧 이어 카운터의 전화벨이 울렸다.

"서태지씨 기다리시는 분."

종업원의 목소리가 들렸다.

여자는 움찔 놀라는 듯하였으나 전화를 받으러 가지 않았다. 한형사는 숨을 죽으며 그 여자를 주시했다. 자세히 보니 최도희보다 키가 좀 큰 듯하고 머리는 더 짧은 듯싶고 무엇보다도 최도희의 그 도도하고 차가워 보이는 표정이 아니었다.

"서태지씨 기다리는 분 전화 받으세요."

죽은 남자는 저런 형의 여자를 좋아했나 보다고 한형사가 생각하고 있을 때, 여자가 주위를 한 번 둘러보더니 카운터로 다가가 수화기를 받아듬과 동시에 김형사가 여자의 손목을 낚아챘다.

3

"이름은?"

"김명숙."

"당신은 PC통신의 모임인 해커의 동호인이었죠?"

"네."

"ID, 즉 필명은 무엇이지요?"

"소공녀."

"당신이 사용하는 컴퓨터 기종은 무엇인가요?"

"286AT. 좀 오래 됐어요."

한형사는 김명숙과 서태지가 PC통신으로 주고 받은 내용만을 발췌해 출력시킨 내용을 보여주었다.

"이것은 소공녀인 당신과 소공자인 서태지씨가 주고 받은 내용 맞지요?"

김명숙은 이유 없이 한 대 얻어맞은 듯 놀랐다.

"그런데 이것이 왜⋯⋯?"

"이것을 보면 특정한 장소가 들어 있는데 무엇을 의미하는 겁니까?"

"⋯⋯."

"약속 장소 맞죠?"

"네⋯⋯."

"서태지의 죽음은 언제 알았죠?"

"1월 18일자 신문을 보고 알았습니다."

"신문이라고요?"

"알렉산드리아 호텔에서 죽은 사람은 가수 서태지가 아니라 동명이인이었다는 그 기사 말이에요."

"이상하군요. 그 기사를 보자마자 서태지씨가 죽은 걸 알았단 말씀입니까? 서태지란 이름이 우리나라에 둘뿐은 아닐 텐데 말예요."

김명숙이 고개를 떨구었다.

"사인은?"

"네?"

"죽은 이유 말입니다."

"자살⋯⋯ 아닌가요?"

"서태지씨가 권총을 소유하고 있었다는 것을 알고 있었습니까?"

"네, 얘기해 준 적이 있거든요. 하지만 사냥할 때 쓰는 총이라고 해서 장총이나 공기총인 줄 알았지 권총인 줄을 몰랐어요."

"서태지씨를 마지막 만난 것은 언제였습니까?"

그때야 김명숙은 사건의 심각성을 알아차린 듯 당황하는 빛이 스쳐 갔다.

"지난달 12월 31일이었습니다."

"1월 14일이 아니고요?"

"아니에요. 그날은 만나지 못했습니다."

"만나지 못했다는 것은 만날 약속이 있었는데 못 만났다는 겁니까?"

"네, 다른 약속이 있었거든요. 봄에 결혼하기로 한 사람과…… 그 사람과 저녁 먹고 밤 11시쯤…… 집에 돌아왔습니다."

"그때까지 약혼자와 계속 같이 있었습니까?"

"아니에요. 그와는 밤 9시쯤 헤어지고…… 그가 기다리는…… 호텔에 갔습니다."

"그라면, 서태지씨 맞습니까? 호텔은 알렉산드리아구요?"

"그날은 만나지 않을 작정이었어요. 그런데 약혼자와 말다툼하는 바람에…… 그러나 그를 만나지 못했어요. 호텔 방문을 열려고 했는데 열려 있지가 않았어요. 그 사람은 내가 올 때까지 항상 방문을 열어놓았는데, 노크를 해보았지만 아무 대답이 없길래 화가 나서 그냥 가버렸나 했어요. 전에도 그런 적이 몇 번 있었거든요."

"그때가 몇 시였죠, 정확히?"

"아마 9시 50분에서 10시 사이였을 거예요."

"서태지씨가 약속 시간보다 더 늦게 올지도 모른다는 생각은 안 해봤습니까?"

"만나는 동안 약속 시간보다 늦게 온 적은 한 번도 없었어요."

김명숙이 거짓말이 아니라면 서태지의 사망 추정 시간으로 보아 그는 적어도 9시 50분 이전에 사망했다는 결론이다.

"서태지씨도 당신에게 약혼자가 있다는 사실을 알고 있었습니까?"

"네."

"반응은요?"

"이해한다고 하면서도 만나는 걸 알면 화를 내고, 결혼해서 잘 살 것 같으냐고 협박하기도 하고. 그러나 결국은 용서를 빌었어요."

"그렇게 협박하고 용서를 빌 만한 특별한 관계였습니까?"

김명숙은 한동안 고개를 숙이고 앉아 있더니 모든 것을 솔직하게 말하기로 결심한 듯 차분히 말했다.

"그 사람을 처음 만난 것은 대학 1학년, 지금처럼 컴퓨터가 보급되기 전 컴퓨터를 배우자는 취지의 대학 서클에서 만났습니다. 그는 가난한 집의 수재였고 저 역시 대학을 제 손으로 벌어서 다녀야만 했습니다. 동병상련이라 할까요, 지독히 가난했던 우리는 그만큼 지독히 사랑했습니다. 그러나 그는 다른 여자, 최도희와 결혼했습니다. 그렇다고 나를 떠난 그 사람을 추호도 미워하거나 원망해 본 적이 없었습니다. 그런 최상의 조건이었다면 저라도 결혼했을 테니까요. 고통스럽긴 했지만 그런 대로 잊을 수 있었는데, 2년 전쯤 PC통신 문학 모임인 해커에서 우연히 소공자라는 이름을 발견했습니다. 저는 직감적으로 그 사람이라는 걸 알았습니다. 대학 서클 때 비밀 약속을 할 때면 그는 소공자라는 이름으로 통신을 보냈고 저 역시 소공녀라는 이름으로 보냈으니까요. 우리는 그때처럼 비밀 유지가 절대적인 통신을 통해 한 달에 한두어 번 만났습니다. 그렇다면 당신이 보낸 통신을 보고 이곳에 왜 나왔느냐가 궁금하시겠죠. 물론 신문에 난 사람이 그 사람인가 회사에 전화 걸어 확인까지 해보았습니다. 그런데 오늘 통신을 보고 너무나 놀랐어요. 그 사람과 너무나 유사한 방법으로…… 그럴 리 없겠지만 혹시 그가 살아 있는 게 아닌가 하는 별별 생각이 다 들었고, 눈으로 보지 않은 그의 죽음이 믿어지지가 않아서 이렇게 나온 겁니다."

한형사는 살인 사건이라는 가정 아래 김명숙이 서태지를 죽일 수밖에 없는 이유를 생각해 보았다. 우선 그녀 자신이 말했듯 그녀는 사망자의 사망 시간대에 그곳에 온 유일한 사람이었다.

김명숙이 호텔에 왔다가 그냥 갔다고 했지만, 사실은 문이 열려 있었고 서태지를 만난다. 그리고 남자의 눈을 피해 술에다 수면제를 탄다. 그것을 마신 남자가 잠들자 준비한 총을 꺼내 자살처럼 위장한 채 죽이고 미리 준비한 유서를 그곳에 놓아둔 다음 살짝 빠져나온다. 호텔에 굳이 왔었다고 말한 이유는 혹시 누군가 자신을 보았을지도 모르는 것에 대해 선수를 친 것이다.

남자가 자신을 버리고 명예와 부를 쫓아 다른 여자와 결혼했을 때 고통스러웠지만 말없이 보내 주었는데, 정작 자신이 결혼한다는 말에 불같이 화를 내는 남자의 이기심이 협오스럽고 미웠겠지.

그러나 한형사로선 김명숙을 심문하면 할수록 '이건 아니다'는 생각이 들었다. 강력계에 근무하면서 얻은 거라곤 눈치와 육감뿐이라 해도 과언이 아닌데, 그런 그의 육감에 의하면 김명숙은 범인이 아닌 것이다.

서태지 사망에 따른 재수사는 역시 자살 사건으로 판명났다. 9시 10분 전에 서태지가 호텔에 들어온 것은 프런트에서 이미 증명했었고, 약혼자와 헤어진 김명숙이 택시를 타고 호텔에 도착한 것이 9시 50분경이었다는 것은 실현해 봄으로써 사실임이 밝혀졌다. 애인을 기다리는 남자가 일부러 수면제를 먹고 잠들어버리지 않은 이상, 김명숙이 9시 50분에 도착해 수면제를 먹이고 잠들기를 기다려 그를 살해하고 집에 11시쯤 도착한다는 것은 날아다니지 않은 이상 불가능했다. 단순한 자살 사건에 불과한 사건을 사망자 부인의 요청에 의해 재수사했더니 역시 자살이었더라. 굳이 속았다고 할 거야 없지만 어쩐지 뒤끝이 깨끗하지 못한 기분, 한형사는 그런 씁쓸한 기분을 떨쳐버릴 수 없었다. 한형사가 한참 이런 생각에 빠져 있을 때, 컴퓨터 게임에 빠져 있던 아들이 불렀다.

"아빠 아빠, 이리 와봐."

"왜애?"

"아빠, 난 몰라."

"왜 그러는데?"

"봐, 죽어버렸잖아."

일전에 사다 준 공룡 게임기가 작동되지 않았다. 이것저것 살펴보았지만 캄캄한 화면은 밝아질 줄 몰랐다.

"너, 이거 누구 빌려준 적 있니?"

"응, 예규 자식이 복사해 달라고 해서 해줬어."

"뭐? 복사해 줬다고? 어이구, 바이러스 걸렸구나."

"바이러스?"

"너도 감기 걸리면 다른 사람에게 옮기지? 게임기도 마찬가지로 다른 컴퓨터에 의해 바이러스에 감염되면 더 이상 사용 못 하게 되는 거야."

바이러스에 대해 설명하던 한형사는 섬광처럼 번뜩 스치는 게 있어 서태지와 김명숙이 주고 받은 PC통신의 내용과 서태지가 남긴 유서의 복사본을 부랴부랴 찾으면서 중얼거렸다.

"이런 멍청이, 그걸 놓치다니? 이런 제기랄!"

4

"당신은 완벽했소. 적어도 우리를 두 번씩이나 속였으니까. 당신은 남편과 남편의 여자, 둘 다 한꺼번에 없애버리려고 했지. 한 사람은 직접 죽이는 것으로, 다른 한 사람은 그 사람을 죽인 살인자로 만드

190

는 것으로 말이오. 남편의 바람기를 느끼면서도 증거가 없던 당신은 전화 요금이 터무니없이 많이 나오자 PC통신 이용을 눈치챘고, 급기야는 우리에게 얘기했던 사실들을 발견해냈소. 한번 두번, 아니 어쩌면 그보다 더 많이 그들의 밀회를 미행해 보았을 테고. 배은망덕한, 찢어질 듯한 가난에서 구제해 준 게 누구인데. 분했겠지. 남편에게 배신감을 느낀 것은 당연하고. 상대 여자가 대학 때 사귀었던 사람이란 것까지 알았는지는 모르겠지만, 어쨌든 당신으로서는 그들을 죽이고 싶었을 거요. 나라도 그랬을 테니까."

한형사는 자신을 살인자라고 말하는데도 눈 하나 깜짝하지 않고 흐트러짐 없이 앉아 있는 최도희를 보자 소름이 오싹 돋았다.

"당신은 PC통신을 통해 그들의 행적을 낱낱이 알고 있었소. 그러다 14일 밤 남편과 김명숙이 알렉산드리아 호텔에서 만나기로 한 것을 알고 대학 동창 모임을 그곳 부페로 정했소. 무슨 일이 있어도 약 먹는 시간을 잊은 적이 없는 남편은 9시에 감기약을 먹을 테고, 그것을 알고 있는 당신은 약에다 약국에서 제조한 것보다 더 강한 수면제를 섞었지. 김명숙이 설사 10, 20분 늦는다 해도 그들이 정사할 시간은 충분하다고 계산했겠지. 정사를 끝낸 남편은 10시쯤 깊은 잠에 떨어질 것이고, 김명숙은 돌아갈 것이다. 결혼 이후 한 번도 외박한 적이 없는 남편이어서 정사 이후엔 김명숙이 집으로 간다는 것을 알고 있었던 게지. 그렇게 되면 김명숙의 지문과 머리카락, 정사 뒤의 흔적들이 남아 있을 테고. 김명숙은 꼼짝 없이 자살을 위장한 살인을 저지른 살인자가 되는 것이지."

최도희는 미동도 없이 앉아 있었다. 그런 그녀를 보고 있자니 한형사는 한여름인데도 불구하고 취조실 안이 서늘하게 느껴졌다.

"친구들과 식사하다가 10시 50분쯤 당신은 남편이 있는 객실로 갔을 거요. 객실은 2층 아래에 있으니 가는 덴 1분도 안 걸렸겠지. 남편은 예상대로 깊은 잠에 빠져 있었으나 김명숙이 다녀간 흔적이 없

어서 당황했을 거요. 계획대로 하느냐 마느냐 망설였겠지. 그때 PC
통신에 생각이 미쳤고 자살로 판정이 나더라도 그것을 증거로 재수
사 요청을 하면 된다고 생각했을 거요. 당신이 실제로 했던 것처럼
말이오. 당신은 당신이 준비해 갔던 권총을 왼손잡이인 남편의 손에
쥐게 하고 방아쇠는 당신이 잡아당겼지, 이렇게."

한형사는 자신의 총을 꺼내 왼쪽 손에 쥐고 준비한 끈으로 방아쇠에
걸려 있던 손가락과 방아쇠를 한꺼번에 묶어 잡아당겨 보였다.

"미리 준비한 유서를 사이드 테이블 위에 놓는 것을 잊지는 않았을
테고. 이 모든 것을 하는 데 걸리는 시간은 여자들이 화장실에서 소
요한 시간보다 오히려 짧은 시간이었을 거요. 그 시간 즈음에 김명
숙이 온 것을 나중에 알게 된 당신은 그녀와 마주치지 않은 것을 천
운이라고 여겼을 거요."

목석처럼 앉아 있던 최도희가 탁자 위에 놓여 있는 담배 한 개비를
꺼냈다.

"상상력이 지나치시군요. 남편을 죽인 사람은 내가 아니라 김명숙
그 여자예요."

이번엔 한형사가 담배를 꺼내 물었다.

"자, 여기 당신 남편, 서태지씨 유서의 복사본을 제가 가지고 왔습니
다. 한 번 읽어볼까요?"

한형사는 서태지의 유서를 소리내어 읽었다.

"증권투자의 실패에 따른 엄청난 손해와 나를 믿고 돈을 맡긴 고객
과의 신뢰도에 더 이상 대처할 수 없어서 이 방법을 택할 수밖에 없
었소. 당신에게 미안하오. 1월 13일 금요일."

최도희가 푸르스름한 담배연기를 뱉어냈다.

"혹시 〈13일의 금요일〉이란 영화 봤습니까? 13일의 금요일에 일어
난 의문의 살인 사건, 아주 무시무시하고 끔찍한 영화죠."

"지금 무슨 말씀을 하고 싶은 거죠?"

"13일의 금요일이란 영화와 13일의 금요일에 쓴 유서라? 뭔가 이상하지 않습니까?"

"뭐가 이상하다는 거예요? 그 영화의 내용이 아내가 남편을 죽이는 거였나요? 그래서 지금 아내인 내가 남편을 죽였다고 말하는 거예요 뭐예요?"

"당신이야말로 상상력이 지나치시군요. 내가 묻고자 하는 것은 영화의 내용이 아니라 13일의 금요일이란 컴퓨터 바이러스를 알고 계시냐 하는 겁니다."

"컴퓨터 바이러스라구요?"

"역시 모르고 계시는군요. 어떤 특정한 날에 컴퓨터를 켜면 저장되어 있는 화일을 전부 망가뜨려버리는 바이러스라는 게 있지요. 13일의 금요일도 그중에 하나이죠. 당신 남편과 같이 컴퓨터에 대해 잘 아는 사람이 이날 컴퓨터를 켤 리가 없다고 생각되는데, 당신은 어떻게 생각합니까? 아, 물론 당신은 지금, 죽기로 결심한 사람이 컴퓨터가 그까짓 바이러스에 걸릴 것을 걱정하겠느냐고 말하고 싶겠죠. 맞는 말입니다. 그렇다면 이것을 한 번 비교해 볼까요."

한형사는 두 장의 종이를 보여주었다.

"한 장은 남편과 김명숙이 주고 받은 PC통신 내용을 당신 집에 있던 것과 똑같은 286AT로 써서 복사한 것이고, 다른 한 장은 똑같은 내용을 486XT로 써서 복사한 것이오. 두 장을 잘 비교해 보시오. 우리나라에 나와 있는 한글 자형의 컴퓨터 디스켓은 그것을 만들어낸 사람에 따라 모양이 약간씩 틀리지요. 남편은 286AT만 사용한다고 당신이 말했던가요! 그렇다면 이것이겠군요. 당신의 남편은 286AT 1.53을 사용했고, 당신은 486XT 2.0을 사용했소. 당신은 이것을 알고 있었소?"

최도희는 귀기 서린 섬뜩한 모습으로 앉아만 있었다.

"더 말할 필요가 있겠소……? 좋소. 그렇다면 마지막으로 이것을 한 번 비교해 볼까요. 당신 남편의 유서요. 그 두 장의 글자 모양과 비교해 보면 486XT로 쓴 것과 똑같을 게요. 486XT를 사용하지 않는 사람이 유독 유서만은 그것을 사용했다? 당신이라면 그렇게 하겠소?"

그제야 최도희의 눈에서 눈물이 후드득 떨어졌다.

"서태지의 유서를 쓴 사람은 서태지가 아니라 최도희, 바로 당신이었소."

"한형사, 나 내일부터 당장 컴퓨터 배우기로 했어. 이번엔 진짜야."

편방경을 통해 취조실의 대화를 다 들었다는 듯 취조실을 나서는 한형사에게 김형사가 커피잔을 불쑥 내밀었다.

"그런데 최도희가 서태지를 죽였다는 것을 어떻게 알았어?"

"지나치게 김명숙을 살인자로 몰고 가는 것이 이상했어."

"호랑이의 적은 호랑이, 여자의 적은 여자라 이거지?"

한형사는 방금 본 최도희의 눈물이 단지 그 여자의 눈에서만 흐르는 눈물이 아닐 거라는 생각이 들자 가슴이 말할 수 없이 답답해 왔다.

• 문정순

미로의 끝

● 문정순
서울 출생.
방송작가.

미로의 끝

1

한바탕 전쟁을 치르듯 법석을 떨던 뒤의 고요 속에 덩그러니 남겨진 기분이었다. 늘 그랬지만 오늘은 유난히 그 여운이 길게 느껴졌다. 베란다 창을 두드리며 퍼붓는 빗소리 때문이리라. 장마전선이 중부에 걸쳐 있어서 30밀리의 비가 예상된다던 예보가 어김없이 지켜지고 있는 창 밖. 올 여름 장마는 천둥번개를 동반한 폭우가 집중적으로 몰아쳐 내리는 게 특징이었다. 새벽에도 잠잠하더니 출근 시간 맞춰 퍼붓기 시작했다. 모두의 발을 묶어놓고 쾌재를 부르고 싶은 심통이 허락되지 않는다는 걸 하늘이 모르는 모양이다. 벌거벗고 빗속에 서 있으면 온몸이 멍이 들겠다는 생각이 들어 순간 양팔에 소름이 돋았다 스러진다.

따뜻하게 커피라도 마셔야겠어. 신옥은 물을 올려놓고 빨간 장미 꽃무늬가 예뻐 즐겨 마시는 머그잔에 커피를 담는다. 폭우로 모두 닫혀진 밀폐된 거실 안에 커피향이 가득 채워졌다. 혼자만의 은밀한 즐거움이 있는 시간이다.

아침마다 정해진 대사처럼, 아니 습관처럼 여보 양말, 손수건……
엄마, 나 유화 물감, 정물화 재료, 리바이스 티, 체육복…….

손수건은 첫째 서랍 오른편에, 양말은 둘째 서랍 왼편에, 타이는 장롱 타이걸이에, 귀에 딱지가 앉게 알려줬건만 남편은 아침마다 챙겨 달라고 불러대고, 아이들도 책가방 정리는 자기 전에 하라고 신신당부하건만 아침마다 한꺼번에 준비물을 눈앞에 갖다 놓으라고 조른다. 그나마 남편이 신옥의 아침을 도와주기는 하지만 신옥이 나서지 않으면 안 되는 일뿐이었다. 야채즙 짜주랴, 식사 준비와 도시락 싸랴, 이방 저방 다니면서 해결사 노릇을 해야 했다. 남편과 아이들이 나가고 난 뒤의 고요가 적막하기까지 해도 커피향에 취해 앉아 있노라면 더없이 편안하고 행복한 기분에 젖을 수 있었다.

대학 졸업반 때 늙은 복학생 창기를 만난 것을 운명이라고 생각하는 신옥이었다. 추레한 옷차림과는 다르게 강한 눈빛으로 첫눈에 신옥을 사로잡은 창기는 자신의 처지에 순응하지 않는 야심가이며 비상한 두뇌의 소유자였다.

내세울 것 없는 가난한 농사꾼의 아들, 그것도 6남매의 장남인 그를 신옥의 집에서는 사윗감으로 탐탁치 않아 했다. 아니, 탐탁치 않아 할 정도가 아니라 식구들이 한 마음으로 결사 반대했다는 표현이 더 적절할 정도였다. 금지옥엽으로 부족함 없이 키운 딸이 고생하고 살 것을 걱정한 것에서부터 본인만 똑똑하면 된다고 넓은 도량을 보여주던 아버지도 눈빛이 범상치 않음이 마음에 걸린다고 했고, 여왕처럼 떠받들어 주는 사랑 표현이 사기극 같다는 의견까지 있었다. 그들의 결혼을 반대하기 위한 악성 루머가 가족, 친척, 친구 들로부터 끊이지 않았다. 대기업인 S그룹 핵심 회사인 S물산에 수석 입사로 조금씩 수그러든 반대의 물결은 입사 1년 만에 대리 진급함으로써 한 풀 파고를 낮췄다.

신옥은 신옥대로 그녀의 유별난 자존심에 상처받지 않기 위해 창기를 포기할 수 없었다. 자신이 마음 먹은 것은 손에 넣고야 마는 강한 소유욕에 걸린 고기에 불과했기 때문이었다.

준수한 외모에 박학다식한 언변으로 주위의 이목을 집중시키는 창기를 하인처럼 부리는 부러움을 뽐내는 것만으로는 만족할 수 없었다.

시작 전부터 삐걱거리던 그들의 결혼 생활은 주위의 호기심과 우려를 잠재우듯 순탄하기만 했다.

창기는 매번 동기들보다 한 발 앞선 승진으로 탁월한 능력을 인정받았고, 완벽에 가까운 처세술로 대인 관계를 관리해 나갔다. 처가 덕에 전세 아파트에서 시작은 했지만 이재에 밝은 창기의 수완으로 지금의 49평 아파트를 소유하고 살게 된 것이다.

신옥도 남들은 두 번 앓아 얻는 아이들을 한 번에, 그것도 아들과 딸을 쌍둥이로 낳았다. 일찌감치 몸매 관리에 시간과 돈을 투자할 수 있었다. 아름다움과 여유를 누리며 매사에 최선을 다하는 생활 태도로 자신의 행복을 지키려는 노력도 아끼지 않았다. 무엇보다 신옥을 행복감에 취할 수 있게 한 것은 창기의 변함없는 여왕 대접이었다.

천둥, 번개와 벼락이 어우러져 미친 듯이 쏟아지던 빗줄기가 조금씩 가늘어지더니 저녁 무렵엔 앞동 허리에 무지개가 걸렸다.

일찍 들어온다는 전화가 없으면 으레 아이들과 먹어야 하는 저녁을 일찌감치 막 먹고 치운 뒤였다. 창기의 영업 1부 안과장한테서 전화가 왔다. 아침 잘 먹고 출근한 창기를 찾는 전화였다. 퇴근 시간이 다 되어서야 결근 사실을 알려주다니……

"무슨 소린지 모르겠네요?"

"내일까지 제출하게 돼 있는 신모델 수출 전략 프로젝트를 완성시키시느라 결근하신 게 아닌가요?"

남편이 몇 주 전부터 서재에 파묻혀 뭔가 골몰했던 것은 알고 있는 일이었다. 그러나 밖의 일을 자세히 알리고 하는 걸 싫어해 관심조차 갖고 있지 않는 일이기에 신옥은 당황이 됐다.

"여간해서 결근 안 하시는 분이라 의아하긴 했지만 이번 일이 워낙 막중해서……"

막중하다니 언제나 다른 일은 중요하지 않았다는 말인가? 신옥은 안과장의 말이 얼른 이해가 되지 않았다.

"막중하다니오?"

"이번 9월 인사 이동 때 영업이사 승진이 걸려 있거든요."

"이사 승진은 당연한 수순 아닌가요?"

창기의 승진이 당연하다는 투의 말에, 안과장은 잠시 할 말을 잃고 말았다.

"여보세요?"

전화가 끊겼나 싶어 신옥은 다급하게 불렀다.

"이번 인사에 영업2부 부장님의 강력한 도전을 받고 계시거든요. 이번 프로젝트 점수가 판가름의 열쇠가 될 거라고 믿고 있습니다. 사내 관심거리지요."

안과장의 말투로 보아 창기의 당연한 승진은 힘든 상황인가 싶은 생각이 들었다. 늘 그랬듯이 도처에 숨어 있는 정적들이 언제 어떤 모습으로 불쑥 튀어나와 창기의 앞을 가로막을지 모르는 불안감이 없었던 것은 아니었을 텐데, 그런 내색을 한 번도 드러내 보이지 않은 창기였다. 바로 어젯밤에도 그는 정력적으로 신옥을 안아주지 않았던가.

군살 없는 강한 근육으로 다져진 몸매에 20대로 착각할 정도의 왕성한 정력을 유감 없이 발휘했었다. 그런 그가 영업2부의 김부장을 견제하고 있으리라고는 생각되지 않았다. 끊임없는 긴장감과 자신감 속에서 자신을 적당히 조율해 나갈 줄 아는 능력이 창기에게 있다고 믿고 있는 신옥이었다.

하루 한 번쯤 있었던 창기의 전화가 오늘은 없었다. 돌연한 결근 소식과 연관이 있는 걸까? 신옥은 안과장의 전화를 끊고 잠시 동안 멍하니 앉아 있었다. 무슨 영문인지 종잡을 수가 없었다.

2

시내 중심가 한복판에 자리한 S물산 빌딩은 꽤 외관에 신경쓴 건물 중의 하나이다. 근처 회색빛 빌딩 일색에 연초록이 튀는 느낌이기는 하나 때론 따뜻하게, 때론 시원하게 느껴지는 독특한 색과 양식이 어울어져 자태를 뽐내고 있다.

대한민국의 엘리트라면 누구나 입성을 꿈꾸는 곳이다.

점심식사를 하고 속속 들어와 자리에 앉는 사원들은 안쪽 깊숙한 곳에 비어 있는 윤부장의 책상을 흘깃 쳐다봤다. 오전에는 어제의 결근을 화제삼더니 정오가 지나도록 나타나지 않는 부장의 거취에 궁금증과 의아함을 갖기 시작했다. 더 이상 그런 마음들을 숨길 수 없다는 듯 항변하는 목소리로 김대리가 말문을 열었다.

"이거 아무래도 이상합니다. 어제 결근도 결근이지만 댁에도 안 들어오셨다고 하고 여태까지 출근을 안 하고 계시니 혹시 무슨 탈이 난 게 아닐까요?"

삼삼오오 모여서 쑥덕거리고 있을 때가 아닌 것 같다며 큰 소리로 사원들의 시선을 불러모았다.

"탈?"

가장 걱정을 많이 하는 듯 오전 내내 안절부절 못하던 안과장이 말을 받았다.

"우리 부장님이 어떤 분입니까? 완벽주의로 철저하게 일처리하는 분이죠, 또……."

"또?"

"승진을 위해서라면 선후배도 안면몰수하는 분이잖아요?"

사무실 안이 순식간에 입들을 다물었다. 김대리의 노골적인 표현이 그 동안에 참았던 입바른 소리임을 부정할 수는 없었지만 그렇다고 회사로서나 윤부장으로서나 가장 중요한 시기에 연 이틀 결근을 하고 있는 상사에 대한 불만 표시로는 적절치 않다는 데 눈들을 맞추고 있었다. 모아졌던 시선들이 슬금슬금 제 자리로 가 앉았다.

"김대리 말이 틀린 말은 아니지 뭐."

안과장은 모두에게 못박아 두겠다는 듯 의미 있는 말을 내던졌다.

누구나 그렇듯이 당사자가 없는 자리에서의 험담은 묘한 배설감을 주기는 하나 한편으로는 몹쓸 짓을 한양 떳떳치 않은 마음이라는 쪽으로 분위기가 가고 있었다. 그때 전산실의 미스 양이 호들갑스럽게 들어섰다.

"윤부장님이 행방불명됐다는 게 사실이에요?"

모두의 시선이 미스 양의 경박함을 나무란다. 이에 질세라 미스 양은 한층 목소리를 높였다.

"아니에요 정말이에요? 그래서 이번 프로젝트는 영업2부 부장님 것만 채택하신다고 전무님이 말씀하셨대요."

안과장이 야릇한 웃음을 띠며 물었다.

"누가 그래?"

"전무님실 미스 리가 그랬어요."

"언제?"

"지금 방금이오. 그리고 윤부장님 사모님이 퉁퉁 부은 눈으로 전무님 방에 들어가는 걸 보고 왔다구요."

몇몇이 자리에서 일어섰다. 놀라움의 표시였다. 안과장이 급히 일어나 문 쪽으로 걸어갔다. 김대리가 그 모습을 놓치지 않고 그를 불러세웠다.

"과장님, 어디 가십니까?"

"어? 응, 2부에……."

말을 다 맺지도 않고 나간 안과장의 뒤를 쫓듯 바라보던 김대리가 코웃음을 쳤다.

"우리 과장 파리손, 이제 2부 부장님한테 비벼댈 모양이군."

지나치게 발빠르게 움직이는 안과장이 조금은 걱정이 되는 여운이 묻어났다. 윤부장 앞자리에 앉아 있던 미스 임이 조심스럽게 입을 열었다.

"정말 행방불명이 되신 걸까요?"

"그러게, 피치 못할 사정이 생겨서 결근하신 건지도 모르고, 뭔가 기발한 전략을 연구 중이시라 시한이 오늘인 걸 잊고 계신지도 모르는데 말야."

미스 양은 자신을 제외한 다른 사람들이 너무 경박하다는 생각을 하면서 입을 삐죽거렸다.

"이제라도 별일 없었지 하시면서 나타나실지도 모르는데……."

미스 임은 석연치 않다는 표정으로 성급한 판단은 보류해 줬으면 좋겠다는 말을 덧붙이고 미스 양을 앞세워 사무실을 나갔다. 사무실 안은 다시 술렁이기 시작했다. 변고가 생겨도 단단히 생긴 모양이라고 입을 모았다.

방을 나온 미스 임은 전산실 앞에서 미스 양과 헤어져 전무실로 올라갔다. 신옥을 만나봐야겠다는 생각에서였다. 막 계단을 오르려다 발길을 영업2부 쪽으로 옮겼다. 2부 사무실 분위기를 살펴보는 일이 먼저일 것 같아서였다.

"안과장도 애 많이 썼어. 내가 이번 일에 대해선 안과장 공 잊지 않을 거야."

"이번엔 틀림없겠죠?"

"그럼, 이번만큼은 내가 밀릴 수 없지. 난 자그만치 7년이야. 이제 겨우 5년짜리한테 이번 승진을 넘겨줄 수는 없어."

은밀한 웃음들을 주고 받는 2부 부장과 안과장의 모습이 섬찟한 느낌으로 다가왔다. 이곳 분위기도 술렁이기는 마찬가지였다. 미스 임은 다시 종종걸음으로 전무실로 올라갔다. 지나가는 사람조차 없는 조용한 복도 끝에 서서 신옥이 나오기를 기다렸다. 창 밖에는 여전히 비가 내리고 있었다. 미스 임은 빗속에 갇혀 있는 듯한 느낌이 들었다.

순간 답답증이 꿈틀거리고 왠지 불길한 생각이 고개를 들었다. 한전무가 창기보다는 김부장을 밀어준다는 사내 소문이 갑자기 뇌리에 닿자 조바심도 소리 없이 일어섰다.

사모님은 왜 하필 한전무한테 갔을까? 한전무가 두 얼굴의 사나이란 걸 아실 리 없어설까? 초조히 기다리고 서 있는데 전무실 문이 열리며 신옥이 나왔다. 미스 양의 말은 허풍이었다. 신옥의 모습은 조금 초췌한 빛이 있었으나 울어 퉁퉁 부운 눈도 아니었고 당당하고 도도한 얼굴이었다. 남편이 나가 이틀째 소식이 없는 여자의 얼굴은 아닌 것 같다고 미스 임은 생각했다. 신옥은 반색을 하면서 다가서는 미스 임에게 잠시 경계의 빛을 띠다 지우며 인사를 받았다.

"부장님한테선 아직 연락이 없나요?"

"없어."

미스 임의 걱정이 동정처럼 느껴져 거절하듯 한마디 내뱉었다.

"경찰에 신고라도 해야 하는 것 아닐까요?"

"글쎄? 소식 없는지 한 1주일 된 것도 아닌데 너무 호들갑스러운 것 아닐까?"

"그렇긴 하지만 요즘은 워낙 교통사고도 많이 나니까……."

미스 임은 아차 싶어 그 다음 말을 물며 어김없이 치켜진 신옥의 눈꼬리를 잡았다.

"죄송해요, 쓸데없는 소리를 해서."

"아니야, 걱정이 돼서 한 소린데 뭘. 내일까지도 연락이 없으면 그렇게라도 해야겠지."

엘리베이터 쪽으로 걸어가는 신옥을 쫓아가며 미스 임은 입안에 맴도는 다른 말을 붙잡아세웠다. 신옥은 그런 미스 임의 심중을 감지하면서도 모르는 척 내색하지 않았다. 드러내고 싶지 않은 치부를 내보이는 모양새가 될 것 같아서였다. 하찮은 아랫 것들한테까지 동정어린 소리는 아직까지 허락칠 않았다.

"안과장한테 지하 다방으로 좀 오라고 해줘, 지금."

신옥은 언제나 이런 식이었다. 창기가 과장이면 신옥도 과장이고 창기가 부장이면 신옥도 부장이었다. 이따금 회사의 회식이나 모임에 참석하게 되면 아래 직원들에게 명령하고 깍듯한 예우를 요구했다.

쥬스를 시켜 놓고 앉은 신옥의 모습은 그래도 밤잠 설친 빛이 역력했다. 결혼 15년 동안 연락도 없이 외박을 한 적은 없는 사람이었는데 이 사태를 어떻게 이해해야 하나. 교통 사고? 교통 사고라면 연락이 벌써 왔겠지. 아니야, 뺑소니 차에라도? 그래서 시체를 어디다 버리기라도 했다면 연락이 올 수 없지 않은가?

신옥은 진저리를 쳤다. 방정맞은 생각이라고 머리를 혼들어 털어버렸다. 한전무 말대로 회사로서나 창기로서나 중요한 시기에 연락 없이 결근이나 외박은 상식 밖이지 않은가. 회사로 나오기 전 그의 서재 컴퓨터를 살펴보긴 했지만 요 며칠 몰두하고 있던 프로젝트에 관한 것은 찾아볼 수 없었다. 당사자가 없는데 그것만 찾아 무엇을 할 것인가?

섣불리 여기저기 연락해 볼 수도 없어 가깝게 지내던 몇몇 친구와 시댁, 친정에 안부 전화한양 눈치만 살폈다. 아무 곳에도 그의 연락이 다 있는 곳은 없었다.

신옥은 아무에게도 이 사태를 눈치채게 하고 싶지 않았다. 무엇에 의해서건 신옥이 애타 하는 모습을 보이는 게 용납되지 않았다. 안부를 가장한 수소문은 헛수고였다. 지난밤은 꼬박 새웠다. 기가 막히고 어떻게 해야 좋을지 묘안이 서질 않았다.

목이 말랐다. 그러고 보니 아침도 점심도 거른 상태였다. 쥬스를 벌컥벌컥 마시고 있는데 안과장이 앞자리에 와 앉았다.

"전무님한테서 부장님 출근하실 때까지 휴가 처리하라는 연락이 있었습니다. 곧 무슨 연락이 있으시겠죠, 뭐. 더 좋은 계획서를 준비하시느라 어딘가 꼭꼭 숨어서 일에 이성을 잃고 계신지도 모르죠."

안과장의 말 속에 뼈가 있음이 느껴졌다. 아니, 빈정거림이 배어 있었다.

"일에 있어서는 자타가 인정을 하고 있으니까요. 인간 관계가 거기에 미치지 못해서 좀 그렇지만요."

신옥은 안과장의 말을 끝까지 들으면서 굴욕감을 참을 수가 없었다. 가빠지는 숨을 속으로 조절하느라 진땀이 났다. 감히 어떻게 내 앞에서 이런 말들을 할 수가 있단 말인가? 창기가 없다고 그런 말들을 함부로 하는 안과장은 평소의 모습이 아니었다.

도중에 자리를 박차고 일어서지 못하고 있는 스스로가 안타까웠다. 회사에서의 창기에 위상이 무너져 가는 모습을 지켜보기도 괴로운데 내 자존심까지 상처를 입히다니.

"어떤 일이 생기든지 그 동안의 공적을 생각해서 부장님에게 불리하게는 안 할 겁니다."

신옥이 아무 말도 하지 못한 채 어정쩡한 미소를 보이고는 자리에서 일어섰다. 그녀는 쥬스값을 지불해야 한다는 것도 잊은 채 안과장의 인사를 받는 둥 마는 둥 빌딩을 빠져나와 택시를 잡았다. 잠깐 맞은 비에 빗물인지 눈물인지 얼굴을 가득 덮고 있었다.

3

신옥은 택시를 아파트 입구에 세웠다. 좀 걷고 싶었다. 빗줄기가 가늘어져 걷기에 적당했다. 우산으로 얼굴을 가린 채 인적이 드문 아파트 뒷길로 돌아갔다. 아직은 아무도 모르는 일인데 왠지 다른 사람들 보기가 부끄럽고 수치스럽다는 생각이 머리를 떠나지 않았다. 다행히도 오가는 사람이 없었다.

으레 그 시간이면 몇 대 정도 주차돼 있는 주차장에는 예전처럼 그만큼 주차되어 있었다. 눈에 익은 은회색 소나타 승용차 옆을 지나치다 다시 돌아보며 신옥은 자신의 눈을 의심했다. 창기의 차였다. 차 안을 들여다보았다. 지난 봄 세일 때 신옥이 사다 깔은 등나무 방석, 차가 움직일 때마다 고개를 흔들어대는 두 마리 진돗개 인형. 문을 열어보았다. 열리지 않았다. 번호판을 확인했다. 틀림없는 창기의 차였다. 어째서 아파트 뒷길에 세워져 있을까? 언제부터 이곳에 세워져 있었을까?

혹시……? 집에 들어왔나?

신옥은 아스팔트 위에 고인 빗물을 첨벙이면서 뛰어갔다. 그럼 그렇지. 난 어떤 불행도 용납할 수가 없어. 난 죽을 때까지 행복해야 돼. 누구도 내 행복을 방해할 수 없어. 에레베이터를 기다리면서, 초인종을 누르면서, 열쇠를 열고 집안에 들어서면서 신옥이 중얼거린 소리였다. 그러나 아파트는 비어 있었다. 창기가 들른 흔적조차 없었다. 그가 자동차를 아파트 뒷길에 세워 놓고 어디론가 사라졌다.

신옥의 귀가에 기다렸다는 듯이 전화벨이 울렸다. 시어머니 정씨였다. 어제 통화에 뭔가 석연찮고 어물거리기까지 하던 그런 말투로 말문을 열었다.

"그 동안 가끔 여기 내려온 걸 알고 한 전화였냐?"

충청도 말씨는 그중 표준말에 가까운데 무슨 소린지 얼른 감이 잡히지 않았다. 말의 의미를 뒤짚어 생각하느라 미처 대답을 하지 못했다.

"너 모르게 한 건 잘못 됐다만 너무 아범 몰아세우지 마라."

그렇게 한마디 하고는 일방적으로 전화가 끊어졌다.

인정하고 싶지 않은, 인정할 수 없는 돌연한 남편의 연락 두절의 상황이 벌어지고 있는 중이었다. 안과장한테서 받은 수모 때문에, 아니 창기의 완벽하지 못한 회사 내에서의 입지 때문에 마음이 상한 뒤였다. 눈에 띄지 않는 곳에 얌전하게 주차돼 있는 차를 발견하고 혹시나 하는 마음이 무너진 뒤였다. 밑도 끝도 없이 일방적으로 두 마디 하고 끊긴 전화는 신옥의 이성을 혼들어놓았다.

끊긴 음이 계속되고 있는 수화기를 놓았다 다시 들고 0414 번호를 누르다 그냥 수화기를 놓는다. 그럴 때가 아니었다. 안방 화장대 서랍을 열어 비상 키를 들고 밖으로 나갔다.

어느 새 비는 그쳐 있었다. 비가 그치기를 기다렸다는 듯이 지나는 사람들이 한둘 눈에 띄었다. 키를 넣고 돌리자 덜컥 열리는 소리가 났

208

다. 창기의 차가 틀림없다. 신옥은 잠시 생각을 정리했다. 만약의 경우를 생각해서 지문 조회라도 해놓아야 하는 것 아닌가? 만약의 경우라는 것은 창기가 납치되었을 경우이다. 그를 강제로 끌고 간 사람들의 지문이 차에 남아 있을 수도 있지 않겠는가? 과연 그럴 수 있을까? 차를 얌전히 주차시켜 놓고 납치를 당했다……? 지문 조회한다는 건 경찰에 신고한다는 이야기다. 신옥은 자신에게 벌어지고 있는 일들을 공개한다는 게 허락되지 않았다. 어떻게든 아무도 모르게 이 일을 수습하고 싶었다. 결국에는 아무 일도 아닐 거라는, 그렇게 믿고 싶은 마음에서였다. 아이들에게도 아빠가 출장간 걸로 이야기해 놓았다.

신옥은 최대한으로 자신의 지문이 묻어나지 않게 옷으로 손을 감싸고 문을 열었다. 장갑을 끼고 핸들에도 지문이 묻지 않게 운전을 했다. 아파트 앞에 차를 주차시켜 놓고 차 주위를 한 바퀴 돌아보던 신옥은 앞 밤바 왼쪽이 찌그러지고 전조등 카바가 부서진 것을 발견했다. 얼른 봐서는 쉽게 눈에 띌 정도는 아니지만 가벼운 접촉 사고가 있었다는 소리는 듣지 못했다. 옆의 차가 주차시키면서 부딪쳤을까? 아니면 주차시켜 놓은 차에 고약을 떠는 못된 사람들의 장난 흔적일까? 자동차의 찌그러진 부분이 목에 걸린 가시처럼 신옥의 뇌신경을 이따금씩 헤집고 다녔다. 이럴 때, 응 나야, 아무 일 없어, 그렇게 한마디 전화라도 해주면 얼마나 좋을까? 그러나 기다리는 전화는 밤이 깊도록 오지 않았다. 목을 빼고 기다리고 매달릴 때가 전화밖에 없다는 사실이 심한 답답증을 부른다. 연락을 해보고 의논을 해야 할 사람이 하나도 없다는 사실도 그녀의 숨통을 조인다.

나라는 존재가 이틀 동안 전화 한 통 주는 데 인색해야 하는 존재인가? 이런 식으로 날 무시하고 하찮은 존재로 만들다니, 신옥은 조금씩 창기에 대해 강한 분노가 일기 시작했다. 밤새도록 야속한 벨소리는 울리지 않았다.

다음날 쌍둥이들을 학교에 보내 놓고 저녁 먹을 준비까지 해놓았다.

그리고 자동 응답 전화기를 사다가 설치해 놓았다. 외출한 사이에라도 전화가 오는 걸 받아놔야겠다고 생각해서였다.

장마가 끝난 건지 장마전선에 이상이 생긴 건지 아침부터 뜨거운 햇빛이 내리쬤다. 햇빛이 너무 강렬해서 이틀 밤이나 잠을 설친 신옥은 눈의 피로 때문에 선글라스를 써야 했다.

지난밤부터 자동차의 흠집보다는 시어머니의 태도나 말투가 아무래도 마음에 걸렸다. 왠지 그곳에 가면 이번 일의 전모가 밝혀질 것 같은 예감이 떠나지 않아 시집으로 가기로 마음을 정한 것이었다. 언제부터 어떤 날을 잡아 그곳에 내려갔었다는 건지 이해하기가 힘들었다. 가끔씩 결혼 기념일이나 신옥의 생일, 장인 장모의 생일이나 처갓집 행사에 참석치 않으면서 내세운 바쁘다는 말은 핑계였단 말이 된다.

그러고 보니 근래 몇 년 동안 그 횟수가 많았다는 사실에 촉각이 세워졌다. 정체 현상이 전혀 없을 때도 서너 시간이 걸리는 시집행이었다. 영동에서도 촌구석으로 30분 이상 들어가야 하는 곳이다.

시집으로 가는 동네 어귀까지 도달할 즈음에는 너무 지쳐 잠시 차를 세워놓아야 했다. 눈앞이 가물거리고 피로가 몰려왔다.

마을 앞 샛강의 물이 장마 탓에 불어 있었다. 아이들이 어렸을 때 여름에 놀러 와 천렵을 하던 추억이 되살아났다. 창기가 별탈 없이 나타나 준다면 올 여름 피서는 이곳으로 하자고 해야지. 한 조각 기대에 부풀어 피로가 쫓겨간 것 같았다. 낯익은 강 건너 마을을 건너다보던 신옥은 창기의 슬레이트집이 보이지 않아 당황했다.

반듯하게 새로 지은 단층 양옥집이 그림처럼 서 있었다. 대문 앞 마당에 차를 세워 놓고 안으로 들어갔다. 50년이 넘었다는 대추나무도 마당 구석에, 우물과 돌절구도 그대로인데 언제 집을 이렇게 깨끗하게 지었을까? 신옥은 집안으로 들어갔다.

마루에는 등나무 소파가 있고, 부엌도 입식으로 예쁘게 꾸며져 있었으며, 대형 냉장고는 새로 들여놓은 것이었다. 설날에 내려왔을 때 있던 장롱이며 지저분한 고물 살림살이는 다 어디로 가고 깨끗하고 예쁜 최신형 살림살이들이 안방, 건너방, 사랑방에 가득했다. 그래도 안방 구석의 담배 재떨이는 옛날 모습을 하고 있었다.

창기네 집 역사를 말해 주는 마루의 사진 액자는 액자만 새 것으로 바뀌고 사진은 그대로 정리되어 있었다. 쌍둥이들이 올 때마다 벌거벗고 찍은 일곱 살짜리 아빠 모습을 놀리곤 하던 사진도 그대로 있었다.

집을 새로 짓는다는 소리는 듣지 못했다. 최고급 자재로 짓지 않았다 해도 헌 집을 허물고 다시 짓는 일이 한두푼 가지고 되는 일이 아니다.

살림살이까지 전부 바꾸느라 돈이 많이 들었을 텐데 무슨 돈으로 지었을까? 다달이 생활비를 보내 줘도 죽는 소리 일변인 시어머니 아닌가. 줄줄이 시동생 시누이들도 자기들 살기 바쁘다고 이따금씩 신옥에게 손을 벌리곤 하질 않았는가.

구차한 것들, 버려 만도 못한, 염치도 없이 자잘한 푼돈까지도 주기를 바라고 주며는 냉큼 받아들 가던 시동생 시누이들의 얼굴이 스쳐 지나갔다. 현기증이 몰려왔다. 다리에 기운이 다 빠져나간 듯 힘이 없어 주저앉고 싶었다.

밭에 나갔던 시부와 시모가 들어왔다. 둘의 얼굴에 당혹감과 미안함이 역력했다.

"아범 닥달하다 못해 우릴 족치려구 왔남?"

부잣집 딸을 며느리로 삼았다고 좋아했던 시모는 사사건건 부딪치고 있는 채로 사람 기죽이는 신옥이 언제부턴가 껄끄럽고 곱지가 않았다. 어렵게 내려와서는 웬만하면 자고 가지 않으려고 애쓰는 며느리를 곱다 할 시어머니는 없을 것이다.

신옥도 마찬가지였다. 신혼 초에는 보물 단지 위하듯 하더니 있게 사는 친정을 빈정거리고 없이 사는 것을 유세하듯 하는 시어머니가 마땅치 않았다.

어떤 땐 창기와 시집 식구들 사이에 금을 긋고 싶었다.

우물물을 퍼서 썻고 마루로 올라앉은 두 노인네는 며느리에 대한 미안함을 퉁명함으로 대신하려는 듯 말문을 열었다.

"명절날 아니면 내려오지도 않던 네가 무슨 일이냐?"

"아무렴, 언젠간 알게 될 텐데…… 우린 그저 아범이 아무 소리 말라고 혀서 안 한 죄밖에 없다."

"창기 걔가 이 동리서 둘째 가라면 서러울 효자여. 너 때문에 눈치 보니라 기도 한 번 못 펴고 살면서, 그래 이번에 큰 돈 좀 썼다. 그걸 따지러 온기여?"

"이왕이면 다 합의 아래 집을 짓고 싶었는디."

"여기 왔다 가는 것도 싫어했다며? 도둑 괭이 왔다 가듯 그렇게 속이고 다니게 만든 건 너여. 혀 빼물고 죽어두 처갓덕은 안 본다고 혔는디, 집짓는 돈 네 친정서 나온 건 아닐 거 아니여?"

신옥이가 말할 틈도 주지 않은 채 지레 반사적인 태도로 몰아세웠다. 할 말을 잃고 앉은 신옥은 묵직한 둔기로 뒤통수를 얻어맞은 기분이었다. 그게 아니구 아범이 집 나가 3일쩸데 혹시 여기다가 무슨 기별이라도 해놓은 게 없나 알아보러 왔어요. 목구멍 밑에서 뱅뱅 돌며 소리가 나오지 않았다.

자신이 철저하게 돌려 세워진 소외감은 둘째 치고 악처에 흉물스런 며느리로 만들어놓은 창기에 대한 배신감에 눈물이 쏟아져나오는 걸 참느라 입 안의 살을 베어 물어야 했다. 창기에게 나란 존재가 이런 모습이었단 말인가?

그런 와중에 집을 짓고 살림살이를 장만한 돈이 어디서 난 건지 불안한 마음이 생겼다. 신옥도 모르게 그 많은 돈이 어디서 났는지, 혹시 회사 돈을 횡령하고 어디로 잠적한 건 아닌지, 어쩌면 그럴지도 모른다는 생각이 뇌리에 와서 꽂혔다. 사회면 톱뉴스로 장식돼 있는 신문이 눈에 어른거렸다.

미로를 헤매고 있는 것 같았다. 미로의 늪 속에 빠진 것 같았다. 이 미로의 끝은 어딜까? 알 수 없는, 상상할 수 없는 상황들 속으로 빠져 들어 헤어날 길을 잃은 이 미로의 끝은 어디란 말인가?

4

뚜루루르릉, 뚜루루르릉, 전화벨이 울렸다.

영동을 다녀오는 길에서부터 잠들 때까지 내내 울음을 참을 수 없었던 신옥이 침대 끝에 누워 비몽사몽간 잠깐 눈을 붙였을 때였다. 소스라쳐 놀라 침대 머리맡에 있는 전화기를 들었다.

"여긴 서초 파출손데요, 윤창기씨댁입니까?"

잠이 몸에서 일시에 빠져나갔다. 전화 저쪽의 목소리는 남자를 찾았다. 전화를 받을 만한 남자는 없다고 하니까 머뭇거리다가 교통 사고 환자의 신원을 확인해 달라고 했다. 환자의 몸에 지니고 있던 지갑에서 본인임을 확인할 근거가 있어 확인 작업 중이라며 강남 병원 응급실로 와 달라는 전화였다.

아아, 기어이 기어이 내게 이런 불행이, 이런 불행이…….

하늘이 무너져내리는 것 같았다. 어느 정도인가요? 왜 그 소리가 나오지 않고, 오로지 내게 이런 불행이 닥치다니, 누구라도 붙잡고 원망하고 싶은 마음이 먼저였을까? 시계를 봤다. 11시였다. 허겁지겁 손지갑과 자동차 키를 들고 뛰었다. 어느 정도를 다친 걸까? 식물인간이라도 되었으면 어떻게 하지?

불과 10분 거리의 병원 가는 길이 길게 느껴졌다. 차를 아무렇게나 주차시켜 놓고 응급실로 뛰어갔다. 문 앞에 있는 간호사를 붙들고 물었다.

"교통 사고 환자 중에 윤창기라고?"

간호사는 말을 잘라 매몰차게 말했다.

"영안실로 가보세요."

"영안실? 왜요?"

간호사는 이 여자가! 하는 표정으로 신옥을 바라보았다. 그 표정에 밀려 뒷걸음쳐 나와 영안실로 향했다. 영안실 직원을 앞세워 시체실로 가는 동안 온몸이 서물서물했다. 흐르는 땀 때문이었다. 마음속으로 수없이 아니기를 빌고 또 빌었다. 영안실 직원은 서류를 들여다보더니 번호를 찾아 시체를 꺼냈다.

"확인하세요."

신옥은 온몸이 떨리고 다리에 힘이 빠져서 다가서지 못했다.

"아, 못해, 안 돼."

신옥은 외마디 말을 내뱉었다. 빨리 확인하라고 재촉하는 소리에 다가선 신옥은 소리를 지르고 말았다. 창기가 아니었다. 신옥은 그 자리에 주저앉았다. 시체의 얼굴은 비웃듯 웃으며 신옥을 바라보는 것 같았다. 온몸이 땀으로 흥건히 젖어 있었다.

그는 어디로 갔을까? 무엇 때문에 사라졌을까? 어찌 됐든 사회적으로 인정받으면서 승승장구 출세가도를 달리지 않았는가. 가정도 아이들이 건강하게 자라고 있고 경제적으로도 안정돼 있지 않은가. 공금횡령이라도 하고 갚을 길이 없어 사라졌을까. 그렇다면 회사에서 여태 모르고 있을 리가 없다. 아니, 어쩌면 금방 발각되지 않게 조치를 취하고 사라졌을지도 모르겠다. 비상한 두뇌를 그냥 두진 않았을 테니까. 신옥은 뭔가 이야기하려고 망설이던 미스 임의 얼굴이 뒤늦게 정지된 화면으로 떠올랐다. 아무래도 미스 임을 만나봐야겠다고 생각했다. 영업1부에서 가장 창기를 가까이 보필하고 챙기는 일을 하고 있는 사람이 미스 임이기 때문이었다.

미스 임은 순순히 나와주었다. 회사에서 조금 떨어진 전통 찻집에 둘은 마주 앉았다. 회사 사람들 눈에 띄지 않으려는 의도에서 장소 선택에 고심을 했다.

"사모님 얼굴이 많이 상하셨어요."

미스 임의 위로가 왠지 거슬리지 않고 당연하게 여겨졌다.

"내 입장 이해할 수 있겠어?"

"그럼요."

"그래서 말인데, 미스 임, 혹시 윤부장에 대해 아는 거 있음 나한테다 얘기해 줄 수 있지?"

미스 임의 얼굴빛이 갑자기 어두워졌다. 신옥은 그것을 놓치지 않고 다구치듯 말했다.

"경리과에 잘 아는 직원이 있다든가 회사에선 어떤 사람과 친분이 있게 지냈는지, 외부에서 일정하게 오는 전화 같은 건 없었는지, 아주 작은 것이라도 미스 임이 알고 있는 걸 모두 얘기해줘."

미스 임은 며칠 새 초췌하게 변한 신옥에게 측은한 동정심이 발동했다. 창기의 행방과 안녕이 걱정되기는 미스 임도 마찬가지였다. 어쩌면 상사 그 이상의 감정으로 창기를 흠모하고 있었다. 아무도 눈치채지 않은 미스 임만의 비밀스런 감정이었다. 어떤 사람과 친분이 있었냐는 질문에 얼굴이 어두워진 것은 단순한 자격지심이 아니었지만 창기의 실종과는 무관하기에 표정을 바꿔 천천히 말문을 열었다.

"저……."

"그래, 말해 봐. 요 근래에 각별하게 지낸 경리과 직원이 있었지?"

"아니오, 그것보다 실종되시기 전전날."

"……실종……? 그래, 실종 전전날."

"영업1부와 2부 간부 직원들 회식이 있었어요. 자주 가던 노량진 시장 안에 있는 횟집에서."

"그런데?"

"회식이 거의 끝나갈 무렵에 김부장님이 부장님을 다른 방으로 데리고 가셨는데, 거기서 두 분이 언성을 높여 다투시는 것 같았어요."

"김부장하고 둘이서?"

미스 임이 고개를 끄덕였다.

"무슨 일로 그랬어?"

이번에는 고개를 가로저었다.

"미스 임 생각엔 부장님 실종과 관련이 있는 것 같아?"

"거기까진 잘 모르겠지만 혹시 이번 프로젝트 문제랑 평소 두 분이 안 좋았던 사이, 며칠 전 회식 때 일들 때문이 아닐까 해서 그냥 여자의 예감 같은 것이 있어 말씀드리는 거예요."

여자의 예감 같은 거? 그런 게 나에겐 없었단 말인가. 전혀 눈치조차 모르고 있었다니.

미스 임이 자신을 능멸하고 있다는 느낌이 들었다. 그렇게 깜깜할 수밖에 없다는 야유를 우쭐거림으로 대신하려는 태도로 느껴졌다. 더구나 자신이 예상하고 있었던 일들이 빗나갔다는 생각에 숨이 턱까지 차올라 질식할 것 같았다. 마른 침을 넘기면서 손에 쥐고 있던 손수건을 비틀 듯이 쥐었다 놓았다 했다.

미스 임은 그날 횟집에서 일하는 홍양이라는 아가씨가 두 분이 다투던 방에서 시중을 들었는데 뭣 때문에 다퉜는지 그 내용을 알고 있지 않을까 싶다는 말을 사족처럼 붙였다.

신옥은 횟집 이름을 알아 가지고 찻집을 나왔다. 숨이 막힐 것 같은 후덥지근한 기운이 온몸을 감싸안았다. 햇빛이 강하게 내리쬐고 있었다. 눈이 부셔 고개를 들 수가 없었다. 장마전선의 북상으로 사실상 장마가 끝났다는 예보가 거리를 활보했다.

연일 최고 기온 기록 갱신이 난다는 등 계속 이어질 찜통 더위에 대한 예보도 가세했다. 변덕스러운 여름 날씨라더니 며칠 전까지 우중충하던 하늘에 흰구름도 선명한 파란색이 물감으로 그린 듯 고왔다. 신옥은 자신의 체온도 더불어 상승하는 것을 느꼈다. 차라리 비가 와 주는 게 낫겠다고 생각했다.

신옥은 다리를 건너면서 우회전 차선을 좌회전 차선으로 바꿨다. 횟집으로 가서 홍양이라는 여자를 만나려던 계획을 뒤로 미뤘다. 엉킨 실타래처럼 복잡한 머릿속을 정리하는 게 먼저일 것 같아서였다. 창기의 실종은 공금횡령에 의한 도주가 아니고 정적들에 의한 납치란 말인가? 안과장의 무례한 태도가 그것을 대변해 주는 게 아닌가 의혹이 생기기 시작했다.

차를 주차시키고 아파트까지 올라오는 동안에도 땀이 줄줄 흘렀다. 신옥은 들어서자마자 전화기의 녹음 버튼을 눌렀다. 자동 응답 녹음기에는 한 통화의 전화도 와 있지 않았다.

그는 전화조차 할 수 없는 곳에 감금돼 있는 걸까? 무심한 기계 덩어리에 한동안 시선을 꽂고 있던 신옥은 옷을 벗고 욕실에 들어가 찬물에 샤워를 했다. 나오면서 거울을 들여다보았다. 양 볼에 살이 꺼진, 수심에 찬 얼굴이 보였다. 어떤 위험에 처해 있을지도 모르는 창기를 위해서도 기운을 추스려야겠다고 입술을 물었다.

내가 지키리라, 우리 가정의 행복과 안녕을 파괴하려는 그 어떤 조직이든 개인이든 흑막을 캐내어 심판하리라.

5

신옥은 집을 나서 노량진으로 향했다. 뭔가 단서를 찾을 수 있을까 조바심이 일어 액셀러레이터를 누르고 있는 발에 힘이 주어졌다.

횟집을 찾는 건 어렵지 않았다. 그 많은 음식점 중에서 규모도 크고 깨끗한 집이었다. 점심도 저녁도 아닌 시간이어서인지 홀 안에는 남녀 두 쌍만이 있을 뿐이었다. 찾아 들어가는 길에서 흘린 땀이 쏙 들어가도록 냉방장치가 잘 돼 있었다.

신옥은 들어서자마자 홀 안을 휘둘러 홍양임직한 아가씨를 찾았다. 카운터에 앉아 있는 중년의 여자가 어서 오시라고 소리를 질렀다. 신옥이 머뭇거리고 서 있었더니 앉으시라면서 자리를 권했다. 신옥은 용기를 내 홍양 좀 불러 달라고 했다.

"홍양이오? 걘 왜 찾으세요?"

왜 찾느냐고, 찾는 이유를 드러내놓고 말할 형편이 아닌데 뭐라고 하지.

"걔 며칠 전에 그만뒀어요."

"그만두다니오? 여기서 일하고 있다는 걸 알고 왔는데요."

"아 글쎄, 그러니까 며칠 전에 그만뒀다고 안 해요."

"그럼 지금 여기 없어요?"

"없어요."

낭패감이 들었다. 수심 깊은 강물에 빠져 붙잡고 있던 지푸라기를 놓친 기분이었다.

"어디로 갔는지 알 수 없을까요?"

"우리도 몰라요. 갑자기 그만둘 이유가 없는데 말도 없이 나가서 무슨 영문인지 궁금해하고 있어요."

갑자기 그만둘 이유가 없다는 말이, 며칠 전에 그만두었다는 말이 신옥의 신경을 차고 지나갔다. 주방 쪽에서 회를 뜨고 있던 남자가 느릿느릿하게 꼬아서 하는 듯한 말투로 중얼거렸다.

"그날 말다툼하던 손님들이 불러내곤 하더니 그 다음날 사라진 거잖아요? 무슨 탈이 났는지도 몰라요."

"그런 소리 마. 지난달 월급 고향집으로 부치란 전화 왔었다며 탈은 무슨 탈? 요즘 애들, 이런 막일 하려고 하질 않으니 개도 그짝 난 거지 뭐, 얼굴이 반반하니."

중년 여자는 사람 부리기도 힘들고 구하기도 힘들어 큰일 났다며 갑자기 그만둔 홍양에게 노골적으로 원망을 했다. 신옥은 홍양의 시골집 주소를 적어 들고 횟집을 나왔다. 더 이상의 단서나 정보는 얻기 힘들다는 결론과 홍양이 이 사건의 열쇠를 쥐고 있다는 확신이 섰다. 그렇다면 창기는 지금 홍양과 어딘가 납치당해 있다는 말인가? 프로젝트에 얽힌 납치극이라면 김부장이 제출한 게 채택된 마당에 그들을 풀어주지 않고 있다는 게 납득이 가지 않았다. 설마 살인까지……?

아무것도 모르는 아이들에게는 방학식할 때까지 외갓집에서 등하교하도록 일러 놓고 친정에는 급한 볼일이 생겨 지방을 다녀와야 한다고 전화로만 아이들을 부탁했다. 아이들이 방학할 때까지 기다릴까도 생각해 보았지만 조바심이 나서 한시도 견딜 수가 없었다. 신옥은 밤새도록 잠을 이루지 못하고 인간의 뇌세포가 수용할 수 있는 상상력을 모두 동원해 앞으로 벌어질 자신의 운명을 점쳐 봤다.

신옥은 다음날 아침 일찍 서둘러 길을 떠났다. 자동차에 기름을 가득 넣고, 100분지 1 지도와 주소를 챙기고 비상금도 넉넉히 준비했다. 홍양의 행방을 알아내는 일이 창기를 찾는 일이라는 한 가닥 믿음 때문에 그나마도 휘청이는 자신을 버틸 수가 있었다.

묻고 물어 온 길을 되돌아가기도, 때론 물을 사람이 지나갈 때까지 한 시간씩 기다리기도 하면서 달리고 달렸다. 웬만한 곳은 자동차가 갈 수 있게 길이 나 있어 다행이었다.

주소의 위치가 한 5리 가면 되겠다는 이야기를 들었을 땐 해가 서산을 넘어간 뒤였다. 여름인데도 강원도 산골 마을은 밤이 빨리 왔다. 어두우면 찾기 힘들 것 같아 사력을 다해 차를 몰았다. 비포장 도로라 차체가 심하게 움직여 피로감이 더 했다.

밤이 으슥해서야 도착한 마을에서 주소의 집을 물었다. 평상에 앉아서 담배를 피우던 촌부는 신옥의 차림새와 자동차를 번갈아보며 혀를 찼다.

"여자 혼자 예까지 고생이 막심했겠구만. 홍가넬 왜 찾소?"

신옥은 대답 대신 평상에 걸터앉았다. 제대로 찾아온 것에 대한 안도의 숨이 저절로 내쉬어졌다.

"거긴 며칠 전에 서울서 내려온 홍가네 딸래미밖에 없는데. 그리구 차가 못 가. 차는 여기 두고 걸어가야 해."

홍양이 있다는 말은 하루 종일 그리고 밤을 도와 달려온 피로를 어느 정도 상쇄시켜 주었다. 같이 납치된 것이 아니라면 갑작스럽게 횟집을 그만두고 이 산골로 돌아온 이유가 무얼까 궁금해졌다. 사건의 전모를 안다는 이유로 협박을 받아 잠시 피신해 와 있는 걸까? 궁금증의 해갈을 위해서는 한시도 지체할 수가 없었다.

"차가 들어가는 길이 없나요?"

"요 뒤로 샛강이 있는데 그 강 따라 올라가면 골짜기 왼쪽으로 딱 한 채 있는 집이 홍가네요."

"걸어서 얼마나 걸릴까요?"

"한 반 시간은 족히 될걸."

촌부는 친절하게 가르쳐 줬다. 신옥은 차의 문을 잠그고 손전등을 찾아들었다. 밤새들이 울고 있었다. 풀벌레 울음도 어우러져 적막을 깨고 있었다. 하늘에는 별들이 금방이라도 쏟아질 듯 빛을 발하고 있었고, 보름달은 나뭇잎 사이로 도도하게 떠 있었다. 숨막힌다는 더위가 무색하게 한기가 느껴졌다.

풀잎에 종아리를 베이면서, 땅을 헛짚어 물에 발이 젖어 가면서 부지런히 불빛을 찾았다. 말 그대로 산골짜기 외딴집의 불빛이었다. 무섭고 외롭다는 생각에 머리카락이 치솟는 느낌이었다. 스스로가 처량맞아 눈물이 나왔다. 기를 쓰고 여기까지 왔는데 아무런 소득이 없으면 어쩌나 걱정이 발끝에 채었다. 홍양을 만나 그날의 상황을 듣고 가는 것만으로도 오늘은 수확이 있는 것이라고 위안을 가져 본다.

창기를 찾는 일이 다시 미로 속으로 빠진다 해도 중도에 포기할 수는 없는 일이었다. 갑자기 손전등 불빛이 희미해졌다. 전지약이 다 된 모양이었다.

어디서 짐승의 울음 소리가 들리는 듯했다. 한기가 느껴지던 목덜미에 땀이 흐르기 시작했다. 걸음을 빨리 하고 사방을 두리번거렸다. 돌부리에 걸려 넘어졌다. 무릎에 피라도 나는지 쓰라리고 아팠다. 그러나 어두워서 들여다볼 수도 없었고 우물거리고 지체할 시간이 없었다. 맹수의 습격이라도 받을 것 같은 공포감이 온몸을 짓누르며 덮쳐 왔다. 강가 돌길의 풀잎을 헤치며 정신 없이 걸어갔다.

불빛이 보였다. 어렴풋이 어둠 속에 작은 집이 보이기 시작했다. 신옥은 그 불빛이 너무도 반가워 달려가 소리내어 울고 싶은 심정이었다. 그러나 집안의 사정을 살피는 것이 먼저이기 때문에 반가움은 접어넣어야 했다.

울타리도 없이 덩그러니 지어진 오두막 같은 집의 작은 방에서 비춰지는 불빛을 따라 신옥은 소리 죽여 다가갔다. 마당에는 모깃불이 피워져 있었다. 누군가 잠시 전까지 마당에 있었던 흔적이었다.

열어놓은 방문을 넘어 도란거리는 남녀의 말소리가 들려왔다. 전혀 예상하지 못한 상황이었다.

신옥은 손전등을 든 손에 땀이 고이는 것을 느꼈다. 숨을 아끼고 온몸의 신경을 양 귀에 끌어모았다. 속삭이듯 도란거리는 목소리는 창기의 목소리였다.

온몸의 피가 모두 새어나가는 것 같았다. 손전등이 손에서 **힘없이 빠져나갔다.** 마른 침조차도 넘어가지 않고 숨도 쉬어지지 않았다.

"계세요?"

화들짝 놀라는 소리가 들려왔다. 신옥은 방 가까이로 다가섰다. 기웃거리면서 방안을 들여다보았다. 신옥과 방안의 두 사람 눈동자가 부딪치며 동시에 크게 열렸다. 그곳은 에덴 동산이었다. 그들은 아담과 이브였다. 실오라기 하나 걸치지 않고 거리낌없는 순수의 몸짓들을 하고 있었다. 그들은 평화로워 보였고 행복해 보였다.

신옥은 고개를 잘게 흔들며 혀를 물었다. 뜨거운 눈물이 볼을 타고 내렸다. 주체치 못하고 무너져내리는 스스로를 어찌할 수가 없었다. 그들을 위해서는 흐르는 눈물조차 허락치 않는 자존심을 지킬 힘이 없었다. 통곡 같은 웃음이 혀를 문 사이로 **빠져나갔다.**

　미로의 끝은 배신이었다. 당황해하지도 미안해하지도 않는 창기의
얼굴이었다. 겉치레뿐인 여왕 대접의 껍데기가 허물을 벗고 있었다. 행
복의 보금자리라 믿고 있었던 자존심의 보루가 모래성처럼 바람에 모
습을 지우고 있었다. 거짓 여왕 대접에 지치고 쉴 사이 없이 달려온 출
세 가도에 기진해 창기가 선택한 현실 도피의 현장이었다.

　열린 방문으로 내비쳐진 불빛이 마루에 아무렇게나 놓여진 낫의 날
에서 빛을 되비치고 있었다. 신옥의 눈물로 덮여진 눈동자에서도 똑같
은 빛이 되비치고 있었다.

　신옥은 마루로 뛰어올라와 낫을 집어들었다. 그리고 소리를 질렀다.
아아아아으 아아아아으. 짐승의 울음 같은 소리는 골짜기 안에서 맴돌
뿐이었다.

　아아아아으 아아아아으. 그 소리를 비집고 산새의 울음 소리가 끼어
들었다.

　교교한 달밤이었다.

● 박혜주

언제나 1시 10분

● 박혜주
강원 인제 출생.
서울대 철학과 졸업.
금요문학동인.

언제나 1시 10분

1

펜실베이니아 주립대학은 펜실베이니아주의 수도 필라델피아에서
약 두 시간 걸리는 산간 지방에 숨어 있다. 필라델피아에서 뉴욕으로
가는 45번 하이웨이를 타고 평야 지대를 달리다가, 〈비엔나〉라는 표지
가 붙은 좁은 지방 도로로 빠져나가 약 한 시간 정도 숲속으로 들어가
면 스테이트 칼리지라는 도시를 만나게 된다. 이 도시에는 수직으로 솟
은 참나무숲 사이로 복고풍의 작은 건물들이 산뜻하고 아기자기하게
자리잡고 있다.

스테이트 칼리지. 도시 이름에 칼리지라는 단어가 들어 있는 것은
펜실베이니아 대학과 함께 이 도시가 형성되었음을 말해 주고 있다.

이 대학에 다니는 한국의 유학생은 약 백 명 정도로 물리학, 공학,
컴퓨터학 등 주로 이과 계통에 속해 있었다. 그들은 학교 기숙사 뿐만
아니라 학교에서 약간 떨어진 곳에 싼 아파트를 얻어 사는 경우가 많
았다.

김지영이 이곳 대학으로 물리학 박사 과정을 밟으러 온다는 소문이
퍼지기 시작하자, 한국 유학생들 사이에는 벌써 그녀의 신상 명세서가
나돌기 시작했다. 키가 작고 눈이 너무 크다. 성격이 비밀스러워 웬만
해선 자신의 사생활을 드러내지 않는다. 숨겨 놓은 애인이 있는데 아무

도 그가 누군지 모른다. 이런 것들은 주로 한국에서 같은 학교를 나녔
던 학생들 사이에서 나온 소문으로 칭찬과는 거리가 먼 것이었다.

그런데 김지영이 막상 이곳에 도착하고 나서 그러한 평가는 완전히
바뀌었다.

우선 김지영은 학생들의 기대보다 훨씬 예뻤고 날씬하였다. 또한 그
녀가 도착한 직후 발간된 3월호 〈인콰이어리〉지에는 그녀가 뉴욕 대학
석사 때 쓴 논문이 발표되었다. 그 논문의 원본을 본 이 대학 교수가
그녀를 전액 장학금으로 스카웃했다는 소문이 나돌았다.

물리학과 학생들은 그러한 새로운 인물의 등장으로 혹 다음 학기에
있을 조교 자리를 빼앗아갈까봐 초조해지기 시작했다. 일부 학생들은
〈인콰이어리〉를 구해 읽어보고 그녀의 논문이 얼마나 뛰어났길래 그
유명한 잡지에 실렸는지 알아보려고도 했다.

김지영에 대해 터놓고 관심을 보인 사람은 화학과 대학원의 이준혁
이었다. 다른 유학생들과는 달리 자유분방하게 여성들을 사귀던 그는
지영을 보자마자 그녀에게 흠뻑 빠져들었다. 그녀에 대한 모든 것이 궁
금해진 그는 한국에서 같은 대학을 나온 박태진에게 좀더 많은 정보를
얻어야 되겠다고 생각했다.

"태진아, 쉬 이즈 마이 타입! 특별히 소개 좀 해줄 수 없겠어?"

준혁은 태진의 실험실로 찾아와 엄지손가락을 휘두르며 바싹 다가
갔다. 태진은 진심이냐고 물으면서 피식 웃는다.

"여자가 물리학을 공부한다는 게 뭐 쬐끔 고리타분하지만, 참한 성
격에 그리고 뭐 그만하면 날씬한 몸매, 사실 더 바랄 게 뭐 있겠어?
어땠어? 박태진, 너 혹시…… 옛날에 좋아하지 않았어?"

준혁은 들뜬 목소리로 말하다가 태진을 향해 눈을 가늘게 떴다.

"같은 서클까지 했다면서? 설악산 화채 능선, 지리산 천왕봉, 같이
안 가본 데가 없다며?"

"다른 사람들도 같이 갔었어. 둘만 간 게 아니라구."

"그런데 왜 내 눈엔 김지영이 널 보는 눈이 심상치 않지?"

"무슨 소리?"

"넌 참 알 수가 없어. 왜 여자들은 골목 장승 같은 너에게 관심이 많은 걸까……? 어쨌든 나혜진씨가 이제 신경 좀 쓰이겠는데?"

"조금만 기다려 봐. 지영인 너 같은 타입을 좋아하니까."

"나혜진이랑 김지영이랑 누가 더 인기 있었어?"

태진은 이러다가 항상 걷잡을 수 없이 야한 이야기로 빠지는 그의 수법을 너무도 잘 알고 있었다. 태진은 다음주 화요일까지 제출해야 할 실험 레포트를 떠올리며 어떻게 해서든지 이 자리를 빨리 끝내야겠다고 생각했다.

2

좀처럼 자신의 집을 공개하지 않던 나혜진이 김지영의 환영 파티를 연다고 발표한 것은, 준혁이 그 날 들고 갈 샴페인을 고르면서까지도 믿지 못할 일이었다. 준혁은 한 자리에서 두 여자를 웃길 수 있는 에피소드를 생각하며, 오랜 만에 거울 속에 비친 자기 모습에 윙크를 하였다.

치킨바베큐와 양송이숲, 새우튀김, 과일과 야채 샐러드가 가득한 식탁은 좁은 공간에서 편리하게 먹을 수 있도록 부페식으로 잘 차려져 있었다. 사람들은 음식 뿐만 아니라 하얀 원피스를 입은 나혜진을 보고 더욱 놀랐다. 더구나 곱게 한 화장은 오똑 솟은 콧날과 깊은 눈매를 확연히 드러내 주고 있었으며, 가늘고 긴 입술을 더욱 이지적으로 보이게 했다.

"저 정도면 김지영이가 어렵겠는걸?"

남학생들은 미처 발견하지 못한 나혜진의 미모에 감탄하면서, 힐끔힐끔 그녀의 몸매에 눈길을 쏟았다.

김지영이 꽃을 들고 도착했다.

비록 화려한 얼굴은 아니지만 어딘지 슬픈 느낌을 주는 깊은 눈썹과 순진한 미소를 가진 귀여운 여자였다. 그곳에 모인 남학생들은 두 명의 여자를 바라보는 것만으로도 모처럼 흡족한 시간을 보내고 있었다.

여섯째 버드와이저캔을 따는 준혁이 지영의 옆자리에 앉으며, 버드와이저는 맥주의 왕이라느니 어쩌느니 하면서 끈질기게 권했다.

"저도 버드와이저를 좋아해요."

지금까지 한두 사람에게는 거절했던 그녀가 그의 집요함에 청량 음료처럼 두 캔을 비워 버리고 그렇게 말했다. 준혁은 신이 난 듯, 이번엔 담배를 피우겠냐고 했다.

"아니오, 담배는 못 해요. 아니, 88을 피우시네요?"

"예, 여기 말보루보다는 비싸지만, 고등학교 때부터 거의 10년 동안 요 입이랑 정이 들었거든요. 실상 나는 고등학교 때 불량배였어요. 있죠? 왜, 껀들껀들하나 공부는 잘하는 그런 학생……."

이때 태진이 다가와 지영에게, 그 사람 재밌죠 하고 묻는 듯한 미소를 지었다. 준혁은 태진을 올려다보는 그녀의 눈이 무척 청순하다고 느꼈다.

"유능한 친구죠?"

준혁은 그렇게 말하고 태진을 올려다보며 눈을 찡긋했다.

"예, 학교 때부터 도움 많이 받았어요."

지영의 말에 태진은 겸연쩍은 듯 손을 휘저었다.

"나혜진씨와는 친했나요?"

준혁은 사람들 틈에 앉아 이쪽을 바라보는 혜진을 보며 지영에게 물었다.

"음…… 썩 친하진 않았어요. 그러나…… 혜진인 똑똑해요. 드물게요."

그녀는 말을 마치고, 맥주를 한 모금 들이켰다.

"지영씬 그렇지 않다고 말하는 것 같네요."

"후후, 저는 그냥 평범해요. 저 뿐만 아니라 다들 그렇게 알고 있을 걸요?"

"왜요? 〈인콰이어리〉에도 실렸잖아요?"

"그거요? 별거 아녜요."

"왜 그게 별게 아녜요? 여기 모인 사람들이 다 부러워하는 건데."

"운이 좋았어요. 제 지도 교수가 그 분야라서."

어느 새 소파 뒤에는 나혜진이 몸을 반쯤 걸치고 앉아 두 사람의 대화를 듣고 있었다. 빨갛게 달아오른 그녀의 얼굴은 스탠드의 불빛을 받아 더욱 고은 홍조를 띠고 있었다.

"참, 혜진씨도 대학 때 그 분야에 대해 논문을 썼었죠? 소립자에 대한 거. 난 그렇게 기억하고 있는데⋯⋯."

준혁은 혜진을 올려다보며 물었다. 지영도 고개를 돌려 혜진을 쳐다보았다. 자신을 내려다보고 있는 혜진과 눈이 마주친 지영은 순간 흠칫 놀라다가, 미소와 참께 들고 있던 맥주캔을 여유 있게 좌우로 혼들었다.

"우리에게 그 논문 이야기 좀더 해주지? 그렇게 힘든 논문을 쓰려면 참고할 연구 서적들이 많았겠는데?"

공격적이랄 수는 없지만, 그렇다고 부러움 섞인 것이라고는 보기 힘든 혜진의 억양은 저마다 다른 이야기에 열중하고 있던 사람들의 촉각을 곤두서게 했다.

"그래요, 맞아요, 준혁씨. 잘 기억하고 있네요. 저도 그 분야의 논문을 썼었죠."

혜진은 지영의 얼굴에서 눈을 떼지 않은 채 냉랭한 기운으로 그렇게 계속 이어 말했다. 지영은 자신이 들고 있는 맥주캔을 멍하니 바라보고 있다가 조용히 입을 열었다.

"뉴욕 대학 석사 때 거의 모든 학생들이 그 분야에 관심을 가졌었어요. 교수님도 그랬고. 난⋯⋯."

"물론 그 분야의 논문을 쓴 사람은 많지. 그러나 문제는 연구 결과야. 한국에선 이미 누군가 네가 내린 결론에 대한 논문을 발표했을 텐데."

"⋯⋯."

"참고 목록에 내 논문 제목을 기입했니? 넌 내가 한국에서 몇년 간 들인 노력을 나보다 미국에 먼저 와서 자기 것인양 발표했어. 대학 졸업하자마자 왜 그렇게 빨리 유학을 가나 궁금했지. 그런데 그것은 바로 그러한 이유 때문이었어. 빨리 가서 내 논문에 네 이름을 붙이고 싶었던 거야. 아니 참, 대학원 시험에 떨어진 것도 그 이유였었나?"

사람들은 이런 말을 들으면서 나혜진이 한국에서는 자신보다 열등했던 김지영이 먼저 화려하게 박사 코스를 시작하는 것을 시기하고 있다고 생각했다. 준혁과 태진은 예기치 않게 벌어진 이 사태에 서로의 얼굴을 번갈아보며 어리둥절해하고 있었다.

"표절이라구."

나혜진의 입에서 거침없이 나온 이 말은 그곳에 모인 모든 사람들의 숨소리까지 일순간 정지시켰다.

"미국에선 표절이 무서운 범죄라는 거 몰라?"

지영이 톡톡 쏘아대는 이 공격에 넋이 나간 사람처럼 시선을 한 곳에 박은 채 꼼짝 않고 앉아 있었다. 터무니없이 몰릴 대로 몰렸다고 생각한 사람들은 아무런 방어도 하지 않고 있는 그녀가 답답하기만 했다.

"난 그런 일이 없어. 난⋯⋯ 난, 태진씨가 보내준 논문을 단지 참고했을 뿐이야. 그것이 네 것인 줄은 몰랐어. 정말이야."

지영은 그렇게 말하면서 자신을 위해 한마디 변호의 말을 기대하는 눈빛으로 태진을 올려다보았다.

"내 건 줄 몰랐어? 홍, 그럴 테지. 잡아떼지 않는다면 넌 당장 이 학교에서 쫓겨날 테니까."

혜진은 그러면서 슬쩍 태진을 흘겨보았다. 태진은 고개를 떨군 채 아무런 미동 없이 창가에 가만히 서 있었다.

"고발할 거야."

거침없이 나온 나혜진의 말에 지영의 손끝이 가볍게 떨렸다.

"아니야, 내 논문이 며칠 있으면 번역이 끝나. 그땐 내가 고발하지 않더라도 쿠겔 교수가 알게 되겠지."

걷잡을 수 없이 치달은 혜진의 말 속에서 사람들은 지금까지 그녀는 자기에게 불리한 싸움은 벌이지 않는다는 사실을 새삼 상기했다.

일이 이쯤 되자 사람들은 오늘 예상치 않게 열린 파티의 서릿발 같은 목적을 서서히 깨닫기 시작했다. 비사교적이던 나혜진이 갑자기 환영 파티를 연 이유, 곱게 화장을 하고 파티의 분위기를 무르익도록 기다린 이유…….

파티장은 싸늘하게 식어버렸다. 일순간 무대의 주인공 위치에서 추락한 지영은 할 말을 잃은 채 멍하니 창문만 응시하고 있었다. 주위의 아무도 그녀에게 다가가 달래 줄 엄두를 내지 못했다. 태진과 준혁이 짧게 귀엣말을 나누었다. 이윽고 준혁이 지영을 데리고 얼음장 같은 파티장을 나왔다.

3

김지영의 시체가 발견된 것은 다음날 오후 3시경이었다.

중요한 첫 실험 시간에 나오지 않은 것을 이상히 여긴 미국인 조교가 집으로 찾아가 거실에 쓰러져 있는 시체를 발견한 것이다. 그녀의 아파트는 학교와는 20분 가량 떨어진 곳에 위치하고 있었다. 이 아파트는 주로 미국인 대학원생들이 많이 모여 사는 곳으로 다섯 개의 아담한 4층 건물이 분수대를 중심으로 원형을 이루고 서 있었다. 평소에 사교적이지 않은 성격을 반영하기라도 하듯, 그녀는 한국인 유학생들이 살지 않는 아파트 중에서도 가장 뒷동의 4층 끝방을 고집했었다.

김지영은 스커트의 벨트를 풀지 않은 어제의 옷차림 그대로였고, 퍼머한 단발머리는 헝클어질 대로 헝클어져 있었다. 그 옆에는 버드와이저캔들이 뒹굴고 있었고, 그중 하나에서 흘러나온 액체가 머리에 응고되어 끈끈히 바닥에 늘어붙어 있었다.

그녀의 눈동자는 하얗게 돌아가 있었고, 두 손은 자기 목을 조를 듯 바싹 움켜쥐고 있었다.

조교는 곧바고 경찰을 불렀다. 평온한 마을에 요란한 사이렌 소리가 울려퍼지고, 드문드문 거리로 나온 사람들은 그 소리가 멀어질 때까지 경찰차를 돌아다보았다.

좀처럼의 교통사고도 없는 마을이었다. 2년 전 정신병 증세가 있는 부인이 남편을 권총 살해한 이후로 들리는 가장 긴박한 소리였다.

경찰은 동양인 유학생의 죽음에 대해 처음에는 난처한 표정을 보이다가 워싱턴에 있는 한국 대사관에 사건을 알린 후 수사에 착수했다.

증거품들을 수집하는 과정에서 김지영이 마시다 놓은 한 맥주캔에서 극소량의 독극물이 추출되었다. 경찰은 한국에서 같은 대학을 나온 박태진과 나혜진, 그리고 지영을 집에까지 바래다 준 이준혁을 주된 심문의 대상으로 지목했다.

"예, 제가 어제 바래다 주었습니다."

준혁은 손가락으로 펜 끝을 돌리며 연구실로 찾아온 동양계 형사를 보며 말했다. 작달막한 몸집에 조그만 이마를 가진 중국계 형사였다.

"바래다 주기만 하고 그냥 돌아갔습니까?"

피터 형사는 동양인 학생임을 의식했는지 또박또박한 말투로 물었다.

"그럼 제가 뭐라도 했다는 겁니까?"

"사실 맥주캔에서 김지영의 지문 말고 다른 사람의 지문이 나왔습니

다. 누군가와 맥주를 마셨다는 얘긴데…… 혹시 지문 채취에 응해
주실 수 있겠습니까?"

"지문 채취고 뭐고 필요 없습니다. 그 지문은 제 겁니다."

준혁은 숨길 게 없다는 투로 피터 형사의 말을 잘라 대답했다. 준혁
은 어제 파티에서 있었던 일을 간단히 설명해 주었다.

"그러나 그냥 그 집을 나온 그녀는 너무나 상심해 있었습니다. 누군
가 옆에 있어 줘야 한다고 생각했어요. 그리고 그녀도 그걸 원하는
눈치였습니다. 그래서 기분 전환겸 같이 술을 마셨고…… 그녀는 술
이 들어가자 엉엉 울음을 터뜨렸습니다. 전 어떻게 해야 할지 몰라
이런저런 재미있는 이야기를 늘어놓았는데…… 그녀는 내 말은 듣
지도 않고 계속 울기만 했습니다. 너무 처량했어요. 난 그렇게 여자
가 우는 건 첨 봤습니다. 하지만 난 손끝 하나 그녀를 건드리지 않았
습니다. 맹세합니다."

"울면서 뭐라고 했습니까?"

"죽고 싶다고 했습니다. 왜 여자들 속상할 때 하는 말들 있잖습니
까? 그녀는 그런 모욕을 견디기 힘들었을 겁니다. 아마 나라도 살고
싶지 않았을 겁니다."

"김지영이 자살을 했을지도 모른다는 얘깁니까?"

"예……? 아, 아닙니다. 그렇다고 자살이라고까지…… 어쨌든 난 그
녀를 죽일 이유가 없는 사람입니다."

"김지영을 원래부터 알고 있던 친구들이 있죠?"

"……예."

"박태진과 나혜진, 세 사람의 관계에 대해서 혹시 아시는 거 없습니
까?"

"글쎄요. 태진이랑 김지영이 같은 서클이었다는 거 외엔…… 태진과
혜진은 지금 연인 사이입니다. 이번 학기가 지나면 두 사람은 아마
결혼할 겁니다."

피터 형사는 자그마한 이마를 손가락으로 톡톡 두들기며 잠시 생각에 잠겼다. 그리고 잠시 후에 얼마나 오랫동안 그녀의 집에 머물러 있었는지를 물었다.

"술을 꽤 마셔 정확하진 않지만, 약 3, 40분 가량…… 아마 12시가 넘어 12시 20분경쯤 떠났을 겁니다."

순간 피터 형사는 자신도 모르게 준혁의 손목을 내려다보았다.

"시계를 차고 있지 않은데요?"

"아, 예. 전 원래 몸에 꼭 끼는 것을 싫어합니다. 그리고 어딜 가나 시계만큼 흔한 것이 없잖습니까?"

준혁은 자신의 헐렁한 티셔츠를 흔들어 보이며 벽에 걸린 시계를 힐끔 쳐다보았다. 그는 손가락으로 돌리던 펜을 책갈피에 꽂으며 일어섰다.

"저…… 제가 없으면 안 되는 수업이 있습니다. 제가 그 수업에 들어갈 수 있는지요?"

"예 예, 그렇군요. 그러나…… 만약 김지영이 자살이 아니라면 당신은 우리가 생각하는 가장 유력한 용의잡니다."

이 말에 더 이상 대꾸를 하지 않는 준혁을 뒤로 하고 피터 형사는 먼저 연구실을 나왔다.

4

시체의 부검이 진행되었다.

사망 시간은 12시에서 1시 사이로 밝혀졌다. 사인은 역시 맥주캔에서 검출된 독극물이었다. 독극물의 배합 물질을 분석한 결과 구성 성분이 이 대학의 화학과 실험실에서 쓰이는 포타시움사이아나이드(KCN)로 밝혀졌다. 즉 김지영은 화학과 실험실의 약품을 마시고 죽은 것이다.

화학과 실험실은 물리학과 건물과 복도로 연결되어 있었다. 평소 때 두 건물을 연결하는 복도 출입구는 도난 방지를 목적으로 잠겨져 있었다. 다만 대학원생들은 학교 당국으로부터 개인 열쇠를 지급받아 복도 출입을 할 수 있었다.

나혜진의 집에서 파티가 있던 날 모인 학생들은 공교롭게도 모두 그 열쇠를 갖고 있었다. 그러나 김지영만 아직 신규 학생으로 열쇠를 지급받지 못한 상태였다.

준혁이 떠난 이후 김지영이 학교 실험실에 갔다 왔다는 시간적 계산은 성립되지 않았다. 혼자서는 복도의 출입문을 열 수 없을뿐더러, 오자마자 자살을 준비할 정도로 그녀의 정신은——최소한 어젯저녁까진 그렇게 처참한 상태는 아니었다.

결국 경찰은 김지영의 죽음을 살인사건으로 단정하고 수사를 확대하였다. 워싱턴에서 한국인 영사가 스테이트 칼리지에 급파되었다. 그는 이곳 경찰이 미처 발견하지 못했을 증거를 찾느라고 김지영의 집을 다시 조사했다.

같은 시간.

피터 형사는 박태진이 살고 있는 기숙사의 현관문을 노크했다. 문을 연 태진은 기다리고 있었다는 듯 정중하게 중국계 형사를 맞이했다. 방 안은 깔끔하게 정돈되어 있었고, 한쪽 면을 장식한 책꽂이에는 과학서적들 뿐만 아니라 한국현대소설집, 그리고 최근 미국에서 베스트셀러가 되었던 몇 권의 추리소설까지도 가지런히 꽂혀 있었다.

"대단한 독서가시군요."

피터 형사는 머리끝을 넘는 책을 둘러보며 말했다. 그리고 그는 책꽂이 옆의 벽면에 걸린 사진으로 시선을 옮겼다. 순간 그의 얼굴에 번진 미소가 서서히 사라졌다.

피터 형사는 기묘한 암석들로 뒤덮인 산꼭대기에서 아슬아슬하게 사진을 찍은 한 무리의 동양인 젊은이들을 바라보았다. 그는 유심히 사진을 살피더니 한 사람에게 손가락을 가리켰다.

"김지영씨군요."

태진은 조금 놀랐다. 그리고 어떻게 그녀를 발견할 수 있었냐고 물었다.

"서양 사람들은 동양인을 보면 누가 누군지 구별하기 어렵다고 하지만 난 동양 사람 아닙니까. 그리고 솔직히 말씀드리자면, 죽은 피해자는 제 옛날 친구와 웃는 모습이 비슷합니다. 지금 그녀는 중국으로 돌아갔지만……."

피터 형사는 그렇게 말하고 태진을 향해 환하게 웃었다.

"나혜진씨는 산을 좋아하지 않았나보죠?"

"예……? 아, 예."

태진이 얼떨결에 나혜진은 산을 좋아하지 않았다는 대답을 했다.

"나혜진씨는 여기에 없으니 말입니다. 사실 전 김지영씨를 보고, 물론 죽은 모습이지만 산을 탈 만큼의 체력을 갖고 있다고나 할까. 아니, 산을 좋아할 타입은 아니라고 생각했습니다. 태진씨는 미국에 와서 요세미티나 그런 국립공원을 가본 적이 있죠? 저 등산 장비들이 아직도 있는 걸 보면……."

"요세미티는 아직 가보지 못했습니다. 가까운 스모키 마운틴에 가본 적은 있습니다."

"아, 예. 그곳도 아름다운 곳이죠. 그런데 김지영씨는 등산에 필요한 코펠 하나 갖고 있지 않더군요."

"……이곳에 와서까지 등산을 하는 유학생은 드뭄…… 아니, 그게 지금 저와 어떤 관련이 있다는 겁니까?"

"아, 너무 그렇게 흥분하지 마십시오. 제 추측에는 그냥 피해자 본인이 산을 좋아해서 등산을 하진 않았다는 겁니다."

"……."

"혹시 자신이 흠모하는 사람이 있으니까 힘들지만 아무리 높은 산이라도 따라 올라가려고 한 것은 아닐까요?"

"지나친 억측입니다."

태진은 그렇게 말하고 피터 형사의 눈에 띄지 않는 다른 곳을 향해 상을 찡그렸다.

"그냥 제 추측이라고 말씀드린 겁니다. 10년이 넘게 이런 일을 하다 보니까. 마음을 상하게 했다면 사과드립니다. 그런데 여기 김지영씨는 당신을 향해 고개를 돌리고 있군요. 다들 카메라를 향해 멋지게 포즈를 취하고 있는데……."

태진은 더 이상 대꾸할 것이 없다는 투로 책상 위에 펼쳐 있는 책을 덮었다.

"오늘 새벽 12시에서 1시 사이에 어디에 있었습니까?"

피터 형사는 다른 기괴한 봉우리가 담겨 있는 사진에서 눈을 떼지 않고 물었다.

"영화를 봤습니다. 심야 극장에서 새벽 2시에 집으로 돌아왔습니다. 영화가 시작되기 전에 준혁과 통화를 했습니다. 준혁이 지영을 데려다 주기로 해서 그 시간에 그녀의 집에 있었습니다. 지영인 별일 없다고 했는데."

"그래요? 통화를 한 적이 있었습니까? 몇 시쯤이었습니까?"

"12시가 조금 넘었습니다. 음…… 영화가 12시 20분에 시작을 했으니까, 한 12시 5분쯤? 같이 술을 마시고 있다고 하더군요. 좀더 진정시키고 곧 나올 거라고 했습니다. 이런 일이 생길 줄 알았으면 좀더 있으라고 하는 건데……."

"김지영이 자살을 했다고 생각하는 거군요? 아니 아니, 결국 김지영이 살해된 시간에 당신의 친구인 이준혁은 그녀의 집에 있었다 라는 거군요?"

태진은 잠시 아무런 대답도 하지 않고 책상 밑으로 늘어진 꼬불꼬불한 전화선을 만지작거리고 있었다.

"전 영화를 같이 보려고 했는데 준혁이는 그냥 집으로 가겠다고 했습니다. 그러나 무엇보다도 준혁은 살해를 저지를 만한 친구가 아닙니다."

피터 형사가 확인해 본 결과 박태진의 진술은 거의 정확했다. 그는 심야 시간에 그 극장에 들어온 몇 명 안 되는 사람들 중 유일한 동양인이었다. 따라서 극장 직원은 그가 극장에 들어온 시간, 자기와 농담을 주고 받은 일, 영화가 끝나고 집으로 돌아간 시간 등을 아주 정확히 기억했고, 그것은 박태진의 진술과 거의 일치했다.

5

한국인 영사가 수사에 착수한 지 몇 시간이 지나지 않아 한 가지 의문점이 제기되었다. 그가 김지영의 서류며 컴퓨터를 상세히 조사한 결과, 그녀의 컴퓨터에서 표절 시비가 붙은 논문 〈소립자의 대각성〉이 사라졌음을 알아낸 것이다. 그리고 그 논문은 도저히 재생이 불가능한 방법으로 삭제되었다. 흔히 사람들은 간단한 방법을 통해서 문건을 지우고 덧붙여 쓴다. 그러나 그것은 후에 복원이 가능해서 필요할 때에는 언제라도 다시 살려낼 수가 있다.

그러나 김지영의 논문이 삭제될 때 사용된 컴프레스 과정은 아무리 실력 있는 전문가라도 그 안에서 한 문자도 복원해낼 수 없다. 김지영은 자신의 컴퓨터에 강한 애착을 느끼고 있었다. 그 안에는 각종 실험 레포트와 과제물, 한국에서 기록한 거의 모든 연구가 알파벳순으로 가지런히 저장되어 있었고, 미국에 와서 식구들에게 쓴 자잘한 편지까지도 들어 있었다.

쓰다 만 편지까지도 저장한 그녀가 자신의 중요한 논문을 컴퓨터에 보관하지 않을 만큼 부주의한 사람은 아니었다. 최근에 그녀로부터 직접 컴퓨터에서 프린트한 논문을 건네 읽어보았다는 사람도 있었다. 결국 그 논문은 그녀가 이곳에 온 이후에 삭제된 것이다.

과연 누가 왜 그 논문의 원본을 지워버렸을까? 김지영이 극심한 모멸감에 자신의 논문을 지우고 죽음을 선택했을까? 재생이 불가능한 방법을 써서 자신의 수치심까지도 철저히 묻어버리고?

그러나 피터 형사는 김지영이 나혜진의 논문을 표절했다면 자살일 수 있는 가능성이 있지만, 만약 표절이 아니라면 이 사건은 나혜진과 좀더 복잡하게 얽힌 문제라고 생각했다.

6

피터 형사는 김지영 사건의 또 다른 용의자 나혜진과 함께 대학 내 카페테리아에 앉아 있었다. 나혜진은 콜라를 스트로우로 빨아대며 똑바로 중국계 형사의 눈을 바라보고 있었다.

두 명의 미국인 남학생이 짧은 바지 차림으로 지나가면서 그녀에게 가벼운 인사말을 던졌다. 나혜진은 깜박이는 눈웃음으로 응답하였다.

"아직도 피살자가 당신의 논문을 표절했다고 생각하십니까?"

피터 형사가 먼저 말문을 열었다.

"지영이에겐 죽음이라는 처벌보다는 학교 당국의 처벌이 어울렸어요."

"그녀의 죽음에 대해 조금의 책임도 느끼지 않는군요? 사람들은 당신의 치밀한 파티 때문에 김지영이 자살했다고 생각하던데……."

"솔직히 말씀드려, 약간 마음이 착잡해요. 그녀가 저 때문에 자살을 한 것이라면 저도 조금 책임이 있겠지요. 그러나 지영인 타살이 아닌가요? 독극물에 관한 이야기는 이미 유학생들 모두 알고 있어요. 특히 살해 시간에 지영은 누군가와 함께 있었다고 하던데요."

그녀는 거침없이 쏘아대고 다시 스트로우로 콜라를 빨았다.

"만약 이준혁이 김지영을 독살했다면 그 살해 동기는 뭐라고 보십니까?"

"……."

"제가 본 이준혁은 살인의 기회를 노리면서 독약을 가지고 다니는 그런 치밀한 사람이 아닙니다. 그가 만약 사람을 죽이려고 한다면 옆에 있는 칼이나 가위같이 눈에 보이는 것을 닥치는 대로 이용하는 사람이죠. 그리고 아마 경찰서에 와서 자기가 사람을 죽였노라고 고래고래 소리를 질러댈 겁니다. 이번 김지영의 독살은 잘 계획된 일입니다. 컴퓨터 화일을 전혀 지문 없이 꼼꼼히 지운 거 하며, 사전에 준비된 자리에서 집요하게 모독을 준 거 하며."

"피터 형사님은 지금 사건의 제일 가는 용의자를 옹호하고 있어요. 제가 그 애를 죽일 마음이 있었으면 그 날 그렇게 표절 시비를 붙였겠어요? 그리고 나서 제가 그 논문을 지울 수 있다고 생각하세요? 그거야말로 내가 지금 이 사람을 죽일 거고, 죽였습니다 라고 말하는 거와 똑같지 않나요?"

"그럴 바보가 없다는 걸 거꾸로 이용할 수 있지 않을까요?"

나혜진이 얼굴을 붉히며 대꾸하려는 순간, 피터 형사는 갑자기 화제를 바꿨다.

"지금 있는 아파트는 편하십니까? 1년 간 기숙사 생활을 하셨었죠?"

"그런데요."

"그때 한 방을 썼던 리타 기억나십니까?"

그녀의 얼굴이 어두워졌다.

"리타의 고양이도 기억나시죠? 죽은 캐시."

"그게 지금 어쨌다는 거죠?"

"당신의 신상 화일을 조사했습니다."

나혜진은 잠자코 그의 얼굴만 빤히 바라보고 있었다.

"리타는 당신이 그 당시 캐시를 죽였다고 하더군요. 공부할 때 방해가 된다면서 서랍 속에 가둬 놓기까지 하다가."

"그래요. 제가 죽였어요. 그래서 제가 사람까지 죽일 수 있다는 건가요?"

"그때 캐시도 독약을 먹었더군요."

"같은 독살이라고 살인자도 같다고 생각하시나보죠? 몇 년 전 권총으로 남편을 살해한 어떤 부인은 케네디를 살해한 사람일 수도 있겠네요? 당시 그 고양인 위반이었어요, 기숙사 수칙에."

"그렇지만 당신이 더욱 화제에 올랐던 것을 아시나요? 모두들 당신이."

"예, 알아요."

그녀는 다음 말을 듣기 싫은 듯 재빨리 대답해 버렸다.

"모두들 절 정신병자 취급했다는 거 말이죠? 솔직히 고양이를 죽이면서 전 아무런 죄책감을 느끼지 않았어요."

조금도 수그러드는 기색이 없는 나혜진은 수업 시간의 문답처럼 또박또박 막힘 없이 피터 형사의 질문에 답변했다.

"한국에 있었을 때도 사이가 안 좋았군요?"

"누가요?"

"당신과 김지영."

"얘기할 게 없어요. 우린 별 공통점이 없었으니까요. 서로 관심이 없었어요. 지영인 저를 건방지다 했고, 전 그 애를 이 세상 마지막 요조숙녀라고 했어요. 지영은 그런 모습이 사람을 끈다고 생각했겠죠. 제 생리에 안 맞을 뿐. 개성이죠, 뭐."

"인콰이어리에 실린 그녀에 대해 심하게 질투를……?"

"누굴요? 지영일요? 전 태어나서 한순간도 다른 사람을 부러워해 본 적이 없어요. 나 외엔 누구도 돼 보고 싶지 않아요."

피터 형사는 친구의 죽음을 앞에 놓고 애도하는 기색을 보이지 않는 나혜진의 모습이 연극이든 솔직함이든 대단한 것이라고 생각했다.

"파티가 끝나고 무얼 하셨습니까?"

피터 형사의 마지막 질문에, 혜진은 집안을 치우고 피곤해서 바로 잠이 들었다고 대답했다. 그러나 그녀가 사건이 일어난 시간에 집에만 머물러 있었다는 사실을 증명해 줄 만한 알리바이는 아무것도 없었다.

7

칠판에 그림을 그리고 돌아선 준혁은 문으로 난 조그만 유리창으로 누군가 들여다보고 있다는 것을 느꼈다. 잠시 후 모습을 드러낸 사람은 피터 형사였다. 준혁은 밖으로 나갔다.

"언제부터 기다리셨습니까?"

"조금 됐습니다. 공부하길 싫어하는 학생들은 역시 뒤쪽에 앉는군요?"

"예? 아, 예. 대학 1학년들, 머리가 텅 빈 달걀 껍질이죠."

라고 말하면서 준혁도 안을 들여다보았다. 아예 입을 벌리고 자는 학생들도 보였다.

"실험 시간은 어디나 다 그렇습니다."

이 말에 피터 형사는 몸을 숙인 상태에서 고개를 끄덕였다. 그는 몇 걸음 옮기더니 맞은편 교실을 들여다보았다. 그는 준혁에게 이리로 와서 한 번 보라는 손짓을 했다. 그가 들여다보고 있는 강의실에는 박태진이 열심히 뭔가를 설명하고 있었다. 학생들은 진지했고, 뒷줄에 앉아 있는 몇몇 학생들은 고개를 길게 빼고 있었다. 피터 형사는 곁눈질로 준혁의 얼굴을 쳐다보았다.

"태진인 물리학과에서 천재로 통합니다. 미국 학생들이 좋아하는 유일한 동양인 조교죠."

태진이 수업을 끝내고 책을 모으는 것을 보자, 피터 형사는 주머니에서 한국말로 인쇄된 종이를 꺼냈다.

"김지영이 썼던 편집니다. 영사님이 컴퓨터에서 찾아냈습니다."

편지를 건네받은 준혁은 몇 줄을 보더니 계속 읽어도 되냐고 물어보았다. 피터 형사는 고개를 끄덕이고 밖으로 나오는 태진에게 인사를 했다. 교실에서 학생들이 쏟아져나오기 시작했다.

준혁은 편지를 읽으면서 약간 놀란 표정이었다. 피터 형사는 그것을 태진에게도 보여주었다. 그는 두 사람의 얼굴을 번갈아가며 쳐다보았다. 뭔가 흥미있는 것을 발견하고 싶어하는 눈치였다.

"연애 편지라고 보이는 것은 이거 하나뿐입니다. 한국의 식구들과 연락을 했습니다. 김지영의 이성 관계에 대해 집중적으로 물어보았지요. 그런데 식구들조차도 그러한 사연에 대해선 모르고 있었습니다. 그러면서 지영인 일기에 모든 걸 고백하고 있다고 했어요. 일기를 보면 될 거라고 했는데, 아무리 찾아봐도 일기 같은 메모는 발견하지 못했습니다. 보시다시피 이 편지는 〈1991년 7월 6일. 비〉라고 시작하고 있습니다. 제 생각에 김지영은 일기를 고쳐서 누구에겐가 이 편지를 보낸 것 같습니다. 그런데 이상한 것은 여기엔 사람 이름 한 번 나오질 않습니다. 누군지는 모르나 두 사람의 관계는 철저히 비밀로 싸여 있습니다. 그녀의 일기를 찾는다면 모든 게 밝혀질 것입니다."

준혁은 원을 그리는 자신의 발끝을 아무런 생각 없이 내려다보면서 계속 고개를 끄덕였다. 태진의 눈빛은 빛나고 있었다. 그런데 이것 보십시오. 재미있는 것은, 하며 피터 형사는 밑줄이 그어진 부분을 가리켰다.

〈……이곳 대학이 저에게는 오히려 나을지 모른다고 했지만, 저는 당신을 보지 않고는 앞으로 남은 미국 생활을 지탱할 수 없을 것 같아요…….〉

"제 생각에, 김지영이 여기에 온 또 다른 목적은 애인을 보기 위해서였던 것 같습니다."

그렇게 말하고 피터 형사는 두 사람의 얼굴을 찬찬히 살폈다. 준혁은 입을 벌리고 태진의 얼굴을 쳐다보았다. 태진은 그의 시선을 무시한 채 피터 형사가 들고 있는 편지를 뚫어지게 보고 있었다.

"아 참, 또 보여드릴 게 있습니다."

피터 형사는 주머니에서 그림이 담긴 엽서 한 장을 꺼내 태진에게 보여주었다. 그것을 받아든 태진은 어리둥절한 표정으로 앞뒷면을 번갈아보았다.

"스모키 마운틴입니다."

"예."

태진이 다시 엽서를 건네주며 대답했다.

"김지영의 책갈피에서 찾아냈습니다."

"⋯⋯."

"김지영도 당신이 가 보았다는 그곳을 갔었더군요. 아니면 당신이 사서 보내 줬거나."

태진은 같이 간 일도 없고 엽서를 보내준 적도 없다고 말했다.

"여하튼 앞으론 김지영의 이성 관계를 집중적으로 조사할 예정입니다."

피터 형사는 편지와 엽서를 주머니에 넣었다. 준혁은 계속 태진의 얼굴을 쳐다보고 있었다. 태진은 좀 언짢은 표정이었다.

복도는 새로운 강의실로 옮겨다니는 학생들로 북적거렸다. 한 학생이 피터 형사를 밀치며 강의실로 들어갔다. 오랜 만에 대학 분위기에 젖은 그는 오히려 재미있는 눈빛으로 그 학생의 뒷모습을 바라보았다. 강의실 안으로 들어간 그 학생은 칠판 앞에 서서 뭐라고 떠들어댔다.

대학에서 수학을 전공했던 피터 형사로서는 전 시간에 박태진이 그곳에서 소립자에 대해 강의했음을 알 수 있었다. 알 수 없는 그림들이 그려져 있었지만 군데군데 낯익은 과학 용어들이 눈에 띄었다. 순간 카메라에 새어드는 빛의 꼬리처럼 그의 망막에 끌려오는 하얀 글씨가 있었다. 유리창으로 가까이 다가가 살피자 칠판의 맨 밑에서 비스듬하게 쓰여진 한 단어가 그의 신경을 당기고 있었다. 〈diagonality〉. 김지영의 논문이 바로 저 소립자의 대각성(diagonality)에 대한 것이었다.

이 글자를 본 피터 형사는 사건의 실마리가 어쩌면 풀릴지 모른다는 기대감으로 두 사람을 향해 자신도 모르게 미소를 지었다.

8

봄을 맞이한 대학 캠퍼스엔 하얀 꽃봉오리들이 망울망울 솟아오르고 있었다. 피터 형사와 나혜진은 제퍼슨홀을 향해 난 사잇길을 걷고 있었다. 날씬한 다리를 가진 혜진과 피터 형사의 땅딸막한 체구가 대조를 이루었다. 피터 형사는 10년 전의 기분으로 돌아간 느낌으로 발걸음이 경쾌해지다가 고개를 몇 번 흔들어 자신도 모르게 빠진 감상을 털어냈다. 캠퍼스는 학기 초라 분주했고, 군데군데 모여 앉아 이야기를 나누는 학생들의 풍경은 평화롭기도 하였다.

피터 형사는 조금 전에 준혁과 태진에게 보여주었던 김지영의 편지를 꺼내 나혜진에게 보여주었다. 그녀는 읽는 도중 약간 놀라는 빛이었으나, 침착하게 표정을 고쳐 나갔다.

"김지영이 평소에 일기를 썼습니까?"

"글쎄요."

"알고 보니까 대학 1학년 때 김지영과 같은 방을 썼더군요. 식구들이 이야기해서 알았습니다. 왜 얘길 안 했습니까? 같은 방을 사용했을 정도라면 매우 친했다는 얘긴데……."

"그때는 아무것도 모르는 풋내기였어요. 1년 후에 우리는 서로를 너무 잘 알게 됐죠. 그래서 헤어졌어요. 예, 맞아요. 지영인 거의 매일 일기를 썼어요. 컴퓨터에요."

피터 형사는 그 일기 또한 찾을 수 없었다고 말해 주었다. 나혜진은 잠시 난처한 표정을 보이더니 지영이가 일기를 썼지만 한 번도 본 적이 없다고 덧붙였다. 그리고 약속이 있다며 가도 되냐고 물었다. 그녀는 편지를 건네주며, 이것을 보니까 살인자는 남자일 텐데 왜 절 찾아오셨죠? 라고 말했다. 피터 형사는 자기도 그러길 바란다고 대답했다.

수업을 마친 박태진과 나혜진은 마지막까지 강의실에 남아 있었다.

"태진씨도 지영이 편지를 봤나요?"

태진은 안경을 벗으며 고개를 끄덕였다. 피곤했는지 손가락으로 자신의 눈을 꾹꾹 누르고 있었다.

"혹시 그 편지……."

"지금 무슨 말을 하고 싶은 거지?"

태진이 짜증스럽게 말하며 혜진을 올려다보았다. 안경을 벗은 그의 눈이 날카롭게 빛나고 있었다. 두꺼운 안경 속으로는 도저히 알아낼 수 없는 눈빛이었다.

"미국에 와서도 지영일 만난 것은 아니겠죠?"

"내가 제일 알리바이가 완벽한 사람이란 걸 잊었어?"

태진은 오늘같이 피곤한 날은 지영이 이야길 하지 말자며 그 한마디로 혜진의 말을 일축해 버렸다.

밤 늦게까지 실험실에 남아 있었던 태진은 혜진이 자신의 차를 빌려간 사실을 뒤늦게 깨달았다. 그는 얼른 준혁의 연구실로 찾아갔다. 준혁은 컴컴한 연구실에 틀어박혀 평소 때의 그답지 않은 침울한 표정으로 88라이트를 뿜어대고 있었다. 두 사람은 함께 차에 올라탔다.

"뭘 그리 골똘히 생각하지?"

연구실에서 나와 시동을 걸 때까지 아무 말이 없는 준혁을 향해 태진이 가볍게 물었다.

"응, 소립자."

"……."

"김지영의 논문 〈소립자의 대각성〉 읽어봤나?"

이 질문에 태진은 고개를 끄덕였다. 잠시 동안 두 사람은 조용히 있었다. 차가 학교를 빠져나가자 준혁이 창문을 내렸다. 차가운 바람이 그의 머리 속을 파고들었다. 그때도 꼭 이런 바람이었지. 김지영의 집에서 나온 마지막 밤에도 준혁은 이런 기분이었다. 그 날도 바로 이 사거리에 멈춰 있었는데.

준혁은 텅 빈 허공에 걸려 있는 빨간 신호등를 바라보며 담배를 한 대 꺼내 물고, 차 안의 시계를 보았다. 1 : 10. 시동을 걸 때마다 시계를 고쳐 놔야지 하면서 반 년을 보낸 그였다.

"지금 몇 시지?"

준혁이 묻자 태진이 11시 반이라고 대답했다.

이 길로 10분만 더 가면 그녀의 아파트가 나온다. 준혁은 그 날 그녀에게서 느꼈던 감정이 되살아났다. 귀여운 여자였는데. 그는 태진에게 술 한잔 하지 않겠냐고 했다. 태진도 그러자고 했다. 어디서 나타났는지 차 한 대가 옆으로 쏜살같이 지나갔다. 준혁도 힘차게 액셀러레이터를 밟았다.

토요일 밤이라 리쿼스토아는 술을 사러 온 사람들로 붐볐다. 줄을 서서 계산이 끝나기를 기다리는 사람들도 있었다. 버드와이저를 보자 준혁은 다시 김지영의 생각이 났다. 세일을 하고 있었다. 한 팩에 9.90 달러. 옆에는 4.50달러 하는 밀러도 있었다. 태진이 밀러를 사자고 했다. 준혁은 잠시 망설이다가 버드와이저 두 팩을 집어들었다. 두 사람은 길게 늘어선 줄 뒤로 가서 섰다.

홀 안에는 머리를 어깨까지 기른 한 청년이 세일 판매대 앞에서 망설이고 있었다. 한쪽 구석의 불이 꺼졌다. 빨간 조끼를 입고 팔에는 이상한 문신을 한 점원이 밖으로 나가 셔터 문을 만지고 있었다.

준혁이 멍하니 서 있는 동안 어느 새 빨간 조끼를 입은 점원이 그에게 신분증을 요구했다. 마지막까지 망설이던 청년이 재빨리 그들 뒤에 와서 섰다. 홀 안의 불은 하나를 남기고 다 꺼졌다. 준혁은 문득 벽에 걸린 시계를 올려다보았다. 12시였다. 12시구나 하는 순간 퍼뜩 떠오르는 것이 있었다. 내가 김지영을 바래다 주고 왔던 시간은 12시 40분이었는데 그때는 분명 이 가게에 불이 환하게 켜져 있었다.

"오늘은 좀 일찍 닫는군요."

준혁이 웃으며 말했다.

점원은 신분증을 넘겨주며 의아한 표정을 지었다.

"아닙니다. 보통 때와 같습니다."

"저번주 토요일에는 12시가 넘어서도 불이 켜져 있던데요."

점원은 고개를 옆으로 흔들었다.

"저희 가겐 그런 일이 없습니다, 365일."

준혁은 옆에 서 있는 태진을 쳐다보았다. 태진은 내가 어떻게 알 수 있겠냐는 표정을 지어 보였다. 다른 점원을 쳐다보았다. 그도 웃으며 고개를 설레설레 흔들었다. 뒤에 서 있던 긴 머리의 청년이 맥주를 계산대에 올려놓으며 말했다.

"저는 여기서 12시 5분에도 술을 사본 적이 없습니다. 그래서 이렇게 항상 꼴찌죠."

준혁은 갑자기 모든 것이 혼란스러웠다. 분명 자신이 12시 40분에 그녀의 집에서 나왔다. 이 가게는 오히려 그녀의 집에 더 가까왔다. 그는 재빨리 그때를 더듬었다. 내가 어떻게 시간을 기억했더라. 맞아, 전화기 위에 걸려 있는 벽시계였어. 그런데 왜 시계를 봤지?

9

피터 형사는 또 하나의 새로운 단서를 갖고 준혁의 연구실을 찾았다.

컴퓨터는 모든 실행에 대한 시간을 기억하는 시스템이 있는데 문제의 논문이 지워진 그 시간은 바로 준혁이 김지영의 방안에 있었던 시간과 일치하다는 것이다.

피터 형사는 한동안 아무 말 없이 서 있다가 조용히 수사 내용을 이야기하였다.

"컴퓨터의 전문가들이 알고 있는 것 중의 하나가 〈타임 메모리〉라는 기능입니다. 컴퓨터 전문가들은 그것 때문에 언제, 어떤 종류의 단말기를 두드렸는지 그 시간을 금방 알아냅니다. 우리가 다시 김지영의 컴퓨터를 조사해 본 결과 그 논문이 지워진 시간을 알아냈습니다. 그 시간은 당신이 김지영의 집에 있었던 12시 10분이었습니다."

준혁은 하얗게 질린 얼굴로 피터 형사를 바라보았다.

"당신과 박태진씨의 증언에 의하면 당신은 12시 이전부터 20분까지 김지영의 집에 있었습니다. 박태진에게서 전화가 와서 이를 받았을 때 당신은 김지영의 논문을 삭제하고 있는 중이었습니다."

"아, 아닙니다. 다시 한 번 조사해 주십시오. 그리고 제가 그곳에 있었다는 시간도 정확치 않습니다. 저는 12시가 넘어 그 방을 나왔다고 생각했는데 알고 보니 그게 아니었습니다. 정말입니다."

"아마 구속영장이 곧 발부될 것입니다."

"정말입니다. 제가 나온 시간은 그것보다 분명 빨랐습니다. 제 말 좀 들어보십시오. 저는……."

준혁은 어찌해야 할 바를 몰라 닥치는 대로 지껄이며 정신없이 방안을 왔다갔다했다. 피터 형사는 이제 와서 자신이 인정했던 시간을 수정하는 준혁을 보고, 막다른 골목으로 몰리면 한결같이 무죄를 애원하는 범인의 수법과 하등 다를 바가 없다고 생각했다.

같은 시간, 물리학과 사무실.

사람들은 그 동안 궁금해하던 판정이 나와 저마다 웅성거리고 있었다. 나혜진의 논문을 읽어본 쿠겔 교수는 김지영의 논문이 나혜진의 연구 결과를 거의 도용한 것이라고 발표했다. 그 소식을 들은 사람들은 결국 김지영이 표절 판정을 두려워해서 자살했다는 쪽으로 다시 기울고 있었다.

이 소식을 들은 준혁은 태진의 기숙사를 찾아갔다. 준혁은 자신이 들고 간 맥주 여섯 팩을 단숨에 비워버렸다. 그리고는 말없이 태진의 얼굴을 응시했다. 태진은 캔을 비울수록 말이 많아졌다. 김지영이 좋은 여자였는데 아깝다는 둥, 자살을 할 정도로 그렇게 마음이 약한 여자는 아니라는 둥.

태진은 취기가 돌자 혜진에게 전화를 걸었다. 조금 후에 혜진의 아파트에 도착했다. 그들은 만나자마자 그날 있었던 표절 판정에 대한 이야기로 다시 논쟁 비슷한 것을 벌였다. 준혁은 갑자기 마신 술로 구토가 날 것만 같았다.

이때 전화벨이 울렸다. 준혁이 얼른 수화기를 들었다. 그는 예스를 연발하며 가만히 듣고만 있었다. 태진과 혜진이 논쟁을 멈추고 그를 쳐다보았다. 준혁의 얼굴이 빨갛게 상기되었다. 금방이라도 놀랄 만한 뉴스가 터져나올 것 같은 표정이었다. 수화기를 내려놓자마자 준혁이 소리쳤다.

"김지영이 자기의 모든 자료를 복사해 놓은 것이 있대."

혜진은 놀라서 입을 벌렸다. 태진은 음료수를 마시기 위해 냉장고로 가다가 제자리에 멈추어 섰다.

"어디에?"

혜진이 다급하게 물었다.

"과 연구실 컴퓨터 시스템 메모리에. 6일날 미켈란젤로 바이러스 때문에 옮겨놓았던 거야. 그러면 그렇지. 아까 피터 형사가 와서는 날 구속하겠다고 했어. 너희들에겐 말은 안 하고 있었지만, 내가 있었던 시간이 김지영의 논문이 지워진 시간과 똑같다는 거야. 이제 그것만 열어보면 범인이 누군지 알 수 있어."

태진은 놀란 표정을 억제하고 자기 자리로 돌아와 침착하게 앉았다.

그리고 나서 준혁을 올려다보고 따지듯이 물었다.

"그래? 누구야, 전화를 건 사람이?"

"김지영의 시체를 발견한 미국인 조교야. 사건 내막을 잘 모르다가 오늘에서야 알게 됐대. 김지영이 이곳에 온 다음날이 6일이었거든. 그녀는 디스켓에 보조 화일을 복사해 놓은 것이 없었어. 그래서 연구실에 자기 컴퓨터 내용을 모두 옮겨놓았던 거야."

"일기도 있을까?"

혜진이 짧게 물었다.

잠시 정적이 흘렀다. 준혁은 혜진을 바라보다가 고개를 돌려 옆에 놓인 전화기의 번호를 꾹꾹 눌렀다. 태진은 물끄러미 창 밖을 응시하고 있었다. 두 사람 모두 이 질문에 대답하려고 하지 않았지만 저마다 그 답을 생각하고 있는 빛이 역력했다. 두 사람을 번갈아보던 혜진도 아무 말 없이 창 밖으로 고개를 돌렸다.

"내일 피터 형사에게 알려야겠군."

태진이 남은 맥주를 입 속에 털어넣으며 중얼거렸다.

10

자정이 지나자 캠퍼스의 거의 모든 불이 꺼졌다. 불빛이라곤 마을 상가로 통하는 거리의 가로등뿐이었다.

어둠으로 꽉 찬 캠퍼스에 이제 막 후문으로 들어오는 차가 있었다. 그 차는 물리학과가 있는 건물에 와서 조용히 섰다. 차에서 내린 사람은 열쇠를 찾아 현관을 열고 재빨리 2층으로 올라갔다. 그가 들고 있는 플래시에서 원뿔형의 빛이 나와 그의 발을 비추고 있었다. 갑자기 빛이 일어서더니 물리학과 연구실의 문을 비추었다. 문을 열고 들어간 사람은 시스템 메모리의 컴퓨터 앞에 와서 섰다.

그는 파우어 버튼을 누르고 컴퓨터를 작동시켰다. 그리고 컴퓨터 안에 있는 것들을 찾기 시작했다.

드디어 〈d-〉로 시작되는 화일 이름이 보이자 그는 움직이던 커서를 멈추었다. 〈dia-1〉〈dia-2〉〈dia-3〉〈dia- 〉로 끝없이 이어지는 화일의 맨 위칸에 그는 커서를 고정시켰다. 이어서 즉각 화면은 바뀌었다. 그는 몇 개의 명령어를 치고, 잠시 기다렸다. 새로운 명령을 기다리는 문자가 화면에 나타났다. 그는 재빨리 〈del.＊dia.＊〉를 쳤다. 그것은 〈dia〉라는 이름으로 시작하는 화일을 모두 지우라는 명령이었다. 그리고 나서 그는 몇 개의 명령어를 더 쳤다. 컴퓨터는 〈diary〉, 일기를 지우는 작업을 실행하고 있었다.

드디어 명령이 수행됐음을 보고하는 자막이 화면에 나타났다. 그는 떨리는 손을 거두고 서서히 의자를 뒤로 당겼다.

이때, '탁'하는 소리와 함께 깜깜했던 그 방에 일제히 몇 개의 불이 켜졌다. 그 사람이 고개를 돌렸다.

"박태진, 역시 너였구나."

문 옆에는 준혁이 서 있었다. 박태진의 눈은 커질 대로 커져 있었다.

"네가 지운 일기장에는 한때 너와 김지영 사이의 은밀한 사랑 이야기가 들어 있었겠지. 너는 미국에 와서부터 김지영을 떼놓으려고 했어. 그 똑똑한 나혜진과 가까와졌기 때문이지. 소심한 김지영은 그래도 너를 따라 여기까지 왔어. 그러나 그녀는 너와 나혜진과의 관계를 눈치챘지. 넌 새롭게 촉망받는 나혜진에게 푹 빠져 있었고, 그녀를 놓치고 싶지 않았을 거야. 그리고 여기까지 와서 진득이처럼 달라붙는 김지영이 꼴도 보기 싫었겠지. 난 네 성격을 잘 알아. 어느 정도까진 사귀는 여자를 철저히 비밀로 한다는 거. 그리고 울며불며 처량하게 달라붙는 여잘 싫어한다는 거."

"무슨 소리야? 난 단지 지영의 일기를 보고 싶었을 뿐이야. 난 지영일 죽이지 않았어."

태진이 다급한 목소리로 말했다.

"약간 능력이 떨어지는 김지영에게 넌 나혜진의 논문을 마치 너의 연구 내용인 것처럼 보내 주었어. 김지영은 아무 의심 없이 너를 믿고 자기의 논문에 그것을 이용했지. 글쎄 모르겠다, 너는 그때부터 지영일 죽일 마음이 있었는지도. 너는 치밀하게 그녀와 나혜진의 갈등을 이용했어. 파티에서 김지영의 놀란 눈빛은 계속 너한테 향해 있었어. 배신의 직감이지."

태진은 허탈한 표정을 지었다.

"증거가 없어. 지영이 살해당할 때 나는 극장에 있었어. 나는 단지 일기를 보고 싶었을 뿐이야."

"그래, 하지만 너의 그 뛰어난 두뇌가 발동한 것은 바로 나를 이용한 알리바이였어. 너는 파티가 있었던 날, 미리 김지영의 집에 가서 시계를 30분 돌려 놓았지. 파티가 예상대로 파국으로 이르자 너는 나에게 김지영을 부축하게 해서 그녀의 집으로 보냈어. 그리고 너는 실제 시간 11시 35분쯤 김지영의 집에 있는 나에게 전화를 걸었지. 당시 김지영의 벽시계는 12시 05를 가리키고 있었어. 12시 10분에 영화 프로가 있는데 이를 보러 오지 않겠냐고 했지. 나는 시간을 맞출 수도 없고 피곤도 해서 거절했어. 그래서 나는 그 사건 이후 내가 12시 05분에 너의 전화를 받았고, 약 12시 20분까지 김지영의 집에 머물렀다고 믿고 있었던 거야. 평소에 시계를 잘 보지 않는 나의 습성을 이용한 거지. 내가 나온 이후에 너는 그녀의 집으로 들어가 그녀를 죽이고 시계를 원래 대로 돌려 놓았어. 그리고 나서 극장엘 갔겠지. 그래서 너는 과연 12시 20분에 시작하는 영화를 볼 수 있었어. 우리가 어제 그 시간에 술을 사러 가지만 않았다면 난 영영 그 비밀을 알아내지 못했을 거야."

"아니야, 말이 안 돼. 그렇다면 내가 왜 논문을 지웠겠어?"

"실수였지. 김지영은 모든 자료를 알파벳 순으로 저장해 놓았어. 그녀는 자신의 일기를 dia 원, 투, 스리 등으로 이름을 정했지. 그런데 우연히도 김지영은 자기의 논문도 〈dia-gon〉으로 저장했어. 대각성 (diagonality)의 알파벳을 딴 거야. 넌 그걸 몰랐어. 그 바람에 dia로 시작되는 논문이 덩달아 삭제되고 말았지."

"그래도 나는 아직 그녀를 죽였다는 증거가 없어. 일기는 지워졌고, 우리 관계를 알아볼 수 있는 것은 하나도 없다구."

"과연 그럴까?"

준혁이 이렇게 말하고 몸을 돌리자, 어느새 문 옆에는 피터 형사가 서 있었다. 그는 준혁에게 만족스런 미소를 보내고 있었다.

"조교의 전화는 피터 형사와 내가 계획한 것이었어. 이 컴퓨터엔 원래 일기란 없었어. 이름만 쳐놓았던 거야. 넌 내용도 없는 텅 빈 화일을 지운 거라구."

태진은 그제서야 얼굴을 움켜쥐었다.

준혁은 태진을 태운 차의 뒷모습을 바라보며 자신의 차에 시동을 걸었다. 차 안의 시계는 여전히 1 : 10이라는 숫자를 내보이고 있었다. 그는 집을 향해 서서히 핸들을 돌리며 중얼거렸다. 내일 고쳐야지. 오늘은 너무 피곤해…….

● 서미애

무대 위의 살인

• 서미애

경북 풍기 출생.

단국대 국문과 졸업.

대전일보 신춘문예 시부문 당선.

스포츠서울 신춘문예 추리소설 당선.

추리작가.

「거울 보는 남자」,

「무대 위의 살인」 (이상 추리소설) 외.

무대 위의 살인

극장 안을 맴돌던 음악 소리가 사라지고 조명이 점점 어두워졌다.

웅성거리던 관객들은 입을 다물고 불빛이 하나씩 꺼져가는 무대 위를 향해 시선을 던졌다. 객석에는 겨우 열 명이 채 안 되는 관객이 앉아서 연극이 시작되기를 기다리고 있었다. 잠시 후 불이 켜지자, 출입구 쪽에서 머리를 풀어헤친 여자 하나가 속옷 차림으로 뛰어나왔다. 연극이 시작되기를 기다리던 관객들은 이 돌연한 출연에 조금은 당혹해하는 눈치였다.

"절 좀 도와주세요."

객석 사이를 헤집고 다니며 자신을 도와달라고 애처롭게 말하는 여자의 절규에도 다들 아무런 반응이 없었다. 여자가 팔을 잡고 매달려도 연극의 일부라고 생각한 관객들은 조금 얼떨떨해할 뿐 누구도 움직이지 않았다.

"제발, 제발 절 좀 도와주세요!"

여자는 다시 한 번 애절하게 절규했다. 그녀의 시선은 공포로 흔들리고 있었다. 여전히 관객들은 그녀의 움직임을 지켜볼 뿐 움직일 줄을 몰랐다.

여자는 두려운 눈으로 무대 위에 마련된 출입문을 바라보았다.

"어쩔 수 없군요. 그럼 내 힘으로 헤쳐나가는 수밖에……."

여자가 무대 위에 올라가 자리를 잡자, 관객들은 그제야 본격적으로 연극이 시작되는구나 하며 자세를 바로 잡았다.

잠시 동안 관객들을 혼란에 빠뜨렸던 여자는 바로 오늘 연극의 주인공인 유경아였다. 객석 뒤쪽에 자리를 잡고 앉은 한준일 교수는 힐끗 딸의 눈치를 살폈다.

사실 한교수는 연극에 그다지 관심이 없었다. 그저 끈질긴 딸의 설득으로 어쩔 수 없이 끌려나온 것뿐이었다. 유경아는 딸 혜리의 고등학교 동창이다.

혜리는 경아가 무대에 나오자마자, 눈을 가늘게 뜨고 그녀를 주시하고 있다. 대학에 들어오면서부터 둘 사이가 조금 뜸해지기는 했지만 그래도 둘은 친한 사이였다.

경아가 연예인이 되고 혜리가 학과 공부로 바빠진 후에도 이따금 둘은 긴 통화로 서로의 생활을 묻곤 했다. 혜리는 자신이 아는 사람이 연예인이 되자 묘한 기분이 든다고 했었다. 마치 지금의 경아와 자신이 알고 있던 경아는 전혀 다른 사람 같은 느낌이 든다는 것이었다. 그래선지 혜리는 경아가 나오는 드라마를 거의 보지 않았다. 어쩌면 여자들 특유의 경쟁심이 발동했는지도 모를 일이다. 혜리가 그런 내색을 한 적은 없지만, 한교수는 친구 얘기를 하는 딸의 행동이나 표정을 보며 그것을 느낄 수가 있었다.

질투라고나 할까, 아무튼 한교수는 혜리가 친구 경아의 지금 모습을 보며 마음 한구석에 경쟁의식을 가지고 있다고 생각했다. 얼마 전 경아가 혜리에게 전화를 해 자신의 연극 첫 공연을 보러 와 줄 것을 부탁했다. 그날부터 혜리는 함께 연극을 보러 가자고 한교수에게 졸랐다.

딸아이로 하여금 경쟁의식을 느끼게 하는 사람이 누군지 궁금했던 한교수는 바쁜 틈에도 연극을 보기로 결정했다. 그러나 충격적인 첫 장면을 보자 한교수는 연극을 볼 기분이 싹 사라지고 말았다.

한교수가 생각하는 연극은 이를테면 근엄한 표정으로 죽느냐 사느냐를 외치는 햄릿의 표정 같은 그런 것이었다.

한교수의 실망스런 시선을 읽었는지 혜리는 지긋이 한교수의 팔을 눌러 왔다. 한교수는 딸의 그런 행동이 무엇을 말하는지 알고 있었다.

그래, 지겹더라도 조금만 참자. 모처럼 온 연극인데…….

하지만 무대를 향하고 있던 눈은 어느 새 감겨지고, 한교수는 자신도 모르는 사에에 꾸벅꾸벅 졸고 있었다. 혜리가 다시 팔을 흔들자 그제서야 한교수는 엷은 잠에서 깨어났다.

"아빠, 경아가 좀 이상하지 않아요?"

혜리의 조심스런 목소리에는 왠지 모를 불안이 스며 있었다.

무대 중앙에 서 있는 경아가 자꾸 인상을 찡그리는 게 아무래도 몸이 아픈 것처럼 보였다.

"몸이 아픈 것 같은데?"

"목소리가 갈라져 있어요. 조금 전부터 자꾸 가슴께를 만지는 것도 그렇고……."

두 사람은 얘기를 주고 받다가 자신들의 목소리가 너무 크다고 느끼고 소리를 죽였다. 대사를 하는 중간중간에 자꾸 호흡이 끊어지는 게 아무래도 심한 모양이었다.

극중 어머니역을 맡은 여자도 불안한지 자꾸 유경아의 얼굴을 살폈다.

한교수는 눈을 크게 뜨고 자세히 보려 했지만 조명이 꺼지는 바람에 아무것도 볼 수가 없었다.

"벌써 1막이 끝났나?"

"심한 것 같은데 계속할 수 있을까요?"

혜리는 친구의 상태가 아무래도 걱정스러운 모양이었다.

어둠 속에 휩싸여 있는 무대 위에서 갑자기 쿵 하는 소리와 함께 여자의 신음 소리가 들렸다. 객석에 있던 사람들이 웅성거리며 일어났다.

"불 켜요, 불!"

누군가 소리치자 무대 위의 조명이 다시 환하게 켜졌다.

무대 위를 바라보던 혜리가 손으로 입을 막으며 낮은 신음 소리를 냈다.

그곳에는 조금 전까지 애써 고통을 참으며 연기를 하던 경아가 쓰러져 있었다. 얼굴은 이미 납빛으로 창백해져 있고 온몸은 경련을 일으키고 있었다.

무대 뒤에서 누군가가 튀어나와 경아를 안아일으켰다. 경아는 그 남자의 멱살을 잡고 경련을 일으키더니 고통스럽게 구토를 하다가 힘없이 고개를 떨어뜨리고는 꼼짝도 하지 않았다. 갑작스럽게 생긴 일로 다들 정신이 없는지 서로 옆사람을 쳐다보고만 있었다.

"빨리 병원으로 연락해요."

혜리가 소리치며 무대 위로 올라갔다. 경아에게 멱살을 잡힌 남자는 그녀의 몸을 흔들어보다가 두려운 목소리로 말했다.

"……죽……죽은 것 같애…….."

혜리는 그 남자를 밀쳐내고 경아의 손목을 잡아 맥박을 살폈다. 호흡은 이미 끊겨 있었다.

"어떻게 된 거냐?"

재빠르게 혜리의 뒤를 따라 무대 위로 올라온 한교수가 물었다.

"……믿을 수가 없어."

"혜리야!"

혜리는 천천히 한교수의 얼굴을 바라보더니 들릴 듯 말 듯한 낮은 목소리로 말했다.

"……경찰에 연락하는 게 좋겠어요."

유경아.

T.V나 영화를 잘 보지 않는 한교수는 그녀를 잘 모르고 있었지만 그
녀는 상당히 인기가 있는 탤런트였다. 자신의 연기력을 인정받기 위해
연극 무대에 오른 그녀는 두 번 다시 조명을 받지 못하게 되고 말았다.

연락을 받고 달려온 경찰은 곧 한교수를 알아보고 인사를 했다.

"한교수님이시죠? 전 강영철이라고 합니다."

강형사는 한교수의 저서를 읽었다며 관심을 나타냈다.

"직업이 직업이다 보니 범죄 심리학에 관심이 많아서요. 그런데 여
긴 어떻게?"

"물론 연극을 보러 왔죠."

한교수가 입을 열기도 전에 혜리가 먼저 말을 꺼냈다. 강형사의 질
문이 답답하다는 표정이었다.

"제가 보기에 독극물을 먹고 죽은 것 같아요."

"혜리야."

한교수는 혜리의 말을 가로막았다.

강형사는 누구냐는 시선으로 한교수와 혜리를 번갈아 보았다.

"내 딸이오. K의대에 다니고 있지요."

강형사는 그제야 혜리의 얼굴을 찬찬히 쳐다보았다. 강형사의 시선
을 받은 혜리는 불쾌하다는 표정으로 고개를 돌렸다.

"그거야 감식반에서 알아서 잘할 테고……."

강형사는 마치 남의 얘기하듯 느긋한 표정이었다.

혜리는 그런 강형사를 보자 참을 수가 없는지 한교수의 팔을 잡아끌
었다.

"가요, 아버지."

"아니, 잠깐만요."

강형사는 서둘러 한교수와 혜리의 발걸음을 잡았다.

"현장에 있던 분들은 모두 조사를 받으셔야 합니다."

혜리는 입을 다물고 강형사를 노려보았다.

"솔직히 말씀드리면 한교수님께 도움을 요청하는 겁니다."

사실 한교수는 사건이 어떻게 진행되는지 궁금하게 생각하고 있던 터라 별로 돌아가고 싶은 생각이 없었다.

검시반이 돌아가고 시체가 치워지자, 강형사는 한교수에게 다시 부탁을 했다.

"교수님은 현장에 계셨으니까 제가 모르는 여러 가지를 보셨을 겁니다. 좀 도와주시죠."

"……그러겠소."

한교수는 창백해진 혜리의 얼굴을 살피며 걱정스런 시선을 보냈다. 하지만 혜리가 괜찮다고 얘기하자 곧 강형사의 뒤를 따랐다.

강형사와 한교수, 그리고 혜리가 처음 만난 사람은 유경아가 쓰러지자마자 무대 위로 뛰어올라왔던 바로 그 남자였다.

그는 이번 연극의 연출을 맡은 송대성이었다.

송대성은 아직도 정신이 없는지 넋이 나간 얼굴로 휴게실 의자에 앉아 있었다. 강형사는 습관처럼 담배를 꺼내 물다가 문득 옆에 있는 송대성에게 담배를 권했다. 갑작스런 일로 당황해 있는 그의 마음을 가라앉히려는 생각이었지만 그는 고개를 저었다.

"자꾸 기침이 나서 담배를 끊었습니다."

"그래요? 대단하시군요."

"……."

송대성은 강형사가 내민 담뱃갑을 쳐다보다 이내 시선을 거두었다.

"저도 여러 번 시도를 해봤는데 번번이 실패를 했습니다. 일이 일이다 보니까."

담배를 내민 손이 쑥스러운지 강형사는 담뱃갑을 만지작거리다 그냥 주머니에 집어넣었다.

"유경아씨는 어떻게 해서 연극을 하게 됐습니까?"

"……경아는 대학 후뱁니다. 얼마 전 우연히 만났는데 연기력을 인정받지 못하고 있다면서 연극 무대에 서고 싶다고 했습니다."

"연극하기 전에 이상한 점 같은 건 없었습니까?"

송대성은 잠시 기억을 더듬어보다가 고개를 가로저었다.

"요 며칠 동안 감기에 걸려 고생하긴 했지만 아침엔 많이 나아졌다고 했어요. 막이 오르기 직전에 분장실에서 봤지만 이상한 점은 없었습니다."

"이 아가씨 얘기가 독극물을 먹은 것 같다고 했는데, 혹시 죽고 싶다거나 그런 얘기를 한 적은 없습니까?"

"예? 아니, 그럼 경아가 스스로? 그건 말도 안 됩니다."

송대성은 그럴 이유가 없다며 강형사의 말을 부인했다. 옆에서 지켜보던 혜리도 어이가 없다는 표정으로 강형사를 쳐다보았다.

"왜 그렇게 보십니까? 제가 무슨 실수라도 했습니까?"

강형사는 오히려 혜리의 반응이 이상하다는 듯한 표정을 지었다.

"도무지 말이 되는 소릴 하셔야죠. 정말 강력계 형산지 의심스럽네요."

"혜리야!"

한교수가 혜리를 향해 조용히 하라는 눈치를 주었다.

"아니, 아빠! 아빠도 들으셨잖아요? 자살이라니요. 아니, 자살하는 사람이 다른 사람 보는 데서 그렇게 죽어요? 아빠 책을 읽으셨다는 얘기도 믿을 수가 없어……."

혜리는 한교수의 날카로운 눈길에도 아랑곳하지 않고 마음속에 있는 말을 스스럼없이 꺼냈다.

혜리의 말을 듣고도 강형사는 별로 화를 내는 기색이 없었다. 오히려 귀여운 여동생을 보는 눈길로 혜리를 바라보았다.

"이해하시오, 엄마 없이 혼자 크다 보니 너무 버릇이 없어서……."

"아니, 괜찮습니다. 사건 현장에서 죽어가는 사람을 직접 목격했으니 나름대로 의견이 있겠죠. 더구나 의대생이라니."

그때 한쪽에서 관객들을 조사하던 형사가 다가왔다.

"강형사님, 이 사람들은 우선 돌려 보내죠."

"주소는 다 받아뒀나?"

"예."

형사가 돌아가자 강형사는 다시 혜리를 향해 고개를 돌렸다.

"자살이 아니라고 했는데 그 이유를 설명해 주겠습니까?"

"제 생각엔 죽을 만한 이유도 없고, 또 설사 죽을 이유가 있다고 해도 그렇게 사람들이 보는 앞에서 죽지는 않을 거라는 얘기예요."

혜리의 말을 들으며 한교수는 보일듯 말듯 고개를 끄덕였다.

"내가 알기론 여자들은 자살하는 방법이나 장소 그리고 죽고 나서 사람들이 자신을 어떻게 볼까 하는 것까지 생각을 합니다. 물론 사람들 앞에서 자살하는 경우도 있지만 대개는 아무도 없는 곳에서 자기 혼자 일을 처리하죠."

강형사는 한교수의 말에 긍정도 부정도 하지 않고 또다시 혜리에게 말을 붙였다.

"아까 독극물에 의한 사망 같다고 했는데……."

이미 경아의 시체를 살펴본 검시반으로부터 독극물에 의한 사망 같다는 얘기를 들었지만, 강형사는 아무것도 모르는 사람처럼 혜리의 대답을 기다렸다.

혜리는 현장에 있던 사람이니까 죽어가는 사람을 자세히 볼 시간이 있었겠지 하는 게 강형사의 생각이었다.

"그건 몸과 구토물을 보고 알았어요. 독극물을 먹은 사람은 기관지와 소화기 계통에 극심한 통증을 느끼게 때문에 온몸에 경련을 일으키고 음식물이나 피를 토하며 죽죠."

"독극물을 먹고 나면 어느 정도 시간이 있어야 반응이 나타나죠?"

"그거야 독극물의 종류와 양에 따라 다르죠. 하지만 대개는 먹는 즉시……."

말을 하던 혜리는 곧 강형사의 의도를 알아차리고는 입을 다물었다.

"연극이 시작된 지 얼마 후에 유경아씨가 죽었습니까?"

"……아마 한 20분쯤 지난 후였어요."

그렇게 당당하게 얘기하던 혜리의 목소리가 작아지자, 한교수는 슬그머니 웃음이 나왔다. 강형사는 보기보다 날카로운 구석이 있었다.

"연극을 계속 지켜보셨으니까 아시겠군요. 유경아씨가 무대 위에서 무엇이든 먹는 걸 보셨습니까?"

"……아뇨."

말없이 혜리를 보던 강형사는 이내 몸을 돌려 송대성을 향해 질문을 던졌다.

"이 연극에는 몇 사람이나 나옵니까?"

"4명입니다. 경아가 주인공을 맡았고 박명희씨가 그녀의 어머니로 나옵니다. 그리고 남자 친구역으로 나오는 이경수, 다역을 맡은 김준섭이 전붑니다."

"어떤 내용입니까?"

경황이 없던 송대성도 연극 얘기로 옮겨가자 기분이 많이 진정되는 모양이었다.

"성폭행을 당한 딸이 결혼을 약속한 남자에게 그 사실을 알리려 하자, 과거에 그런 이유로 남편에게 버림받은 적이 있던 그녀의 어머니는 이것을 말립니다. 하지만 딸은 자신의 잘못이 아니라 어쩔 수 없는 상황에서 강제로 당한 일이기 때문에 어머니의 만류를 거절합니다. 그러나 믿었던 남자 친구는 그녀를 받아들이지 않고 떠나고 말죠. 남성에게 피해를 입은 여자가 또다시 남성으로 하여금 버림받는다는 얘기죠."

"함께 출연했던 분들을 좀 만났으면 하는데요?"

경아를 제외한 3명의 배우는 불안한 표정을 감추지 못하고 굳은 얼굴로 분장실에 앉아 있었다. 강형사와 일행이 들어가자, 그들의 입에서는 작은 한숨이 새어나왔다.

"도무지 무슨 일인지 모르겠어요. 연극 시작하기 전에도 우리랑 농담도 하고 멀쩡했었는데…….."

경아의 어머니역을 맡았다는 박명희가 말을 꺼냈다.

곁에 앉아 손톱을 깨물고 있던 김준섭 또한 박명희가 한 얘기를 되풀이했다.

"이번 작품에 기대를 많이 걸고 있어서 감기가 걸리자 걱정을 많이 했어요. 막이 오르는 날인 줄 아는지 다행히 감기가 나은 것 같다고 좋아했죠. 진짜 연기자로서 인정받아야겠다는 생각이 강해 보였습니다."

"연극이 시작되기 전에 뭘 먹었습니까?"

남자 친구역을 맡은 이경수가 잠시 동료들의 표정을 살피더니 말을 꺼냈다.

"우리들이 아는 한 음식물을 먹은 건 없어요. 첫무대라 긴장이 되는지 우리들이 김밥을 사 와서 먹을 때도 사양했습니다."

"감기 때문에 입맛이 없었을 수도 있죠."

또다시 똑 끼어들어 한마디하는 혜리의 얘기를 듣던 박명희가 잠시 생각을 하더니 조심스럽게 입을 열었다.

"감기약을 먹긴 했는데…….."

"감기약이오?"

강형사는 작은 실마리를 잡기라도 한 듯 생기 있는 목소리로 되물었다.

"네, 먹던 약이 떨어졌다며 약 좀 사다 달라고 해서 먹었어요."

"그럼 유경아씨가 직접 약을 사온 게 아닙니까?"

강형사의 그 말에 박명희는 잠시 머뭇거리다가 자신을 바라보는 이경수를 슬쩍 올려다보곤 조심스럽게 입을 열었다.

"약국에 다녀온 건 이경수씹니다."

지목을 받은 이경수는 어이가 없는지 박명희를 쳐다보았다.

"이거 참, 얘기가 이상하게 돌아가네. 심부름해 주고 의심받고, 이게 무슨 꼴이야."

이경수는 불쾌한 듯 허공에 대고 중얼거렸다. 방안에 있는 사람들이 자신을 바라보는 게 못마땅했는지 한참 투덜거리다가 문득 분장실 한쪽 구석에 놓인 여자의 핸드백을 가리켰다. 유경아의 핸드백은 주인을 잃고 초라하게 한구석을 차지하고 있었다.

"저기 경아가 먹던 약이 있을 겁니다. 그걸 조사해 보면 되지 않겠습니까?"

강형사는 조심스럽게 핸드백을 열어 약봉지를 찾았다. 약봉지는 곧 비닐 종이 속에 보관되었다. 그때부터 분장실 안은 이상한 분위기가 감돌았다. 극단 사람들 누구도 말을 하지 않았지만 다들 그 미묘한 방안 공기에 잔뜩 긴장하고 있었다. 특히 김준섭은 더 심해 보였다. 다른 사람이 보기에도 걱정될 만큼 숨도 제대로 못 쉬고 헐떡이고 있었다.

"괜찮겠습니까?"

걱정스러운 얼굴로 물어보는 강형사의 말을 들었는지 못 들었는지 김준섭은 계속 혼자만의 생각에 빠져들어가는 모양이었다.

"아무래도 이상했어……."

김준섭은 혼자말처럼 중얼거렸다.

"무슨 얘깁니까?"

강형사는 김준섭의 말을 놓치지 않고 곧 그에게 질문을 던졌다.

강형사의 얼굴을 빤히 바라보며 불안하게 눈동자를 굴리던 김준섭은 하는 수 없다는 듯 조심스럽게 말문을 열었다.

"사실은 아까 경아가 어떤 남자를 만나는 것을 봤습니다. 둘은 큰 소리로 말다툼을 하고 있었습니다. 그 남자가 하는 말이, 자꾸 자기 말을 안 들으면 죽여버리겠다고…… 그땐 단순한 협박이라고 생각했는데……."

"……."

김준섭은 강형사에게 자신이 잘못 말한 게 아닌가 하고 두려운 눈으로 다른 사람들의 반응을 살폈다. 모두들 김준섭의 말에 놀라는 눈치였지만 송대성은 알고 있다는 표정이었다.

"그건 저도 봤습니다. 마침 화장실에서 나오는 길이었는데 그쪽 코너에서 싸우고 있었거든요. 나중에 무슨 일이냐고 물어보니까, 전에 자신을 돌봐주던 매니저인데 자기를 괴롭히고 있다고 했어요. 이유를 물었지만 말을 돌리더군요. 참, 이제야 생각이 나는데 그 남자가 음료수를 건네주자 그 안에 뭐가 들었는지 다 안다면서 안 먹겠다구 하는 소릴 들었어요."

송대성의 말이 끝나자 강형사는 방안의 사람을 빙 둘러보며 더 할 얘기가 없느냐고 했다. 한교수의 곁에 있던 혜리가 작은 목소리로 한교수의 주의를 끌었다.

"어떻게 보면 다들 자기가 본 걸 얘기하지 않는 것 같지 않아요?"

"그럴지도 모르지. 아니면 무엇인가 봤지만 그것의 중요성을 모르던가?"

곁에 있던 박명희에게 그 소리가 들렸는지 한교수의 얼굴을 향해 고개를 돌리더니 갑자기 작은 신음 소리를 내며 입을 막았다. 그녀의 머리속에 어떤 생각이 떠오른 모양이었다. 그러나 그녀는 아무 말도 하지 않고 잠자코 있었다.

강형사는 다시 주머니에서 담배를 꺼내 들고 남자들에게 권했다. 송대성만 빼놓고 모두들 담배를 건네받았다. 송대성은 담배연기도 맡지 않겠다는 듯 슬그머니 방문을 열고 밖에 나가 문을 열어둔 채 서 있었다.

"난 아무래도 담배를 끊을 수가 없는데……."

다시 한 번 강형사는 송대성의 뒷모습을 바라보며 중얼거렸다. 길게 담배연기를 내뿜던 이경수가 그의 말을 받았다.

"진짜 힘들죠. 웬만한 각오가 아니면 금연이란 것두 못 하겠더라구
요. 사람들 만나다 보면 안 피울 수가 없거든요. 그런 면에서 송선배
님은 남다른 면이 있어요. 담배를 권하면 오히려 사탕을 꺼내 놓고
보란 듯이 드시죠."

"사탕이오?"

그러고 보니 분장실 한쪽에 놓아둔 탁자 위에 사탕통이 보였다. 이
경수는 눈으로 사탕통을 가리키며 말을 이었다.

"……사실 담배란 게 습관성이구, 손가락이 심심해하거나 입이 궁금
해져서 다시 손을 대는 거잖아요. 생각날 때마다 사탕을 꺼내 드시
더니 이젠 그 숫자도 많이 줄었어요."

"도대체 몸에도 해로운 걸 왜들 그렇게 피우는지 모르겠어."

허공으로 피어오르는 담배연기를 손으로 날리며 혜리는 인상을 찡
그렸다.

강형사의 인사를 받으며 차에 오른 한교수는 옆자리에 앉은 혜리를
향해 시선을 돌렸다.

"아직도 정신을 못 차리는구나. 넌 형사가 아니야. 나설 자리도 모르
고 도대체 언제……."

"언제 철이 들 거냐구요? 모르겠어요. 어쩜 영영 철이 안 들지도 몰
라요. 하지만 아깐 정말 궁금했다구요. 처음엔 어쩔 줄을 몰랐는데
검시반이 오고 나니까 머리속에 싹 스치고 지나가는 생각이 있지 뭐
예요."

"그게 뭐지?"

"경아는 틀림없이 타살된 거다. 누군가 죽이려고 결심을 하고 독극
물을 먹인 것이다."

"그래서 그렇게 강형사에게 버릇없이 굴었구나."

"아빠도 자살은 아니라고 하셨잖아요. 그럼 타살이죠 뭐."

혜리의 얘기를 들으며 한교수는 천천히 차를 세웠다. 신호등이 곧 바뀌고 빨간 불이 들어왔다. 한교수의 운전은 늘 혜리를 답답하게 했다. 다른 사람들은 빨간 불이 켜져야 차를 세우는데 한교수는 빨간 불이 켜지기도 전에 차를 세우는 것이었다.

"그건 보편적인 얘기를 한 거지. 혹시 아냐? 무대 위에서 죽는 게 소원이라 그랬는지도."

"아빠 그런 말도 안 되는 얘기가 어디 있어요?"

한교수의 말이 농담이라는 것을 알면서도 혜리는 펄쩍 뛰며 한교수의 의견에 반대를 표시했다.

"그럼 네 추리를 들어볼까? 이미 머리속엔 범인의 윤곽까지 잡은 거 같은데."

"우선 제일 의심스러운 건 송대성과 이경수가 봤다는 유경아의 매니저, 바로 그 남자예요. 하지만 조금만 생각해 보면 그 남잔 곧 아니라는 걸 알 수 있어요."

"어째서?"

"그렇게 사람들이 보는 데서 싸움을 벌였는데, 아무리 머리가 나쁜 사람이라도 자기에게 혐의가 돌아올 일을 하겠어요?"

"순간적인 살인일지도 모르지. 그럴 땐 자신에게 혐의가 돌아온다는 것은 생각할 여유도 없지 않을까?"

"그럴 수도 있죠. 하지만 독극물까지 준비를 했다면 그건 충동적인 살인은 아니라고 봐야죠."

"그렇군……. 독극물을 준비할 정도면 계획적이지."

"그 남자 다음으론…… 약을 사왔다는 이경수. 그 사람이 사온 약봉지를 볼 수 있으면 좋을 텐데…… 그리고……."

"그리곤 별로 의심이 갈 만한 사람도 없잖아?"

"아빠 이번 사건이 흥미가 없으세요? 다른 때 같으면 혼자서라도 조사를 하실 분이……."

그건 혜리의 말이 맞았다. 하지만 한교수에겐 나름대로 생각이 있었다.

"진숙이 얘기론요……."

"진숙이?"

"왜 제 친구, 연예잡지 기자로 있는 진숙이 말이에요. 진숙이 말에 의하면, 경아는 기자들 사이에서 별로였다구 해요. 인기가 오른 다음부턴 인터뷰 약속에 늦는 건 한두 번이 아니고 이유 없이 펑크를 내기도 하고 그랬대요. 선배 연기자들도 건방지다고 혼을 냈었다구 하던데……."

죽은 경아를 생각하는지 통통 뛰던 혜리의 목소리가 다시 가라앉는 것을 느끼자 한교수도 같은 생각이 떠올랐다.

'이제 겨우 시작인 나이인데…….'

한교수는 문득 죽은 유경아가 가엾다는 생각이 들었다. 제 수명을 다하지 못하고 죽는다는 것은 어찌되었든 많은 연민을 불러 일으키는 것이다. 더구나 누군가의 사악한 행동 때문에 어이없게 생을 마감해야 하는 죽음이라면 더욱 그렇다는 생각이 들었다.

한교수가 강형사에게서 전화를 받은 것은 바로 그 다음날이었다.

"부검은 끝났습니까?"

"예, 독극물이 검출됐습니다. 따님 말씀대로 독극물에 의한 사망이 었습니다."

"그거야 강형사도 알고 있었잖소?"

"물론 그랬죠. 저, 전화를 드린 건 다름이 아니라 살인자의 심리에 대해 조언을 얻고 싶어서 입니다."

"살인자의 심리라면……."

"다른 사람을 죽일 때 칼을 쓰는 사람이 있는 반면 독극물을 쓰는 사람도 있습니다. 이렇게 방법상의 차이를 보이는 건 살인자의 특성을 나타내는 게 아닐까 하는 생각이 드는데요."

한교수는 잠시 머리속을 정리하고 대답을 했다.

"그런 방법의 차이는 살인자의 성격이 다르기 때문에 생기는 건 사실입니다. 공격성이 강한 사람은 직접 살을 맞대고 접촉을 하며 살인을 하죠. 그건 자신의 공격성을 충족하는 무의식적인 행동입니다."

"하지만 그런 공격성은 평소에는 잘 모르겠죠?"

"그렇죠. 그리고 공격성이라고 해도 그 공격성을 사회적으로 받아들일 수 있는 행동으로 전환시켜 충족시키는 경우도 있습니다. 이를테면 정육점 주인이나 외과의사 같은 경우 오히려 공격적이고 대담한 성격이 직업상 좋을 수 있는 겁니다."

"그럼 독극물을 쓰는 살인자는 어떤 성격을 가지고 있을까요?"

"조심스럽고 소심하고 청결한 사람이죠. 치밀한 계산을 할 줄 알고, 그래서 자신을 더욱 잘 숨길 수 있는 사람일 겁니다."

한동안 침묵 속에 있던 강형사가 또 다른 질문을 했다.

"지난번 말씀하실 때 불이 꺼지기 전부터 유경아가 괴로와하는 것 같다고 하셨는데, 독극물 때문이 아니라 단순히 몸이 안 좋았기 때문에 그런 것 같지는 않았습니까?"

"글쎄요? 하지만 다른 배우들이 증언하지 않았습니까? 공연 전에는 그렇게 아픈 기색이 없었다구요."

"……예."

한교수는 강형사의 실망하는 목소리를 들을 수 있었다. 아마도 그 암흑 속에 무엇인가 있으리라고 기대를 한 것이겠지.

"……사실 유경아의 몸에서 검출된 규산은 굉장히 독성이 강하거든요. 부검을 한 의사 말이, 먹는 즉시 기도가 타들어가 반응 속도가 1분도 안 걸린다고 했습니다. 그런데 유경아는 무대 위에 30분 동안이나 서 있었거든요."

"그것 말고 다른 것은 검출되지 않았습니까?"

"감기약 성분이 있었고…… 자 잠깐, 나중에 다시 전화를 걸겠습니다."

강형사는 서둘러 전화를 끊었다. 아마도 전화 도중에 어떤 힌트가 떠오른 모양이었다. 수화기를 내려놓고 담배를 피워물며 한교수 역시 하나의 생각을 키우고 있었다.

그러나 그 생각은 여러 가지 문제점에 부딪히고 있어서 한교수 자신도 쉽게 판단을 내리지 못하는 것이었다.

"똑 똑."

한교수의 대답을 듣기도 전헤 혜리는 문을 열었다.

"아빠, 제가 새로운 사실을 알아냈어요."

한교수는 혜리의 다음 말을 기다리며 고개를 들었다.

"유경아의 매니저 그 사람은 최라는 사람인데요, 애인이었다는 얘기가 있어요."

"별로 새로운 사실도 아니구나. 그 정도는 조금만 신경을 쓰면 누구나 알 수 있는 정보가 아닐까?"

"그런데 두 사람을 갈라놓은 게 누군 줄 아세요? 바로 그 송대성, 연극 연출가예요."

"……송대성이라고?"

"예, 유경아가 매니저하고 결별을 한 것도, 연극에 출연을 한 것도 다 송대성 때문이었다는 거예요. 그 극단에 있는 사람에게 물어보니까 그 사람 생각보다 무서운 사람이란 생각이 들어요. 연습하다가 매니저에게서 전화가 걸려오니까 유경아를 끌고 나갔다가 한참만에 들어왔는데, 유경아의 얼굴이 말이 아니었대요. 경안 왜 손찌검을 당하면서도 송대성에게서 벗어날 생각을 하지 않았을까요?"

"글쎄 남녀 관계란 아무도 모르는 것이니까."

"저, 강형사라는 분을 좀 만나고 오려고 하는데, 어떻게 생각하세요?"

"넌 형사가 아니다."

혜리는 잠시 무슨 생각인가를 골몰하게 하더니 한교수의 팔을 잡고 매달렸다.

"아빠, 경아는 내 친구였어요. 경아가 어떤 사람이었는지도 모르는 형사한테 수사를 맡기고 싶지 않아요. 전 제 손으로 그 범인을 잡고 싶어요. 도와주세요, 네?"

"……글쎄, 강형사를 만난다고 해도 네가 뭘 할 수 있겠냐?"

"그냥 가만 앉아 있는 것보단 많이 알겠죠."

한교수는 어쩔 수 없이 혜리에게 지고 말았다.

혜리는 곧 외출 준비를 하고 경찰서로 향했다.

경찰서에 도착하자 강형사가 기다렸다는 듯이 혜리를 맞았다. 전날의 무례함에도 불구하고 강형사의 태도는 여전했다. 혜리는 강형사와 악수를 나누며 그가 꽤 괜찮은 남자라는 생각이 들었다.

"올 줄 알고 있었다는 표정이시네요?"

"글쎄, 궁금한 건 못 참는 성격이란 걸 알았다고 할까요?"

강형사는 미소를 지어 보이며 혜리를 자신의 책상으로 안내했다.

"죽은 유경아완 동창이라구요?"

"네, 서로 다른 대학에 들어간 후로도 이따금 연락은 했었죠. 경아가 유명해진 후론 거의 만날 시간이 없었거든요."

"그럼 요즘 유경아가 어떤 사람과 만나는지, 무슨 고민이 있는지는 잘 모르겠군요."

"물론 그렇죠. 하지만 계속 만났다고 해도 그런 얘기는 하지 않았을 거예요."

"왜죠?"

강형사는 혜리가 앉은 책상 위에 커피가 든 종이컵을 내밀었다. 혜리는 커피를 마시면서 경아에 대해 여러 가지 일들을 떠올려 보았다.

"좀처럼 자기 얘길 하지 않았어요. 마치 비밀 속에서 사는 아이 같았어요. 그래서 친구를 사귀어도 오래 가지 않았지요. 마음을 열지 않는 것처럼 보였으니까요."

"그런데 혜리씨는 친구가 됐군요?"

"아무것도 묻지 않는 내가 편했던 모양이에요. 난 비밀을 가진 경아가 좋아 보였구요."

"……."

"하지만 친구가 없었던 건 그것 때문만은 아니에요. 경아는 성격이 좀 급한 편이었어요. 인내력이 없다고 할까? 친구를 사귀는 데도 시간이 필요한데 그걸 못 참는 거예요. 예를 들자면 사탕을 먹어도 녹는 걸 기다리지 못해서 깨물어 먹거나 그대로 삼켜버리는 그런 성격이었죠."

강형사와 경아에 대한 얘기를 하고 있자니 혜리의 머리속에는 학창 시절의 추억들이 떠올랐다. 이제 다시는 경아를 볼 수 없다는 게 믿어지지 않았다.

"……규산이라는 독극물에 대해 들어본 적 있어요?"

"네, 화학 강의를 들을 때 배웠죠. 규산은 보석 가공이나 반도체 산업에 쓰이고, 흙이나 유리에도 들어 있어요."

혜리는 또 실생활에서 규산이 쓰이는 용도에 대해서도 이야기해 주었다.

"수분 흡수를 하는 성질이 있어서 인스턴트 식품에 많이 들어 있어요. 물론 식품과 별도로 포장되어 있죠. 보신 적이 있을 거예요. 구워서 파는 김에 보면 하얀 봉지가 들어 있죠? 그건 실리카겔이라고 하는 건데 규산으로 만들어요. 물론 인체에 무해하게 처리를 한 거죠."

혜리의 얘기를 듣고 있던 강형사가 문득 혜리를 쳐다보며 뜻모를 웃음을 지었다.

"왜 웃으세요?"

"아니, 갑자기 우리가 어울리는 한 쌍이란 생각이 들어서 말입니다."

강형사의 그 말에 혜리는 잠깐 어리둥절해졌다. 뭐라고 말대꾸를 하려고 했으나 누가 강형사를 찾아왔다고 해서 그들의 대화는 중단되고 말았다.

혜리를 남겨두고 나갔던 강형사는 10분쯤 지난 후에 돌아왔다.

"누가 왔는지 알아요?"

"글쎄요? 제가 아는 사람인가요?"

"박명희씹니다. 아주 흥미있는 정보를 가지고 왔더군요."

무슨 정보인지 궁금했지만 혜리는 강형사의 다음 말을 기다리며 가만히 있었다.

"박명희씨가 준 정보는 말입니다……."

강형사가 다음 얘기를 꺼내려는 순간 책상 위의 전화기가 요란하게 울렸다. 전화를 받는 강형사의 표정만으론 무슨 내용인지 알 수 없었지만 그것이 국립과학수사연구소에서 걸려온 전화라는 건 혜리도 알 수 있었다.

"감기약 성분 조사 결과가 나왔다구요?"

잠시 후 전화를 끊은 강형사는 혜리가 있는 것도 아랑곳하지 않고 담배를 피워 물었다.

"제가 방해가 됐나보죠?"

"아, 아닙니다. 지금 이경수씨를 만나러 가는 길인데 같이 가겠습니까?"

"네."

혜리는 강형사와 동행을 결심하면서 자기도 나름대로 범인 찾기를 해봐야겠다는 생각을 했다. 이경수는 극단 사무실에 있었다. 다른 사람들은 나오지 않았고 혼자 사무실을 지키고 있노라고 했다.

"경아가 타살인 게 확실합니까?"

이경수는 강형사와 인사를 나누고 곧 경아의 얘기를 꺼냈다.

"그러니까 이렇게 주변 인물들을 만나러 다니는 게 아니겠습니까?"

그 말을 듣자 이경수는 눈에 띄지 않을 정도로 잠깐 얼굴을 찡그렸다.

"그럼 우리들 중에 경아를 죽인 사람이 있다는 얘깁니까?"

강형사는 이경수의 말에 대답은 하지 않고 그의 얼굴을 빤히 쳐다보며 물었다.

"어제 저에게 약봉지를 건네주셨는데, 유경아에게 주었던 그대로입니까?"

"무…… 무슨 뜻입니까?"

"약봉지 안에 있던 걸 빼거나 하진 않았는지 묻고 있는 겁니다."

"빼다뇨? 지, 지금 절 의심하고 계신 겁니까?"

강형사는 날카로운 눈으로 이경수를 노려보더니 천천히 입을 열었다.

"이봐요, 이경수씨 당신은 유경아에게 약봉지를 건네주기 전에 그 안에 무엇인가를 넣었어요. 안 그렇습니까?"

"그…… 그건……."

"그런데 당신이 건네준 약봉지에는 감기약밖에 없었습니다. 도대체 뭘 넣었는지 얘기를 해보시죠!"

강형사의 다구침에 고개를 떨구고 있던 이경수는 하는 수 없다는 듯 고개를 들고 강형사를 쳐다보았다.

"그건…… 개인적인 편지였습니다……. 경아의 죽음과 관계가 없다고 생각했기 때문에 말하지 않은 것뿐입니다."

이경수는 유경아에게 남다른 감정을 가지고 있었노라고 고백했다.

"약봉지에 그것 말고 다른 건 넣지 않았습니까?"

"정말입니다. 다른 건 아무것도 넣지 않았습니다……. 감기약을 꺼

내다가 편지를 발견한 경아가 그대로 휴지통에 집어넣어 버려서 저
는…… 그대로 분장실을 나와 버렸습니다."

"그럼 감기약을 먹는 걸 본 사람은 누굽니까?"

"분장실 안에는 박명회 선배와 김준섭씨가 있었습니다. 그리고 제가
나가면서 송선배가 들어갔습니다."

"송대성씨와 유경아와의 관계는 어땠습니까?"

"그건 직접 물어보시죠."

강형사의 질문을 받은 이경수는 불쾌한 표정을 감출 생각도 하지 않
고 차갑게 대답했다. 이경수의 그런 반응을 보고 혜리는 이경수가 경아
에게 보낸 그 개인 편지라는 게 어떤 내용인가를 짐작할 수 있었다. 그
는 아마도 송대성에게 별로 좋은 감정을 가지고 있지 않을 것이다. 자
기가 좋아하는 여자에게 폭력을 휘두르는 남자. 이경수가 송대성을 어
떻게 생각하고 있는지 짐작할 수 있었다.

"송대성씨에 대해 별로 좋은 감정이 아니군요?"

혜리는 핸드백을 만지작거리며 이경수의 심중을 떠보았다.

"그 사람은 제 멋대로입니다. 여자 관계 역시 마음 내키는 대로죠.
전 경아가 그 인간의 손아귀에 붙잡히는 걸 참을 수가 없었습니다.
박명회 선배를 바로 옆에 두고 어떻게……."

"박명회씨도 송대성과 연인 사이였습니까?"

강형사가 눈을 빛내며 물었다.

"한때는 그랬죠. 송선배가 경아에게 접근하기 전까지는……."

잠시 망설인 끝에 이경수는 손으로 이마를 쓰윽 문지르더니 말문을
열었다.

"사실 박명회 선배와 송선배는 얼마 전까지도 결혼할 사이라는 소문
이었습니다. 송선배는 어릴 때 부모를 잃고 약국을 하는 누님과 둘
이 살았는데 그 누님에게 박명회 선배를 인사시켰다고 하더군요. 그
건 집안끼리도 결혼을 인정한다는 얘기죠. 그런데 경아가 나타난 겁

니다. 둘 사이가 깨지고 거기다 연극 공연까지 하게 되었죠. 그런데
도 박선배는 굉장히 잘 견디어냈습니다. 사실 그런 일을 당하고도
같은 무대에 서기 위해 아무렇지도 않은 얼굴로 연습을 한다는 건
쉬운 일이 아니죠."

"그럼 박명희씨는 경아를 미워했겠군요? 자신과 결혼 약속까지 한
남자를 빼앗아 갔으니 말이에요."

혜리는 박명희의 기분이 어땠을까 생각해 보았다.

"그렇지 않습니다. 오히려 주위 사람들이 놀랄 만큼 경아에게 잘 대
해 주었습니다. 박선배는 연극 무대에 처음 서는 경아를 위해 발성
법이나 손연기까지 신경을 써주었습니다. 어떤 면으로 경아가 송선
배와 거리를 가지려 한 건 그런 박선배에게 미안함을 느꼈기 때문일
겁니다."

"경아가 송대성씨와 거리를 두려고 했다구요?"

"예, 그래서 요즘엔 송선배의 신경이 날카로와져 있었어요. 언젠가
경아씨의 얼굴 상처를 보고 우리들이 송선배에게 대들었기 때문에
경아씨에게 다시 손지검을 하는 일은 없었지만, 그에 못지 않게 다
른 방법으로 경아씨를 괴롭혔습니다."

"어떤 방법으로 말입니까?"

"연습 때 경아의 연기를 꼬투리로 인간적인 모욕도 서슴지 않았습니
다. 그 정도는 학예회에나 어울리는 연기라는 식으로요."

"그런데도 경아는 참고 있었나요?"

"연기로 인정받고 싶었구, 그 성공의 기회를 이 연극에 걸고 있었으
니까 물러설 수가 없었던 거죠."

"……."

강형사는 무슨 생각을 하는지 내내 말이 없었다. 이경수에게 질문을
하는 건 혜리의 몫이 되어 있었다. 이제 더 이상 이경수에게 물어볼 것
도 없어진 혜리는 고개를 돌려 강형사의 표정을 살폈다. 강형사는 의자

에서 몸을 일으키며 이경수에게 손을 내밀었다.

"누가 경아씨를 죽였는지 꼭 찾아주십시오."

강형사는 대답 대신 고개만 끄덕였다.

극단 사무실을 나오면서 혜리는 이경수에 대한 얘기를 하기 위해 경찰서까지 찾아온 박명희에 대해 생각해 보았다.

박명희는 사건이 일어나자 곧 경아의 감기약을 사온 것을 이경수라며 그를 지목했었고, 이번엔 이경수가 약봉지에 무엇인가 넣는 것을 목격했다고 (경아에게 보내는 개인적인 편지라고 밝혀졌지만) 증언을 했다.

일부러 경찰서에 찾아와 이경수에 대해 얘기할 만큼 그녀는 그를 의심하고 있는 것이다.

'그렇다면 알려지지 않은 또 다른 사실이 있는 것일까?'

그러나 혜리는 곧 고개를 혼들었다.

아무리 봐도 이경수는 경아를 죽일 아무런 이유가 없는 것이다. 그리고 계속 혜리의 머리속을 괴롭히고 있는 것은 독극물을 먹은 지 20분이나 지난 후에 반응이 나타났다는 사실이다. 그것은 상식을 벗어난 일임에 틀림없었다.

강형사와 함께 걷고 있다는 것도 의식하지 못하고 고개를 숙인 채 생각에 잠겨 걷던 혜리는 갑자기 걸음을 멈추고 소리를 질렀다.

"그래, 바로 그거야."

혜리는 굉장한 발견이라도 한 듯 들뜬 표정으로 고개를 들다가 자신을 보고 있는 강형사를 보자 비로소 그와 함께 걷고 있었다는 사실을 상기했다.

"이제 알겠어요."

"……?"

강형사는 영문을 모르겠다는 얼굴로 혜리의 다음 말을 기다리고 있었다.

"경아가 왜 규산을 먹고도 20분이나 지난 뒤에 죽었는지 알아냈어
요."

"그래요?"

강형사는 의외로 시큰둥한 반응을 보이며 담배를 꺼내 물었다.

'이놈의 담배를 끊어야 하는데…….'

혜리가 어떤 추리를 했는지 강형사는 짐작할 수 있었다.

"제 애길 들어보세요."

혜리는 자기가 생각해낸 추리에 도취되어 강형사의 그런 반응을 미
처 읽지 못하고 있었다.

"경아는 캡슐에 든 규산을 먹었던 거예요. 그러니까 식도에는 이상
이 없고 그대로 위까지 들어갈 수 있었던 거죠. 캡슐이 위에서 녹기
시작하자 고통을 느끼기 시작했고……. 어때요? 이걸로 20분의 트릭
은 풀린 거 아닌가요?"

혜리가 말을 다 끝낸 후에도 강형사는 침묵을 지키며 담배만 빨아들
였다. 혜리는 비로소 강형사의 반응이 시큰둥한 것을 눈치채고 의아한
생각이 들었다.

"왜 아무 얘기도 안 하세요?"

"이미 생각해 본 추립니다. 국립과학수사연구소에 의뢰를 해서 확인
까지 끝냈죠."

"그럼……?"

"남은 감기약 봉지에는 캡슐이 들어 있지 않았고, 유경아의 위에서
도 캡슐이 녹은 흔적은 없었습니다."

얘기가 끝나자 혜리는 온몸에 있던 기운이 다 빠져나가는 느낌이 들
었다. 자신의 추리가 틀림없을 거라며 자신만만하던 표정은 어느새 사
라지고 없었다. 실망으로 의기소침해진 혜리의 얼굴을 보자, 강형사의
입가에는 미소가 떠올랐다.

"차나 한 잔 하고 갑시다."

불쑥 말을 꺼낸 강형사는 혜리의 대답도 듣지 않고 앞서 걸어갔다.

마로니에 공원이 내려다보이는 찻집에 앉아 이런저런 얘기를 나누며 서로를 관찰하던 두 사람은 마음 한구석에 서로에 대한 좋은 인상을 확인할 수 있었다.

다방에 앉자마자 강형사는 박명희와 송대성을 다시 한 번 만나볼 예정이라고 했다. 혜리도 그들을 만나고 싶은 생각이 있었지만 다시 강형사를 따라 나선다는 게 좀 망설여졌다.

"잠깐 전화 좀 하고 오겠습니다."

강형사는 카운터 옆에 마련된 공중전화로 송대성을 찾았다.

"예…… 어디에 가셨다구요? 누님집요? 위치를 좀 알려 주시겠습니까?"

강형사는 수첩에 무엇인가 적어놓고는 곧 전화를 끊고 혜리가 있는 탁자로 돌아왔다.

"누님집에 다니러 갔다는군요. 협조 요청이 있을지 모른다고 집에 있어 달라고 했는데."

"어쨌든 소재는 아시잖아요."

"그렇긴 하죠. 이만 일어납시다."

찻집 앞에서 강형사와 헤어지면서 혜리는 작은 아쉬움을 느낄 수 있었다.

한교수는 강형사와 만났던 얘기를 하는 혜리의 얼굴에서 전과 다른 생기를 읽을 수 있었다.

"제딴에는 굉장한 추리를 했다고 생각했었는데……."

"그 추리가 맞을 게다."

"하지만 부검 결과에는 캡슐을 복용한 흔적이 없다고 하던데요?"

"굳이 캡슐일 필요는 없지."

혜리는 아직도 잘 모르겠다는 얼굴로 한교수를 쳐다보았다.

"강형사가 언제 송대성을 만나러 간다고 하더냐?"

"글쎄요?"

"경찰서에 전화를 해서 강형사에게 얘길 해라. 함께 가도 되겠느냐
고."

"송대성의 집으로 가는 건가요?"

"아니, 박명희 집에. 하지만 내 생각에 그곳에서 송대성도 만날 수
있을 거다."

혜리는 영문을 모르겠다는 듯 한교수를 쳐다보다가 경찰서로 전화
를 걸기 위해 수화기를 들었다.

마침 강형사가 전화를 받더니 지금 나가는 길이라고 했다.

강형사는 한교수의 청을 흔쾌히 받아들이고 곧 박명희의 아파트 주
소를 가르쳐 주었다. 한교수는 혜리를 차에 태우고 곧 운전석에 앉았
다.

"이번엔 제가 운전하면 안 돼요?"

"왜, 내 운전 솜씨가 마음에 안 드냐?"

"아니오, 그냥……."

한교수의 운전 솜씨에 답답함을 느끼고 있었지만 그렇다고 사실대
로 말을 할 수가 없었다. 아버지 한교수는 스스로의 운전 솜씨에 만족
하고 있으니까.

"……아버진 이번 사건을 다 푸셨나 봐요?"

"글쎄……."

"좀 가르쳐 주세요, 답답해요."

"머리는 모양으로 있는 게 아닌 줄 아는데?"

한교수의 그 말을 듣자 혜리는 그래, 내 힘으로 풀어보자 하는 오기
가 생겼다. 박명희의 집에 도착할 때까지 혜리는 이번 사건에 대해 생
각하고 또 생각해 보았다. 하지만 계속 의문만 쌓여 갈 뿐 해결의 실마

284

리는 어디에도 보이지 않았다.

'경아에게 원한을 품을 만한 사람은 누구인가? 우선 박명희. 그녀는 송대성을 빼앗아간 경아에게 충분히 살의를 품을 수 있다. 하지만 이경수의 말에 의하면 박명희는 경아에게 잘 대해 주었다고 하는 데……'

혜리는 그렇게 한 사람씩 혐의를 두고 여러 가지 가능성을 검토해 보았다.

송대성. 그 역시 경아에게 원한을 가질 만하지 않을까?

자기 앞에 새로이 나타난 사랑. 그러나 그 여자가 자신의 사랑을 뿌리치고 돌아서려 할 때 남자는 한없이 잔인해질 수도 있을 것이다.

이경수. 그는 경아에게서 절망감을 맛보았을 것이다. 자기의 진심을 몰라주고 도무지 용납할 수 없는 잔인한 인간에게 자신을 맡겨버리는 경아를 보며 그는 배신감에 이를 갈았을 수도 있다.

또 한 사람, 경아의 매니저라는 사람. 그는 경아가 죽기 바로 전 경아에게 죽이겠다는 협박을 했었다. 강형사가 그 매니저를 만난 얘기를 해주었었다.

"난 경아가 데뷔했을 때부터 줄곧 경아를 지켜봤습니다. 경아에게 다른 생각이 있다는 걸 안 건 얼마 전이었어요. 지금까지 줄곧 함께 있었던 나한테는 아무 말도 하지 않고 자기 멋대로 행동하는 걸 참을 수가 없었습니다. 스케줄이 펑크가 나고 경아가 사라진 후에야 그 사실을 알았죠."

그는 경아가 사업 관계뿐 아니라 인간적 관계까지도 끊겠다고 매몰차게 돌려보내려 했기 때문에 머리끝까지 화가 났었다고 했다. 죽여버리겠다고 한 얘기는 어디까지나 자기가 흥분해서 한 소리였다는 것이다.

'이 최라는 매니저는 즉흥적이고 충동적인 사람이야. 독극물을 준비하고 20분의 트릭까지 만드는 치밀함은 이 사람하고는 어울리지 않

아.'

혜리는 머리속에서 최라는 사람을 지워버렸다. 그렇다면 용의자는
세 사람으로 좁혀지는데 과연 그중에 진짜 경아를 죽인 사람은 누굴
까? 혜리는 세 사람의 얼굴을 떠올리며 계속 다람쥐 쳇바퀴 돌 듯 같은
자리를 맴돌고 있었다.

한교수와 혜리는 20여분 후에 박명희의 아파트에 도착했다.

푸른 한강을 끼고 있는 아파트 단지는 보기에도 시원할 만큼 쭉쭉
하늘로 뻗어 있었다. 한교수는 느리게 주위를 둘러보며 박명희의 아파
트로 향했다. 한교수의 뒤를 따라가는 혜리의 머리속은 여전히 뒤엉킨
실타래였다.

힐끗 뒤를 돌아보는 한교수의 눈가에 얼핏 웃음이 고였다. 혜리는
자신을 바라보는 한교수의 얼굴을 보자 샐쭉해져 시선을 돌렸다.

'치이, 아버진 전문가니까 다 아시겠죠. 저도 제 식으로 끝까지 풀어
볼 거라구요.'

혜리는 속으로 그렇게 소리쳤다.

박명희의 아파트는 12층이었다.

그녀의 집앞에 도착한 혜리는 초인종을 누르려다 문이 약간 열려 있
는 것을 발견했다.

"아버지, 문이 열려 있어요."

한교수는 아무 말 없이 열린 문을 조금 더 소리 없이 열었다.

"이경수야? 그놈이 경아를 죽였어?"

"……."

"말해, 어서! 경찰서에 찾아가서 도대체 무슨 얘길 했어?"

송대성의 목소리가 거실을 쩌렁쩌렁 울리고 있었다.

"내가 경찰서에 간 건 어떻게 알았어요?"

"누굴 바보로 알아? 이경수가 전화를 했어. 경아를 죽인 건 나라더
군. 미친 놈. 그놈은 명희, 네가 날 감싸고 돌기 위해 자길 범인으로

지목한다고 했어. 하지만 난 경아를 죽이지 않았어. 명희도 알잖아? 난……."

"그래요, 당신은 경아를 사랑했으니까."

"지금은 그게 중요한 게 아니야."

"그럼 당신에게 중요한 건 뭐죠? 당신은 여자를 마치 장난감처럼 생각하죠. 당신이 사랑하던 경아가 죽어도 망가진 장난감을 버리듯 그렇게 잊어버리면 된다는 건가요? 나를 버렸듯이 경아도 그렇게 버리는 건가요?"

"너야? 경아를 죽인 게…… 바로 너지?"

혜리는 숨소리를 죽이며 그들의 대화에 귀를 기울였다.

"내가 경아를 죽였다고 생각해요? 아직 경찰에 말하지 않은 게 한 가지 있어요……. 그 얘기를 하면 당신은 경아를 죽인 범인으로 평생을 감옥에서 보내야 할 거예요."

"무…… 무슨 소리야? 난 경아를 죽이지 않았어."

"아뇨, 당신이 죽였어요. 난 당신이 경아를 죽이는 걸 봤어요. 당신이 건네준 그걸 먹고 경아는 죽었어요."

"무슨 소리야?! 난 경아를 죽이지 않았어. 경아에게 아무것도 먹이지 않았다구!!"

문밖에서 소리 죽여 듣고 있던 혜리는 고개를 들어 한교수를 바라보았다. 혜리의 눈에는 송대성이 범인이냐는 물음이 들어 있었다. 한교수는 천천히 고개를 저었다.

"이런, 늦어서 죄송합니다."

엘리베이터에서 내린 강형사가 한교수와 혜리를 발견하고는 큰 소리로 인사를 하며 다가왔다. 혜리가 조용히 하라는 손짓을 했지만 강형사는 그 손짓의 의미를 모르는지 다시 큰 소리로 말을 건넸다.

"박명희씨 안에 없습니까? 초인종을 누르지 그러세요?"

얘기를 하다가 말고 그제야 혜리의 표정을 읽은 강형사는 무슨 일이

나는 표정으로 한교수를 바라보았다.

"초인종을 누르시오. 박명희씨도 송대성씨도 강형사에게 할 얘기가 있는 모양입니다."

문 한쪽으로 물러서며 한교수는 어서 초인종을 누르라고 강형사를 채근했다.

쭈뼛거리던 강형사가 초인종에 손을 대려 하는데 열린 문이 아예 활짝 열리며 박명희가 나왔다.

"무슨 일로 이렇게 여러분이 찾아오셨나요?"

박명희는 조금 전 송대성과 싸운 기색을 찾아볼 수 없이 태연한 얼굴로 강형사와 일행을 방으로 들어오게 했다. 강형사는 한교수와 혜리의 얼굴을 보고 고개를 갸우뚱거리며 안으로 들어갔다. 강형사를 본 송대성은 당혹스런 얼굴로 소파에서 일어났다.

"여기서 뵐 줄은 몰랐는데요? 누님댁에 가셨다더니……."

"내가 못 올 데를 온 것은 아니잖소?"

송대성은 오히려 강형사의 질문이 불쾌하다는 듯 퉁명스럽게 말했다.

"그래요, 잘 왔어요. 박명희씨 혼자 있었다면 나중에 또 송대성씨를 만나야 했을 테니까."

한교수는 송대성을 쳐다보며 그의 맞은편에 섰다.

"자, 앉아서 얘길 할까요?"

한교수의 말에 강형사는 엉겁결에 한쪽 소파에 주저앉았다.

"박명희씨도 앉으시지요."

"……."

모두들 한교수의 나직한 목소리에 압도되어 탁자를 사이에 두고 빙 둘러앉았다. 혜리는 한교수의 바로 옆에 앉아서 긴장된 얼굴로 박명희와 송대성을 쳐다보았다. 혜리는 송대성을 노려보았다.

'범인은 송대성이다.'

혜리는 경아를 죽인 게 송대성이라는 사실을 의심하지 않았다. 송대성이 경아에게 무엇인가 먹이는 걸 박명희가 목격했다고 하지 않았는가.

"강형사, 이 두 사람이 당신에게 얘기하지 않은 게 있는 모양입니다."

"예?"

강형사는 어리둥절해서 한교수를 쳐다보다가 송대성과 박명희에게 시선을 돌렸다. 한교수는 박명희의 얼굴을 쳐다보더니 아까보다 더 낮은 목소리로 물었다.

"죄송합니다. 아까 두 분이 하시는 얘기를 듣고 말았습니다. 박명희씨는 송대성씨가 경아를 죽이는 걸 봤다고 했는데 사실입니까?"

"예? 송대성이가?"

곁에 있던 강형사가 소리를 지르며 자리에서 벌떡 일어났다.

송대성은 어이없는 표정으로 강형사를 올려다보았다. 혜리는 강형사의 성급함을 참을 수가 없었다.

"조용히 좀 하세요. 대답을 들어야 하잖아요?"

"……."

혜리의 핀잔을 들은 강형사는 자리에 다시 앉아 송대성을 노려보았다. 한교수의 질문을 받은 박명희는 그때까지도 망설이며 말을 못 하고 있었다.

"난 경아를 죽이지 않았어요. 명희가 거짓말을 하고 있는 겁니다."

송대성이 견디질 못하고 버럭 소리를 질렀다. 그 소리에 자극을 받았는지 박명희는 천천히 입을 열었다. 그녀의 시선은 송대성을 향하고 있었다.

"그래요, 봤어요……."

"이년이…… 난 경아를 죽이지 않았어."

박명희의 말이 끝나기도 전에 송대성은 박명희에게 달려들어 머리채를 낚아채려 했다.

그러나 그보다 앞서 강형사가 송대성의 몸을 덮쳐 쓰러뜨렸다.

"송대성, 어서 말하시지. 유경아에게 뭘 먹였나?"

"그건 바로 사탕이지."

송대성이 입을 열기도 전에 한교수가 박명희의 얼굴을 쳐다보며 대답했다. 순간 박명희의 시선이 한교수의 시선과 부딪쳤다. 그녀는 곧 시선을 돌리고 강형사를 보며 그때의 상황을 애기했다.

"막이 올라가기 전에 경아는 머리가 개운하지 않다면서 이경수에게 부탁해서 감기약을 사오게 했어요. 하지만 어린애 같은 경아는 감기약이 쓰다며 투덜거렸죠. 그때 대성씨가 경아에게 자기가 먹던 사탕통을 열어서 사탕을 줬어요. 경아는 그 사탕을 먹고 죽은 거예요."

"아냐, 말도 안 돼. 난 경아를 죽이지 않았어."

박명희의 말이 끝나기도 전에 송대성은 강형사의 팔을 뿌리치며 소리질렀다.

너무나 뜻밖의 말인지 강형사는 송대성의 몸을 누른 채 멍하니 입을 벌리고 박명희를 쳐다보았다.

"박명희씨 말이 맞나?"

강형사가 송대성의 몸을 누르며 다구쳤다.

"아냐, 그건 그냥 사탕이야."

"그럼 유경아에게 사탕을 준 게 사실이군. 남은 사탕은 어떻게 했지?"

강형사는 다시 송대성의 팔을 세게 움켜잡았다.

"말하고 싶지 않았어요. 난 정말……."

박명희는 그 자리에 깊숙이 몸을 묻고 손으로 얼굴을 감쌌다.

"그러시겠지요. 좋아했던 남자가 자기 대신 죄를 뒤집어쓰는 모습을 보고 싶지 않을 테니까."

한교수의 그 말을 들은 강형사는 믿을 수 없다는 듯 다시 한교수에게 되물었다.

"그렇다면 범인은 송대성이 아니라 박명희란 말입니까?"

놀란 것은 강형사만이 아니었다. 혜리 역시 한교수의 말에 놀라지 않을 수 없었고 송대성의 놀라움도 컸다. 그러나 그 누구보다 박명희가 더 놀랐다.

"마…… 말도 안 되는 소리예요."

그녀는 떨리는 음성으로 간신히 말을 이었다.

"당신은 송대성이 담배를 끊기 위해 사탕을 먹는다는 걸 알고 사탕 속에 규산을 넣었던 거요. 그리고 송대성이 사탕을 먹기만 기다렸는데 엉뚱하게도 송대성은 그 사탕을 경아에게 건네주었지. 자기를 멀리 하려는 경아에게 최대한 비위를 맞추려고 했던 그는 감기약이 쓰다는 투정을 하니까 아무것도 모르고 독이 든 사탕을 건네주었지. 결국 경아를 죽음으로 몰고 간 건 당신들 둘의 짓이오. 박명희씨 당신은 송대성을 죽이려다가 엉뚱하게 경아가 죽자 계속 경아가 감기약을 먹었다는 것에 시선을 집중하게 만들었소. 결국 송대성을 죽이진 못했지만 그를 평생 감옥에 가두는 것도 나쁘진 않겠다는 생각을 한 거요."

박명희는 한교수의 말이 끝난 후에도 한동안 고개를 숙인 채 잠자코 있었다. 그녀의 어깨가 가늘게 떨리고 있었다.

"……그래요, 난 저이를 죽이고 싶었어요. 아니, 두 사람 다 죽이고 싶었어요. 경아만 없었다면 우린 결혼했을 거예요."

"이야야야——."

강형사가 잠시 몸의 기운을 빼는 사이에 송대성이 몸을 일으켜 박명희에게 달려들었다.

그러나 박명희는 그보다 먼저 열어둔 유리문을 통해 베란다로 향했다.

베란다 난간에 올라선 박명희는 12층의 그 아찔한 높이를 내려다보더니 자신을 향해 뛰어오는 송대성을 원망스런 눈으로 바라보았다.

"아…… 안 돼."

"당신은 나쁜 사람이에요."

박명희는 그 말을 남기고 아래로 몸을 던졌다. 강형사가 잽싸게 몸을 날려 박명희의 몸을 잡으려 했지만 이미 늦은 시각이었다.

한교수는 자기도 모르게 손을 내밀어 혜리의 눈을 가렸다. 그것은 정말 딸에게 보여주고 싶지 않은 장면이었다.

송대성의 남은 사탕에서 규산이 검출되고 사건이 마무리되자, 혜리는 또 다른 궁금증이 생겼다.

"아버진 언제부터 박명희가 범인인 걸 알고 계셨어요?"

"사실 사건이 나고 바로 분장실에 들어가서부터 난 범인이 주변 인물일 것이라고 생각했단다. 그런 상황에서 외부인이 끼어들기는 사실 힘든 일 아니겠냐? 그런데 분장실에서 송대성, 이경수, 박명희, 김준섭 네 명을 자세히 관찰하면서 난 이상한 걸 발견했단다. 송대성이 담배를 끊기 위해 사탕을 먹는다는 얘길 하자 다들 탁자 위에 놓인 사탕통을 바라보았는데 박명희만은 애써 그 사탕통을 보려 하지 않더구나. 그리고 사건을 일으킨 범인은 보통 두 가지 반응을 보이지. 사건 자체를 무시하고 외면해서 마치 자기는 아무런 관련이 없는 것처럼 행동하는 게 그 하나고, 또 하나는 박명희처럼 사건에 적극적으로 개입해서 범인을 잡으려고 애쓰는 모습을 보여줌으로써 오히려 자신은 범인이 아니라는 걸 보이려는 사람."

"그러니까 너무 설치는 사람도, 너무 관심이 없는 척하는 사람도 다 의심스러운 거군요."

"그렇다구 할 수 있지. 그런데 말이다, 나도 이해가 안 가는 게 한 가지 있어."

"뭔데요?"

"사탕을 먹을 때 흔히들 녹여 먹거나 깨물어 먹거나 둘 중의 하나거든. 그렇다면 20분의 시간은 아무래도 이상하단 말이야."

"그건 제가 알아요. 경아는 성격이 급해서 사탕을 녹여 먹지 못해요. 어쩜 막이 올라갈 시간에 급해서 약을 먹고 올라가다가 그냥 삼켰는지도 모르죠."

"그러나 사탕으로 사람을 죽이려고 한 건 위험한 일이었어. 다른 사람도 사탕을 먹을 수 있거든."

"……."

따르르릉.

학교수와 혜리의 침묵을 헤집고 전화벨이 울렸다. 강형사의 전화였다.

"박명희의 일기장에서 규산의 입수 경로가 확인되었습니다. 동생이 화학과 조교로 있더군요."

"전해 줘서 고맙소."

"저, 그런데 혜리씨는 없습니까?"

강형사는 조심스럽게 혜리를 찾았다. 혜리에게 전화를 건네주며 한교수는 어쩌면 강형사의 다음 사건에도 혜리가 붙어 다닐 거라는 생각이 들었다.

둘의 통화를 위해 한교수는 슬그머니 서재로 걸음을 옮겼다.

강형사의 전화를 받는 혜리의 목소리가 통통 튀고 있었다.

• 이영준

하얀 블라우스

● 이영준
충남 대전 출생.
순천향대 물리학과 졸업.
금요문학 동인.

하얀 블라우스

'주사위는 던져진 셈이야.'

미경은 무대 위에 서서 무대 측면에 돌출된 작은 창문을 향해 리모 콘의 버튼을 누르면서 주회의 가슴에 칼을 꽂는 장면을 상상했다.

무대 측면과 객석의 경계면에 있는 5m 높이의 발코니에는 그녀가 숨겨 놓은 캠코더가 조명 세트에 부착되어 있었다. 그녀는 자기의 알리 바이를 조작하기 위해서 리허설 상황을 녹화하기로 한 것이다.

'이번 일은 타이밍이 생명이다. 리허설이 시작되면 지체없이 움직여 야 된다.'

미경은 시계를 들여다보면서 마음 속으로 속삭였다.

오케스트라가 튜닝을 시작하자 영준은 무대 뒤에서 걸어나왔다. 그 는 교통사고 후유증으로 오른쪽 다리를 약간 절고 있었다.

그는 RCA와 계약한 이래 그의 음반은 계속해서 베스트셀러가 되었 고, 카루소와 마리오 란자와 같은 드라마틱 테너로서 세계적인 인기를 누리고 있었다.

객석으로 내려온 미경은 출입구에서 가장 가까운 자리에 앉았다. 그 녀가 강당을 빠져나갈 때 다른 사람들의 시선을 끌지 않기 위해서였다. 객석은 어두웠고 그녀의 하얀 블라우스는 비상구 유도등의 불빛을 받아 푸르스름하게 물들어 보였다.

그때 문이 열리고 리허설에 지각한 플룻 주자가 강당 안으로 들어왔다. 열린 문틈으로 새어들어온 불빛 때문에 미경의 모습이 선명하게 드러났고, 그제서야 무대 위에 있던 영준은 그의 연습 파트너를 발견할 수 있었다.

영준은 발성 연습을 끝내고 지휘자에게 고개를 끄덕여 보였다. 잠시후 오케스트라는 '그리운 마음'을 연주하기 시작했다.

아, 엷은 손수건에 얼룩이 지고
찌들은 내 마음을 옷깃에 감추고
가는 3월
발길마다 밟히는 너의 그림자.

미경은 다시 시계를 들여다보았다.

그녀가 움직이어야 될 시각이 되었다. 신제주에서 중문까지 왕복하는 데에는 시간이 꽤 걸리기 때문에 서둘러야 했다. 그녀는 첫곡이 끝나기 전에 일어섰다.

강당 밖으로 나온 미경은 보수 공사를 하고 있는 인부들의 주의를 끌지 않기 위해 조바심을 내며 탐라문화회관의 로비를 가로질렀다.

수분 뒤에 그녀는 제2횡단도로를 달리고 있었다.

'오늘이야말로 주희에겐 뜨거운 날이 될 거야. 아마 비명을 지르겠지.'

미경은 상상만으로도 통쾌했다.

그녀는 줄리어드 재학 시절 룸메이트인 주희를 영준에게 소개시켜준 것을 후회하고 있었다. 그녀는 영준의 피아노 반주자로서 아주 자연스럽게 그와 맺어지길 바랬지만 주희의 출현으로 일이 뜻대로 되지 않았다.

'앙큼한 것.'

그녀는 보복을 결심하고 기회를 엿보고 있었다.

'하지만 영준과 주희가 이혼하는 것만으로는 충분치 않아. 반드시 댓가를 치러야 돼.'

더욱이 주희는 영준의 딸을 맡아 기르는 조건으로 그의 재산의 절반 이상을 분할받도록 되어 있었기 때문에 미경은 속이 뒤틀렸다.

그녀가 잠시 상념에 빠져 있는 동안 버스가 그녀의 차를 앞질렀다. 직행 버스였다. 그녀는 액셀을 힘껏 밟았다.

중문에 도착한 미경은 해변 주차장에 차를 세웠다. 그녀는 탈의장에서 수영복으로 갈아입고 비치 가운을 걸쳤다. 차양이 넓은 모자를 쓰고 선글라스를 낀 다음 씨사이드 콘도 쪽으로 발길을 옮겼다.

씨사이드 콘도는 해수욕장을 병풍처럼 둘러싸고 있는 절벽 위에 있었다. 미경은 바다 바람에 모자가 날아가지 않도록 손으로 꼭 붙들고 가파른 계단을 올라갔다.

콘도 주차장에 서 있는 흰색 벤츠를 발견하고 그녀는 발걸음을 멈추었다.

'나올 때가 됐는데…….'

미경은 나무 뒤에 몸을 숨긴 채 영준의 매니저인 형철이 나오기를 기다렸다.

키가 크고 미남형인 형철은 쿵쿵거리며 계단을 두세 단씩 건너뛰며 내려왔다. 프런트에 있던 지배인은 소리가 나는 쪽으로 고개를 돌리지 않을 수 없었다. 형철은 그의 뜨거운 시선 따위에는 아랑곳하지 않고 현관으로 줄달음쳤다.

지배인은 현관 유리문을 통해 흰색 벤츠가 시야에서 사라진 다음 비로소 로비에 설치된 대형 TV쪽으로 시선을 돌렸다.

해변에서 올라오는 사람들 틈에 섞여서 콘도 후문으로 들어온 미경은 지배인이 TV에 정신이 팔려 있는 것을 보았다. 데스크 직원 역시 전화를 받으면서 TV를 쳐다보고 있었다.

'다들 TV에 미쳐 있군?'

미경은 그들을 비웃으면서 계단을 올라갔다.

501호에 다다른 미경은 문 밖으로 새어나오는 주희의 목소리를 들었다. 미경은 주희와 이야기를 나누고 있는 상대방의 목소리가 들리지 않았기 때문에 그녀가 전화를 걸고 있다는 것을 알았다.

"어머, 웬일이니?"

주희는 달갑지 않은 표정이었다.

"따분해서 그냥 왔어. 수영이나 같이 하려구."

"난 지금 목욕을 하려던 참인데."

주희는 목욕 가운을 입고 있었고 열려진 욕실문 틈으로 물 떨어지는 소리가 들렸다.

미경은 싱크대 쪽으로 눈길을 돌렸다. 칼이 보였다. 그러나 칼을 집어올 만큼의 시간 여유가 없었다. 주희가 욕실로 들어가려고 미경에게서 등을 돌렸기 때문이다.

"안 돼."

주희가 욕실로 들어가서 문을 잠그면 끝장이다. 그녀가 예기치 못한 상황이었다.

미경의 머리는 빠르게 회전하기 시작했다. 그렇지, 약장 속에 가위가 있다. 그걸 이용하자. 적당히 둘러대고 욕실로 따라 들어가면 된다.

주희는 이미 욕실 안으로 한 발을 내딛고 있었다. 미경은 욕실 문의 손잡이를 잡으며 말했다.

"머리가 좀 아픈데, 아스피린을 먹어야겠어."

주희를 따라 들어온 미경은 약장 문을 열고 아스피린을 찾는 척했다. 주희는 미경의 행동에 무관심한 듯 수도꼭지를 잠그고 가운을 벗었다. 욕조에 손을 넣어 수온이 적당한가 확인하고 온몸에 물을 끼얹은 다음 욕조에 몸을 담그었다.

미경은 가위를 집었다.

'아무튼 물로 목욕하는 것이 오늘로서 마지막일 거야. 저 세상에서는 뜨거운 불로 목욕을 할 테지.'

미경에게는 욕조가 주희의 무덤처럼 여겨졌다. 순간, 가위를 집어올리던 손이 멈추었다. 그녀는 망설였다. 일단 가위를 사용하면 깨끗한 살인을 할 수 없기 때문이다.

원래 그녀의 계획은 싱크대에 있는 칼로 주희를 찌른 다음 방안을 조금 어질러 놓으면 경찰은 형철과 주희가 말다툼 끝에 칼부림이 난 것으로 수사를 종결짓는다는 시나리오였다.

그녀는 혈흔이 결정적인 증거가 될 수 있다는 것을 알고 있었다. 그래서 수영복을 입고 범행을 저지르려고 했던 것이다. 그러나 샤워를 아무리 깨끗이 해도 혈흔을 지울 수 없지 않을까 하는 걱정이 꼬리를 물었다.

'깨끗한 살인.'

그녀는 계획을 바꾸기로 했다.

시간이 지체되었기 때문에 그녀는 초조해지기 시작했다. 그때 전기 코드가 눈에 띄었다.

'저것으로 목을 조를까?'

아니야, 목을 조르고 있는 동안 주희의 손톱에 긁히기라도 한다면 큰 일이야.

전기 코드의 끝에 달려 있는 헤어 드라이어에 그녀의 시선이 멈추었다.

'그래, 저거야. 왜 진작 생각을 못 했지?'

미경은 가위를 내려놓고 약장 문을 닫았다. 그녀는 눈짐작으로 콘센트에서 욕조까지의 거리를 재었다. 전깃줄이 충분히 닿을 거리였다.

주희는 눈을 감은 채 그녀의 목을 간지럽히는 잔물결의 감촉을 즐기며 여유 있게 미소를 띠고 있었다.

'볼 일이 다 끝났으면 그만 나가 주시지……?'

주희는 미경이가 꾸물대는 것이 몹시 거슬렸다.

'빨리 수영이나 갈 일이지?'

갑자기 그녀는 미경이가 장갑을 끼고 있었던 것이 생각났다. 분명 수영복에 장갑은 어울리지 않았다. 그러나 주희는 대수롭지 않게 생각 했다. 다만 미경이와 단둘이 있는 것이 불안할 따름이었다. 왜냐하면 그녀는 미경이가 아직도 지난 일 때문에 자기를 미워하고 있다고 믿고 있었기 때문이다. 미경에게 앙칼진 면이 있다는 것을 그녀는 잘 알고 있었다.

'사실 남자라는 것은 부동산과 같은 거야. 가능하면 많이 차지할수 록 좋은 거지. 하지만 미경이는 나한테 영준씨를 뺏겼다고 아직까지 앙심을 품고 있는 것이 분명해.'

주희는 너무 어린애처럼 굴지 말라고 타이르고 싶었다.

윙.

주희는 드라이어의 기계 소음 때문에 얼굴을 찡그렸다. 소리가 점점 가까워지고 있었다.

'나가지 않고 뭘 꾸물대는 거야?'

그녀는 괜히 화가 치밀어 한마디 뱉고 싶었다. 그래서 그녀는 눈을 떴다.

그러나 때는 이미 늦은 상태였다. 그녀가 처한 상황을 돌아볼 겨를 도 없이 미경의 손에서 드라이어가 미끄러졌다. 외마디 소리조차 지르 지 못했다.

갑자기 그녀는 머리를 세게 얻어맞은 것 같았지만 아무런 통증도 느 낄 수 없었다. 그리고 그녀를 둘러싼 세계는 암흑 속으로 빨려들어갔 다.

주희의 몸이 욕조 안에서 요동을 쳤다.

잠시 후 주희의 경련이 수그러들자 미경은 전기 코드를 뽑고 욕조의 물을 뺐다. 주희의 맥박이 뛰지 않는 것을 확인한 후 수건으로 시신을 닦았다.

미경은 주희를 욕조에서 꺼낸 다음 목욕 가운을 입히고 그녀를 뒤로 힘껏 밀쳤다.

쿵.

주희의 머리가 욕실 바닥에 닿을 때 아주 큰 소리가 났다. 미경은 드라이어를 시신의 손에 쥐어주고 콘센트에 플러그를 꽂았다.

"라 스페란자(희망)."

형철이 강당에 들어섰을 때, 영준은 '그대의 찬 손'을 한 옥타브 낮추어서 부르고 있었다. 형철은 제2바이올린 뒤편에서 ENG 카메라의 빨간색 작동 램프를 발견하고 무대 위로 올라갔다.

그 노래가 끝나고 카메라맨 옆에 서 있던 PD가 영준에게 말했다.

"김 선생님, 저희 프로그램에 '그대의 찬 손'을 내보내고 싶은데요. 원조로 다시 한 번 불러 주시겠습니까?"

"좋습니다. 아 참, 인사를 나누시죠. 제 매니저입니다."

영준은 형철을 가리키며 말했다.

"하지만 인터뷰는 사양하겠습니다. 이유는 제 매니저가 말씀드릴 겁니다."

"정 그러시다면 한 가지만 여쭙겠는데요, 이번 공연으로 은퇴를 하신다는 소문이 있는데 맞습니까?"

"노 코멘트입니다."

PD는 다소 실망한 눈초리로 형철을 쳐다보았지만 그 역시 고개를 가로저었다.

"할 수 없군요. 녹화나 합시다."

카메라의 빨간색 램프가 다시 켜지고 PD가 '큐' 사인을 주었다.

5분 후 미경은 탐라회관에 도착했다. 보수 공사 때문에 강당 출입문은 하나밖에 사용할 수 없었다. 그녀는 조심스럽게 문틈으로 무대 상황을 살핀 다음 강당 안으로 들어갔다. 막 휴식 시간이 시작될 참이었다.

그녀가 조명탑에서 캠코더를 가지고 무대 뒷계단으로 내려왔을 때 형철은 휴대폰으로 전화를 받고 있었다. 그는 통화를 끝낸 후 어두운 표정을 지었다.

"주희가 사고를 당했나봐."

그는 풀이 죽은 목소리로 중얼거렸다.

최진규 반장은 중문단지 진입로를 따라 씨사이드 콘도 쪽으로 차를 몰았다. 붉은 지붕과 스페인식 베란다가 그의 시야에 들어왔고 현관 앞에는 순찰차의 경광등이 반짝이고 있었다.

현장에 먼저 와 있던 김형사는 최반장이 도착하자 그를 욕실로 안내했다.

"외상이 없고 근육이 경직된 것으로 보아서 감전사 같습니다."

김형사는 주희의 손에 쥐어져 있는 드라이어를 가리켰다.

"2시 30분쯤에 정전 신고가 있었는데 아마 그 시각에 사망한 것 같습니다."

최반장은 욕실을 둘러본 뒤 검안을 하기 위해 몸을 굽혔다.

"김형사, 이것 좀 봐주겠나?"

최반장은 주희의 머리카락을 한 줌 쥐어 보였다.

"글쎄요, 머리를 감지 않은 것 같은데요."

김형사는 머리카락의 냄새를 맡아보기 위해 머리를 수그렸다.

"발삼향이 나질 않는데 샴푸를 안 한 것이 틀림없습니다."

김형사는 욕조 위에 놓인 레브론 샴푸를 턱으로 가리켰다.

"김형사 눈에는 샤워를 끝낸 것처럼 보이나?"

"예, 욕조가 비어 있고 가운을 입은 것으로 보아서 샤워를 끝내고 머리를 말리려고 했던 것 같습니다. 혹시 사고를 가장한 강력 사건 아닐까요?"

"일단 부검을 해봐야 알겠지만 그럴지도 모르지."

최반장은 몸을 일으키며 말을 이었다.

"시신은 누가 발견했나?"

"지배인입니다."

김형사는 어깨를 펴면서 자신 있는 어조로 덧붙였다.

"만약 강력 사건이라면 범인은 욕실에 같이 들어올 정도로 피해자와 아주 가까운 사람일 겁니다."

"돌아가신 분은 성악가 김영준씨의 부인입니다."

지배인은 거실에 놓인 그랜드 피아노에 등을 기대고 선 채 최반장의 질문에 대답했다. 거실 창으로 모슬포 앞바다가 보였다.

"특실 501호에는 김영준씨 부부와 매니저가 3개월째 묵고 있었죠."

그는 2개의 침실을 가리키며 말했다.

"그리고 502호에는 피아노 반주를 하시는 신미경씨가 1개월째 묵고 있습니다. 이 피아노는 김영준씨를 위해 저희가 특별히 빌려드린 겁니다."

그는 피아노를 손바닥으로 툭툭 치며 말을 맺었다.

"2시 30분을 전후해서 부인을 찾아온 사람이 있었다거나 수상한 사람은 없었습니까?"

최반장은 거실 창을 등지고 서 있었다.

"없었습니다."

"감시용 TV는 있습니까?"

"없습니다."

"501호 문은 잠겨 있었나요?"

"예."

"걸쇠는요?"

"걸려 있지 않았습니다."

"어떻게 해서 501호의 문을 열어보게 되셨죠?"

"세탁물을 올려 보냈는데도 문을 열어주지 않았고 택시를 대기시켰는데도 제시간에 부인이 나오지 않았죠. 그래서 전화를 했지만 받질 않아서 올라와 보았죠."

"택시를 불러 달라고 했었나요?"

"예."

"몇 시쯤이죠?"

"2시 20분이 조금 지나서였죠. 아 참, 그 전화를 받기 직전에 매니저 되는 사람이 헐레벌떡 뛰어나가는 것을 보았어요."

그는 자기가 괜한 말을 한 것이 아닌지 최반장의 눈치를 살폈다.

"뭔가 도움이 될 것 같아서 말씀드린 겁니다."

더블 베드가 있는 침실에서 나온 김형사가 그들의 대화를 중단시켰다.

"반장님, 저 방에서 여권 2개가 나왔습니다."

김형사는 여권을 최반장에게 건네주었다.

"제인 킴?"

"김주희씨의 미국 여권입니다. 다른 여권도 봐 주세요."

최반장이 나머지 여권을 펼치자 김형사가 기다렸다는 듯이 말을 이었다.

"박형철의 여권입니다. 소지품도 확인해 보았습니다만 둘이서 한 방을 쓰고 있었나 봅니다."

"그럼 시트에 묻어 있는 정액은……?"

"형철씨의 것일 가능성이 있습니다. 일단 확인해 보기 위해서 정액 샘플과 술잔에 묻어 있는 지문을 채취했습니다."

만약 그것이 사실이라면 김영준과 그들과의 관계가 꽤 불편했으리라고 최반장은 추측했다.

"지배인님, 혹시 김영준씨 부부가 부부 싸움을 하는 것을 보신 적 있으세요?"

"아뇨, 한 번도 그런 적은 없었어요."

지배인은 잠시 머뭇거리다가 말을 계속했다.

"하지만 이틀 전에 부인하고 매니저가 식당에서 다투었다는 얘기를 들은 적은 있어요."

"어느 정도였나요?"

"심하게 다툰 걸로 알고 있습니다."

지배인은 매우 신중하게 대답했다. 그는 궁금해서 못 견디겠다는 표정으로 최반장에게 물었다.

"그럼 단순한 사고가 아닙니까?"

"아직은 단언할 수 없지만 강력 사건일 가능성이 큽니다."

지배인은 대충 돌아가는 사정을 알았다는 듯 고개를 끄덕였다.

"김형사, 부인 소지품 중에서 열쇠고리는 없었나? 방문 열쇠 같은 것 말이야."

"있습니다."

김형사는 침실로 들어가서 화장대 위에 놓여 있던 열쇠고리를 가지고 나왔다.

"현관 열쇠인지 확인해 봐."

최반장의 지시로 김형사는 501호 현관 도어록에 열쇠를 맞추어 보았다.

"현관 열쇠가 맞습니다."

"도어록은 버튼식인가?"

"회전식입니다."

김형사는 최반장이 서 있는 거실 창가 쪽으로 걸어가며 대답했다.

"그럼 외출할 때는 반드시 열쇠로 잠그어야 되겠군."

최반장은 순간 피해자를 발견 당시 문이 잠겨 있었다는 사실을 머리에 떠올렸다.

"그렇다면 범인은 피해자와 아주 가까운 사이에다 현관 열쇠를 가지고 있는 사람이겠구먼."

그는 혼자말로 중얼거렸다.

미경은 영준과 형철의 뒤를 따라서 5층 복도를 걷고 있었다.

'이제부터는 아주 냉정해야 된다. 꼬투리가 잡힐 말은 한마디도 해서는 안 돼.'

그녀는 마음 속으로 다짐했다.

미경의 일행이 501호에 들어섰을 때 최반장은 김형사에게 사진 찍을 곳을 지시하고 있었다.

"김영준씨인가요?"

최반장이 물었다.

"예, 제가 남편되는 사람입니다."

영준은 들것에 실려 있는 주희의 시신을 내려다보면서 대답했다. 그가 시트를 들추고 주희의 얼굴을 확인하는 순간 미경은 충격을 받고 쓰러지는 척했다.

옆에 서 있던 형철은 재빨리 그녀를 부축했다.

"욱."

그녀는 구토하는 시능도 그럴 듯하게 연기했다.

영준과 형철은 그녀를 소파에 뉘었다.

"괜찮으십니까?"

최반장이 안쓰러운 표정으로 물었다.

"예, 좀 진정이 된 것 같아요."

미경은 숨을 몰아쉬며 말했다.

"신미경씨죠?"

"예."

"실례지만 부인과는 어떤 사이인가요?"

"줄리어드 동창이에요."

그녀는 기운을 되찾은 듯 또박또박 대답했다.

"그러시군요. 충격이 크시겠습니다."

"……."

미경은 아무 대꾸도 하지 않은 채 지긋이 눈을 감았다.

'천만에.'

최반장은 체구에 비해 유난히 작은 미경의 손에 눈길이 갔다.

"손이 무척 작으시군요."

"피아노 치기에는 적당히 작은 손이지요. 손가락이 너무 길면 연주 도중에 서로 엉키기 때문이죠."

"그렇군요."

최반장은 그제야 알았다는 듯이 고개를 끄덕였다.

'흥 너도 별수 없군.'

미경은 쓸데없는 질문이라고 생각했다.

최반장은 김형사에게 몇 가지 지시를 내린 다음 영준과 형철을 데리고 더블 베드가 있는 침실로 들어갔다. 그는 문을 닫고 돌아서면서 말을 꺼냈다.

"일단 부검을 해봐야 알겠지만 강력 사건을 배제할 수 없는 상황입니다."

"살인 말입니까?"

형철은 목소리를 높였다.

"그렇습니다."

잠시 침묵이 흘렀다.

"501호 현관 열쇠는 부인 혼자만 가지고 있었나요?"

최반장의 목소리가 침묵을 깼다.

"아니오, 복사를 해서 우리도 가지고 있습니다. 우리 둘 다요."

형철이 대답했다.

"하지만 제 것은 미경이한테 주었어요. 피아노를 언제든지 사용할 수 있게 말이죠."

영준은 담담한 표정으로 말했다.

"그런데 이 방에서 주희씨와 형철씨의 여권과 소지품이 나왔어요. 어느 분이 이걸 설명해 주시겠습니까?"

최반장은 두 사람을 번갈아 보면서 말했다.

"제가 말씀드리죠."

영준은 잠시 머뭇거리다가 입을 열었다.

"주희는 저와 헤어지고 형철이와 재혼할 예정이었어요."

영준은 더 이상 말을 잇지 못했다. 그의 작고 뚱뚱한 체구가 더욱 왜소하게 보였다.

"형철씨는 오늘 오후 2시 20분쯤에 허겁지겁 콘도를 빠져나가셨다는데요, 왜 그랬죠?"

최반장은 형철에게 질문을 던졌다.

"방송국 PD와 약속이 있어서 좀 서두르긴 했죠."

형철은 문득 자기가 의심을 받고 있다는 느낌이 들었다.

"뭐가 잘못 됐나요?"

그는 의기양양하게 반문했다.

"이틀 전에 주희씨와 심하게 다툰·적이 있죠?"

"예, 하지만 오늘 화해를 했어요."

형철은 고개를 수그리며 작은 목소리로 대답했다.

"왜 싸우셨죠?"

"주희가 바람을 피워서죠. 증거는 잡지 못했지만 자주 가던 미용실의 남자 미용사하고 놀아난 것이 뻔했거든요. 주희는 바람둥이였어요. 거의 음란증 환자에 가까웠죠."

"사실입니까?"

최반장은 영준을 쳐다보았다. 영준은 고개를 끄덕였다.

"그럼 그런 사실을 알고도 결혼할 생각이었나요?"

"예."

형철은 마지못해 대답했다.

"잘 이해가 가질 않는데요. 주희씨가 아주 부자인가 보죠?"

"……."

"한마디로 재산 때문이죠."

영준이 그들의 대화에 끼어들었다.

"딸아이를 엄마가 기르는 것이 좋을 것 같아서 제가 가지고 있는 재산에서 3분의 2를 주희에게 주기로 했었죠."

"상당한 액수인가 보죠?"

최반장은 단도직입적으로 얼마냐고 묻고 싶었지만 완곡한 표현으로 질문했다.

"매일 불어나고 있어서 저도 정확히는 알 수 없어요. 음반에 대한 판권도 넘겨줄 생각이었죠. 딸애가 성년이 될 때까지 주희에게 재산 관리를 맡긴 겁니다."

주희의 시신을 태운 앰뷸런스가 시야에서 멀어지자 최반장은 키를 꽂고 시동을 걸었다. 엔진을 워밍업시키는 동안 옆자리에 앉은 김형사에게 말을 걸었다.

"뭘 좀 알아낸 게 있나?"

김형사는 에어콘 바람을 조절하면서 대답했다.

"정전 신고를 했던 505호 남자를 만났는데요, 정전된 시각은 잘 모르겠다더군요. TV가 갑자기 꺼지자마자 프런트에 전화를 걸었지만 시계를 보지 않았답니다."

"관리과 직원은?"

"예, 배전관을 확인했을 때 차단기는 분명 하나만 내려가 있었답니다. 그리고 505호 TV용 콘센트와 같은 라인의 것 중에서 501호에서는 욕실 콘센트가 유일한 것이랍니다."

"TV콘센트하고 욕실 콘센트가 같은 라인이라니 시공이 잘못된 건가?"

"특실과 일반실의 구조가 다르니까 그럴 수도 있겠죠."

"프런트 직원들은 어땠나?"

"형철씨가 현관으로 나가는 척하고 후문으로 되돌아왔을 가능성은 없는 것 같습니다. 프런트 직원들이 형철씨가 차를 타고 출발하는 것을 직접 보았답니다. 이상합니다."

"김형사는 김영준을 어떻게 생각하나? 이를테면 자기 부인을 매니저에게 빼앗기고도 정말로 두 사람을 미워하지 않았을까?"

"심리적인 갈등은 있었겠지요."

"어느 정도로?"

"죽이고 싶을 정도로요."

"자기가 부인을 직접 죽이지 않았어도 적어도 공범일 가능성은 얼마든지 있지 않겠나?"

"동감입니다."

최반장은 사이드 브레이크를 풀었다. 포도주색 엘란트라는 서서히 미끄러지기 시작했다.

저녁식사를 마친 미경은 곧바로 자기 방으로 돌아왔다. 그녀는 숄더백에서 캠코더를 꺼내어 TV와 연결시켰다. 캠코더의 작동 램프는 검은 테이프로 가려진 채 그대로였다.

그녀는 머리 속에 연습 상황을 모두 기억시킨 다음 일찍 잠자리에 들었다. 그날 하루 동안 일어났던 일들이 생생한 영상으로 눈앞에 펼쳐졌다. 그녀는 만족한 듯 눈을 감았다. 긴장이 풀리면서 피로가 몰려왔다.

'해냈어.'

다음날 아침 동이 틀 무렵, 미경은 운동복 차림으로 차에 올랐다. 콘도에서 몇 킬로 떨어진 해안 절벽 위에 차를 세웠다. 그녀는 범행에 사용했던 장갑, 캠코더, 모자, 수영복 등을 작은 가방 속에 돌과 함께 집어넣은 다음 절벽 아래로 던졌다. 파도가 바위에 부딪혀 하얀 포말을 일으키는 광경을 내려다보면서 미경은 미소를 지었다.

그날 오후 늦게 최반장은 부검 결과를 가지고 중문에 도착했다.

"부인께서는 감전에 의한 뇌경색으로 돌아가셨습니다. 오른쪽 귀 속으로 전류가 흘러들어가서 뇌에 치명적인 손상을 입힌 겁니다. 부인의 머리 뒷부분에 골절된 부위가 있습니다만 그것이 직접 사인은 아니고 사망 직후 바닥에 머리를 부딪혀 그 충격으로 두개골이 깨진 것입니다."

최반장은 피아노 옆에 서서 소파에 앉아 있는 영준의 일행을 바라보았다. 그들은 무표정하게 최반장의 설명을 듣고 있었다.

최반장은 서류 봉투에서 사진 두 장을 꺼내 들고 말을 이었다.

"첫번째 사진은 부인의 머리카락 샘플을 현미경으로 찍은 사진입니다. 두 번째 것은 그 샘플을 샴푸로 세척한 후에 찍은 사진인데요, 두 가지를 비교해 보시죠."

최반장은 한 사람씩 얼굴 표정을 살피면서 설명을 계속했다.

"첫번째 사진에서 머리카락에 이물질이 많이 붙어 있는 것이 보이시죠. 이것은 샴푸로 머리를 감지 않았다는 증거입니다. 따라서 저희는 강력 사건으로 규정하고 수사에 착수했습니다."

"저어……."

미경은 조심스럽게 말을 꺼냈다.

"귀로 전기가 흘러들어갔다면 혹시 귀에 물이 들어가서 드라이어로 건조시키려고 한 건 아닐까요?"

"그럴 가능성도 있지요. 하지만 샤워 도중에 귀에 물이 들어갔다면 왜 번거롭게 가운을 입고 드라이어를 사용했을까요?"

미경은 더 이상 반론을 제기하지 않았다. 그녀는 사고 쪽으로 이야기를 끌고 가면 도리어 자기가 의심을 받게 될지 모른다고 생각했다.

바로 그때 김형사가 도착했기 때문에 그들의 대화는 잠시 중단되었다. 그의 뒤를 따라 들어온 콘도 직원이 VTR을 TV에 연결시켰다.

"어제 연습 장면을 찍은 비디오 테이프인데요, 전체 녹화 시간이 10 정도밖에 되지 않습니다."

김형사가 말을 맺으면서 작동 버튼을 눌렀다.

녹화 테이프는 영준이 '그대의 찬 손'을 한 옥타브 낮추어서 부르는 장면과 원조로 부르는 장면으로 구성되어 있었는데, 최반장은 출입문이 열리는 장면을 놓치지 않았다.

김형사는 그 장면을 찾아 화면을 정지시켰다. 화면에는 반쯤 열린 문으로 들어오는 사람의 모습이 어렴풋이 보였다.

"강당 안으로 들어오는 사람이 바로 접니다."

형철은 자기도 모르게 말이 튀어나왔다.

"형철씨가 강당으로 들어왔을 때 미경씨는 어디에 계셨죠?"

"객석에요."

미경은 화면을 손가락으로 가리키며 말했다.

"여기쯤이에요."

그녀가 가리킨 곳은 너무 어두워서 사람이 있는지조차 분간하기 어려웠다.

"아무것도 안 보이는군요."

최반장이 중얼거렸다.

"반장님, 문화회관에서 오케스트라 단원들을 만나고 왔습니다."

김형사는 최반장에게 쪽지를 건네주었다.

"미경씨는 어제 있었던 리허설의 순서를 기억나시는 대로 말씀해 주시겠어요?"

최반장은 쪽지를 펼쳐 들었다.

"그리운 마음, 망향, 시골 아가씨, 오 나의 태양, 돌아오라 소렌토로, 금지된 노래, 그녀에게 내 말 전해 주게, 예스터 데이, 별은 빛나건만, 공주는 잠 못 이루고, 그대의 찬 손 등을 불렀지요."

"영준씨가 처음에는 객석을 향해 노래를 불렀지만 '금지된 노래'를 부를 때부터는 오케스트라 쪽을 보면서 노래를 했다는데요, 사실입니까?"

'얕은 꾀를 부리는군?'

"아뇨, '금지된 노래'가 아니라 '그리운 마음'입니다. 영준씨는 대부분 음을 낮추어서 불렀기 때문에 맥빠진 연습이었죠."

최반장은 고개를 끄덕이면서 김형사에게 물었다.

"여기에는 미경씨가 출입구 옆에 앉아 있었다고 적혀 있는데, 정확히 어느 문을 말하는 건가?"

"출입구는 하나밖에 사용하지 않았답니다. 보수 공사 때문에 다른 출입문은 폐쇄시켰답니다."

"그럼 강당으로 들어오는 문은 이것밖에 없었나?"

최반장은 TV화면을 가리켰다.

"예."

김형사가 대답했다.

"형철씨는 강당에 들어올 때 미경씨를 보셨나요?"

"글쎄요, 잘 기억이 나질 않습니다."

최반장은 형철의 대답을 듣고 난 후 그의 회색머리를 손가락으로 빗질하듯이 쓰다듬으면서 미경에게 말했다.

"성악가와 반주자 사이에는 연인 관계인 경우가 많은 것으로 알고 있는데요, 영준씨와 미경씨의 관계는 어떻습니까?"

"아무 관계도 아니에요."

미경은 잘라 말했다.

"앞으로 영준씨와 결혼할 생각은 없으십니까?"

'속이 훤히 들여다보이는 질문이군.'

"아니오."

"그런 일은 없을 겁니다."

영준이 그들의 대화에 끼어들었다.

'설마, 진심이 아니겠지.'

미경은 태연한 척하면서 영준의 얼굴을 힐끔 훔쳐보았다.

"절대로 그런 일은 없을 겁니다."

이번에는 형철이 혼자말처럼 중얼거렸다.

형철을 뚫어지게 쳐다보던 최반장은 김형사를 데리고 창가로 갔다.

"자네 차로 현관 앞에서 출발하여 저 아래에 있는 해변 주차장에 차를 세우고 걸어서 여기까지 올라오는 데 걸리는 시간을 한 번 재보게."

한참 후에 김형사가 돌아왔다.

"7분 걸렸습니다. 사람이 없는 곳에서는 막 뛰어서 왔습니다."

"7분이라."

최반장은 작은 소리로 중얼거리면서 형철과 눈이 마주쳤다.

"형철씨, 잠깐 밖에 나가서 얘기 좀 나눌까요?"

최반장은 5층의 긴 복도를 걸어가면서 형철에게 물었다.

"영준씨가 미경씨와 결혼할 생각이 없다는 것을 본인도 아니면서 어떻게 장담할 수 있지요?"

자기가 체포된 줄로만 알고 있었던 형철은 의아한 표정으로 멈추어섰다.

그날 저녁 미경은 영준과 함께 비치 호텔에서 저녁식사를 했다.

"건배."

'완전 범죄를 위해.'

미경은 샴페인잔을 들고 웃고 있었다. 그러나 왠지 그녀는 가슴이 허전했다.

'이 남자 때문이야.'

그렇다.

"무슨 생각을 하고 있어?"

"주희."

미경은 거짓말을 했다.

"주희는 한마디로 카르멘 같았어."

미경은 그 말에 동의했다.

"내가 파리에서 라 보엠을 공연하고 있을 때 우리는 파리 근교에서 전원 주택을 전세내어 살고 있었지. 어느 날 연습을 일찍 끝내고 집에 와 보니 주희하고 형철이가 침대 위에 있더군. 그 길로 차를 타고 달렸어. 죽고 싶더군."

"그럼 그때 교통 사고가 난 거예요?"

"으음."

그는 씁쓸한 표정으로 대답했다.

식사를 마치고 돌아온 미경은 502호 문앞에서 영준의 손을 놓지 않았다.

"형철씨를 깨우지 말고 제 방에서 주무세요."

그녀는 취해 있었다. 결국 그는 그녀의 손을 뿌리치지 못했다.

미경은 샤워를 하면서 거울에 비친 자기의 모습을 보고 남자를 유혹할 만큼 괜찮은 몸매라고 생각했다.

'뭘 망설이는 거야. 사람까지 죽인 몸인데. 남자 하나 가지고 뭘 망설이는 거야.'

그녀는 웃음이 나왔다. 교통 사고 때문에 영준이 고자가 되었는지도 모른다는 생각이 들었기 때문이다.

만약 그것이 사실이라면 자기 부인을 빼앗기고도 무기력한 그의 행동이 이해가 될 것 같았다.

'고자일까?'

아니야, 그럴 리가 없어.

'하지만 확인해 보기 전까지는 알 도리가 없지.'

그녀는 궁금해서 견딜 수가 없었다.

'그걸 핑계삼아 영준씨를 덮쳐볼까?'

덮치다니, 그거 재미있겠는데.

문은 잠겨 있지 않았다. 그녀가 문을 열었을 때 새어들어온 불빛 때문에 영준은 눈을 떴다.

그녀는 옷을 입고 있지 않았다.

그러나 영준은 아무런 반응도 나타내지 않았다. 그는 다시 눈을 감고 몸을 뒤척였다. 방금 샤워를 끝낸 그녀의 체취가 바람에 실려왔다. 여전히 그는 꼼짝하지 않았다.

미경은 살며시 영준에게 키스를 한 다음 침대 위로 올라갔다. 그의 몸에서는 상큼한 비누 냄새가 풍겼다.

그녀는 영준의 젖에 입을 갖다 댔다. 그녀의 손이 팬티 속으로 들어가자 딱딱한 물건이 잡혔다.

'다행히 고자는 아니구나.'

그녀는 웃음이 나올 것 같았다.

'어디서 이런 용기가 생겼을까? 영준씨를 보기만 해도 새침해지던 내가……'

그녀는 팬티를 내렸다. 숨이 막힐 것 같았다.

"그만."

영준은 나지막하게 외쳤다.

"지금은 안 돼. 내일 연주회 때문에 다리에 힘이 빠지면 안 되거든."

미경은 동의하지 않았지만 어쩔 수가 없었다. 그녀는 아쉬운 듯 천천히 물러났다.

"내일."

영준은 몸을 일으켜 미경을 가볍게 안아주면서 속삭였다.

다음날 미경은 연주회를 몇 시간 앞두고 최종 리허설이 진행되는 동안 줄곧 최반장을 지켜보고 있었다. 강당에는 실황 중계를 위해 방송 스탭들이 분주하게 움직이고 있었다. 최반장도 그들의 틈바구니를 쓸데없이 왔다갔다하는 것이었다.

'촌스럽긴.'

연주회가 시작되자 최반장은 미경의 옆자리에 앉았다.

마지막 스테이지에서 '공주는 잠 못 이루고'를 부르고 난 후 영준은 앵콜 박수를 받았다. 영준은 무대 뒤쪽으로 손짓을 하며 마이크를 가져오게 했다.

"여러분, 감사합니다. 이번 연주회가 저의 은퇴 무대가 될 것입니다."

객석에서 갑자기 '우' 소리가 났다.

"제가 교통 사고를 당했을 때 수혈을 받은 적이 있었죠. 얼마 전에 그 혈액이 에이즈 바이러스에 감염된 것이라는 사실을 통고받았습니다."

청중들은 경악했다. 소란이 가라앉을 때까지 영준은 기다렸다.

"앵콜 곡으로 물망초를 보내 드리겠습니다."

최반장은 미경의 눈에서 눈물이 글썽이는 것을 보았다.

"미경씨는 모르고 있었나요?"

"예."

최반장은 더 이상 질문하지 않았다.

연주회가 끝나고 최반장은 영준의 일행을 중앙통제실로 모이도록 했다.

"부인을 살해한 범인은 욕실에 같이 들어갈 정도로 아주 가까운 사이에다 501호 현관 열쇠를 가지고 있는 사람입니다. 그래서 형철씨와 미경씨를 용의자로 지목했던 겁니다."

최반장은 형철과 미경을 번갈아 보았다.

"이것은 씨사이드 콘도의 전화 교환기의 통화 기록입니다. 사건 당일 오후 2시 22분에 501호에서 프런트로 전화를 했는데, 이때까지는 부인이 살아 있었지요. 2시 27분에는 505호에서 정전 신고를 하기 위해 프런트에 전화를 했지요. 이 시각에 부인은 사망을 했습니다. 시간 간격은 5분입니다. 형철씨가 범행을 저질렀다면 이 시간 간격은 7분 이상이어야 합니다. 따라서 형철씨는 아무런 혐의가 없습니다."

형철은 안도하는 눈빛이 역력했다.

"영준씨는 그날 객석에 앉아 있는 미경씨를 보셨나요?"

"예."

"저도 무대에 올라가 보았지만 미경씨가 앉았던 자리에 만약 다른 사람이 있었다면 구별할 수 있겠습니까?"

"다른 사람과 혼동할 염려는 없었죠. 객석에 앉아 있던 사람 중에서 소매 없는 블라우스를 입은 사람은 미경씨뿐이었으니까요."

"소매 없는 하얀 블라우스였죠."

"예."

"영준씨의 공범 여부는 일단 유보하겠습니다. 왜냐하면 영준씨는 연습 도중 객석을 등지고 있었기 때문에 법정에서 미경씨의 알리바이를 증명해 줄 수 없기 때문이죠."

"그럼 제가 범인이란 말인가요?"

"예, 처음부터 의심을 했지요."

최반장은 미경의 손을 잡으며 말했다.

"사람의 심장은 그 사람의 주먹의 크기에 비례합니다. 미경씨는 작은 손을 가졌기 때문에 심장이 아주 튼튼하다는 것을 쉽게 알 수 있지요. 그런 사람이 기절을 한다는 것은 납득이 가지 않았습니다.”
“하지만 제가 강당에 없었다면 어떻게 연습 상황을 기억하고 있겠어
요?”
“아마 비디오 카메라를 사용했겠지요.”
‘혹시 그 가방을 찾아낸 것은 아닐까?’
“증거가 있나요?”
“그런 증거는 없지만 왜 리허설 도중에 강당에 있었던 것처럼 거짓
말을 했는지 법정에서 설명해야 될 겁니다.”
“무슨 거짓말을요?”
미경은 어깨를 치켜세웠다.
“먼저 이 테이프를 보시죠.”
최반장은 VTR을 작동시켰다.
“이 화면은 사건 당일 형철씨가 강당 안으로 들어오는 장면입니다.
문 주변에는 아무것도 안 보이죠.”
최반장이 손가락으로 신호를 보내자, 김형사는 VTR에 들어 있는 첫
번째 테이프를 빼내고 대신 두 번째 테이프를 삽입시켰다.
“그날 강당 밖에서는 보수 공사를 하느라고 작업등을 많이 켜 놓았
었죠. 형철씨가 들어올 때 빛이 새어들어오는 모습을 보면 쉽게 짐
작할 수 있습니다. 그리고 흰색의 반사율이 높기 때문에 미경씨의
하얀 블라우스는 어렴풋이 보였을 겁니다. 두 번째 테이프는 오늘
오후에 찍은 것으로, 똑같은 카메라와 똑같은 조건으로 찍은 것입니
다. 다행히 미경씨는 그날 입었던 그 블라우스를 입고서 같은 자리
에 앉아 있었기 때문에 다른 모델을 쓸 필요가 없었습니다. 자, 보실
까요?”
최반장이 버튼을 눌렀다.
“문이 열릴 때 소매 없는 하얀 블라우스의 형태가 드러날 겁니다.”
화면에는 미경의 얼굴이나 팔은 보이지 않았지만 소매 없는 하얀 블

라우스의 형태가 고스란히 드러났다.

영준은 미경을 돌아다보았지만 미경은 그의 눈길을 의식하고도 모른 척했다. 그녀의 자신만만하던 태도가 누그러지자, 김형사는 그녀의 축 늘어진 손목에 수갑을 채웠다.

철컥.

• 이지연

뻐꾸기가 울 때

• 이지연
서울 출생.
명지전문 문예창작과 졸업.
금요문학동인.

뻐꾸기가 울 때

뻐꾸기가 자신의 집에서 나와 다섯 번을 울고 들어갔다.

"이제 슬슬 나타날 때군."

준식의 생각이 옳다는 것을 증명이라도 하듯 문이 열리고 세 명의 여학생패가 들어오더니 그것을 시작으로 삼삼오오 학생들이 들어와 자리를 잡았다. 30분도 채 되지 않아 가게 안은 활기가 넘쳤다.

카운터에 있던 준식은 카세트 플레이어에서 지금껏 흐르던 파바로티의 테이프를 빼고 다른 테이프를 넣자 스피커에선 레게 음악이 흐르기 시작했다.

아르바이트 학생들은 주문을 받기 위해 테이블 사이로 분주히 돌아다녔고 주방 쪽에서도 역시 아르바이트생들이 부지런히 움직였다.

그런 모습을 보며 준식은 자신의 결정이 옳았다고 생각했다.

"역시 내겐 자영업이 어울려."

학교와 군복무를 마친 준식은 남들처럼 입사 시험을 치고 대기업인 S그룹 영업부에 들어갔다. 그러나 타이트한 일과와 윗사람의 눈치를 보며 아부하는 게 도저히 생리에 맞지 않자 입사한 지 1년여 만에 사표를 냈다. 그 후 부모님의 지원으로 항상 꿈꿔 오던 자신의 사업을 시작했다.

준식은 신중하게 물색하던 중 전문가의 조언을 얻어 신촌에 커피 전문점을 냈다.

〈커피 하우스〉라는 이름의 이 가게는 다양한 종류의 맛있는 커피 외에도 준식이 특별히 신경쓴 인테리어와 분위기, 저렴한 가격으로 얼마든지 원하는 만큼 커피를 마실 수 있다는 점 때문에 곧 자리를 잡았다.

주방과 서빙은 아르바이트생을 고용했고 자신은 카운터를 맡아서 운영했다.

가게에는 곧 단골 손님도 생겼고 주위에 우후죽순으로 다른 커피 전문점들이 생긴 후에도 고정 손님들을 유지할 수 있었다.

모 C.F의 카피처럼 준식의 선택은 탁월했던 것이다. 오늘은 금요일이다. 준식은 요즘 얼마 동안 자신이 금요일에 무척 신경을 쓰고 있음을 알았다. 아니, 정확히 말하자면 금요일이 아니라 금요일마다 오는 그 '살인마들'한테 신경을 쓴다는 게 옳았다.

처음에는 그들을 보통 손님들이라고 생각했다. 그러나 어느 날 그들의 대화를 엿들은 준식의 눈에는 더 이상 그들이 평범한 시민들로 보이지 않았다.

그들은 엄연한 살인마들인 것이다.

뻐꾸기가 다시 집에서 나와 여섯 번의 울음을 울고 들어갈 무렵 문이 열리고 한 여대생이 들어왔다.

살인마들 중 하나인 그 여대생은 준식에게 아는 체를 하고는 가게의 구석진 자리에 가 앉았다. 그들이 올 때마다 앉는 자리로 그곳은 가게에서도 가장 구석진 자리기 때문인지 손님들에게 인기가 없었다.

단 금요일 오후 여섯시마다 나타나는 그들에게만은 예외였다.

준식은 처음에는 같이 앉는 사람 수가 많아서 그러려니 했으나 이제는 그 이유를 알 것 같았다.

자리에 앉은 여대생은 아르바이트생에게 음료를 주문했다. 그때 문이 열리고 30대로 보이는 여자 두 명이 들어와 여대생이 먼저 와서 앉아 있는 자리로 가서 앉았다.

세 여자는 뭔가에 관해 이야기를 하기 시작했다.

잠시 후 문이 열리며 세 명의 남자가 들어와 구석의 테이블에 합석했다. 남자들은 두 명의 청년들과 샐러리맨으로 보이는 30대의 남자였다. 그들이 다 모이자 준식은 잽싸게 준비해 두었던 테이프를 틀고 볼륨을 낮췄다.

곧 스피커에서는 조용히 음악이 흘렀다.

이런 준식의 태도에 전혀 무관심한 그들은 곧 자신들의 음모를 털어놓기 시작했다.

"비소가 좋겠죠?"

여대생이 말을 꺼냈다.

'비소?'

준식은 오싹해졌다. 그러나 더 충격적인 다음 말이 준식을 기다리고 있었다.

"그건 저번에도 써먹었잖아. 다른 걸 생각해 봐."

가느다란 금테 안경 속에 날카로운 눈빛을 가진, 대학생 같아 보이는 청년이 말을 받았다.

"저번에도 써먹다니? 그럼 처음이 아니란 말이야?"

준식은 이제 식은땀마저 흘렸다. 문득 그들에게 관심을 갖게 된 경위를 떠올렸다.

그들이 처음 〈커피 하우스〉에 나타난 것은 3월 초쯤부터였다.

처음에 준식은 그들을 평범한 손님으로 생각했을 뿐 별관심을 두지 않았다. 그러나 어느 금요일 저녁, 그들의 입에서 나온 한마디의 말은 준식의 신경을 곤두세우기에 충분했다.

살인! 그것은 서른 해 동안 아무 문제 없이 평탄하게만 살아온 준식의 삶에 갑자기 던져진 돌팔매와도 같았다.

준식은 그때부터 그들에게 각별한 관심을 갖기 시작했다. 그러고 보니 조금 이상하기도 했다. 그들의 집단은 공통점이 없었다.

20대 초반의 여대생 한 명과 청년 둘, 30대의 주부 두 사람과 샐러리맨. 아무리 생각해도 연결이 되지 않았다. 그런데 살인이라니…….

준식은 그들을 유심히 관찰했다. 그리고 그들이 매주 금요일 여섯시면 정확히 나타나 늘 앉는 자리에 앉아 음모를 꾸미고 있음을 알아냈다.

그들은 제각기 한 사람 또는 여러 사람을 죽일 계획을 갖고 있음을 알게 된 것은 그들이 이곳에서 정기적인 모임을 가진 지 한 달쯤 지나서였다.

수진이라는 이름의 여대생은 자신의 부유한 이모를 독살할 계획이었고, 윤희라는 젊은 주부는 남편을 살해할 계획을 갖고 있었다.

영선이라는 주부는 매우 얌전해 보였으나 뜻밖에도 어느 인기 여배우를 죽일 생각을 하는 것 같았다.

남자들의 경우는 한술 더 떴다.

신우라는 청년은 어느 재벌 일가를 노리고 있었고, 강헌이라는 청년은 누구인지까진 몰라도 국회의원 한 사람을 점찍고 있었다.

마지막으로 모임의 리더격인 종혁이라는 남자는 현직 대통령이 암살할 목표인 것 같았다.

살해할 대상들이 정해지자 이번에는 구체적인 살해 계획을 세우기 시작했다.

"농약보다 청산가리가 어때?"

신우라는 청년이 의견을 내자 모두가 동의했다.

'아무래도 저들은 전문 킬러 집단일 거야. 살인 청부업잔가 뭐 그런 거 말야.'

물론 그들이 이런 공개된 장소에서 노골적으로 살인 음모를 꾸미는 것에 대해 의구심이 든 적도 있었다.

'위장 전술일 거야. 일부러 이런 데서 떠들면 누가 의심이나 하겠

어?'

준식은 이런 결론을 내렸다.

왜 스파이 영화 같은 걸 보면 일부러 사람들이 많은 공공장소 같은 데서 접선하지 않던가?

그렇게 결론을 내리자 준식은 등골이 오싹해졌다.

한 시간쯤 뒤 그들이 돌아간 후에도 준식은 섬찟했다.

수요일이었다. 일찌감치 가게에 나와 모닝 커피를 마시며 조간을 읽던 준식은 사회면 톱기사에 눈길이 쏠렸다.

〈100억대 재산의 소유자인 강복순 여사(57), 어제 오후 자택에서 살해되다. 장을 보고 돌아온 가정부 배정자(45)가 발견, 사체 옆에는 깨어진 쥬스잔과 쏟아진 쥬스…… 강여사의 위와 쥬스에서 청산가리 검출…… 독신…… 용의자는 조카…… 조카는 H대 여대생…….〉

재벌…… 청산가리…… 조카…… 여대생…….

준식은 등골이 오싹해졌다.

얼마나 무서운 일인가? 내 가게의 단골 손님들이 살인자, 아니 전문 킬러들이라니…….

그러고 보니 또 다른 살인 사건이 다섯 건이나 더 일어날 것이다. 어느 주부는 남편을 죽일 거라고 했지. 아니지, 영화배우, 재벌 일가, 국회의원, 그리고…….

준식은 하루 종일 신경이 딴 데 쓰였다.

준식은 혼자 사는 오피스텔로 돌아와서도 밤새 고민할 수밖에 없었다. 그리고 누가 봐도 모범 시민이랄 만한 결론을 내렸다.

"경찰서죠? 민형사님 좀 부탁합니다."

"정말이야?"

어느 호프집에서 만난 민형사가 묻자 준식은 끄덕였다.

민형사는 준식의 고교 동창생이었다.

고등학교를 졸업한 후 진로가 틀려지긴 했지만 가끔 만나 술도 같이
하면서 이 얘기 저 얘기 나누는 친구였다.

준식은 민형사를 불러내어 그 킬러들의 이야기를 처음부터 자세하
게 해주었다.

"이것 참, 전문 킬러라니? 그것두 한 사람도 아니고 여섯이나……."

민형사는 반신반의하는 눈치였다.

처음엔 어림없는 소리 말라고 했다. 그러나 준식이 찬찬히 모두 얘
기하자 민형사도 조금씩 의심하기 시작했다.

"그들의 인상착의를 얘길 해봐. 단골이라니 잘 알 거 아냐."

준식은 생각나는 대로 그들의 인상착의를 얘기했다. 그러자 민형사
의 눈이 빛났다.

"우리가 찾는 사람 중에 비스름하게 생긴 사람이 있어."

순간 번개 같은 생각이 준식의 뇌리를 스쳤다.

뻐꾸기가 여섯 번 울고 들어간 지 얼마 안 돼 문이 열리며 여섯 명
의 킬러들이 예외 없이 〈커피 하우스〉로 들어왔다.

그들은 여전히 웃는 낯으로 준식에게 인사하고 그들의 자리에 앉았
다. 준식은 그들이 주문하는 걸 보며 카세트 플레이어에 테이프를 넣자
잔잔한 영화 음악이 흘렀다.

흘끗 보니 킬러들은 여느 때처럼 자신들의 살인 음모에 대해 떠들고
있었다. 그리고 바로 그 옆테이블엔 아까부터 와서 앉아 있던 한 사내
가 아이리쉬 커피를 마시며 스포츠 신문을 읽고 있었고 다른 테이블도
학생들로 채워져 있었다.

한 시간쯤 지났을까? 스피커에서 영화 〈어둠 속에서 벨이 울릴 때〉
의 주제가 '퍼스트 타임 에버 아이 서 유어 페이스'가 끈끈하면서도
음침하게 흐를 때, 스포츠 신문을 읽던 사내가 신문을 접어 테이블 위
에 놓은 뒤 야릇한 미소를 띠고 킬러들의 테이블로 가더니 주머니에서

뭔가를 꺼내며 말했다.

"경찰입니다. 당신들이 하는 말을 다 듣고 녹음도 했소. 모두 일어나 함께들 갈까?"

뻐꾸기가 자신의 집에서 나와 여섯 번을 울고 들어가자, 문이 열리며 여섯 명의 킬러들과 민형사가 들어와서 준식을 보며 싱긋 웃었다.

"아니, 어떻게?"

놀라는 준식에게 수진이라는 여대생이 한 권의 책을 내밀었다. 책의 겉장에는 이렇게 씌어 있었다.

〈금요 살인 클럽〉

책장을 넘기자 차례가 나왔다.

차 례

"그럼?"

준식과 눈이 마주친 민형사는 고개를 끄덕였다.

"그럼 신문에 난 사건은?"

"그것도 해결됐지. 범인은 가정부야. 낼 아침 신문을 보라고."

• 시마다 소지 / 박정윤 옮김

실톱과 지그재그

● 박정윤

경남 밀양 출생.
이화여대 도서관학과 졸업.
외국어대 대학원 졸업.
동시통역사.
금요문학동인.

실톱과 지그재그

1

"옛날 추리소설을 읽으면 말일세."

등을 보인 그 남자는 앞에 있는 동료들에게 연설을 하고 있었다. 요코하마(橫兵)에 있는 '실톱과 지그재그'라는 색다른 이름의 카페에서였다. 바둑 무늬 바닥을 밟고, 외국인처럼 키가 큰 남자가 서 있었다.

"호루라기를 불어서 동료를 부르는 경찰이 나오지. 물론 사건을 발견했을 때 말이지. 자네는 추리소설 팬이라고 했지? 「오타몰씨의 손」이라는 단편 읽어보았나? 안 읽었다고? 그 유감일세. 1931년 작품이지. 그 단편에 호루라기를 부는 경찰이 나와.

그렇게 먼 옛날이라고 할 수도 없네, 불과 2차대전 전일 뿐이니. 런던의 경찰은 동료를 부를 때 아직 호루라기를 사용했었지. 이전에는 일본의 포졸들도 그랬었고.

그러나 현재 우리나라에서도 런던에서도 순경은 호루라기 같은 건 안 써. 왜 그럴까? 전화가 생겼기 때문에? 사이렌이 생겨서? 그런 건 전쟁 전의 런던에서도 있었네.

제군들, 그런 이유가 아닐세. 가장 큰 이유는 거리가 시끄러워졌기 때문이지. 매일매일 모두가 목이 터져라 큰 소리로 떠들어대는 거리에서 느긋하게 호루라기를 불어봤자 듣는 이도 없어요.

왜 시끄러워졌을까? 첫째는 자동차 때문이야. 도쿄의 고속도로 환상(環狀) 7호선 부근 주민은 온종일 80톤짜리 트럭 소음에 시달려서 덧문까지 꼭꼭 처닫고 있어야 하지. 그들은 집안에 있기보다 출퇴근 길의 전철 안이 훨씬 조용하다고 할 정도야. 마치 공장 현장이나 빠칭코 가게에서 자는 것 같다고 하지. 일본 사람들은 모두 함께 떠드는 것을 좋아하는 국민들인지라, 거리가 떠들썩하면 술집 등의 호객꾼들도 마음 놓고 큰 소리를 내게 되지. 선거 연설 때의 마이크 소리도 더 커지기 마련이고. 일본에서 생긴 가라오케 문화도 이런 거리에게 빨리 성장했다. 술집에서 나오는 길에 친구들과 큰 소리로 노래 연습도 할 수 있으니.

이렇게 거리가 자꾸 시끄러워지면 길 가는 사람 귀에 선전차의 소리가 잘 안 들리게 되니까, 마이크 소리도 질세라 더 커지는 줄다리기가 이어지지. 메가폰으로 떠들던 시절의 평화로움이여.

거리만이 아니야. 방안에도 라디오, 전축, 텔레비전, 기타 앰프 등등, 얼마 전까지만 해도 생각지도 못했던 음량의 기기들이 방방마다 가득하지. 창 밖의 상황이 이러니만큼 방안에서도 이들 기기의 성능을 십분 발휘시키고 싶은 것이 인지상정일 거야. 현대는 라디오를 모셔 놓던 시대와는 시대가 다르지. 훨씬 넓은 방과 방음된 완전한 벽이 필요한 시대야. 그러나 현실은 이와는 정반대. 벽은 점점 얇아지고, 방도 점점 작아져 가네. 이것이 도쿄야.

우리는 이렇듯 무의식중에 소리의 대홍수에 말려든 것이지. 이것을 의식하지 못할 뿐이야. 백년 전 사람이 지금 도쿄에 와서 길을 걸으면 무엇이라고 할까? 이런 미치광이 같은 거리라고 하지 않겠는가? 이 거리의 비정상함도 이제는 에도(江戶) 시대 사람이 아니면 알아차리지 못할 지경이야.

이런 대홍수에서 살아 남기 위해, 사람들은 이중 창문을 설치하고 돌로 된 상자에 틀어박히지. 에어컨도 있고, 전화도 있으니, 거대한 상자 안도 어엿한 독립 사회라 할 수 있네. 바깥은 바다지. 그렇다면 이 상자는 돌로 된 노아의 방주라 할 수 있네. 도시라고 하는 이 바다에는 이런 방주가 여러 척 떠다니지. 어디로 가는지 행선지도 모르는 채 불안에 싸인 많은 승객을 태우고.

또 그 안에 벽으로 나누어진 각각의 작은 독립 세계가 있지. 도시는 이런 식으로 세포 분열을 되풀이하고 세분화되어서 점점 정체 모를 집적회로화되어 가네. 여기에는 그 누군가의 뜻이 작용하는데도, 아무도 이것을 알아차리지 못하지. 마치 나무가 성장해서 서로 가지가 얽혀 위험한 정글을 만드는 것과 같아.

현재 우리가 이런 IC칩의 정글에서 살아가야 한다면, 손톱과 이빨을 숨기고 살아야 한다는 것도 알아야 하네. 이것이야말로 내가 여러분에게 드리는 한 조각의 크리스탈이지. 왜냐하면 소음 속에서는 도움을 청하는 소리도, 비명도 들리지 않으니까."

"저건 뭐지?"
나는 카운터 너머로 바텐더에게 물었다.
한잔 걸친 듯한 그 남자가 세 명의 친구들을 향해 연설을 하는 곳은 내가 앉은 카운터 자리 바로 가까이였다. 따라서 나는 그 남자 이야기의 심오한(?) 내용을 모두 알아들을 수 있었다.
"아, 저 분 말이에요?"
바텐더가 말했다.
"뭐라고 할까요, 말하자면 연설병이라고나 할까요. 한잔 들어가면 기분이 나는지 저렇게 일어서서 연설을 시작하거든요."
"현대의 기병(奇病)이군."
바텐더는 웃었다.
"병든 도시의 상징?"
"맞어 맞어. 이곳에서 보면 확실히 도쿄는 위험이 가득 찬 병의 뿌리들의 바다라고 할 수 있지. 이런 말을 하는 나도 지금 방금 그 해변가로 갓 올라온 낡은 배인 셈이지. 내일은 다시 그 바다에 가야 하는."

"손님은 시인이시군요?"

바텐더는 말했다. 나는 약간 자조 섞인 기분이 되었다.

"전직 시인이라고나 할까?"

나는 나도 모르게 속에 있는 말을 했다.

"저와 같군요."

아마 그도 이런 말을 한 것 같았다. 만약 내가 잘못 들은 것이 아니라면, 노래를 잊은 카나리아, 시 만들기를 그만둔 시인, 그런 사람들이 저절로 모여드는, 여기는 바람을 기다리는 항구와 같은 곳이란 말인가.

"JBL 4343이지, 저 스피커는?"

나는 화제를 바꾸었다.

"전에는 저 스피커의 팬이었지. 재즈를 들을 수 있는 곳이라고 듣고 왔는데, 소리를 줄여놨군."

"지배인이 지시를 했어요. 저 연설병 선생의 병이 도지면 소리를 줄이라구요."

"융숭한 대접이군. 이유가 뭐야?"

바텐더는 슬쩍 웃어 넘기고는 답을 피하는 것 같았다. 까닭이 있는 것 같아 나는 흥미를 느꼈다.

"대체 무슨 이윤데?"

나는 끈질기게 물고 늘어졌다. 전직 시인이라니? 거리가 멀다. 이렇게 낯이 두꺼운 점은 내가 매스컴에 몸담으면서 익힌 가장 큰일일 것이다.

바텐더는 웃으면서, 그래도 말없이 접시만 닦고 있었다. 연설병씨의 이야기는 점입가경의 경지에 다다른 것 같았으나 나는 더는 듣지 않았다.

"우리한테도 이 가게에도 저 선생님은 은인이라고 할 수 있거든요."

바텐더는 더 이상 이야기하고 싶지 않은 듯 말했으나, 나는 이 말을 들으니 더 흥미진진해졌다.

"은인이라구? 뭔가 까닭이 있나보군. 이야기 좀 들려주게나."

"좀 곤란한데요."

바텐더 얼굴에서 직업적인 미소가 사라졌다. 그렇게까지 피하고 싶은 이야기인가……

"요코하마에 하야시가 잘 가는 좋은 데가 있다고 해서 왔는데, 역시 뭔가 다르군. 저런 단골이 있기 때문이구먼. 가게 이름도 좀 특이한데. '실톱과 지그재그'라."

컵받침을 보면서 나는 말했다.

"하야시씨라니, FXS에 있는 하야시씨요?"

그가 묻는다. 나는 끄덕였다.

"아는 분이에요?"

"아, 인사가 늦었군."

나는 명함을 꺼내 바텐더에게 건넸다. FXS 프로그램 편성국장이라고 직함이 거창하게 박힌, 나로서는 별로 보고 싶지 않은 것이었다. 그가 명함을 보고 있는 동안 나는 또 그 연설을 듣고 있었다.

"가메부치(龜淵)씨시군요."

그 말을 듣고 제 정신으로 돌아왔다.

"FXS에 계시는군요. 몰라 봬서 죄송합니다. 잘 부탁드리겠습니다."

그는 말하면서 고개를 숙인다. 나는 이쪼도요라고 대답했다. FXS라는 말을 듣고, 바텐더의 태도가 달라진 것 같다. FXS가 큰 단골이라서 그런 줄 알았으나, 실은 그런 것은 아니었다.

"저 연설병 선생 말야, 꽤 쓸 만한 말을 하네. 의외로 날카로와."

내가 말하자,

"저 분은 천재예요."

바텐더는 짧게 한마디로 잘라 말한다.

"파리 잡는 진득이에 대해서도 길게 연설하는데, 듣는 사람은 질려 버리지만, 잘 듣기만 하면 거기엔 반드시 진실이 담겨 있거든요."

그때 박수 소리가 터졌다.

"어, 끝났나? 박수를 쳐야지. 강연 끝, 이젠 볼륨을 좀 올려도 되잖나? 앰프는…… 매킨토쉬, 흠. 그런데 참, 특이한 이 가게 이름 유래 만이라도 가르쳐 주게나."

"그 얘기를 하면 또 아까 그 얘기가 돼 버려요. 모두 이어져 있어서. FXS에 계시다니 은인이라 할 수도 있고. 이야기하라면 하지만 말주변이 없어놔서. 하야시씨가 이야기하지 않던가요? 하야시씨는 당사자라서 잘 아시죠."

"아니, 못 들었는데."

"이상하네요. FXS분이라면 거의 모두 아실 텐데. 그럼 하야시씨가 작년에 낸 〈신델레라가 집에 갈 시간〉이라는 에세이집 아직 안 읽으셨어요? 그 책 맨앞에 나와 있는 이야기예요."

"그래?"

나는 뒷머리를 왼손으로 긁적였다.

"그 책을 하야시가 줬는데, 그 동안 바빠서 책장에 꽂아놓은 채지. 미안하지만 아직 한쪽도 못 읽었다네."

"그러세요."

"이 가게 이름 지은 이유도 그 책에 나와 있나?"

"예, 하지만 이름의 유래는 이거예요."

바텐더는 벽에 붙은 작은 액자를 가리켰다. 고딕체 활자가 가득 쓰여진 네모난 종이가 끼어 있었다.

"저거? 아까부터 뭔가 했었지. 시를 써놓은 건가? 문장?"

"현대시라고나 할까요?"

바텐더는 쑥스러운 듯이 말했다. 벽에서 떼서 자세히 봐도 되겠느냐는 말을 막 하려는데, 그가 카운터 안에서 몸을 굽혔다.

"아, 여기 있어요."

그가 말했다. 그리고는 카운터 위에 하얀 책을 올려놓았다. 나는 책을 집어 겉장을 폈다. 목차가 있었다.

"잠깐만요."

바텐더는 내 손에서 책을 뺏고는, 목차 가운데 하나를 손가락으로 가리켰다.

"처음에 나와 있는 이거예요. 〈사람은 얼마 남지 않았을 때만 손가락을 꼽는다〉라는 이 글입니다. 그리 긴 글이 아니니 지금 읽어보시겠어요? 이 안에 여기 이 시도 나와 있구요. 궁금하신 게 다 나와 있습니다. 이쪽 자리로 옮기시죠. 이쪽이 더 밝거든요."

2

〈사람은 얼마 남지 않았을 때만 손가락을 꼽는다.〉

내가 DJ라는 말만으로 먹고 사는 혼잣말 노동자에서 손을 뗀 지 벌써 2년이다. 내가 그 일을 한 기간은 4년이었으니, 처음으로 심야족 앞에 전파를 통해서 첫인사를 한 것은 지금으로부터 6년 전이 되는 셈이다.

모든 직업이 그렇듯이, 그 4년 동안 나에게도 실로 여러 가지 일이 있었다. 보통이었다면 좀처럼 경험하기 힘든 매우 귀중한 경험을 할 수 있었다. 지금 그 당시의 추억을 글로 쓰려고 하니, 가장 먼저 떠오르는 사건이 있다. 아무래도 그 사건부터 써야겠다.

DJ란 쉽게 말하자면 자폐증 환자 같은 것으로, 마이크에 대고 혼자서 떠들어대는 것이어서 방안에서 열심히 연습하고 있으면 정말 바보같다. 모두 귀가한 심야의 방송국에서 혼자 생방 중의 마이크를 향해 이야기를 해도 응답은 없다. 하루 이틀이 지나야 겨우 엽서로 응답이 되돌아올 뿐 거의가 허무한 일방통행이다. 프로그램이 시작되고 한 1년쯤 지나자, 나는 마이크 너머 수십만 명이라는 청취자의 존재를 무의식적으로 의심하게 되었던 것 같다.

사람은 시간이 얼마 남지 않았을 때 비로소 손가락을 꼽는다. 요즈음 이 말이 자주 내 입에서 맴돈다. 아마도 최근 들어 그때의 사건을 그리워하고 있어서인 듯하다. 그때처럼 여러 번, 그야말로 손가락이 뻐근해질 정도로 열심히 손가락을 꼽은 적은 없었다. 그 뒤로 내가 손가락을 꼽은 것은 DJ를 그만두기 약 보름 전이었다.

그것은 내가 그 프로를 맡은 첫해가 저물려는 12월이었다. 내 담당인 수요일 밤, 정확하게 말하면 목요일 새벽은 마침 크리스마스 이브였었다. 그래서 나는 나 같은 풋나기 DJ를 근 1년 동안이나 참고 들어준 청취자들에게 선물을 하려고 이 궁리 저 궁리해 보았으나, 내 머리는 좋은 아이디어를 생각해내는 데에는 맞지 않았는지, 선물 타기 퀴즈라든가, 호화 초대 손님 등 동네 축제 같은 흔해빠진 생각만 떠올랐다. 그리하여 좋은 아이디어가 있으면 엽서를 보내 달라고 방송에서 말했더니, 내가 프로그램을 시작하고 나서 가장 많다고 할 정도로 엽서가 많이 왔다.

그렇구나, 모두 이런 식으로 프로그램에 참여하고 싶어하는구나 하는 것을 알고는, 그 후 3년 동안 기획 단계에서부터 청취자가 참가하는 것이 내 스타일로 자리잡게 되었는데, 그때 온 엽서 가운데에 3분 간 프리 토킹이라는 아이디어가 있었다.

방송국에서 마련한 전화번호에 청취자가 전화를 걸어, 3분 간이라는 제한 시간 안에 자유롭게 나나 또래 젊은이들에게 메시지를 보내도 되고, 자기들의 음악을 들려주어 PR을 하든지, 하겠다는 것이었다. 나는 그 자리에서 바로 이것이다라고 생각했다.

나는 이것을 〈자유 수다 3분 전화〉로 이름을 정하고, 크리스마스 이

브에 이것을 받겠다고 전주 방송에서 알렸다. 당일날 생방송에서 전화를 받는 것도 검토해 보았으나, 그렇게 하면 쓸 만한 것도, 쓸 수 없는 것도 모두 나가게 된다. 정말로 좋은 것이 시간이 없어 잘릴 수도 있다. 아무래도 미리 녹음을 해두었다가 선정할 필요가 있다고 판단했다. 그래서 24일 오후 3시부터 밤 8시까지 5시간 동안 전화를 받기로 했던 것이다.

방송 시작은 오전 0시이므로, 4시간밖에 선정과 편집에 할애할 수 없는 점이 마음에 걸리긴 했으나, 전화를 받자마자 바로 채용 여부를 결정할 수 있을 것으로 생각했다. 하루 전에 전화를 받으면 편하지만, 그렇게 하면 23일 저녁이 되므로 아직 거리에 크리스마스 분위기가 그다지 고조되지 않을 것 같았다. 재미있는 것이 많이 모이면, 내 프로그램 3시간 전부를 이 수다떨기로 채울 생각이었다.

이것은 오로지 팬들에 대한 감사의 마음으로 기획한 것으로, 그다지 남의 이목을 끄는 독특한 아이디어라고는 생각하지 않았다. 그러나 프로그램은 내가 생각지도 못했던 방향으로 발전했다. 그리고 지금도 방송국에서 이야기거리가 되고 있는 대로 뜻하지 않게 좀 극적인 다큐멘트의 양상을 띠게 된 것이다. 청취자가 건 3분 전화 안에 정말로 묘한 것이 섞여 있었기 때문이다.

나는 보통 피디와의 사전 준비나 판과 엽서 선정을 위해서 방송 시작 시간보다 한 시간 전에 스튜디오에 들어간다. 밥도 직전에 먹어둔다. 더 빨리 식사를 하면 방송 중에 배가 고파지고, 더 늦게 먹으면 트림이 날 가능성이 있기 때문이다.

그러나 문제의 크리스마스 이브날 나는 약 두 시간 전에 스튜디오에 들어섰다. 여느 때라면 서브룸에 서너 명의 레귤러 스탭만이 있으나, 그날은 테이프 편집 일이 많아 20명 가까운 인원이 서브룸에서 바쁘게 움직이고 있었다. 테이프를 골라서는 편집기가 있는 방을 왔다갔다 하고 있었다.

내가 서브룸에 들어서자, 그 많은 사람 가운데서 우리 프로그램의
스탭들이 한 덩어리로 모여 있다가 나를 보고는 "하야시씨, 이것 좀 보
세요." 하고 긴장된 목소리로 불렀다. 피디인 후쿠시마의 표정이 심상
치 않길래 나는 잰걸음으로 그에게 다가갔다. 나머지 두 사람도 진지한
표정이었다.

"이것 좀 들어보세요."

그는 콘솔 위의 7호 릴을 돌리려다가 잠깐 망설이더니 단추에 댔던
손가락을 뗐다.

"편집실로 가지요. 여기는 너무 시끄러워요."

우리 넷은 복도로 나와서 미사용의 불이 켜지지 않은 편집실을 골라
들어갔다. 거기는 테이프 편집용 콘솔이 한 대씩 있는 방이 여자 화장
실같이 여러 개 붙어 있었다. 후쿠시마 피디는 제일 안쪽 방으로 우리
를 데리고 갔다. 불을 켜고 안으로 들어가면 유리문 두 장이 가로막게
되므로, 서브룸의 소음은 전혀 들리지 않았다. 나는 여기가 심야 빌딩
의 일각이라는 것을 새삼 느꼈다. 그는 익숙한 손놀림으로 빈 릴에 테
이프를 걸어 이것 좀 들어보세요 라면서 아까와 같은 말을 하고는 시
작 단추를 눌렀다. 그 다음 볼륨을 최대한 크게 했다. 나는 귀를 기울
였다.

먼저 방송국 아르바이트의 목소리가 들렸다.

"네, FXS입니다. 성함과 저희가 방송 중에 전화를 드려도 된다면 전
화번호를 말씀해 주세요."

이어서 어두운 남자의 목소리가 낮게 답한다. 뒤에서 희미한 징글벨
소리와 거리의 소음이 들린다. 공중전화로군, 나는 생각했다. 아마도
전화박스인 것 같았다.

"익명으로 부탁합니다. 전화는 없습니다."

"알겠습니다. 그러면 신호음이 들리면 3분 동안 말씀해 주십시오."

곧 이어 신호음이 들렸다.

잠시 동안 침묵이 있었다. 나는 전화한 사람의 기분을 짐작할 수 없
어 긴장했다. 그러나 그 남자는 바로 무엇인가를 읽는 듯한 투로 다음
과 같은 의미가 불분명한, 나에게는 암호처럼 들리는 말들을 장장 아무
런 억양도 없이, 구두점도 없는 것 같은 톤으로 낭독했다.

어두운 상자를 바늘로 쿡 찌르고 빛은 지그재그로 뛰어들고 푸
른 하늘 매연형 비늘 구름을 그리는 그 완전무결한 반짝임에 압도
된 나의 내장은 좋아하는 첼로의 울림을 남기고 시커먼 언덕길을
굴러간다

실톱 없이는 도쿄를 자를 수 없다

성장을 계속하는 23의 눈동자는 지그소 퍼즐의 황홀감만을 남
기고 나는 소리 없는 전화를 건다 혹이 없는 의혹 낙타 등에 탄
심심한 로렌스가 열 개의 볼링 핀 넘어지는 저녁 노을에 비칠 때
흔한 천연기념물에 결정(結晶)하는 나의 신경성 골연화증(骨軟化
症) 너무 자란 열 개의 우후의 죽순이 햇볕이 안 드는 화단을 만
드는 음성(陰性) 식물의 뿌리 같은 도시의 전화선이 나의 양분을
빨아들여서 어서 봐 나는 이렇게 말랐는데 계속 기다리는 나의 전
화는 울릴 생각도 않는다

전화를 전화를 전화를 전화를 전화를 전화를 전화를

빨리 죽으려고 한 기억은 없는데 나는 천천히 죽어간다 아무나
빨리 전화를 걸어줘 어서 빨리 나의 아침 같은 것은 브래드베리의
병에 떠 있는 곰팡이투성이 군만두 껍질 같고 이제 한 숟가락으로
누구든지 죽일 수 있는 독이다

버섯 없이는 도쿄를 자를 수 없다

지그재그 우와좌왕 지저분 화가 들끓고 왁자지껄 똑똑 흐물흐
물 끈적끈적 헤헤거리고 어질어질 아찔아찔 컵 하나에 집어넣고

가볍게 흔들어주면 손쉽게 만들 수 있는 도쿄 스크류 드라이버형 분열증 여러분 건배!

데롱데롱 매달린 손잡이가 살인 전철에서 매일 아침 나를 살려주다니 얼마나 멋있는가 꼼짝도 못한 채 도살장으로 가는 소들의 머리 사이에서 보일락 말락 하는 열 개의 볼링 핀을 가볍게 쓰러뜨린다 스트라이크를 꿈꾸며 책을 읽고 변기에 걸터앉아 연기를 마시며 무언가 하다 만 일이 있는 아침 카드에 오늘 하루의 낙인을 찍고 술을 마시고 연기를 토해내고 여자의 다리를 보고 무엇을 하다 말았을까? 멈추지 않고 줄을 마치면 걷어차이는 등뒤에서 닫히는 자동문(自動門) 문득 올려다보면 도청(都廳)에 반짝이는 표창 윙윙거리며 회전 커터 오늘은 몇 명이 죽었는지 나로 말하자면 알루미늄의 날개를 떠는 매미처럼 아슬아슬하게 10시 방향으로 도망가는 나날에서 드디어 알았다 그렇다! 이 영화는 끝까지 보아서는 안 된다는 말인가!

END 마크는 표창과 함께 오는 마지막까지 보살펴 받을 필요가 없다 우유에 넣은 한 알의 왕관은 궁성에 알맞게 넓어지는 동그라미는 마침내 여덟 개로 되어도 여섯 번째 동그라미는 나의 아파트에 다가온다 남쪽을 따라 파도타기를 하면 단 하나 사랑하는 홋카이도(北海道) 실톱 없이 자를 수 있는 단 하나의 도쿄는 나의 잠자리를 관통하지만 이미 그것도 활주로조차 될 수 없다 얼룩진 끈으로 둘러싸인 도시의 오아시마 그 항구도 미하라(三原) 산도 나는 사랑한 적이 없다 완만한 도쿄 거미 지옥의 슬로프를 미끄러 내려간다 이렇게 시끌벅적지근하게

빈빈빈(貧貧貧)……이라고 말이 울고 오늘 밤은 오전 2시 쿠샤로호(屈斜路湖)에서 퇴장하지 않는다면 나는 사람이 아니다

읽어내려가면서 차츰 속도가 붙어 끝날 때에는 알아들을 수 없는 부분도 있었다. 내가 이때 느낀 것은 크리스마스답지 않게 이상하리만큼 어둡다는 점이었다. 단지 그뿐이었다.

나는 한 번 듣고는 무슨 말인지 전혀 알 수 없어 솔직히 후쿠시마 피디의 표정에 나타난 촌각을 다투는 절박함을 느낄 수 없었다.

"어떻게 생각하십니까?"

그는 테이프를 끄고 나에게 물었다.

"다시 한 번."

나는 말했다. 어쨌건 한 번 듣고는 할 말이 없었던 것이다.

3분 동안을 다시 듣는 것은 금방이었다. 테이프가 끝나자, 후쿠시마 피디는 내 얼굴을 보았는데, 다시 어떻게 생각하냐고 묻는 것은 나를 시험해 보는 것같이 여겨졌는지, 아직 어리둥절한 표정을 짓고 있는 나에게, 이번에는 바로 자기 생각을 말했다.

"이것이 지금 것을 적은 것입니다. 글자로 써놓으니 제법 양이 많죠. 하야시씨, 듣기에 따라서는 오늘 밤 오전 2시에 자살한다는 선언이라고 할 수 있지 않을까요?"

나는 소리를 질렀다. 그리고는 다시 '한번 더'라고 소리지르고 있었다.

메모한 것을 눈으로 쫓으면서 세 번째를 다 들은 나는 틀림없다고 생각했다. 나는 당장 옆에 있던 판 담당 아오에군에게 후쿠시마 피디가 메모한 것을 건네면서 소리질렀다.

"아오에, 이걸 30장쯤 복사해 줘!"

시계를 보니 벌써 10시 반, 방송 시작까지 한 시간 반. 전화 건 사람이 자살하겠다는 시간까지 세 시간 반이었다.

내 머리는 그때 처음이라고 할 정도로 바쁘게 움직였다. 여느 때의 10시 반이라면 아직 방송국 안에 남아 있는 스탭도 꽤 된다. 지금부터 마작을 할까 한잔 할까 망설이고 있는 사람들이라면 우리가 하려는 모험에 끌어들일 수 있겠지. 스탭은 많을수록 좋다. 그러려면 1분 1초가 급하다. 이러고 있는 동안에도 모두 사옥을 빠져나가고 있을 것이다. 나는 조수 다케다군에게 소리쳤다.

"지금 바로 사내 방송으로 아직 남아 있는 사원들 중에서 바쁘지 않은 사람을 요 옆 402 스튜디오로 모아줘. 긴급 사태 발생이라고 해. 402 스튜디오는 비어 있을 거야. 다 모이면 내가 설명할게. 빨리 빨리!"

다케다군이 달려간다.

한 가지 걸리는 것이 있었다. 그 사람이 낭독하는 배경에 징글벨 소리가 들리는데, 그 음악 소리와 함께 스피커에서 들리는 듯한 남자 아나운서의 목소리가 희미하게 들리는 것이었다. 그 부분을 다시 한 번 들으려고 테이프를 돌렸다.

"이 테이프의 이 부분 말야……."

나는 후쿠시마 피디의 얼굴을 쳐다보았다.

"그치? 희미하지만 분명히 안내 방송 소리가 들리지? 다시 한 번."

나는 되풀이해서 그 부분을 재생했다.

"전철역 안내 방송 같은데요."

후쿠시마 피디가 말한다.

"그래! 너무 희미해서 이것만으로 단정하기는 뭣하지만, 약간 전철 소리 같은 것도 들리거든. 그러니까 이건 역 이름을 안내하는 방송 아닐까? 배경의 잡음으로 볼 때 전화하는 장소가 역앞인 것은 틀림없는 것 같아. 그렇다면 이 소리를 잘 들으면 어딘지 확실한 것을 알 수 있어. 그러나 문제가 있어. 이 상태로는 아무리 볼륨을 올려도 귀로는 알아들을 수 없겠는걸. 그렇다면……."

"성문(聲紋) 말입니까?"

"그래, 그렇지만 이 성문 분석 장치는 FXS에는 없거든. 아마 NHK 연구소에 가야 할 거야. 그러려면 서둘러야겠어. 지금쯤이면 연구원이 있을 거야. 전화해 볼게. 내가 걸게. 연구소에 아는 사람이 있어. 자네는 401스튜디오로 가서 다카다(高田)군에게 이 테이프 더빙시켜 둬. NHK에 연결이 되면 성문 분석을 위해 이 테이프를 갖고 다녀오라고 시켜야 되니까. 방송은 더빙한 거로 하지."

NHK에 대학 동기인 이모토(井本)라는 녀석이 다니고 있다. 게다가 그는 연구소 근무였다. 지금도 가끔 만나 술을 마시고, 나 자신 근무처에 간 적도 있었다. 요즈음 늦게 일해야 할 때가 많다고 늘 불평을 했었다.

나는 복도를 달려 텅 빈 사무실의 내 책상으로 갔다. 전화기를 집어들고 NHK의 연구소에 걸었다. 이모토가 남아 있기를 빌었다.

그리고 나는 행운을 신에게 감사했다. 이모토는 남아 있었던 것이다. 사정을 설명하고, 지금 바로 사람을 시켜 테이프를 보낼 테니 성문 분석을 해달라고 부탁을 했다. 401스튜디오로 돌아오면서 나는 생각한다. 이 전화를 건 사람은 왜 내 프로에 죽기 직전에 전화를 걸었을까? 정말로 죽고 싶다면 법썩 떨지 않고, 혼자서 조용히 죽으면 그만 아닌가? 더군다나 자살 예고 시간인 오전 2시는 아직 생방 중인 시간이다.

나에게 전화해서 만약 생방에 나가게 되면, 당연히 방해받을 것 아닌가? 즉 그는 방해를 받고 싶은 것이다. 진정으로 죽고 싶지는 않은 것이다. 아니면 혼자서 죽는 것은 외롭다. 그래서 죽는 시간을 생방 중으로 한 것이다.

내 프로를 듣는 사람은 명랑한 젊은 층이 대부분인 것 같으나, 보내오는 엽서로 그렇게 판단할 따름이다. 적극적인 젊은이들은 겨우 빙산의 일각이고, 태반은 이 전화를 건 사람처럼 어두운 성격의 소유자들인 것이 아닌가? 아무하고도 말 한마디 않는 고독한 일에 지쳐, 잠 못 이루는 밤 혼자서 무릎을 안고 앉아 내 방송을 듣는지도 모른다.

음울한 그들의 편지는 방송에서 읽어도 그다지 재미가 없기 때문에 대개는 읽히지 않는다. 그들은 더욱더 외로워진다. 나는 이 전화가 채

택되어서 내 귀에까지 오게 되어 정말 다행이라고 생각했다. 또 내가 이 전화를 직접 받았더라면 의미가 불분명하다고 채택하지 않았을지도 모른다. 젊은 후쿠시마 피디가 문과 출신이라 천만다행이라고 나는 생각한다.

이 고독한 인물은 아마도 마지막 도박을 건 것이 아닐까. 자기와는 너무나 달라 보이는 사람들에 대해서 유서 형식으로 마지막 수수께끼를 낸 것이 아닐까——나는 상상했다.

우리 스탭들이나 심야 방송을 듣는 사람들이 자기의 시를 바르게 이해하고 자기의 자살을 방해해 준다면, 자기가 버리려는 이 세상도, 그리고 거기 사는 사람들도 제법 쓸 만하다. 이렇게 시험해 보려는 것이 아닐까.

그렇다면 우리가 그를 찾을 수 있는 모든 힌트가 숨겨져 있는 셈이다. 이 시를 올바로 읽으면, 우리는 그의 자살 지점에 2시 전에 도달할 수 있을 것이다.

남 몰래 나는 힘이 솟는 것을 느꼈다. 어떻게 해서든 막아보겠다고 마음먹었다. 힘 닿는 대로 온 힘을 기울이겠다고 결심했다.

시 안에서 그는 홋카이도의 쿠샤로호(湖)에서 죽는다고 했다. 만약 그렇다면 먼저 경찰에 연락을 취해서, 홋카이도의 쿠샤로호 경찰의 도움을 받아야 한다.

내 방송은 홋카이도까지는 방송되지 않는다. 고작 후쿠이현(福井懸) 정도이다. 두어 번 센다이(仙臺)에서 신청 엽서가 온 적이 있으나, 센다이에서도 전파 상태는 좋지 않은 것 같았다. 그렇다면 방송을 통해서 쿠샤로호 주민에게 호소할 수는 없다.

그러나 만약 전화 건 사람이 2시에 홋카이도에서 죽을 생각이라면, 벌써 지금쯤에는 홋카이도에 도착했어야 한다. 그 전화가 도쿄에서 건 것이라면, 전화 걸고 나서 홋카이도에 가려면 시간이 빡빡하지 않을까——? 그래, 전화가 걸려온 정확한 시간을 확인해야겠다 등등 나는 생각했다.

아니, 홋카이도에서 건 전화일지도 모른다. 그렇다면 장거리 전화인 셈인데, 홋카이도에서도 그렇게 선명하게 들릴까.

그래, 테이프를 가지고 전화국에도 가봐야겠다. 전화국이라면 녹음을 듣고, 장거리인지 근거리인지 판단할 수 있을 것이다.

그때 사내 방송이 들렸다. 아직 사내에 남아 있는 사원들께서는 402 스튜디오로 와 주십시오 라는 내용이다. 일을 분담해야겠다. 바빠지겠군, 나는 긴장했다.

스튜디오로 가니 복사본이 와 있었다. 전원에게 한 장씩 나누어 주도록 아오에군에게 말했다. 그리고 후쿠시마 피디에게 전화받은 정확한 시간을 물었다.

"8시 10분 전쯤입니다."

그는 대답했다. 그렇다면 도쿄에서 건 것일 수는 없겠다고 나는 판단했다.

이 시점에서 나는 마음이 가벼워졌다. 이상하게도 방송사업 종사자는 자기 방송이 도달하는 범위를 자기의 책임 영역이라고 느끼는 습성이 있다. 이곳에서 사람이 죽는다면 무슨 수를 써서라도 막아야 하지만 홋카이도라면 너무 멀다. 자살 저지에 실패하더라도 내 책임은 아니라는 생각이 들었던 것이다. 안심하고 이 문제를 방송할 수 있다고 나는 생각했다. 내가 이 테이프를 방송에서 쓰기로 정식으로 결정한 것은 이 순간이었다. 남의 일인 것 같은 생각이 들었기 때문이었는데, 이것은 오산이었다.

"그럼 뒤에 들리는 역 이름은 홋카이도의 지명인가요?"

후쿠시마 피디가 묻는다.

"삿포로(札幌)라던가?"

"글쎄, 세 글자로 들리던데."

나는 말했다.

"이렇게 하면 어떨까요. 오늘은 이 전화를 중심으로 하면 어떨까요? 뭐하면 다른 전화는 내년으로 돌려도 되지 않을까요?"

후쿠시마 피디가 제안한다.

"하여튼 이것은 3시간 후면 실제로 일어날 '사건'이니까요. 청취자하고 머리를 짜보면 이 자살을 어떻게 막을 수 있을지도 모르지요. 아침 3시부터 8시까지 청취자의 전화를 받은 접수 전용 전화가 아직 여기 있어요. 이걸 그대로 두었다가, 방송 시간 중에 청취자가 정보를 알리는 데 쓰면 어떨까요?"

"응, 나도 그 생각을 하고 있었어."

나는 그렇게 대답했다.

복사물이 다 나누어졌을 무렵, 나는 집중 하고 큰 소리로 말했다. 경과를 이야기하고, 오늘 방송은 특별히 이 자살을 저지하는 캠페인을 펼칠 생각이라고 나는 선언했다. 처음 한 시간 동안은 이 전화 녹음을 들려주고 음악도 약간 틀면서 내가 이것을 알아듣기 쉽게 읽는다. 그리고 청취자들의 전화를 기다린다. 청취자들의 의견이나 정보를 전화로 보내 달라는 것이다.

스탭들은 묵묵히 끄덕인다. 나는 계속한다.

"따라서 생방용 테이프는 오늘은 5개만 있으면 충분합니다. 아마 그것도 다 안 쓸 것 같습니다. 남은 3분 전화는 전부 다 다음주에 내보내겠습니다. 오늘 밤은 무슨 일이 일어날지 모릅니다. 그러므로 여러분도 될 수 있는 대로 여기서 대기해 주십시오. 필요하면 바로 나가서 조사해야 할 일이 생길지도 모릅니다. 의견 있습니까? 자살 장소는 이 글을 봐서는 홋카이도인 것 같은데, 이 시의 해석에 관해서도 의견을 나나 후쿠시마 피디에게 알려 주십시오."

내가 말을 마치자, 다케다군이 옆 402스튜디오에 한 열 명이 모였다고 알려왔다.

나는 테이프와 메모를 가지고 옆방으로 달려갔다. 내 프로그램의 스탭들은 각자 맡은 일이 있어 바쁘다. 경찰에 가고, NHK에 가고, 전화국에 가고 하는 일은 여기 모인 유지(有志)들에게 부탁하는 수밖에 없다. 모인 면면들을 보니 보도 프로그램의 피디급, 아르바이트 학생, 그리고 캐스터 드라이버도 있었다. 멤버들 구성을 보니 힘이 될 것 같았다. 그들에게도 나는 사정을 설명하고 경찰, 전화국, NHK로 각각 일을 나누었다. 그리고 보고는 전화로 하는데, 경우에 따라서는 그대로 방송에 나갈 수도 있다고 양해를 구했다.

방송 시작까지 45분이었다. 나는 401스튜디오에 돌아가서, 이 시의 해석에 대해 한 번 더 궁리를 해보았다.

"음, 현대시의 일종이랄 수 있겠지요."

후쿠시마 피디가 말한다. 나를 비롯해서 모든 스탭이 문과를 전공한 그에 대해 기대가 컸다.

"현대시라니?"

내가 말했다.

"그러니까 현대의 시 말입니다. 키타하라 하쿠슈(北原白秋)에 만족하지 못하는 사람들의 시라고 할 수 있죠. 시의 체질 자체가 여기까지 변질했다고도 할 수 있겠지요."

"그럼 이렇게 생각할 수 있을까?"

내가 말했다.

"이 시에 나오는 여러 가지 표현은 현실의 무엇인가의 비유라고 생각하고 그것을 풀어가는 거지. 즉 이들은 현실 속의 무엇인가를 다른 말로 표현하고 있는 거야. 예를 들면 이 '실톱' 같은 것은, 글쎄나…… 예를 들자면 전화선이라든가, 구(區)의 경계선이라든가, 이런 식으로 적용해 보는 거야."

"글쎄요…… 그건 레토릭의 문제죠. 따라서 작가마다 방법론이 다를 테고, 하여튼 모두가 그렇다고 하는 건 좀……."

"레톨릭?"

"수사학(修辭學) 말입니다. 글을 장식하는 것 말입니다."

"아아."

"그런데 이 사람 앞부분에서 지그소 퍼즐의 황홀감이 어쩌구 했잖아요. 지그소라는 것은 줄톱이라는 뜻이니까 후반부와도 연결되겠지만, 작가 스스로 말할 정도니까 그 방법도 상당히 효과가 있을 것 같습니다. 이 시에 한해서이지만요."

"그렇지, 이 사람은 우리에게 일종의 도전을 한 게 아닐까 해. 이 수수께끼를 풀어서 자기 자살을 막아 달라는 거지."

"그럴지도 모르겠군요."

"그래, 그렇다면 시간이 없어. 이 시를 읽고, 알 수 있는 것들을 들어보지. 만약 이 사람이 살고 있는 장소라든가, 다니는 학교라든가, 일하는 회사라든가를 알 수 있다면 이름이나 외견상의 특징을 알 수 있겠지. 그러면 조사가 빨라질 거야. 처음부터 볼까? '어두운 상자'란 뭘까?"

"글쎄요."

"실톱은?"

"글쎄요."

"23의 눈동자란?"

"짐작도 안 가는데요."

"열 개의 볼링 핀은?"

"뭘까요?"

"안 되겠어. 아는 것부터 볼까?"

"브래드배리는 아시죠?"

"뭔데?"

"미국의 작가예요. 이미 '병'이라는 단편이 있지요. 하지만 이런 걸 알아도 큰 영향은 없는 것 같아요."

"또 하나 알 수 있는 것은, 이 사람은 매일 만원 전철 손잡이에 매달려 있다는 것 정도야. 타임 리코더를 친다는 것이 나온 걸 보면 학생이 아니라 샐러리맨이 아닐까?"

"네에, 도청이 나오죠. 어쩌면 도청에 다니는 사람일지도 모르겠군요."

"표창은 뭘 말하려는 걸까?"

"글쎄요."

"이 영화는 끝까지 보면 안 된다고 했지."

"그건 자기 인생을 말하는 게 아닐까요?"

"음, 그런 것 같아."

그러나 바로 방송 시간이 되었다. 즉 예고 시간까지 2시간 남았다는 얘기이기도 하다. 우리는 시의 해석은 물론 전화국과 경찰의 결과도, NHK 연구소의 성문(聲紋) 분석 결과도 받지 못한 채 방송을 시작해야 했다.

어항 안에 들어가서 시작 시간을 기다리노라니, 아무래도 불안감에 휩싸여졌다. 저 전화가 만약 장난 전화라면——갑자기 그런 생각이 들면서 파랗게 질렸다. 지금 생각하면 이상한 일이지만 내가 그 가능성을 떠올린 것은 겨우 방송 시작 1분 전인 지금 이 순간인 것이다.

젊어서 그랬을 것이다. 실패 같은 것은 생각지도 않았었다. 나는 당시 프로그램을 막 맡기 시작한데다가 공명심도 있었다.

지금은 그런 모험 해달라고 부탁을 받아도 안 할 것이다. 책임 문제라든가 자살 저지가 실패했을 때의 프로그램의 이미지 손상 같은 것을 생각하면 너무나 리스크가 큰 것이다. 생각해 보면 나는 당시 아직 20대였던 것이다. 위태위태하기 짝이 없던 시절이었다.

갑자기 스튜디오에서 테마 뮤직이 흘러나왔다. 스탭들의 표정이 순식간에 얼어붙었다. 프로가 시작된 것이다. 이윽고 음악 소리가 작아지고, 후쿠시마 피디의 큐가 있었다.

"여러분, 안녕하십니까! 오늘은 12월 24일, 크리스마스 이브의 하야시 야스다카팩이 시작됩니다."

나는 될 수 있는 대로 기운차게 약장수 같은 영업용 수다를 떨기 시작했다. 당시는 이런 말투가 유행이었다.

"여러분, 크리스마스 계획은 다 세웠어요? 나는 지난주 약속대로 '자유 수다 3분 전화'를 오늘, 아니지 벌써 어제가 됐네. 모집을 했어요. 정말로 많은 전화가 걸려왔습니다. 여러분, 감사합니다. 오늘은 세 시간 몽땅 여러분에게 개방해서 거대한 목소리 회람판 같은 걸 만들어볼까 했습니다만 그렇게 할 수 없게 되었어요. 그런 사정이 생겼거든요. 그 사정은 나중에 자세히 이야기하겠지만, 전화 가운데 도저히 그냥 넘어갈 수 없는 것이 하나 있었어요. 여러분, 진지하게 들어주세요. 듣기에 따라서는 이 전화는 자살 예고라고도 볼 수 있어요. 예고 시간은 바로 오전 2시. 2시간 뒤입니다. 이런 전화가 있었기 때문에 나로서도 여러분과 함께 신나게 떠들 기분이 아니에요. 2시까지 두 시간 동안, 이 전화를 중심으로 우리 모두 지혜를 짜내면 어떨까 하는데, 어때요? 다행히 오늘 밤은 전화도 스튜디오에 준비해 뒀어요. 번호는 이따가 말할 테니 좋은 생각이 있으면 전화로 가르쳐 주세요. 오늘 밤에는 여러분과 힘을 합치고 싶습니다. 그래서 이 '자유 수다 3분 전화'는 다음주로 돌릴까 하는데, 여러분도 찬성해 주시죠? 어쨌건 먼저 이 전화부터 들어주세요."

나는 테이프를 틀라고 밖에 신호를 보냈다. 그리고 테이프가 끝나고는, 이제까지 스탭들과 의논해서 얻은 내 생각을 이야기하고, 이 프로 스탭이 테이프 속에 희미하게 들리는 역 이름으로 여겨지는 안내 방송의 고유명사를 확인하기 위해 NHK 연구소에 가 있는 것과, 곧 보고가 있을 것이라는 것들도 이야기했다.

이 전화가 걸려온 시간이 밤 8시 10분 전이라는 것도 이야기하고, 나는 테이프를 다시 한 번 틀라고 지시했다.

테이프가 나가는 동안, 후쿠시마 피디가 큰 종이에 '전화국에 갔던 고타니(小谷)군으로부터 전화'라고 써서 유리창 너머로 나에게 보여주었다. 오늘 밤은 음악을 트는 횟수가 적기 때문에 이렇게밖에 할 수 없었던 것이다.

나는 "아, 지금 전화국에 간 스탭에게서 연락이 왔습니다."라고 방송하고, 스튜디오 안의 수화기를 집어들었다. 전화 소리도 방송으로 들리게 해두었다.

"근거리라는데요."

다짜고짜 고타니군이 말했다. 그 순간 나는 위가 쓰려왔다.

"근거리? 확실해?"

나도 모르게 되묻고 있었다.

"확실하답니다."

고타니군은 매정하게도 이렇게 말했다. 고맙다고 하고 전화를 끊었다.

이번에는 '성문(聲紋)을 알아보러 간 토미타(富田)씨로부터 전화'라는 후쿠시마 PD의 글씨가 보였다. 역시 이번에도 아까와 같이 방송으로 안내를 하고 수화기를 들었다. 내 머리는 혼란해지고 있었다. 아까 친구 이모토에게 목소리 분석을 의뢰했을 때만큼은 기대로 가슴이 부풀어 있지 않았다.

"아, 하야시씨? 성문 분석 결과가 나왔습니다."

귀에 익은 도미타씨의 목소리가 들려왔다.

"'나카노'랍니다. '나카노', 절대 틀림없답니다."

"뭐라고?"

이 순간은 지금도 어제 일처럼 생생하다. 그만큼 충격적이었다. 한순간 눈앞이 캄캄해졌다. 전화국의 보고를 감안할 때, 이것이 중앙선(中央線)의 '나카노(中野)'라면 저녁 8시 10분 전에 나카노역 앞에 있으면, 홋카이도의, 그것도 쿠샤로호에 오전 2시까지는 갈 수 없다. 그

356

러면 이것이 장난일 가능성이 짙어졌다는 것이다. 나는 파랗게 질렸다.

그러나 나는 표면상으로는 당황한 티를 낼 수 없었다.

"일이 좀 꼬이게 됐습니다. 이 전화를 건 사람은 어젯밤 8시 10분 전에는 나카노역 앞, 이게 중앙선이라고 단정할 수는 없지만, 하여튼 나카노라는 역 앞에 있었던 것이 거의 확실해졌습니다. 그렇다면 어떻게 된 걸까요? 6시간 뒤에 홋카이도의 쿠샤로호에 당도하는 것은 불가능하지 않을까…… 지금 생각할 수 있는 가능성의 하나는 장난이라는 것인데…… 아니면 8시에 도쿄 나카노에 있어도 탈 수 있는 홋카이도행 비행기 편이 있는지? 좌우지간에 지금 스탭들이 알아보겠습니다.

나는 서브룸에 눈으로 신호를 보냈다. 후쿠시마 피디가 작게 끄덕이고, 두 명의 스탭이 복도로 달려나갔다. 사무실로 시간표를 가지러 갔으리라. 나는 계속했다.

"중앙선 나카노역 부근에 사시는 분 중에서, 아까 테이프가 12월 24일 저녁 8시 10분 전의 나카노역 앞의 소리다, 아니면 아니다 라는 증거에 집히는 것이 있는 분은 지금 빨리 스튜디오로 전화해 주십시오. 다시 한 번 테이프를 들려드리겠습니다."

그렇다 치더라도 나는 잘도 이런 파격적인 방법을 취하기도 했다. 정말 배짱이라고밖에 할 수 없다. 되돌아보면 오로지 감탄할 뿐이다. 이 나카노가, 중앙선의 나카노가 아닐지도 모른다 라고 나는 기대했다.

이때쯤부터 스튜디오에 하나 둘 전화가 걸려오기 시작했다. 메모하고 싶으니 다시 한 번 천천히 틀어달라는 요청이 많았다.

나는 다시 한 번 천천히 읽었다. 나카노역 앞의 음반점 점원이라는 남자가 전화해 와서, 그 징글벨은 내가 부탁받아 녹음해서 튼 것인데, 한 군데 실수로 바늘이 튄 데가 있다, 방송에서도 그 부분이 들렸으니 틀림없다, 나카노역 앞이다 라고 단정지었다. 나는 이렇게 되면 비행기 편에 기대할 수밖에 없다고 생각했다. 심야의 비행기편이라도 있다면, 이것이 중앙선의 나카노역 앞이어도 상관없는 것이다.

복도로 나갔던 스탭 둘이 스튜디오로 돌아와 있었다. 귀찮아서 나는 그들의 보고도 그대로 생방으로 내보냈다.

"문의해 봤습니다만, 저녁 8시 이후에 홋카이도에 가는 편은 나리타(成田)에도 하네다(羽田)에도 한편도 없답니다."

그러자 또 한 사람이 이런 말을 했다.

"그리고 홋카이도에는 나카노라는 역이 국철(國鐵)에도 사철(私鐵)에도 전혀 없답니다."

나는 다시 한 번 절망했다. 마이크 앞에서 그만 한숨을 쉴 뻔했다. 이런 전화 한 통 때문에 많은 스탭들을 여기까지 끌고 온 것을 후회했다. 지금쯤 이 남자는 라디오를 들으며 어딘가에서 혼자 신나게 웃고 있는 게 아닌가 생각했다.

내 낙담은 아마도 전파를 통해서 청취자들에게 전달되었을 것이다. 그때 이런 전화가 걸려와서 다시 나에게 용기를 불어넣어 주었다.

"하야시씨는 아까부터 홋카이도에 집착하는 것 같은데, 도쿄에서 죽으려는 생각인가봐요, 이 사람은. 쿠샤로호라는 건 도쿄 어디엔가에 있는 어떤 장소가 아닐까요? 도쿄라면 어딘지만 알 수 있다면 누군가가 바로 구하러 갈 수 있어요."

바로 그거야, 나는 생각했다. 청취자란 고마운 것이다. 생각해 보면 이 시의 문맥에서 볼 때 도쿄일 가능성은 상당히 높았던 것이다. 그렇다면, 어떻게 해서든 이 사람을 구해야 한다 라고 생각해야 한다. 나는 애써 기분을 들뜨게 했다. 여기까지 온 만큼 되돌아갈 수는 없는 것이다.

청취자의 전화가 또 왔다.

"열 개의 볼링 핀이란 것은 신주큐(新宿) 부도심의 예의 고층 빌딩을 말하는 것이 아닐까요. 지금은 몇 개가 됐는지 모르지만."

그렇구나! 열 개라면 볼링 핀의 갯수지만, 어쩌면 그 빌딩들의 갯수도 마침 열 개인지도 모른다. 난 또다시 서브룸에 큐를 보냈다. 402스튜디오에 모였다가 아직 남아 있는 사람들 중에는 TV의 피디도 있었다. FXS TV에서는 '아침의 와이드 쇼'라는 프로에서 항상 부도심의 그림을 배경으로 쓴다. 또 한 사람, 심야의 복도로 스탭이 달려나간다. TV국 있는 데로 달려갔다.

곧 보고가 들어왔다. 현재 건설 중인 것을 포함해서 고층 빌딩은 꼭 열 개라는 것이었다.

"이걸로 많은 진전이 있었습니다. 전화를 건 사람은 출근길에 항상 부도심의 빌딩들이 보이는 전철을 이용하고 있음을 알 수 있죠. 그런 전철이라면 중앙선이나 오다큐(小田急)선 아니면 야마테(山手)선인데…… 아!"

나는 무의식중에 방송 중 소리지르고 말았다.

"중앙선이야! 중앙선은 똑바로, 일직선입니다! 이 '실톱 없이 자를 수 있는 단 하나의 도쿄'라는 건 중앙선을 말하는 겁니다. 그러니까 나카노역 앞에서 전화한 겁니다. 아마 나카노 부근에 사는 사람일 거예요. 상당히 풀렸습니다."

그러나 실제로는 별 진전도 없는 셈이었다. 8시 이후에는 홋카이도행 비행기편은 한편도 없다는 것, 나카노에서 하네다까지는 한 시간은 걸린다. 나리타까지 가려면 더 많이 걸린다. 그리고 문제의 청년은 8시 10분 전에는 분명히 나카노역 앞에 있었다는 것이 확인되었다. 이런 모순점들은 여전히 내 앞을 가로막고 있는 것이다.

이렇게 되면, 만약 이것이 장난이 아니라는 가정에 서서이지만, 홋카이도와 쿠샤로호가 도쿄에 있어야 한다는 이치가 된다. 나는 이것을 방송에서 말하고, 나카노 근처에, 아니 나카노 아니라도 되지만, '쿠샤로호'라는 이름의 술집이나 음식점 없어요, 있으면 전화로 알려 달라고 청취자에게 호소했다.

이 무렵부터 많은 전화가 걸려오기 시작했다. 아마 내가 낭독한 메모를 찬찬히 읽어보고 나름대로의 생각이 정리되었기 때문이리라.

나는 시계를 들여다보았다. 그러나 이 시점에서 이미 한 시간이 지났다. 이제 한 시간이 남았을 뿐이다. 한 시간이——!

"표창이라는 건 도쿄도(都)의 마크를 말하는 게 아닐까요?"

이번에는 여학생의 목소리다.

나는 아! 그렇구나 라고 생각했다.

"도쿄도의 마크는 한가운데에 동그라미가 있고, 위에 여섯 방향으로 칼이 뻗어나간 모양이에요. 가운데 원이 야마테(山手)선이라고 치면, 꼭 도쿄의 전철 약도 같아 보이는데요."

여학생 목소리는 추위 때문인지 아니면 긴장해서인지 약간 떨렸다.

"시계를 보면 12시 방향이 토호쿠(東北) 본선, 2시 방향이 죠반(常磐)선, 4시 방향이 소부(總武) 본선, 6시 방향이 도카이도(東海道) 본선이 되고요, 8시는 잘 모르지만 도요코(東橫)선이나, 오다큐선, 아니면 케이오(京王)선이 될 것 같아요. 그랬을 때 10시 방향은 역시 중앙선입니다."

나는 고맙다고 말하고 전화를 끊었다.

역시 여러 명이 생각하면 효율적이다. 또 한 가지를 확인할 수 있었다. 괴전화의 주인공이 중앙선 어딘가에 살고 있는 것은 틀림없는 것 같다.

하지만 문제는 그런 것이 아니라, 죽으려고 하는 장소였다. 이게 훨씬 중요한 문제였다.

그러나 어느 역일까? 나카노역일까? 동서의 선은 알아냈다. 여기에 남북의 선을 알 수 있으면 주소도 짐작할 수 있을 텐데——.

또 전화가 왔다고 피디가 신호를 했다. 나는 이미 연결되어 있는 수화기를 집어들었는데, 지금 생각하면 이때의 전화에 나는 가장 가슴이 철렁 내려앉았었다. 그때를 생각하면 지금도 등골이 오싹해진다. 전화를 걸어온 목소리는 중년인 것 같았다.

"여보세요, 그 시에 관해서 말인데요, 당신네는 자살 선언이라고 단

정짓고 있는 것 같은데, 정말 그럴까요? 나에게는 '도쿄를 떠나겠
다'고 낙향을 한탄하는 것으로 들리는데요. '퇴장'이라고 하는 것은
'도쿄'에서 퇴장하는 것이지, 자기 '인생'에서 퇴장하는 것은 아니
지 않을까요?"

찬물을 뒤집어쓴 것 같았다. 머리로 피가 올라왔다. 나는 그런 식으
로 의심한 적조차 없었다. 이것은 방송 종사자들의 나쁜 버릇이다. 요
령은 좋은데, 깊이 사물을 생각지 않는 것이다. 항상 시간에 쫓기기 때
문이다.

유리창 너머 서브룸에 있는 후쿠시마 피디를 보니 그도 시선을 떨군
채 생각에 잠겨 있다.

나는 다시 파랗게 질리는 것 같았다. 만약 이 전화의 지적대로라면
나는 큰 창피를 당하게 된다. 사표감인 실수인 것이다.

그때 서브룸의 전화 두세 대가 동시에 울리는 것이 들렸다. 빨간 불
이 켜지기 때문에 나도 알 수 있는 것이다. 후쿠시마 피디가 그중 하나
를 받더니, 곧 나에게 큐를 보내 왔다. 이 전화를 받아보라는 신호다.

"여보세요, 아까 전화 말인데요, 이제까지가 맞다면은 '쿠샤로호'라
는 건 우에노에서 토호쿠나 홋카이도로 돌아가는 열차 이름 아닐까
요? 오전 2시라는 건 그 열차가 우에노를 출발하는 시간……."

나는 더욱더 창백해졌다. 그러나 하여튼 서브룸을 향해 시간표!라고
소리쳤다.

오전 2시에 열차를 타고 도쿄를 퇴장한다 라. 그렇다면 나는 이 얼
마나 큰 잘못을 저질렀단 말인가.

시간표가 서브룸에 왔다. 두세 명의 스탭이 한꺼번에 달려들어 페이
지를 펼치자 후쿠시마 피디가 기세 좋게 손을 들고는 이야기하겠다는
신호를 했다. 있었구나. 나는 힘없이 끄덕였다.

"하야시씨, 그런 열차 없습니다. 우에노발 하행선인 죠반선 막차는
23시 30분, 오후 11시 30분이 막차입니다. 그 후는 오전 5시 7분의

타이라(平)행 완행열차까지 다른 열차는 없습니다. 열차 이름도 '토와다(十和田) 51호' '유우즈루' '토키와' '히타치' '오쿠구지(奧久慈)'…… 이런 식이에요. 이어서 토호쿠 본선인데요, 이것도 11시 55분의 급행 '자오긴레이(銀嶺)'가 막차고, 역시 이튿날 아침 5시까지 열차는 없습니다. 열차 이름도 '후루사토' '반다이' '츠바사' '마쓰시마' '야마바토' '쓰가루(津輕)'…… 아무데에도 '쿠샤로호'라는 이름은 안 보여요."

"어, 그래."

사람이란 간사한 것, 나도 갑자기 기운이 좀 나는 듯했다. 이어서 다음 전화가 울렸다.

"아까의 두 전화에 관해서인데요, 그건 아닌 것 같아요. 열차로 퇴장한다고 하면, '쿠샤로호에서'라는 건 이상해요. 그런 이름의 열차는 없는데다가, 우에노역에도 도쿄역에도 부근에 연못 같은 건 없으니까요."

후쿠시마 피디도 서브룸에서 시간표를 보면서 크게 끄덕인다.

"그러구 '마지막까지 보살펴 받을 필요는 없다'고 했으니, 역시 자살 선언으로 보는 게 맞을 것 같습니다."

이런 전화가 두셋 더 와서 나에게는 많은 위안이 되었다.

또 전화가 왔다.

"'넓어지는 원은 마침내 여덟 개가 되고'에서 '여섯 개째의 원은 나의 아파트로 밀려온다'는 것은 도로를 말하는 것 아닐까요? 나는 지난번에 조사한 적이 있는데요, 도쿄의 도로는 궁성을 중심으로 제일 안쪽이 우치보리(內堀) 도오리이고, 두 번째가 소토보리(外堀) 도오리, 그 다음이 가이엔히가시(外苑東) 도오리, 그 다음은 메이지(明治) 도오리로, 돌을 던졌을 때 물이 퍼지듯이 원을 그리니, 여섯 번째라는 건 환상 6호선의 야마테 도오리를 말하는 것 아닐까요?"

그럴 듯하다고 생각되었다. 즉석에서 맞을 것 같다고 직감하고는 서브룸에 부탁했다.

"지도 좀 보여줘."

이로써 남북의 선을 알게 된 셈이다. 앞에서 동서의 선을 알았다. 즉 중앙선인데, 이것하고 야마테 도오리, 이 두 선이 겹치는 부근을 보면 된다. 그곳이 이 전화를 건 사람이 사는 곳 근처일 가능성이 크다.

도쿄 구분 지도가 어항 속으로 왔다.

중앙선과 환상 6호선이 교차하는 곳이라, 어디 어디, 여기 히가시나카노(東中野)다! 역시 나카노다.

"중앙선이 나의 잠자리를 관통한다."

시의 한 귀절이 생각난다.

"히카시나카노 부근 아파트에 사는 사람은 들어주세요. 자기 아파트에 사는 사람 가운데 그럴 듯한 사람이나 자살할 것 같은 사람을 아는 분은 서둘러 전화 주십시오."

이렇게 내가 호소하자 거의 결정적이라 할 만한 정보가 들어왔다. 젊은 여성의 목소리였다.

"저, 그런 사람이 어젯밤 8시경에 나카노역 앞의 전화 박스에 있는 것 봤어요."

"그 사람인지 어떻게 알았어요?"

"편지지 같은 종이를 펼치고 읽고 있었어요."

"어떻게 생겼어요?"

"갈색 코트를 입고 있었어요. 바지는 검정색 계통이었고, 머리는 옆 가름마고, 이렇다할 특징은 없었던 것 같아요. 세일즈맨 같아 보였어요."

"뭐 들고 있었나요, 그 사람? 가방이라든가……."

"글쎄요, 잘 생각이 안 나지만 아무것도 안 들고 있었던 것 같아요."

"다시 보면 알아볼 수 있겠어요?"

"글쎄요, 얼굴은 잘 안 봐서…… 그래도 한 가지 특징이라고 한다면 마르고 키가 컸다는 점일까요."

그러자 곧 이어 나카노에 산다는 사람이 전화를 걸어왔다.

"저는 아까 하야시씨가 말한 데 근처 아파트에 살고 있는데요, 그런 인상착의의 사람이 이 아파트에 있는 것 같습니다."

"정말요! 자살할 것 같은 사람이에요?"

"예, 그런 느낌이 들어요. 내 방 옆옆방에 사는 사람인데요, 회사원입니다."

"죽고 싶다고 말한 적 있습니까?"

"아니오, 말을 해본 적도 없으니까. 하지만 직장에서 돌아와도 덧문을 닫은 채로 방에 틀어박혀 있고, 비정상입니다. 우리 아파트는요, 중앙선의 고가 선로가 바로 옆에 있고 환상 6호선이 가까워서, 소음이 얼마나 심한지 몰라요. 밤새도록 계속되는 트럭 소리 때문에 잠도 못 자요. 또 새벽부터는 전철이 시끄럽고. 낡은 목조 아파트라서 심히 흔들리는 데다가, TV도 잘 안 보이고, 나같이 맨날 친구가 와서 밤새워 마작이나 하는 부류 말고는 금방 나가 버려요. 혼자 있으면 죽고 싶은 마음도 들 거예요. 별도 안 들고. 그 사람은 문과 출신이라 그러고, 시도 쓰고, 홋카이도에서 고등학교를 나왔다고 집주인이 그러던데요. 아마 틀림없을 겁니다. 게다가 항상 갈색 코트를 입고 있거든요. 지금 그 방을 보고 왔는데, 방도 깨끗이 치워져 있고, 아직 집에 안 왔고."

"예, 고마워요! 그 사람 이름이 뭐예요?"

"이토이 이치로(絲井一郞)라고 합니다. 나이는 27이나 28쯤."

나는 아파트의 주소와 전화번호를 묻고 전화를 끊었다. 이것으로 이름과 외견상의 특징이 판명됐다. 보통의 범인 찾기라면 이것만 가지고도 큰 진전인 셈이다. 그러나 이 경우는 다르다. 시한이 있다. 자살하는 곳을 알 수 없으면 아무 소용 없다고 해도 지나치지 않는다. 나는 시계를 보았다. 1시 반이다. 이젠 30분!

진정하기 위해 나는 음악을 틀었다. 전화는 계속 걸려왔으나, '23의 눈동자'는 도쿄의 23구(區)를 말하는 것이 아닌가 라든가, '얼룩 끈'이라는 것은 국철(國鐵)을 뜻하는 것이 아닐까 라든가, 나는 하나하나가 그럴 듯해서 고개를 끄덕였으나, 자살 현장에 관한 결정적인 제보는 아니었다.

홋카이도(北海道), 홋카이도, 쿠샤로(屈斜路)호, 쿠샤로호——나는 계속 그 생각만 했다. 도쿄의 홋카이도!——이것은 무엇을 가리키는 것일까? 북(北)쪽 바다(海)의 길(道)? 홋카이도, 홋카이도의 특징이라면 무엇이라고 할 수 있을까? 매우 추운 장소라는 뜻일까? 어느 냉동 공장? 아니면 가장 북쪽이라는 뜻일까? 그렇다면 키타구(北區)나 아다치구(足立區)인가?

나는 다시 시를 옮겨 적은 종이를 들여다보았다. 그러나 '나의 아파트에 다가오는 남쪽으로 따라 파도타기를 하면'이라고 되어 있다. 남쪽이다. 북쪽이 아니다. 이 남쪽을 따라 라고 하는 것은, 아마도 여섯 번째 원을 따라서일 것이다. 나는 구분 지도를 뚫어져라 보며, 환상 6호선을 따라 손가락으로 남쪽으로 내려가 보았다. 나카노구, 신주쿠구, 시부야구, 계속 페이지를 넘기면서 남하한다. 하지만 홋카이도나 쿠샤로호를 연상시키는 것은 찾을 수 없었다. 히가시나카노(東中野)에서 남하하면 시부야구에 들어가서 수도 고속도로 밑을 지난다. 그리고 하쓰다이(初臺), 요요기(代代木)로 가서 도미가야(富ケ谷)이다. 쇼토(松濤), 신센쵸(神仙町), 그리고 또 고속도로 밑을 지나간다. 에비스(惠比壽)에 다다른다. 안 돼, 아무것도 없다. 나는 한숨을 쉰다. '파도타기' '파도타기'란 뭘까? 서프 라이딩——무슨 중대한 뜻이 있는 것인가?

시계를 본다. 이미 2시 10분 전이다. 이 무렵 나는 완전히 후회하고 있었다. 나머지 10분 가지고는 아무래도 힘들다. 나는 마치 나의 허점을 실황 중계한 셈이었다. 애송이가 겁도 없이 잘난 척해 가지고. 심히 후회되었다.

그때 전화벨 소리가 울렸는지, 서브룸에 있던 스탭들이 수화기를 집어드는 것이 보였다. 이것이 결정적인 제보이기를 나는 하느님께 빌었다. 이 전화가 그렇지 않다면 절망적이었다. 후쿠시마 피디가 연결된 전화를 받으라는 신호를 했다. 기도하는 마음으로 전화를 받았다.

"저어……, '얼룩 끈으로 둘러싸인 도시의 오아시마'라는 것은 오오시마(大島)를 말하는 것 아닐까요. '얼룩 끈'이라고 하는 것은 국철을 가리키고, 전철 야마테선으로 둘러싸인 부분은 이즈(伊豆)의 오오시마하고 굉장히 비슷하게 생겼어요. 그렇게 치면 '항구'라고 하는 것은 시나가와(品川)에 있는 수상경찰 부근이나 다케시바(竹芝) 부두 근처고, '미하라(三原)산'이라는 건 궁성이나 도쿄 타워를 말하는 것 아닐까요?"

"정말 그렇군요. 그래서요?"

"아니, 이것뿐인데요."

나는 너무나 실망한 나머지 거의 화가 치밀 지경이었다.

"예, 알았습니다. 그러나 이젠 채 10분도 못 남았어요. 시간이 없습니다. 이제부터는 홋카이도와 쿠샤로호가 뜻하는 것을 알았을 때만 전화해 주십시오."

나는 전화를 끊고 어항 속으로 아오에군을 불러서, 이 자살 장소에 관한 전화가 아닌 것은 연결하지 말라고 일렀다.

나는 이때, 청취자들은 왜 이렇게도 내 마음을 몰라주는 것일까 라고 내심 분개하고 있었다. 지금 가장 중요한 것이 무엇인지, 그만한 것쯤은 알아야 하지 않는가. 사람이 한 사람 죽으려는데, 사람들은 라디오 앞에서 느긋하게 자질구레한 수수께끼 풀기에 열중하다니? 나머지 시간은 이제 5분밖에 안 남게 되었다. 울고 싶은 심정이었다. 오오시마든 미하라든 그런 게 무슨 상관이람! 머리 속에서 욕을 했다. 그러나 지금 와서 생각해 보면 그렇지는 않았던 것이다. 이것은 중요한 힌트였다.

다시 전화벨이 울리고 수화기를 받으라는 신호가 있었다. 수화기를 귀에 대자, 솔리는 듯한 남자의 목소리가 들렸다. 나는 6년 지난 지금도 이 목소리를 생생하게 기억한다. 나에게도 이토이 이치로에게도 그것은 그야말로 구세주의 목소리였다.

"홋카이도라는 건 메구로구(目黑區)죠?"

전화 목소리는 아무렇지도 않은 듯 말했다. 순간 무슨 뜻인지 몰랐다. 그래서 바로 말을 할 수 없었다.

환상6호선을 따라 가면 히가시나카노의 남쪽이 되구요, 모양이 홋카이도를 닮았어요.

그 말을 듣고 겨우 알 수 있었다. 그렇구나, 모양이구나! 나는 그때까지 지도의 나카노구나 시부야구나 메구로구가 나와 있는 페이지를 몇 번이나 펴고서 그 위를 손가락으로 짚어보기도 했으나, 너무 큰 바람에 전체 모양까지는 생각이 미치지 않았던 것이다. 그렇게 둔할 수가.

"하코다테(函館)에 해당하는 곳이 지유가오카(自由ケ丘)이고, 도립대학(都立大學)은 삿포로(札幌)가 되겠죠. 이런 식으로 쿠샤로호를 찾아봤는데……."

나도 급히 도쿄 구분 지도의 메구로구 페이지를 열어보았다.

"그렇다면 메구로구의 동북부, 홋카이도로 치면 키타미(北見)나 아바시리(網走)가 있는 곳은 과학기술청의 금속재료연구소가 있고, 그 부지 안에 마치 쿠샤로호하고 마슈(摩周)호같이 생긴 커다란 연못이 있어요."

나는 하늘을 날 것 같았다.

지금이라도 이 졸린 것 같은 목소리를 한 사람에게 달려가서 손을 꽉 잡고 싶었다.

"고맙습니다, 고맙습니다. 정말 감사합니다! 시간이 없어서 인사는 나중에 다시 하겠습니다. 담당자에게 전화번호를 말씀해 주십시오."

내가 그렇게 말하자 그는 여전히 졸린 목소리로 벌써 얘기했습니다 라고 했다.

"이 방송을 메구로구에서 듣는 분 계시면 곧장 현장으로 가서 말려 주세요. 여기서 가도 시간이 안 됩니다. 정확한 주소는 나카메구로 2 정목, 장소는 과학기술청의 연구소 안마당에 있는 연못입니다. 서둘 러 주세요! 부탁합니다! 무슨 일이 있더라도 막아주세요!"

나는 절규하다시피 하고 있었다. 서브룸에 있던 스탭들 거의가 뛰어 나간다. 그들은 방송국 차로 가려고 하고 있었다. 토미타 피디는 경찰에 연락하려는지 복도로 달려나갔다. 서브룸에 있는 전화는 정보 접수 전용이라 쓸 수 없다. 나는 계속 마이크에 대고 호소했다. 어느 새 그만 울먹이고 있었다.

"이토이씨, 만약 이 방송을 듣고 있다면 자살은 말아주세요. 우리는 당신의 수수께끼를 풀었어요. 당신도 납득할 수 있을 겁니다. 좀 늦 긴 했지만 당신이 바라는 대로 우리는 수수께끼를 해결했습니다. 우 리에게는 당신을 막을 권리가 있습니다. 다시 생각해 주십시오!"

그랬구나, 모양을 말한 것이었구나. 나는 다시 생각했다. 오오시마의 모양이 어떻고 하는 이야기가 나왔을 때, 그때 알아차렸어야 했는데.

시계를 보니 2시에서 2분쯤 지나 있었다. 제발 살아 있기를, 라고 나는 다시 하느님에게 기도했다. 그리고 '실톱'의 실(絲)이 이름의 '이토이(絲井)'에서 따온 것이구나 등등, 하나하나 얽힌 실을 풀어가듯 술술 시의 수수께끼가 풀렸다.

앉아서 기다리는 기나긴 시간이 흘러, 2시 10분경에 애타게 기다리던 청취자로부터의 전화가 걸려왔다.

"하야시씨! 이제 됐습니다. 막았습니다. 방송을 들은 사람들이 굉장히 많이 모였어요."

순식간에 힘이 빠져나가는 듯했다. 진정으로 한숨 놓았다. 그리고 자신이 파김치가 되어 있는 것을 이때 나는 비로소 알았다.

곧 이어 방송국에서 긴 동료들로부터도 연락이 왔다.

"지금 막 도착했는데요, 대단해요. 방송을 들은 청취자들이 걱정을 해서 많이 몰렸어요. 한 3백 명은 되어 보여요. 당사자인 이토이 이치로씨의 이야기를 들어볼까요?"

"아니오."

나는 얼른 말했다. 역시 스텝들은 뼛속까지 매스컴 종사자의 직업의식이 배어 있다.

"피곤하실 텐데, 쉬게 해드리세요."

이 말을 나는 간신히 했다. 그런 나 자신 이제껏 경험하지 못할 정도로 지쳐 있었는데다 말하기 힘들 만큼 감동했기 때문이었다.

프로그램에 대한 반향은 대단했다. 방송국 안에서도 큰 평판을 얻었고, 나는 이 일 하나로 풋나기에서 졸업할 수 있었던 것 같다.

이 모험에서 내가 얻은 것은 매우 큰 것이었다. 나는 내 방송을 듣는 사람이 대단히 많다는 큰 증거를 얻었고, 또한 아나운서라는 직업에 작으나마 긍지를 느끼게 되었다. 지금에 이르기까지 이 사건은 내 마음 속의 남 모르는 훈장으로 남아 있다.

이토이 이치로씨는 그 후 샐러리맨 생활을 그만두고, 아버지와 함께 요코하마에 재즈 카페를 열었다.

나는 거기에 지금도 자주 간다. 물론 이곳이 마음에 들기도 하기 때문이지만, 그 사건 당시의 젊은 나를, 위태위태한 정의감에 불타 있던 시절을 잊고 싶지 않기 때문이다.

3

다 읽고 나서 나는 마르고 키가 큰 바텐더를 보았다.

"아아, 이런 사정으로 이 가게가 시작된 거로군."

나는 말했다. 바텐더는 웃으며 끄덕였다.

"하야시하고 안 지는 오래 됐지만, 계속 텔레비전국에 있었고 또 센다이에 있었거든. 올들어 겨우 본국에 돌아왔어. 그래서 나는 이 사건을 몰랐었지. 지방에 있었으니까."

말을 끝낸 나는 책을 덮고, 한동안 멍하니 있었다. 심야 라디오 프로가 청취자와 함께 한 시대라. 그런 좋은 시대에나 있을 법한 사건이구나 라는 생각이 들었다.

"그런데 이 에세이에 나오는 마지막 전화 있잖아요, 메구로구가 홋카이도하고 닮았다는 전화?"

바텐더가 말했다.

나는 끄덕였다.

"그 전화를 건 사람이 아까의 연설병 선생입니다."

"오오, 그래?"

그 말을 듣자 나는 내가 이 책을 읽게 된 이유가 생각났다. 무의식간에 연설병 집단을 되돌아보았다. 그러나 그들은 이미 돌아갔는지 모습이 보이지 않았다.

"그 사람이…… 겉보기와는 다르다니까. 그때는 용케도 전화로 연설을 참았군."

"졸렸었답니다."

바텐더는 웃었다.

"그건 그렇고, 지배인인 이토이 이치로씨는? 오늘은 안 나왔나?"

"나왔어요, 바로 눈앞에."

"자네가?"

나는 눈이 휘둥그래져서, 서른 살쯤으로 보이는 바텐더를 바라보았다.

"예, 맞습니다. 머나먼 옛날, 노이로제에 걸렸을 때의 일이죠."

"노이로제?"

"매우 심했어요. 모든 소리가, 도시가 내는 소리 말입니다, 자동차나 전철이나 거리의 잡음만은 아닙니다. 도시인이 내뿜는 잡다한 신경의 불쾌함이 나를 덮쳐서는 쓰러뜨리려는 것 같았습니다, 그때는. 나는 홋카이도 출신 시골뜨기였었고."

"그래?"

"하지만 지금은 문제 없습니다. 그때 죽지 않기가 얼마나 다행인지."

나는 계속 끄덕이며 듣고 있었다. 나의 젊었을 때가 생각났던 것이다. 하야시 야스다카의 생각, 나도 경험한 적이 있었던 것이다. 그리고는 잊었던 질문이 생각났다.

"그래그래, 이 가게 이름의 유래는 뭐지?"

"아버님이 이 가게를 여셨을 때, 신세를 진 아까의 그 연설병 선생님에게 가게 이름을 짓게 하자고 하셨어요."

"그렇지, 아들 목숨을 살려준 셈이니."

"예, 그랬더니, 영광이기는 하지만 과분하다면서, 그 시의 제목만 붙여 주겠다는 거예요."

"그게 '실톱과 지그재그'인가?"

"예, 그렇습니다."

"그걸 가게 이름으로 했군. 지배인이 이토이씨이기도 하니까……하지만 전화받을 때는 너무 안 길어?"

"보통은 줄여서 '지그재그'라고 합니다."

"'지그재그'라!"

"이 이름에는 또 하나의 다른 뜻이 있지요."

"다른 뜻?"

"아시겠습니까?"

"아니."

"이 컵받침을 보세요. '실톱과 지그재그' 영어로 쓰면, 'Jig-saw

And Zig-Zag'죠?"

"'지그소 앤드 지그재그'가 되는군."

"각 글자의 이니셜만 따오면, 보세요! J.A.Z.Z가 돼잖아요."

"정말 대단하군!"

지은이와의
계약으로
인지생략

금요일, 안개, 그리고 미스테리　　　　　　값 15,000원

1994년 11월 20일 제1판제1쇄인쇄
1994년 11월 25일 제1판제1쇄발행

지은이　이　상　우　외
펴낸이　박　명　호

펴낸곳　명　지　사

서울특별시　동대문구　장안동　369-1
등　　록：1978.　6.　8.　제5-28호
전　　화：243-6686 · FAX 249-1253
사 서 함：서울청량우체국사서함 제154호
대체구좌：010983-31-1742329

ISBN 89-7125-086-0　03810　　＊잘못된 책은 바꾸어 드립니다.

이상우 추리소설

컴퓨터 살인

날카롭고 풍자적인 펼치로
독자들을 사로잡는
저널리스트 작가
이상우의 문제
추리소설!

명지사